강

장편소설

이신

비채

차례

이신

이신

지은이 강희진 **1판 1쇄 인쇄** 2014년 5월 23일 **1판 1쇄 발행** 2014년 5월 30일
발행처 도서출판 비채 **발행인** 박은주 **주소** 서울특별시 종로구 북촌로 63-3
등록 2005년 12월 15일(제300-2005-212호) **주문 및 문의 전화** 031)955-3200 **팩스** 031)955-3111
편집부 전화 02)3668-3292 **팩스** 02)745-4827 **전자우편** viche@viche.co.kr

ISBN 979-11-85014-53-1 03810 책값은 뒤표지에 있습니다.

이 도서의 국립중앙도서관 출판시도서목록(CIP)은 서지정보유통지원시스템 홈페이지(http://seoji.nl.go.kr)와
국가자료공동목록시스템(http://www.nl.go.kr/kolisnet)에서 이용하실 수 있습니다. (CIP 제어번호: CIP2014016259)

　인조 14년(1636년), 병자년의 겨울.

　청 태종은 12만 8천 명의 원정군을 이끌고 조선 침략에 나섰다. 그들은 심양에서 출발한 지 7일 만에 압록강에 도착, 조선의 서북 관문인 의주를 그대로 지나쳐 한양으로 직진했다. 당시의 조정 대신들 중 누구도 청이 그토록 전격적인 남하 전술을 구사하리라고는 예상하지 못했다.

　전쟁은 그 전에도 있었다. 광해군을 몰아낸 서인 정권은 새롭게 발흥하는 청을 배척했다. 조선과 경제 교류의 길이 막혀 극심한 물자 부족에 시달리던 청 태종은, 정묘년 1월에 아민阿敏에게 3만의 병력을 주어 조선을 침공하게 했다. 전세가 불리해지자 조정은 강화도로 들어갔고, 그곳에서 버티며 청과 형제의 맹약을 맺었다.

　역사는 되풀이되었다. 약속에도 불구하고 조선 조정은 청을 오랑캐로 무시했으며, 전쟁에 대비하지도 않았다. 일찍이 광해군은 청이 도발할 가능성을 예상하고 있었다. 무기를 정비했고, 그들이 직진 남하 전술을 선택할 수 있으니 대비하라고 비변사에 지시했다. 그러나 광해군이 실각하자 그의 말들은 모두 폐기되었다.

조선 원정군은 12월 18일 한양에 입성했다. 그들이 국경을 넘은 지 열흘 만이었다. 인조는 다시 강화도로 파천하려 했으나 이번에는 그조차 여의치 않았다. 왕은 남한산성을 닫아걸고 겨울을 보냈다. 눈보라와 포탄이 내리는 겨울이었다. 조선 원정군은 닥치는 대로 포로 사냥에 나섰다. 포로는 병사들 개인의 재산이었다. 포로의 수는 50만, 혹은 그 이상이었다. 조선 역사상 가장 많은 수의 포로였다. 그럼에도 〈조선왕조실록〉에는 그 숫자가 기록되어 있지 않다. 그들 중 상당수였던 여자들은 청으로 끌려가 차마 입에 담을 수 없는 치욕과 학대를 당했다.

겨울이 길었고, 전쟁이 끝났다. 임금은 삼전도에서 청 태종에게 세 번 큰절을 올리고 아홉 번 머리를 조아리며 항복했다. 이듬해 3월이 되자 조선 원정군의 주력부대는 다시 압록강을 건넜다. 임금은 청의 신하가 되어 궁궐로 돌아왔으며 신료들도 자신의 자리로 돌아갔다. 더 높은 품계를 받은 신하들도 있었다. 누구도 전쟁에 대해, 패배와 굴욕, 죽음과 상처에 대해 책임지지 않았다. 아무것도 모르는 꽃이 피고 또 졌다. 바람이 불고 비가 내렸다. 그리고……

一

제삼의 자객

어둠이 내려앉은 한강변.

바람은 밤을 타고 강을 넘어와 훈신勳臣이 숨어 사는 기와집을 삼킬 듯 으르렁댔다. 기와집 뒤로 널찍하게 자리 잡은 대숲도 밤새 바람에 시달렸다.

집 안에는 개미 새끼 하나 어른거리지 않았다. 어둠과 바람이 모든 움직임을 집어삼켰고, 마당에는 뿌연 흙먼지만 피어오를 뿐이었다. 그러나 바람은 완강한 밤에 피로를 느낀 듯, 새벽녘이 되자 어둠보다 먼저 수그러들었다. 잦아진 바람 소리가 되레 더 음산하게 들렸다.

반정공신으로 군호君號까지 받은 김홍진 대감이 대궐 근처 북촌에서 사대문 바깥으로 거처를 옮긴 것은 웬만한 사람은 다 아는 사실이었다. 김홍진은 이를 두고 스스로 은거에 들어가노라 말했지만 그가 어디로 옮겼는지 세상에 알려진 마당이라 은거라고 할 수도 없었다. 그저 자성하는 모습을 사람들에게 보이려는 것뿐이었다.

이름난 반정공신에게 줄을 대려는 사람들은 여전히 대문에 줄을 이었다. 그들을 맞이하고, 돌려보내느라 하루 종일 마당을 종 종거린 노복은 녹초가 되어 깊은 잠에 빠졌다. 그러다 문득 눈을 떴다. 아무것도 들리지도, 보이지도 않았지만 몸에 밴 종의 본성이 어떤 기적 같은 것을 감지하게 만든 탓이었다.

노복은 잠결에 윗몸을 일으켜 행랑채 방문을 열고 어둠이 드리워진 마당으로 고개를 내밀었다. 그 순간 날개를 펼친 새 한 마리가 바람을 타고 내려와 담장에 내려앉는가 싶더니 사뿐히 마당에서 멈추었다. 그러고는 발소리도 없이 마당을 밟고 걸어갔다. 허공에서 착지할 때는 분명히 날짐승이었건만 마당을 걷는 모습은 영락없는 들짐승이었다. 하늘과 땅을 동시에 밟는 짐승이라…….노복은 자신이 본 것을 믿을 수 없어 문지방을 움켜쥔 손바닥에 힘을 주고 마당을 향해 눈을 부라렸다. 검은 형체는 허공을 밟듯 넓은 마당을 가로질러 사라졌다. 그러자 짙은 어둠 뿐, 조금 전 그가 보았던 날짐승 같기도 하고 들짐승 같기도 한 형체는 더 이상 보이지 않았다.

자신이 본 것이 무엇인지 노복은 알 수 없었다. 걸어 다니는 날짐승인가? 아니면 두 발 달린 들짐승인가? 그런 짐승이 세상에 있기는 한가? 노복은 필히 헛것을 봤거나 아니면 귀신을 봤다고 지레짐작하고 말았다.

귀신이라…….병자년 오랑캐의 난 이후로 장안에 흉흉한 소문이 끊이지 않았다. 귀신을 보았다는 소문도 그중 하나였다. 하긴 그렇게 많은 사람들이 청나라 군인에게 붙잡혀 심양瀋陽으로 끌려갔고, 온 장안에 시체가 나뒹굴었으니 그런 소문이 없다면 오히려이상한 일이었다. 어제만 해도 동네 우물에 빠져 자살한 아낙을 둘이나 건져 땅에 묻어주었다. 들리는 말로는 심양으로 잡혀갔다 돌아온 사대부의 정실인데, 오랑캐에게 몸을 더럽혔다는 이유로 아무도 반겨주지 않아 우물에 몸을 던졌다는 것이다. 그런 여인이 한둘이 아니었고, 귀신을 보았다는 자도 그만큼 많았다.

갑자기 한기를 느낀 노복은 서둘러 문을 닫고 이불을 뒤집어썼다. 귀신도 이불 속까지는 쫓아오지 못하리라는 듯. 노복은 제 아무리 한 맺힌 귀신도 새벽이 되어 날이 밝으면 다 제 갈 길로 갈 터이고, 귀신이라 해도 최고의 세도가 김홍진 대감의 집안에 해코지를 할 수는 없겠지 하며 다시 눈을 감았다.

그 검은 형체는 김홍진 대감이 잠들어 있는 방 앞 대청마루에서 있었다. 노복이 한 가지는 제대로 보았다. 그것은 날짐승도 아니었고, 들짐승도 아니었다. 그는 이신李臣이었다.

이신은 자신이 어린 시절을 보냈던 마당을 잠시 둘러보고 뜻밖의 감회가 밀려오는 것을 느꼈다. 이미 김홍진을 만나기 위해 여러 번 찾아왔던 곳이지만 그때와는 달랐다. 어둠에 잠겨 있다 해도 그에게는 구석구석 모르는 곳 없는 친숙한 집이었다. 뱀을 잡겠노라며 쑤시고 다니던 집 뒤꼍의 대밭, 한여름에도 서늘한 기운이 돌던 안채의 광, 흙장난을 배운 뒷간 옆 진흙더미……. 모든 것이 익숙했다. 그러나 이 집과 이 집에서 보낸 어린 시절이 그리워 이 바람과 어둠을 뚫고 이곳까지 온 것은 아니었다. 다만 언젠가는 이 장소에서 칼을 들고 서리라는 것만은 막연히 예감하고 있었다.

예감의 근원은 꿈이었다. 그렇다. 모든 것은 꿈 때문이었다. 반복되는 악몽이 두 달 가까이 그를 괴롭혔다. 끝없는 불면에 시달리던 이신이 가까스로 잠에 빠질 때마다 그를 찾아왔다.

꿈은 언제나 소리로 시작되었다. 바람이 숲을 훑고 지나가는 소리. 멀리서 나뭇잎이 서로 몸을 부비며 바스락거리는 소리. 이어 그 소리는 개울물이 졸졸 흘러가는 소리와 뒤섞였다.

꿈속에서 그는 개울물 소리를 따라 눈을 밟으며 걸었다. 주변은 온통 흰 눈 천지였다. 그러나 온천수가 올라오는 개울에는 김이 안개처럼 피어오르고, 그 옆으로 복사꽃이 피어 꽃잎이 물 위로 떠내려가고 있었다.

따뜻한 개울물에서 빨래를 하던 여인이 당혜唐鞋를 벗어 들고 떠내려오는 꽃잎을 잡는다. 여인은 고개를 돌려 이신을 보더니 방긋 웃는다.

선화…….

선화는 꽃잎이 든 당혜를 가지런히 눈 위에 내려놓는다. 노련한 갓바치 이신이 만들어준 선화의 당혜는 꽃잎처럼 붉다. 선화는 나뭇가지를 들고 시를 썼다. 그녀가 좋아했던 왕유의 시.

복숭아꽃은 붉고 밤비를 머금었고,
버들은 푸르고 봄 안개를 띠었다.
꽃송이 떨어지나 머슴은 쓸지 않고
꾀꼬리 우는데 은자는 그냥 잠을 자는구나.
桃紅復含宿雨
柳綠更帶春烟
花落家僮未歸
鸎啼山客猶眠

선화의 당혜에서 꽃물이 흘러나와 눈을 붉게 물들인다. 아니다,

저것은 꽃물이 아니다. 꽃물이 저렇게 붉을 리가. 저것은 피다. 이신은 중얼거렸다. 그러나 말은 입 밖으로 새어나오지 못했고, 이신의 귀에는 요란한 말발굽 소리와 달려가는 발소리로 가득 찼다. 나뭇잎 소리, 물소리는 눈밭을 물들인 붉은 핏빛과 함께 사라져버렸다. 개울로 사람의 형체 같은 것이 떠내려온다. 화살을 맞은 청나라 군사의 시체였다.

이신은 선화의 손목을 잡고 달리기 시작했다.

"내 당혜! 여보, 내 당혜가 저기……."

이신은 선화의 말을 듣지 않고 내달렸다. 그새 개울마저 붉게 물들어 있다. 이신이 선화를 안아들고 개울을 뛰어넘자 끝없이 펼쳐진 눈밭이 나타났다. 복사꽃은 간 데도 없었다. 눈으로 뒤덮인 강, 얼음 덩어리로 변한 강이었다.

청나라 군사들이 도처에 깔려 있었다. 어디서 나타났는지 수많은 피란민들이 군사들을 피해 얼음 위를 달리고 있었다. 그 사이로 어머니의 모습이 보였다. 누이와 누이의 손목을 잡고 달려가는 꺽쇠의 모습도 스쳐 지나갔다. 그들을 불러 세울 겨를도 없이 정신없이 선화의 손목을 잡고 앞으로 달렸다.

누군가 이신의 앞을 막았다. 김홍진이었다. 이신은 그를 밀쳤으나 그는 완강했다. 아, 칼이 있다면……. 누군가 내게 칼을 다오, 이신은 쏟아지는 눈발로 온통 부옇게 변해버린 허공을 향해 외치면서 몸을 돌려 반대쪽으로 내달았다. 미처 걸음이 따라오지 못한 선화의 몸은 얼음 위에 쓰러지다시피 해 끌려왔다. 이 강만 지나면 다시 복사꽃 피어 있는, 온천수가 솟는 개울가로 돌아가리라. 꿈이라 믿음은 강했고, 조급함도 절실했다. 이신은 선화의 손목을 잡은 손에 더욱 힘을 주었다.

어디선가 화살이 날아왔다. 이신이 돌아보자 김홍진이 활을 들고 시위를 당기고 있었다. 사람들이 비명을 지르며 허둥댔다.

그때 얼음이 깨지기 시작했다. 앞서 걸어가던 어머니가 순식간에 사라졌다.

"어머니!"

여동생도, 꺽쇠도 이어 물속으로 꺼져버렸다. 얼음은 점점 더 넓게 갈라졌고, 사람들은 촛불 꺼지듯 한순간에 물속으로 사라져갔다. 이신은 선화의 손을 잡고 뒷걸음질 쳤다. 화살이 날아와 선화의 어깨에 박혔다. 선화가 얼음 위로 굴렀다. 흘러나온 피가 눈을 물들였다. 그 순간 발밑의 얼음이 갈라지는 소리가 이신의 예민한 귓속으로 파고들었다. 또 다른 화살이 선화의 어깨에 박히는 것을 본 것과 동시에 이신의 몸은 얼음장 아래로 빠져버렸다.

물에 빠진 이신은 한껏 숨을 참고 위로 헤엄쳤으나 얼음의 입구는 보이지 않았다. 얼음 위로 피를 흘리며 쓰러져 있는 선화의 몸이 얼음을 통해 비쳐 보였다. 이신은 필사적으로 얼음을 두드렸지만 얼음은 완강했고 물살은 그의 몸을 점점 선화로부터 멀어지게 만들었다. 언제 벗겨진 것인지 선화의 당혜가 이신의 눈앞으로 흘러갔다. 이신은 손을 뻗어 그것을 잡아보려 했으나 그마저도 소용없었다. 이신의 몸은 한없이 가라앉고 있었다. 그의 부질없는 손짓을 비웃기라도 하듯 김홍진의 웃음소리가 이신의 귀를 가득 메웠다. 올라가야 해, 저 위로, 얼음 위로. 이신은 외쳤지만 물이 입과 코로 마구 들어왔다. 귀로는 김홍진의 웃음소리가 밀려들어 아예 고막을 찢듯 울렸다.

죽여버릴 테다! 이신은 벌떡 일어나 칼을 잡았다.

물에서 나온 듯 온몸이 땀에 젖고, 김홍진의 웃음소리는 여전히 귀에 남은 채였으나 이신은 실상 그것이 바람소리임을 깨달았다. 꿈은 언제나 그렇게 끝났다. 깨어난 뒤 부질없이 잡은 칼을 내려놓아야 했고, 꿈이어서 선화를 더 쫓아갈 수 없다는 열패감이 싸늘하게 그를 휩쌌다.

더는 견디기가 어려웠다. 이 열패감, 이 불면, 이 악몽과 원한. 이제는 갚아야만 한다. 그러지 않고서는 잠을 이룰 수가 없을 테고, 이어지는 불면으로 가시처럼 곤두선 그의 신경이 언제 폭발해버릴지 스스로도 장담할 수 없을 터였다.

김홍진을 죽여야 한다. 이신은 중얼거렸다. 황제는 자신의 꿈에 나타난 적은 반드시 찾아 죽였다. 적이 아니라 해도, 누구든 꿈에 본 자는 죽였다. 그러지 않으면 잠을 이룰 수 없다고 하였다. 설령 잠을 방해하는 악령이라 해도 황제는 반드시 찾아내 죽였을 것이다. 이신은 황제의 칙사勅使, 조선을 감시하기 위해 파견된 황제의 오른팔이었다. 이미 황제가 지배하는 속국이 된 조선에서 그가 황제의 오랜 습관을 쫓는다 한들 아무도 탓할 수 없으리라. 게다가 기왕 죽이기로 결심하였다면 며칠을 더 망설이는 것이 무슨 의미가 있으랴.

이신은 서둘러 옷을 집었다. 그리고 칼을 향해 손을 뻗다 잠시 망설였다. 그의 눈앞에는 두 개의 칼이 있었다. 황제가 하사한 칼과 아버지의 칼이었다.

얼마 전, 종로를 돌아다니다 검을 파는 곳에서 우연히 아버지의 칼을 찾았다. 이신은 첫눈에 그 칼을 알아보았다. 아버지가 손수 만들었고, 임금을 시해하려는 무리들이 거병擧兵한 계해년(1623) 그날, 아버지는 그들과 맞서기 위해 그 칼을 허리에 차고 나갔다. 서둘러 집을 나서던 아버지의 뒷모습을 이신은 아직도 또렷이 기억했다.

 칼은 그사이 여러 사람들의 손을 거치면서 마구 다루어진 탓에 많이 험해져 있었다. 그러나 이신이 그 칼을 원한다는 사실을 알아챈 약삭빠른 장사치는 어마어마하게 높은 금액을 불렀다.

 "임진왜란 때 대원수가 쓰시던 칼이라 합니다요."

 "아니. 반정 때 폐주 광해의 내금위장이 쓰던 칼이다. 역도의 칼임을 알지 못했느냐? 그래서 이렇게 모셔두었느냐?"

 그러자 장사치는 안색이 파래지면서도 끝내 할 말을 다했다.

 "칼이면 칼이지 대원수의 칼과 역도의 칼이 뭐가 다르겠습니까요? 불취어상不取於相이라고, 부처님께서도 상을 취하지 말고 본질을 보라 하셨습니다요."

 "장사치의 문자가 제법이로구나. 그래, 어찌 칼뿐이겠느냐. 따지고 보면 대원수와 역도가 한끗 차이일 뿐."

 이신은 장사치가 부르는 값을 다 주고 아버지의 칼을 사 머리맡에 두었다.

 하지만 그 칼을 들고 나갈 수는 없었다. 아직 날을 벼리지도 못한 터였다. 이씨 왕조의 신하가 되라는 뜻으로 아버지가 이름 붙여준 이신李臣과 황제의 칙사가 되어 이씨 왕조를 감시하러 와 있는 이신 사이에는 칼 한 자루로 메워질 수 없는 지난한 세월과 환멸의 간극이 자리하고 있었다.

 이신은 황제가 하사한, 분신과도 같은 칼을 쥐고 집을 나섰다. 앞으로 어떤 경우에도 그는 아버지의 아들이 아닌 황제의 충복으로 살거나, 혹은 죽을 터였다.

 이신은 벼루 속 먹물 같은 마당으로부터 눈길을 거두고 방으로 고개를 돌렸다. 그를 엄습했던 감정은 순식간에 사라지고 자객의 본능이 살아났다. 뭔가 이상했다.

김홍진의 방에서는 아무런 기척도 느껴지지 않았다. 김홍진이 곯아떨어진 것인가. 하긴 몸도 마음도 많이 지쳤을 것이다. 연일 그를 죽이라는 상소가 장마철 소나기처럼 쏟아지니 누군들 견딜 수 있을까. 더욱이 김홍진보다 책임이 덜한 강도유수江都留守 장신이 자진自盡한 것이 불과 얼마 전이 아니던가.

임금과 사돈 간인 장신은 형 장유와 함께 계해년 거병에 참여해 정사공신靖社功臣이 되었다. 후세에 사람들이 인조반정이라고 일컫는 그날의 거의擧義는 의리를 명분으로 삼았다. 광해군이 왕권을 유지하기 위해 형과 동생들을 죽이고 인목대비를 유폐하는 패륜을 저질렀으며, 임진왜란 때 조선을 도와준 명나라가 후금(후일 청나라)의 공격으로 곤경에 처했는데도 도와주지 않았다는 것이 그 이유였다. 서인들은 광해가 불효자식이자 의리를 저버린 군주라 비난하면서 일어섰다.

장신은 반정의 공으로 황해도감사·평안도감사를 지냈고, 병자년 강화유수로 전임되었다가 그해 12월 호란을 당한 후 강도방위를 맡았다. 하지만 전세가 불리해지자 강화도 총책임자였던 검찰사 김홍진 등과 함께 왕실과 노모, 아내까지 버리고 먼저 도망해버렸다.

난이 끝나자 조정신료들을 비롯하여 저잣거리의 민심도 장신을 참해야 마땅하다고 목청을 높였다. 처음 장신은 공신이라는 그늘에 숨어 목숨을 부지하나 싶었지만 그것은 사태를 너무 만만하게 본 것이었다. 임금은 그의 죄를 물었고, 사약을 내려 마땅하나 전일의 공로를 생각해 자진하게 하는 것으로 사태를 매듭지었다.

장신의 죽음으로 난감해진 것은 김홍진이었다. 장신이 죽은 마당에 그보다 더 책임이 큰 자리에서 똑같은 죄를 저지른 김홍진이 무사하기란 어려웠다. 게다가 그에게는 장신과 비교가 되지 않을 정도로 큰 죄가 하나 더 있었으니, 자신의 실책으로 수많은 백성을 청나라 포로로 만들었다는 것이었다. 민심이 김홍진에게 그토록 가혹한 데에는 나름 분명한 이유가 있었다.

"아무리 폭풍우가 거세도 언젠가는 그치는 법이지."

말은 그렇게 했지만 김홍진이 믿는 것은 하늘의 이치가 아니라 부친인 영의정 김환이었다. 그가 정승으로 버티고 있는 한 그의 면전에서 아들에게 사약을 내리라고 주청할 대신은 없을 터였다. 김홍진은 사대문 밖으로 이사를 가는 것으로 한껏 몸을 사리고 자신을 탄핵하는 소리가 잦아들기만을 기다렸다.

하지만 장신의 경우와 마찬가지로 민심은 쉬이 가라앉질 않았다. 비단 민심만이 아니었다. 호란으로 아내와 첩, 아들과 딸을 잃은 사대부들의 분노가 하늘을 찌르는 마당에 장신 따위가 자결한 것으로 누그러질 상황이 아니었다.

이신은 귀를 세워 방 안에서 나는 소리를 찾았다. 여전히 아무런 소리가 없었다. 코를 고는 소리도, 가끔 몸을 뒤척이는 소리도 없었다. 물론 지극히 조용히 잠을 자는 것일 수도 있었다. 그렇다고 해도 이상했다. 이신의 예민한 귀에 숨소리조차 들어오지 않았다.

이신은 조용히 방문을 밀었다. 이불을 걷어찬 채 누워 있는 희끄무레한 형상이 눈에 들어왔다.

"대감, 이신이오."

이신은 자신의 이름을 말했다. 김홍진의 목숨을 반드시 끊어놓고 말겠다는 다짐이었다. 이신이 담장을 넘어올 때 김홍진은 이미 산 목숨이 아니었으니 저승길로 떠나는 마당에 자신을 찾아온 자객의 이름 정도는 알아야 하지 않겠는가. 예치禮治의 나라 조선에서 대감은 정이품 한성판윤까지 지내지 않았는가.

이신은 낮지만 또렷한 목소리로 김홍진을 다시 불러보았다.

"김홍진 대감……."

이신은 말을 하다 말고 후다닥 방으로 들어갔다. 방 안에 흐르는 피 냄새를 맡은 것이었다.

"대감, 괜찮으십니까?"

이신은 방 안을 살폈다. 한가운데 대감이 널브러져 있고, 주변에는 피가 흥건했다. 이신은 다가가 그의 손목을 잡았다. 아직 따뜻했지만 맥박은 뛰지 않았다. 몸을 뒤집자 명치에서 피가 흘러내리고 있었다. 정확하고 단호한 칼놀림이었다. 김홍진이 어둠 속에서 놈의 모습을 본 순간, 칼날은 이미 가슴 아래를 뚫고 들어간 뒤였을 것이다. 아니면 놈의 얼굴을 보지도 못하고 황천길로 떠났을 수도 있다. 잠에서 깨어나지 못한 몸의 중심을 한 치의 어긋남도 없이 베어버린 깔끔함. 숙련된 전문가의 솜씨였다.

이 정도 솜씨를 가진 자라면 흔적 같은 것은 남기지 않았을 테지만 그럼에도 이신은 방 안을 둘러보았다. 아내 선화의 병풍이 놓여 있던 자리에는 다른 병풍이 자리를 잡았다. 역시 산수화였다. 아내의 그림은 오래전에 이신의 방으로 옮겨졌다.

이신은 바닥에 흐른 피를 만져보았다. 아직 마르지 않았다. 놈이 자리를 뜬 지 얼마 안 됐다. 이신은 눈을 감고 귀를 곤두세웠다. 풀숲에 숨어 있는 들쥐를 잡아채는 매의 눈처럼 마음만 먹으면 어떤 소리든 포착해내는 이신의 청력은, 어떤 연유로 생겼는지 알 수 없으나 어린 시절부터 지닌 능력이었다.

먼저 들려온 것은 여전히 마당을 서성이는 바람 소리였다. 이어 댓잎 소리, 하인들이 뒤척이는 소리, 이를 가는 소리, 멀리서 강이 출렁이며 흘러가는 소리, 그리고 또 다른 소리가 있었다. 가볍게 흙을 차고 오르는 발, 이어 바람을 가르며 지나가는 파장이 이신의 귀를 울렸다. 놈이다.

이신은 몸을 날려 문을 박차고 밖으로 달려나갔다. 문짝이 마루로 떨어지는 소리와 동시에 이신의 몸은 지붕 위로 날아올랐다.

이어 이신은 바람을 뚫고 대숲으로 몸을 날렸다. 만주와 요동의 광야에서 적을 쫓던 때를 떠올리며 이신은 눈을 감았다. 그렇게 하면 적이 얼마나 떨어져 있는지가 오히려 정확하게 가늠이 되었다. 발밑에 무엇이 있는지는 상관이 없었다. 넘어져도 좋았고, 날아오는 화살에 맞아도 좋았다. 그는 언제라도 죽을 수 있다고 생각했고, 날마다 죽을 가능성이 따뜻한 잠자리에 들 가능성보다 훨씬 높았다.

그는 적의 창에, 칼에, 화살에, 총알에, 포탄에 목숨을 잃고 먼저 떠난 전우들의 뒤를 따라갈 줄 알았다. 그래서 구천이 아니라 더 넓은 초원, 몽골의 사막, 중원을 떠도는 귀신이 될 줄 알았다. 그런데 얄궂은 운명은 끝내 그곳에서 이신을 살려냈고, 그것도 모자라 그를 조선으로 돌려보냈다. 또한 그 운명은 이신을 마침내 그가 태어나고 자란 집으로 데려왔다. 다시 돌아오게 되리라고는 상상도 하지 못했던 곳으로.

단검 하나가 날아와 이신의 귓가를 스쳤다. 표적에 닿지 못한 단검은 댓줄기에 꽂혔다. 칼을 맞은 대가 두 쪽으로 갈라졌다.

"힘이 좋구나."

이신은 걸음을 멈추고 나지막이 말했다. 놈은 대숲 어딘가에 몸을 숨기고 있었다. 놈이 꼼짝도 하지 않는다면 어둠이 사라질 때까지 녀석을 찾아낼 수 없을 터였다. 하지만 놈은 조심스레 몸을 움직여 이신의 허점을 찾아 칼을 겨누었다. 이신의 귀가 그것을 알아챘다.

이신의 칼이 허공을 갈랐다. 댓줄기들이 우수수 떨어졌다.

"칼을 놓아라. 살려주겠다."

진심이었다. 김홍진을 죽였다는 이유로 놈의 목숨을 빼앗을 이유가 전혀 없었다.

이신은 놈이 있는 쪽으로 다가가며 다시 대를 칼로 베었다.

"누가 시킨 짓이냐."

여전히 대답이 없었다. 대신 단단하게 한 걸음 내딛는 소리가 들려왔다. 싸우자는 뜻이었다. 이신은 힘주어 칼을 거머쥐었다.

후드득, 댓잎이 흔들리는 소리와 함께 놈이 대 사이에서 날아올랐다. 이신은 오른발을 축으로 몸을 돌리면서 놈의 칼을 막았다. 칼과 칼이 맞부딪치는 소리가 새벽의 어둠을 뚫고 퍼져나갔다.

놀라운 힘이었다. 전쟁터라면 갑옷과 투구를 뚫고 상대의 뼈까지 여지없이 베어버릴 위력이었다. 낯선 칼놀림이었다. 조선의 검술은 상대를 죽이기 위한 검법이라기보다는 예법이나 무도에 가깝다. 즉 힘보다는 정확도와 민첩성을 더 중시했다. 하지만 놈은 이신의 몸을 반쪽으로 쪼갤 듯 날아왔다. 언뜻 보면 수가 없는 칼이다. 하지만 아니다. 오랫동안 칼만 잡아온 능수능란한 고수가 분명했다. 온몸의 기운을 칼끝에 싣고도 칼을 자기 손처럼 자유자재로 움직이는 솜씨가 그것을 증명해주었다.

이신은 몸과 칼의 위치를 바로잡으면서 상대의 움직임에 집중했다. 놈은 땅에 발이 닿자마자 다시 날아올랐다. 댓줄기를 발로 딛고 뛰어 오르며 그 반동을 이용해 이신을 향해 칼을 겨누려 함이었다. 이신은 한껏 몸을 낮추며 대의 밑동을 베어버렸다. 댓줄기들이 옆으로 쓰러졌다. 그 바람에 미처 대에서 발을 떼기도 전에 놈은 균형을 잃고 허공에서 허둥거렸다. 이신은 때를 놓치지 않고 다시 칼을 휘둘렀다. 이신의 칼이 놈의 옷자락을 가르면서 가슴을 스쳤다. 경고. 말하지 않아도 놈은 알 터였다.

"다시 묻겠다. 누가 보내서 왔느냐."

놈은 대답 대신 이신에게로 몸을 날렸다. 두 사람의 칼날이 다시 허공에서 부딪쳤다.

훈련된 자객은 칼보다 입을 먼저 단속한다. 호락호락 하리라곤 예상하지 않았지만 칼까지 맞은 몸으로 호흡 한 번 길게 뱉을 새도 없이 달려드는 기세에 이신은 순간 감동하기까지 했다. 너의 주인은 좋은 자객을 두었구나. 누구냐, 그는.

이신은 그를 살려주고 싶었다. 그를 대신해서 김홍진을 죽여주었으니 사례를 달라 해도 양껏 주고 싶은 마음이었다. 이신이 조선에서 상대하려는 자는 저런 자객이 아니라 그들의 주인, 사대부들이었다. 그러니 저자에게 냉혹할 이유가 없었다. 이 자객은 심지가 굳세고 임무도 알며 그 책임이 무거운 줄도 알고 있다. 그렇다면 갈 길이 멀다는 것도 알까? 그러나 번득이는 칼 아래서 그런 상념은 어리석음이었다. 칼을 들고 김홍진의 담장을 넘어올 때는 이신이든, 놈이든 누구라도 혼자 살아 돌아가든지, 아니면 함께 죽어야 했다.

이신에게 주어진 선택지는 언제나 이런 식이었다. 달리 택할 여지가 없었다. 그렇게 여지없이 살아온 자신의 지난 삶에 그는 피로를 느꼈다. 불면과 악몽으로 이어진 새벽과 느닷없이 벌어진 칼춤도 피곤하기는 마찬가지였다. 그만하자.

"고통 없이 끝내주마."

이신은 서너 발 떨어진 놈을 향해 말했다. 몇 번의 합을 겨루는 사이 자객은 입안 가득 독을 머금고 머리를 쳐든 뱀으로 변해 있었다. 놈은 어금니를 꽉 다물고 칼을 그러쥐었다.

그때였다. 또 다른 발소리가 들렸다. 짐승인가? 아니다, 분명 사람의 발소리였다. 침착한 발걸음이 다가오고 있었다. 미투리를 신은 소리가 아닌 걸로 보아 김홍진의 노비는 아닌 듯 했다. 분명 가죽신을 신은 발걸음인데 이유는 알 수 없지만 소리가 독특했다.

또 다른 자객일까? 만약 이놈과 한패라면 등 뒤를 조심해야 할 터. 그러나 다가오던 발소리는 더 움직이지 않고 멈추었다. 이상했다. 왜 같이 덤비지 않는 것일까. 만약 숨어 있는 자가 이놈과 한 패가 아니라면 김홍진을 죽이기 위해 무관한 두 명의 자객이 같은 날 같은 시각에 왔다는 말이 된다. 이신까지 합하면 세 명의 자객이 동시에 만났다는 것인데, 그럴 확률은 낮았다. 어떻게 알고 왔을까? 그보다 대숲에 숨어 있는 자는 놈을 노리는 것일까, 이신을 노리는 것일까.

"누구냐!"

이신은 숨은 자객의 허를 찌르기 위해 칼로 대를 베어버렸다. 그러자 그 순간 이신과 겨루던 놈이 허공으로 날아올랐다. 이신은 몸을 굴려 흙을 차고 튀어올라 놈의 등 뒤로 뛰어내렸다. 단칼에 끝내고 대숲에 숨은 자를 찾아낼 작정이었다. 그러나 상대를 너무 만만히 본 것이다. 바닥으로 떨어진 놈은 발로 흙을 차 이신의 눈에 뿌렸다. 순간, 당했다고 생각한 이신은 눈을 감으며 칼을 휘둘렀다. 칼에는 아무것도 걸리지 않았다. 그럼에도 놈의 몸뚱어리가 땅으로 툭 떨어졌다.

단검이 놈의 목에 정확하게 박혀 있었다. 이신은 서둘러 놈의 목에서 칼을 뽑았다. 피가 뿜어져나왔다. 피가 아깝구나……. 이신은 부릅뜬 채 멈추어버린 놈의 눈동자를 보며 중얼거렸다. 대밭에는 정적만이 감돌았다.

안개.

어둠이 물러가기 시작한 자리에 안개가 차오르고 있었다. 바람이 멈춘 강으로부터 꾸물꾸물 일어난 안개는 온 거리를 삼킬 듯 밀려들었다.

청나라로 가기 전 긴 세월을 살았던 한양인데 이 안개만은 적응할 수가 없었다. 청나라라고 안개가 없는 것이 아니었다. 그곳은 안개가 흐르는 것이 아니라 하늘이 통째로 움직이는 것 같았다. 대륙은 바람도, 눈도, 안개도 달랐다.

한강의 안개는 어지럽고 사람을 쉬 지치게 했다. 안개 속에서 걸어다니는 반쯤 동강난 형상, 비슷비슷한 형상들이 종종 이신을 놀라게 했다.

이신은 안개 속에서 눈을 감았다. 김홍진이 사는, 아니 살던 집 대문 앞이었다.

"빨리 의금부에 연락하라!"

"영의정 대감 댁에 먼저 사람을 보내야 한다! 뭣들 하느냐!"

대문이 시끄럽게 열리더니 노복 둘이 뛰어나왔다. 김홍진의 죽음을 알아차린 집안은 경악과 공포로 술렁거렸다.

"네놈들은 포도청으로 달려가라!"

다시 대문이 열리고 또 다른 노복 둘이 달려나왔다.

"아니다. 육조거리로 가라! 형조참의 나리를 모셔와야 한다."

대문에서 갓을 쓴 사내가 밖으로 나와 달려가는 노복들의 등에 대고 소리를 질렀다. 예전에 김홍진의 집에서 두어 번 본 적이 있는 얼굴이었다. 김홍진이 부리던 능숙한 집사였지만, 그도 이런 일은 처음일 터. 어디로 사람을 보내야 할지 무슨 일부터 해야 할지 정신을 차릴 수 없는 모양이었다.

열려진 대문 틈으로 적잖은 노복들이 우왕좌왕 뛰어다니는 모습을 이신은 보지 않고 들었다. 그 발소리 속에 이신이 쫓는 놈이 섞여 있다. 김홍진의 노복들과 하나 둘 몰려들기 시작한 동네 사람들 틈에 함께 묻어가려는 것이었다. 대숲에서 죽은 놈 못지않게 이자도 분명 고도로 훈련된 놈이었다. 단검을 날리던 침착한 솜씨하며, 숲이 아니라 사람들 사이로 몸을 숨기는 판단력이 그것을 말해주었다. 저런 고수를 부릴 만한 세력이 대체 누구일까?

죽은 김홍진은 영의정 김환의 아들이다. 하긴 영상領相을 못마땅하게 생각하는 사람이 어디 한둘인가? 더불어 반정을 한 훈신들조차도 그를 탐탁지 않게 여겼다. 사대부들은 아예 대놓고 그를 경멸했다. 염치없는 임금 아래 염치없는 재상이라며, 숫제 벼슬도 사양하고 고향으로 내려간 이가 부지기수였다. 그들 중 누군가가 고용한 자일까.

그러나 가장 궁금한 것은 그자가 왜 자객을 죽였느냐다. 왜 이신을 공격하지 않았을까. 그자는 우연히 그 장소에 있었던 것이 아니었다. 그렇다고 이신이 나타날 것을 알고 있었다는 것도 말이 되지 않았다. 분명 자객을 노리고 왔을 터였다. 그렇다면 이신을 버려둔 이유는 무엇일까. 이신이 황제의 칙사이자 임금의 내금위장이라는 사실을 알고 있는 자인가. 도대체 누구이기에 이신의 정체를 알고 있는 걸까. 연유가 어떠하든 이신이 그 시각 그 장소에 있었다는 것을 안 이상 그자를 그냥 돌려보낼 수는 없었다.

이신은 사방에서 울리는 발소리 속에서 그자의 독특한 발소리를 찾아내려고 귀에 온 신경을 모았다. 그러나 축축한 안개가 귀를 먼저 파고들었고 그자의 발소리는 먼 듯 가까운 듯 혼란스럽기만 했다. 게다가 그자는 교활하게 미투리 소리에 맞춰 걸었다. 이신은 주변을 둘러보았다. 마을 사람 서넛이 죽음이 찾아든 기와집 너머를 기웃거리다 돌아가고 있었다. 그중 하나가 이편을 향해 힐끔 돌아보는 모습이 보였다.

놈이다. 이신은 그를 쫓아갔다. 마을 사람들의 목소리가 모퉁이를 꺾어 들려왔다. 하지만 안개에 덮인 골목들은 그의 눈에 다 똑같아 보였다. 골목과 담장, 길과 길 아닌 것도 모두 안개에 덮였다. 이신은 소리에 집중하며 그를 쫓아 걸었다. 안개는 곧 걷힐 것이다.

불쑥 여인 하나가 튀어나왔다. 몸집이 작고 얼굴이 동그란 여인이었다. 눈앞으로 뿌연 안개가 지나가 얼굴이 제대로 보이지 않았지만 조심조심 걷는 모습이 어디가 아픈 것 같았다. 이신은 자신을 스쳐 지나간 여자가 돌아본다는 느낌이 들었다. 여자의 발걸음이 느려졌기 때문이다. 나를 아는 여인일까.

이신이 쫓고 있는 발걸음이 빨라졌다. 달아나려는 것이다. 이신도 그를 향해 달려가다 우뚝 멈추었다.

선화······.

벼락이 머리 위에서 떨어져 내리듯, 이신은 깨달았다. 조금 전 모퉁이에서 튀어나온 여인은 선화다. 오래전, 압록강에서 잃어버린 그의 아내. 죽었다고 믿고 살았던 여인.

그는 방금 여자가 걸어간 쪽으로 달렸다. 그러나 시야에는 온통 안개뿐. 누구의 흔적도 남아 있지 않았다.

"선화!"

이신의 목소리가 안개 속을 울렸다. 이신은 시야를 포기하고 선화의 발소리를 들으려 했다. 아무리 귀를 기울여보아도 아낙의 발소리를 찾을 수 없었다. 뭔가 들리는 것 같아 걸음을 멈추고 정신을 집중했으나 마찬가지였다. 헛것을 본 것일까. 선화의 흔적은 사라졌다. 사라진 것이 아니라 처음부터 없었는지 모른다. 자객의 발소리도 멀어졌다.

이신의 앞에는 오직 안개, 안개뿐이었다.

二
뒤바뀐 사인

　상참이 있기 전, 편전 주변으로 중신과 신료들이 삼삼오오 모여들었다. 임금은 회의시간이 한참 지났는데도 나타나지 않았다. 요사이 제때 조정회의가 시작되는 일이 드물었기에 신료들은 무작정 기다렸다. 주상 없이 회의가 진행되는 경우도 더러 있었다.

　병조판서 홍원범은 한쪽 구석에 혼자 서서 막막한 잿빛 하늘 아래 청淸으로 짙어가는 산을 바라보고 있었다. 갸름한 그의 얼굴은 측면에서 보면 마치 회초리처럼 날카롭고 한없이 쌀쌀맞아 보였다. 눈가와 뺨을 타고 곡선을 이루는 완강한 주름들이 차가움을 더했다. 누구도 쉽게 말을 붙이기가 어려울 듯한 인상이었다. 병조참판 한복진이 다가오자 홍원범은 고개를 돌렸다. 그의 얼굴은 옆모습에서는 읽을 수 없던 깊은 수심 같은 것을 풍겼다. 아마도 양미간의 깊은 주름과 골똘히 생각하는 듯한 눈동자 때문일 것이다. 깊게 가라앉은 그 눈빛 때문에 사선으로 떨어지는 날렵한 하관이 오히려 연약한 인상마저 주었다. 생김대로 홍원범은 말수가 적었다. 한복진이 뭔가 긴한 이야기를 하는 듯했으나 홍원범은 가만히 듣기만 할 뿐 응답이 없었다.

지금은 도성 바깥 한적한 곳에 터를 잡긴 했으나 원래 홍원범은 대궐 근처 북촌 토박이였다. 북촌에서 태어나 젊은 시절을 줄곧 그 마을에서 보냈으며, 아직도 일가친척 대부분이 그곳에 살고 있었다. 비록 한 번도 들어가본 적이 없지만 계해년 거의의 공로로 받은 집도 북촌의 요지에 있었다. 그뿐 아니라 동네에서 손가락으로 꼽을 정도로 넓은, 그의 또 다른 집도 역시 북촌에 있었다. 최근 홍원범은 선대로부터 물려받은 집 외에 두 채의 집을 모두 팔고 도성 밖으로 이사를 가버렸다. 반정 이후 훈신들 사이에서 홍원범이 없었다면 거의를 성공적으로 마무리하기 힘들었을 것이라는 말이 돌 정도로 그의 공은 지대했다. 하지만 그는 막상 한직인 지방관으로만 전전하면서 구망旬芒을 다 보내고 흰머리가 드문드문 나기 시작할 쯤에 대궐로 들어온지라 궐 안이 언제나 낯설게 느껴졌다. 그 때문에 대궐 안에서는 좀처럼 입을 열지 않았고, 혼자 생각에 잠겨 있기 일쑤였다. 북촌이 대궐과 가깝고 대소신료들이 모여 사는 곳이라 그런지 북촌의 집마저도 때로는 자신이 와서 살 곳이 아니라는 생각이 들었다. 그가 집들을 정리하고 도성 밖에 터를 잡은 것은 그 때문이었다.

　호조참의 남백중과 함께 서서 쑥덕대던 당하관들이 홍원범을 발견하고 그의 주변으로 다가왔다. 참판 한복진은 짐짓 모른 척 자리를 피하려 했지만 한발 늦었다.

　"대감, 들으셨습니까? 전하께서 미행微行 중에 시정잡배들과 어울려 술을 드시고 그들과 함께 주정을 부렸다 합니다."

　정랑 하나가 홍원범에게 다가와 마치 대단한 비밀이라도 전한다는 듯이 목소리를 낮추고 속삭였다. 하지만 임금의 미행은 그리 놀랄 일이 아니었고, 오히려 조정 신료의 관심은 이번에는 무슨 기행을 벌여 백성들의 웃음거리가 됐느냐에 쏠려 있었다.

"주정을 가지고 뭘 그리 호들갑인가."

한복진이 낮은 목소리로 핀잔하듯 말했다. 말이야 바른 말이지 시정잡배들과 어울러 술을 마시고 헛소리로 주정이나 부린 정도라면 그날 미행은 별 탈 없이 끝난 셈이었다. 그만큼 최근 주상은 해괴한 소문들을 몰고 다녔다.

"백성들 사이에 차마 입에 담기 민망한 소문까지 돌고 있으니 하는 말이지요."

그는 은밀히 알려줄 말이 있다는 듯 홍원범을 보았지만, 홍원범은 아무런 반응도 보이지 않았다.

"무슨 소문인가?"

옆에 서 있던 남백중이 입을 열었다. 말을 꺼낸 정랑은, 비록 홍원범이 잿빛 하늘만 바라보고 있지만 분명히 자신의 이야기에 귀를 기울일 것이라는 생각에 용기를 냈다.

"며칠 전에는 주상전하께서 운종가에 납셨답니다. 거기서 개장국을 드시고는 하늘의 달을 향해 멍멍 짖으셨다 합니다."

"뭐요! 개장국을 드시고 개처럼 짖으셨다?"

모여 있던 신료들 모두 충격을 받아 멍한 얼굴로 홍원범을 응시했다. 홍원범은 잠시 눈을 감았다 뜰 뿐, 어떤 감정의 변화도 드러내지 않았다. 그러자 말을 전한 정랑도 고개를 숙이고 한 걸음 뒤로 물러섰다. 그것은 녹을 먹는 신하로써 차마 입에 담을 수 없는 언사였으니, 혹여 길을 걷다가 백성들이 지껄이는 말을 무심코 들었다 해도 재빨리 우물가로 가서 귀를 씻어야 올바른 신하의 도리일 것이다. 그러나 도리와 행동이 일치하지 않는 시절. 임금이 백성들이나 먹는 개장국을 먹었다는 사실도 놀라웠지만 달을 향해

개처럼 짖었다니. 말을 재촉한 남백중 역시 듣기 민망한지 눈만
껌뻑이다 잿빛 하늘을 향해 고개를 돌렸다.

"설마요? 그럴 리가 있습니까?"

좌랑은 도저히 믿을 수 없다는 표정이었다.

"설마가 아닐 겁니다. 얼마 전에는 기생을 침전에 불러 들였다
가 알몸으로 궐 안을 돌아다니셨다 합니다."

정랑은 말을 마치고 다시 홍원범의 눈치를 살폈다. 홍원범은 도
무지 미동이 없어 사람이 아닌 고목이 서 있는 것 같았다.

"내관을 죽인 건 어쩌고요."

"헛소문이 아니었군요."

"전하께서 미령靡寧하셔서 내의원에서 안절부절못한답니다. 장
차 종사가 어찌 될지 걱정입니다."

한복진도 말을 마치며 홍원범을 보았다.

"혹시 시중에 떠도는 입조入朝 소문 때문에 옥체가 미편하신 게
아닐까요?"

"하긴 청나라 심양, 그 먼 곳으로 황제를 알현하러 간다는 게 어
디 예삿일입니까?"

"입조 얘기는 심심하면 한 번씩 나오는 얘기인데 새삼스레 기행
까지 부리시다니요."

"삼전도三田渡에서 그런 치욕을 당하셨으니……."

홍원범이 짧게 말했다. 꼭 누구에게 들으라고 하는 말이 아니라
혼잣말이었다.

근래 임금이 보이는 모든 말과 행동들은 삼전도와 관련지어 해
석되고, 인용되고, 판단되었다. 그럼에도 아무도 삼전도라는 말을
함부로 입에 올리지는 않았다. 삼전도는 입 밖으로 튀어나오는 즉

시 주변의 공기를 오염시키고 급기야 말을 뱉은 신하 자신까지 기겁하게 만드는 말이었다. 그러나 홍원범의 얼굴에는 아무런 변화가 없었다. 둘러선 신료들만이 삼전도가 오염시킨 무거운 공기를 묵묵히 들이마셨다.

그때, 좌랑 하나가 급히 달려왔다.

"대감…… 대감!"

급하게 달려온 좌랑은 말을 잇지 못하고 숨을 헐떡였다.

"어허, 편전 앞에서 웬 호들갑이오?"

정랑이 그를 보고 못마땅한 표정을 지었다.

"기, 김흥진 대감이, 김흥진 대감이 자진하셨다 합니다."

"언제 그랬단 말인가?"

"오늘 새벽녘이라 합니다."

김흥진의 자진은 홍원범에게도 충격인 듯했으나 그는 애써 내색하지 않았다. 그때 편전 입구에서 좌의정 최명길이 모습을 드러냈다. 그 뒤에 영의정이 뒤따르고 있었다. 앞장서야 할 영상이 좌상의 뒤에 선 것으로 보아 방금 좌랑이 호들갑스럽게 전한 말이 사실인 모양이었다. 언제나 어깨를 떡하니 펴고 자신이 일국의 만인지상임을 증명하듯 팔자걸음으로 걷던 영상이 아니던가. 하지만 오늘은 고개를 숙이고 바위를 얹은 듯 무거운 어깨를 하고 천천히 편전 안으로 걸어오고 있었다. 그도 그럴 것이 김흥진은 영상의 하나뿐인 아들이었다.

편전에 둘러앉은 신료들은 이미 소식을 들었는지 다들 고개를 숙이며 눈인사만을 나누며 말을 삼갔다. 삼삼오오 모여 이야기를 나누던 목소리들이 모두 사라지고 편전 안은 침묵으로 가득 찼다. 그 침묵을 깨고 임금이 모습을 드러내기를 모두들 기다렸지만 임금은 나타나지 않았다.

　영의정 김환의 표정은 여전히 어두웠고, 그 앞에 앉은 병조판서 홍원범도 매한가지였다. 잠시 후 우의정과 도승지가 들어왔다. 도승지는 좌의정에게 뭐라 귓속말을 하고는 한쪽에 물러나 자리를 잡았다. 오늘도 임금은 상참에 참가하지 않을 모양이었다. 이미 변고가 전해졌을 터인데 상참에도 나오지 않다니, 정말 미령하신 것인가? 소문처럼 입조 문제 때문인가? 좌상이 홍원범에게 눈짓을 했다. 편전을 둘러본 홍원범은 앞에 앉은 참의를 보았다.

　"시장屍帳(검안보고서)을 읽어오리까?"

　형조참의가 떨리는 목소리로 물었다. 시장이라는 말에 편전이 어수선해졌다.

　"시장이라니? 누가 죽기라도 했소?"

　등청이 늦은 우의정이 큰 소리로 물었다. 홍원범은 인상을 찡그리며 고개를 돌렸다.

　우의정은 고개를 이리저리 돌리면서 대답해줄 누군가를 찾았다. 그러다 영의정을 보고 뭔가 심상치 않음을 눈치챘는지 기침을 삼키고 똑바로 앉았다.

　"그럼 아침에 돌던 소문이 사실인가?"

　"서, 설마 기, 김대감이……."

　"형조참의는 정사공신의 시장을 읽으시게!"

　홍원범이 주변의 소란을 잠재우듯 명했다. 일순간 편전이 조용해졌다.

　"사인死因만 간략히 아뢰라."

　좌의정 최명길이 나섰다. 죽은 김홍진의 아비가 영상이고, 그가 함께 앉아 있는 자리에서 아들의 죽음에 대해 미주알고주알 따진다는 것은 예의가 아니었다. 더구나 충신의 변고에 대해 경청할 주상이 나오지 않은 터라 구체적인 사인을 밝힐 필요는 없었다. 사실 사대부를 검안했다는 것 자체가 예삿일은 아니었다. 더구나 김홍진은 돌멩이처럼 발에 차이는 왕가의 자식에 불과했던 임금을 군왕으로 세운 반정공신이 아닌가. 비록 강화도에서 망나니짓을 했다고 하나 그는 임금이 혈족처럼 아끼던 신하였다.

"아직 정확한 검안결과가 나오지 않아 확실히 알 수 없사옵니다. 하지만 검시관이 급하게 올린 초안에 따르면 자진인 듯하옵니다."

형조참의가 검시관을 닦달해 받아온 시장인 모양이었다. 다시 편전이 술렁였다. 우의정이 무슨 말을 하려다가 주변의 눈치를 보고 입을 다물었다.

"김홍진의 죄악은 무거우나 그는 임금과 함께 왕가의 인륜을 바로 세운 충신 중의 한 사람이오. 그러하니, 예에 맞게 장례를 치러 자식을 잃은 영상의 심정을 달래주어야 마땅할 것입니다."

홍원범이 조정 신료들을 보면서 말했다. 김홍진의 죽음을 전해 들은 후 준비한 말이었다.

"전하께서도 예장을 명하셨고, 어명으로 자진했다고 알려 그의 명예를 지켜주라고 하셨사옵니다."

도승지였다.

"전하, 망극하옵니다. 불충한 소자의 아들은 죽어서도 성은에 감격할 것이옵니다."

영의정 김환이 떨리는 목소리로 말했다. 그는 머리를 바닥에 찧을 것처럼 조아렸다. 용좌에 임금이 앉아 있기라도 한 것처럼.

"참으로 지당하신 분부십니다."

홍원범은 흡족한 표정으로 도승지를 향해 말했다. 김환이 고마운 듯 홍원범을 보았다.

홍원범은 김환과 매제 사이였고, 함께 반정을 도모한 공신이었지만, 계해년 이후 사사건건 부딪쳤다. 홍원범은 훈신들의 작은 잘못도 용서하지 않았으며 특히 손위 처남인 김환을 향한 강도 높은 비판을 서슴지 않았다. 반정공신들의 전횡과 비리가 드러날 때마다 홍원범은 목청을 높여 '이럴 바에야 거의를 왜 했습니까'라는 말로 반정 자체를 회의하는 발언도 주저하지 않았다. 폭포수처럼 거침없는 그의 말에 임금도 가끔 얼굴을 찡그렸고, 일등공신들은 편전에 들기가 민망할 정도라 반발도 거셌다. 홍원범이 지방관으로 쫓겨난 것도 한두 번이 아니었다.

그런데 요즘, 정확히 말하면 임금이 삼전도에서 머리를 조아린 굴욕이 있은 후로 홍원범의 입이 한없이 무거워졌다. 사실 그는 남한산성에서도 척화를 주장하지 않았다. 겨울이 지나면 봄이 오듯이 청의 위세도 언젠가는 꺾일 거라는 척화파들의 말이 있을 때마다 허한 눈을 허공으로 던질 뿐이었다. 최명길이 청나라와 화친해야 한다고 열변을 토하면 그의 주장에 힘을 실어주는 정도였다. 예전처럼 공신들에게 호된 꾸지람을 하지 않았다. 조정의 신료들뿐만 아니라 초야에 묻혀 사는 뜻 있는 선비들조차 홍원범에게서 예전의 기상이 사라졌다며 안타까워했다. 세상과 맞서지 않고 말이 순해진 것을 보니 필시 죽을 때가 된 것 같다고 수군거리는 이들도 있었다. 그런 은밀한 말들은 개울의 물처럼 흐르고 흘러 홍원범의 귀에도 들어갔으나 그는 개의치 않았다. 홍원범은 변했고 정치 현안에 대해서도 영의정과 이견이 존재하지 않았다. 심지어 환향녀還鄉女 문제에도 의견이 일치했다.

환향녀 문제는 사대부들 사이에서 가장 민감한 현안이었다. 예
禮와 절節을 최고의 가치로 숭상해온 조선의 사대부들은 오랑캐와
몸을 섞고 돌아온 부인과는 절대로 함께 살 수 없다고 아우성을
쳤다. 그들은 이혼을 허락해달라고 끊임없이 주청을 올렸지만 임
금은 들은 척도 하지 않았다. 환향녀를 만든 것이 조정인데, 이제
와서 그들에게 정절을 버렸다고 집에서 내쫓는 것은 인륜에 맞지
않는 일이라며 홍원범은 최명길과 대전회의에서 목청을 높였다.
백 번 지당한 말이었으나 사대부들은 홍원범의 등 뒤에서 '네 마
누라가 청나라에서 살아 돌아와도 그런 말을 할 수 있겠느냐'며
이를 갈았다.

바로 그때 영의정 김환이 역관 출신의 동지사 정명수에게 엄청
난 돈을 주고 강화도로 피란 갔다가 심양으로 끌려간 첩과 딸을
환속시켜 데리고 오면서, 그의 여동생, 즉 홍원범의 처와 딸까지
함께 데려왔다. 강화도 앞바다로 뛰어내린 줄 알았던 홍원범의 아
내와 딸이 살아 돌아온 것이었다.

홍원범에게 불만을 품었던 사대부들은 숨을 죽이고 그의 집안
에서 일어나는 일에 귀를 기울였다. 어떤 이는 청에서 살아 돌아
온 처와 딸을 보고 홍원범이 쓰러졌다는 말을 전하며 은밀히 키득
거렸다. 그들 모두 홍원범의 처와 딸이 영의정 김환의 집으로 쫓
겨가는 꼴을 보고자 했지만 아쉽게도 그런 일은 일어나지 않았다.
그는 돌아온 아내와 딸을 집으로 들이고 예전처럼 한 집에서 살았
다. 홍원범이 모녀를 내쫓을 기미가 보이지 않자, 그에게 불만을
가진 사대부들은, 명문가의 종손이고 일국의 대신인 자가 환향녀
를 정부인으로 데리고 산다며 담 너머로 돌을 던졌다.

"대감."

병조참판 한복진이 입을 열었다.

"주상께서 공신을 아끼는 마음은 누군들 감격하지 않겠사옵니까. 하오나 역시 공신이었다가 왕명으로 자진한 장신의 예를 볼 때, 예장禮葬은 부당하옵니다."

한복진은 병자년 패전의 책임자는 영의정 김환이라며 왕 앞에서 조목조목 근거를 제시하고 그를 벌주어야 한다고 주장했던 신료였다. 김환은 전쟁 전에는 강력히 척화斥和를 주장하다가, 남한산성에 거위 알만 한 홍이포 포탄이 떨어지자 슬그머니 주화主和로 돌아섰다. 사직이 무너지면 그대가 책임질 수 있느냐고 임금이 따져 물은 직후였다.

김환의 잘못은 그뿐만이 아니었다. 그는, 청나라가 만주족이라 수군이 없다고 주장하며 청이 함선을 만들 기술과 홍이포를 보유한 것도 파악하지 못했고, 그런 상태에서 미련하게 강화도를 금성탕지金城湯池라며 파천을 강행하였다. 따지고 보면 그 많은 포로들을 만든 것도 모두 김환의 책임이었다.

한복진은 바로 이 점을 따져 물었다. 나라와 백성의 운명을 책임진 자리에 앉은 영상이라는 자가 무엇을 했느냐고 매섭게 몰아세웠다. 능력이 없던 탓이라면 당연히 자리에서 물러나야 하고, 능력이 있음에도 그리하였다면 목숨을 내놓아야 한다는 것이 한복진의 논리였다. 그러자 훈신들이 벌떼같이 달려들어 김환의 잘못이 아니라고 언설을 늘어놓았고, 그에 비례해 김환에 대해 반기를 든 세력 또한 늘어났다.

"병조참판의 말이 온당하옵니다. 김홍진의 죽음은 슬픈 일이나, 그의 죄가 너무나 무겁습니다. 김홍진의 실책으로 청나라 군대에 잡혀간 사대부와 그 식솔이 얼마이옵니까? 그가 자기 식솔의 짐

보따리와 노복들을 실어 나르느라 배를 독점하는 바람에 강화도로 들어가지 못해 나루터에서 물속으로 몸을 던진 사대부의 아낙네는 얼마입니까? 그뿐이옵니까? 섬으로 들어가서는 적에 대한 최소한의 경계도 하지 않고 술만 마시다가 막상 청나라 군대가 들어오자 검찰사라는 자가 가장 먼저 도망해버렸습니다. 그날, 김홍진이 피란민을 버리고 도망친 그 바다 위에는 물에 뛰어들어 자결한 여인들의 머릿수건으로 뒤덮였다 합니다."

호조참의 남백중이었다. 그는 반정공신들과 연고가 없었음에도 처가 덕에 참의에 올랐다. 그는 훈신들의 무능과 안일을 비판하다 좌천되었으나 천신만고 끝에 다시 당상관이 되었다. 임금이 그를 다시 부른 것이 병자년 초였다.

삼전도에서 돌아온 임금은 훈신들만으로 나라를 다스릴 수 없다는 것을 알았다. 그래서 척화신들을 대부분 몰아냈지만 일부를 남겨 반정공신들을 견제하고자 했다. 남백중도 그중 하나였다. 그는 앞뒤 재지 않고 오직 임금과 사직만을 걱정하는 충신이었다.

"그뿐 아니옵니다. 김홍진은 어미의 복服을 핑계로 세자들이 심양으로 떠날 때, 질자質子로 따라가지도 않았습니다. 허나 김홍진이 왜 상복을 입었으며, 그에게 상복을 입힌 자가 누구입니까."

청은 배를 만들 수 없다는 조정신료들의 호언장담을 깨고 청나라 군인들은 강화도로 들어가는 나루터의 민가를 헐어 뗏목뿐만 아니라 함선까지 만들어 화포를 싣고 섬으로 진격했다. 그들이 홍의포를 쏘면서 강화도에 상륙하자 그곳에 도피해 있던 김홍진의 아들 김진수가, 절개를 훼손당해서는 안 된다며 자신의 어미와 할머니에게 자진을 종용한 것 또한 꼬맹이들의 입방아에도 오르내리는 패륜이었다. 이런 마당에 초상을 핑계로 김홍진이 소현 세자를 따라 심양으로 가야 하는 질자마저 거부했으니 염치 같은 것은 애초 따질 사안이 아니었다.

김환이 끙 하고 신음하며 눈을 감았다. 신료들은 일제히 남백중을 노려보았다. 그러나 그 옆에 앉은 예조참의 최현수와 눈이 마주치자 모두들 허겁지겁 고개를 숙이거나 시선을 돌리면서 딴전을 피웠다. 최현수는 황제의 칙사인 이신이 대전에 심어둔 첩자라는 소문이 파다했다. 모두들 그렇게 믿고 있었다. 사실 영의정이나 그의 아들 김흥진을 두둔한 사실이 칙사의 귀에 들어간다고 해서 문제가 될 사안은 아닐 텐데도 모두들 자라처럼 목을 움츠렸다. 최현수의 입을 통해 자신의 이름이 칙사의 귀에 들어가는 것이 두렵고 싫기 때문이다. 그만큼 이신은 무서운 존재였다.

"어미와 조모를 자결하도록 겁박한 김진수를 참해야 합니다. 그리고 대역죄를 저지른 김자점, 심기원도 응당한 죄를 물어야 합니다."

남백중은 목청을 높였다.

"말씀이 지나치시오. 공신들을 다 죽이잔 말이오."

최명길이 다시 나섰다.

"김흥진이 자진하였으니, 강화도 수비의 책임이 있는 강진흔 역시 참해야 합니다. 그자는 청군이 강화도로 들어오자 전함과 군사들을 버리고 도망간 자입니다."

한복진이 맞장구를 쳤다. 그는 예조참의 최현수와 눈이 마주쳤지만 놀라는 기색이 없이 도리어 고개를 빳빳이 들고 최현수를 노려보았다. 그의 매서운 눈길에 움찔 놀라 고개를 숙인 사람은 도리어 최현수였다. 네놈이 칙사에게 무엇을 보고하는지는 몰라도 칙사가 저지른 일을 다 알고 있다. 한복진의 눈은 그렇게 말하고 있었다.

칙사와 함께 조선에 머물고 있는 역관 정명수의 행패는 생각만 해도 온몸이 부르르 떨렸다. 임금이 종이품 동지중추부사 벼슬을 내렸다고 하나, 실상은 노비 출신이며 역관에 불과한 정명수가 종로 길바닥에서 반청 행위를 했다는 명분으로 사대부들을 찢어 죽인 만행은 일찍이 왕조의 역사에 없었던 일이었다. 하지만 한복진은 정명수의 만행이 정명수 혼자만의 돌출행동일 거라고는 믿지 않았다. 정명수는 칙사 이신의 그림자일 뿐이다. 한복진은 그렇게 믿으며 주먹을 꾹 쥐었다. 끓어오르는 증오도 입안으로 조용히 삼켰다.

"변이척도 참형에 처해야 합니다."

또 다른 신료가 뒤를 이었다.

"조정 신료들의 뜻이 그렇다면 강진흔과 변이척을 참해도 좋다는 어명이 있었사옵니다."

도승지의 말에 편전이 잠시 술렁거렸다.

"그럼 김자점, 심기원을 먼저 참해야 합니다!"

"어험!"

좌의정 최명길이 큰 기침을 했다. 그들은 일등공신이라 참할 수 없다는 뜻이었다. 실사 임금이라고 해도 공신의 핵심인 그들을 마음대로 죽일 수는 없는 일. 계해년 반정은 임금 혼자서 한 일이 아니었다. 조금 과장해 말하자면 임금은 선조대왕의 피가 한두 방울 몸에 튀었다는 이유만으로 얼떨결에 용좌를 차지한 것이다. 논의가 부담스러운 듯 홍원범이 상참을 끝내자고 제의했다.

"도승지가 신료들의 말을 충분히 들었으니 주상전하께 전할 것이오. 그러니 오늘은 이만들 하시지요."

영의정이 먼저 자리에서 일어났다. 그의 눈에 눈물이 고여 있었다. 영상은 그런 자신의 모습을 신료들에게 보이지 않으려는 듯 고개를 깊이 숙였고, 걸음걸이 역시 평소와 딴판으로 아주 조심스러웠다. 홍원범은 갑자기 측은한 마음이 일었다. 요사이 영상을 볼 때마다 부쩍 착잡해지는 그였다. 이제 영상은 만인지상의 영광을 누리기 힘들 것이다. 아들이 자진했다면 스스로 죄인인 것을 실토한 셈이고, 죄인의 아버지가 영상의 자리에 있을 수는 없었다. 그나마 아들의 죽음만으로 일이 마무리된다면 다행이지만 그 또한 무망해 보였다. 어쩌면 손자까지 제물로 내놓아야 할 상황이 올 수도 있다. 임금조차 아들 둘을 볼모로 보내지 않았는가. 그것도 부족해 임금 자신이 직접 심양으로 가야 할지 모른다.

홍원범은 영의정이 편전을 나가는 것을 확인하고 도승지에게 다가가 임금의 건강을 물었다. 도승지는 내의원에서 '전하가 미령하시니 시약청侍藥廳을 설치해야 한다'는 주청을 올렸다고 했다. 말을 마친 도승지는 인사를 하고 서둘러 자리를 떴다. 임금은 미령하다면서 왜 밤에 미행을 다니는 것일까. 정말 궐에 떠도는 소문처럼 주상은 제정신이 아닌 것인가. 홍원범은 골똘히 생각에 잠긴 채 편전을 나왔다. 한복진이 먼저 나와 한쪽 구석에서 내관을 붙잡고 은밀히 이야기를 주고받는 모습이 보였다. 한복진은 홍원범을 보자 황급히 내관을 보내고 다가왔다.

"그렇지 않아도 자네를 찾고 있었네."

홍원범은 어두운 표정으로 다가오는 한복진에게 말을 꺼냈다.

"혹시 지난번에 말씀하셨던 모필가 때문에 그러시는지요."

"맞아. 자네가 일러준 그 운종가의 환쟁이한테 사람을 보내 글씨를 받아보았지만 솜씨가 영 시원찮았네."

"그자는 본인이 직접 찾아가서 선심을 보여야만 제대로 된 모필을 받을 수 있다고 들었습니다."

"허허, 참. 환쟁이가 선심을……."

"그만큼 대단한 솜씨라는 거지요. 제가 본 그자의 모필은 원본과 구별하는 것이 불가능하였습니다."

"참판처럼 눈이 밝은 사람도 알아보지 못했다는 말이오."

"그러합니다."

"자네가 구별 못 할 정도라면……."

"그런데 대감……."

한복진은 조심스레 주위를 살폈다. 대신들이 다 빠져나간 편전 주변에는 정적이 감돌았다.

"대감, 주상께서 칙사 이신을 불렀다고 합니다."

한복진이 홍원범에게 나지막히 말했다.

"칙사를? 이유가 뭐라던가?"

"아직 모른다 합니다. 허나 이상하지 않습니까? 은밀히 침전으로 부르셨다니 말입니다."

잠시 동안 홍원범의 미간이 깊은 골짜기를 이루더니, 그 모양이 묘하게 일그러진 채 화살처럼 날카로운 얼굴에 긴장이 어렸다. 한복진이 그를 똑바로 응시하자 잡혔던 주름이 금세 펴지면서 고목 같은 얼굴로 되돌아왔다. 홍원범은 아무 말 없이 자리를 떴다.

◎

흰 눈밭에 꽃이 흐드러지게 피었다.

따뜻한 개울물에서 올라오는 김이 꽃나무 사이로 안개처럼 퍼진다. 어디선가 꾀꼬리가 우는 듯하다.

이신은 멍하니 병풍 속의 그림을 바라보았다. 선화가 그린 것이 분명했다.

"당신 아내는 살아 있어. 내가 당신 아내를 발견해 조선으로 돌려보냈어."

정이가 양귀비를 피우면서 그렇게 말했을 때 이신은 믿지 않았다. 양귀비 이파리를 물 때마다 종종 이상한 말들을 쏟아내는 그녀가 헛소리를 하는 것이라고만 여겼다.

하지만 김흥진의 집에서 선화의 그림을 발견했을 때 정이의 말이 사실임을 알았다. 그날부터 이신은 아내 선화와 딸 난이를 찾기 위해 온갖 짓을 했다. 여동생과 그녀의 딸을 찾는다는 방傍을 장안에 빈틈없이 붙였고, 거액의 포상금까지 걸어두었다. 그뿐이 아니었다. 형조에서도 따로 인력을 파견해 모녀를 찾아나서게 했지만 아직까지 이렇다 할 소득이 없었다. 굳이 여동생이라고 한 것은 아내라고 했다가는 칙사의 처자식을 찾아드려야 한다고 조정신료들이 호들갑을 떨 것 같았기 때문이었다. 그러면 대역죄로 숨어 사는 아내가 몰이꾼에게 쫓기는 짐승처럼 놀라 달아나버릴 수도 있었다. 아내는, 이신이 칙사가 되어 다시 조선에 돌아와 자신을 찾을 것이라고는 꿈에서도 생각 못 할 터였다. 오히려 자신을 잡아들일 음모라고 여길지 모른다. 설사 그렇게 생각하지 않더라도 아내는 조용히 자신을 찾아주길 원하고 있을 것이다.

하지만 모녀는 어디 깊은 산속에 숨어 사는지 나타나지 않았다. 모녀를 봤다는 신고가 적지 않았지만 포상금을 탐낸 것일 뿐 사실인 적은 없었다.

지난 새벽, 안개 속에서 본 여자는 정말 선화일까. 이신은 자신이 없었다. 안개 때문에, 불면 때문에, 혹은 악몽 때문에 헛것을 보았는지도 모른다. 언제 집으로 돌아와 다시 잠이 든 것인지 그것도 분명하지 않았다. 새벽에 잠자리를 박차고 일어나 황제의 칼을 품고 김홍진의 집으로 날아든 것도 꿈이 아닌가 의심스러웠다. 그와 마주친 자객들은 현실에서 쉽게 만날 수 있는 자들이 아니었다.

방으로 다가오는 발소리가 희미하게 귓가를 맴돌았다. 하지만 그 소리도 실제인지, 환청인지 알 수 없었다.

"나리, 나리……."

꿈인지 생시인지 알 수 없는 혼몽한 상태에서 돌이의 목소리가 들렸다. 이신은 부스스 일어나 방 안 여기저기에 흔들리는 시선을 던졌다. 딸의 꽃신을 만들던 작업판이 보였다. 엊저녁에 잠이 오지 않아 등잔을 밝히고 잡은 딸아이의 꽃신과 송곳이었다. 고래 기름을 먹인 심지가 지직거리는 소리를 듣다가 그만 송곳에 손가락을 찔렸던가. 이제 그는 노련한 갓바치가 아니었다.

"나리, 내금위장 김창렬 대감이 다녀갔사옵니다. 나리께서 일어나시면 등청하시라고 전하라 하셨습니다. 상감마마께서 칙사나리를 뵙고 싶어 하신다 합니다요."

문을 열어보지 않고도 돌이는 주인이 잠자리에서 일어난 것을 알았다. 눈치가 보통이 아닌 놈이었다.

"날 깨우지 않고. 어명인데……."

"나리께서 주무신다고 하였더니……."

돌이의 뒷말은 제대로 들리지 않았다. 이신은 자리에서 일어나다가 잠시 중심을 잃고 휘청거렸다. 겨우 몸을 추슬러 의관을 갖추며 무슨 일로 임금이 자신을 찾는지 궁금했다. 그는 임금 앞에서는 칙사가 아니라 임금의 안전을 책임지는 내금위장이었다.

　내금위장직을 맡아달라고 한 임금의 제의는 뜻밖이지만 그것은 일종의 명예직이었으므로 그렇게 놀랄 일은 아니었다. 임금은 종종 칙사를 불러 황제가 자신을 입조시킬 의사가 있는지를 물어보았다. 그때마다 이신은, 황제는 불필요한 일을 하지 않는다고만 대답했고, 임금은 그 대답이 불만스러운 표정이었다. 어떻게든 이신을 구워삶아 입조 계획을 없애고 싶은 것이었다. 임금은 이신을 가까이 두고 싶다면서 조선에 있는 동안만이라도 자신의 경호를 담당하는 내금위장을 맡아달라고 부탁한 것이다.

　이신은 내금위장이라는 직위가 마음에 들었다. 아버지 역시 오랫동안 광해 임금의 내금위장이었고, 돌아가실 때도 그의 내금위장이었다.

　의관을 갖추고 방을 나서는 그의 눈에 또다시 딸아이의 꽃신이 들어왔다. 꽃신은 제법 모양을 갖추어가고 있었다. 한쪽 구석에는 아내의 당혜가 가지런히 놓여 있었다. 선화를 찾으면 당혜부터 신겨주리라, 이신은 늘 생각했다.

　"나리, 괜찮으십니까? 안색이 좋지 않으십니다."

　"괜찮다."

　돌이는 주인이 준 가죽신을 신고 있었다. 아내의 당혜를 만들기 전 손을 풀 요량으로 돌이의 신발을 만들어 내밀었다. 돌이는 노비가 가죽신을 신을 수 없다고 사양했다. 이에 이신은 그런 말을 하는 자가 있으면 자신에게 끌고오라고 일렀다. 그후로 돌이는 언제나 가죽신을 신고 신나게 돌아다녔다. 이신이 밖으로 나오자 돌이는 서둘러 해명했다.

　"소인은 나리를 깨우려 하였으나 내금위장께서 칙사님이 피곤하실 터이니 일어나면 말씀만 전하라 하시고 떠났습니다요."

"피곤하실 터……."

"예, 그렇게 말씀하셨습니다."

순간 이신의 머릿속에는 내금위장 김창렬이 새벽녘 자신이 김홍진의 집에서 자객들과 맞붙었던 것을 아는 것이 아닌가 하는 의심이 스쳤다. 그러나 공연한 생각이리라. 기나긴 불면으로 그의 신경이 과민해진 것이다.

칙사의 악질적인 불면은 이제 웬만한 사람은 다 아는 이야기가 되었다. 새벽잠을 설치게 한다는 이유로 인근의 마을에서는 닭과 개를 키우지 못했다. 동네를 배회하는 개들은 돌이가 모두 잡아 죽였다. 심지어 포도청의 나졸을 동원해 인근의 까치집까지 모두 헐어버렸으니 김창렬도 칙사의 까다로운 잠버릇에 대해 들었을 것이다. 돈을 쳐주었음에도 개를 잃은 양반집에서 칙사에 대한 원성이 있었던 모양이지만 직접 찾아와 항의하는 사람은 없었다.

"혹시 최 참의는 다녀가지 않았느냐?"

"참의 어른은 오시지 않았습니다요."

이신은 최현수를 통해 대궐의 소식을 들었다. 내금위장이라 하나 이신은 매일 등청하는 관리가 아니었다. 그러니 조정에 무슨 변고가 생겼다면 분명히 최현수가 먼저 다녀갔을 것이다. 최현수는 조정에서 명나라가 아니라 청나라와 교역하고 우호적인 관계를 유지해야 한다고 주장한 보기 드문 실용주의자다. 그는 어린 나이에 등과해 광해군 때부터 방북 외교에만 전념해온 전문가였으나 명나라에 대한 충성을 대외 정책의 전부로 아는 반정 세력들 때문에 요직을 맡지 못했다. 이신은 최현수의 실용주의를 높이 사 그에게 참판이나 판서 자리를 추천해주겠다고 했다. 마음만 먹으면 간단한 일이었다. 임금에게 부탁할 것도 없이 정승들에게 눈치만 보이면 그들이 지체 없이 처리해줄 터이다. 그런데도 최현수는 한사코 사양했고, 이신은 하는 수 없이 최현수 모르게 그를 정랑에서 당상관인 참의 자리에 앉혔다. 이 사실이 알려지자 이신이 최현수를 조정에 숨겨두었다는 소문이 돌았다. 가당치 않은 말에 눈 하나 깜짝하지 않을 이신이었지만 최현수에게는 미안한 마음이 들었다.

"돌이야, 이리 다가오너라."

이신은 하인을 가까이 불렀다.

"지금 당장 형조로 달려가 포졸을 데리고 김흥진 대감의 집 근처로 가거라. 주변을 샅샅이 뒤져야 한다. 그 근처에 내 여동생이 살고 있어."

"예? 그걸 어떻게 아셨습니까?"

이신은 대답 없이 돌이를 바라만 보았다. 돌이는 자신의 질문이 무례라는 것을 금세 깨닫고는 머리를 조아렸다.

"냉큼 달려가겠습니다요."

형조에는 이신의 여동생을 찾는 업무만 전담하는 관리가 있어, 이신이 부르면 언제든지 달려왔고 병력을 동원할 수 있었다. 돌이는 쌩하니 마당을 달려나갔다.

◎

몸은 낯선 땅에서 못 가는 사람
내 집은 서울 장안 한강가이건만
달 밝은 한밤에 꽃이슬 눈물지고

바람 맑은 연못에 버들은 실실이 새빛일세
꾀꼬리는 고향길 더듬는 내 꿈을 깨워 일으키고
제비는 와서 경회루의 봄소식을 전해주는구나
온종일 누대에서 노래하며 춤추는 곳이건만
고향을 돌아보면 눈물이 손수건을 적시는 것을.
(차마 견디기 어려워라.)

身留異域末歸人
家在長安漢江濱
月白夜心花落泣
風淸池面柳絲新
黃鸝嗅起遼西夢
玄鳥來傳慶會春
盡日樓臺歌舞地
不堪回首淚沾巾*

　침전은 휑뎅그렁했다. 자객들이 숨을 만한 장소를 주지 않으려고 아무런 가구도 병풍도 없이 달랑 침구만 방 한 가운데 펴져 있었다.
　임금은 그곳에 앉아 세자 소현이 보낸 시를 바라보았다. 심양에서 보낸 편지 속에 있던 것을 임금이 직접 필사해 벽에 붙여두었다. 어제 인사를 하고 떠난 청나라 사신 때문일까. 심양에 있는 세자가 머릿속에서 떠나지 않았다. 사신은 두 왕자가 황제의 특별한 은덕으로 탈 없이 잘 있다고 말했다. 하지만 임금의 진정한 걱정

---

* 소현세자의 시. 정양완 옮김. 《문학사상》 1973년 12월호.

은 입조였다. 사신이 입조 문제에 대해서는 말을 하지 않자 기어코 임금이 먼저 조심스레 입을 열었다.

"그 문제라면 청나라 조정보다는 황실에서 결정할 사항입니다. 하니 조정의 입장을 전하러 온 저보다는 황제와 직접 서신을 주고받는 칙사와 의논해보십시오."

생각해보면 사신이 왕을 알현하는 자리에서 입조 문제를 꺼내지 않은 것이 이상한 일이었다. 되먹지 않게 〈논어〉의 구절을 들먹이면서 마치 황제인 양 굴던 사신도 있었다. 신하는 신하다워야 하니 제후는 황제의 신하답게 주군을 뵙고 아랫사람의 도리를 다 하라고 타박을 주고 떠난 것이다.

임금은 황제가 군대를 보내 자신을 데려갈 것이라는 소문이 사실만 같았다. 그들이 군대를 끌고 쥐도 새도 몰래 궁으로 들어와 전광석화처럼 그를 납치할 것이라는 깊은 의심은 사신이 입조를 거론하지 않으면서 더더욱 커져갔다.

입조란, 제후국의 임금이 황제에게 찾아가 인사를 올리는 것이다. 황제가 임금을 심양으로 부른다면 그것은 그를 죽이거나 혹은 왕위에서 밀어내려는 것이었다. 임금은 그렇게 믿고 있었다. 용상에서 물러난 광해가 어떤 굴욕을 당했는지 그는 똑똑히 보았다.

더구나 임금에게는 지울 수 없는 기억이 있다. 홍타이지. 임금은 그와 삼전도에서 대면한 일을 결코 잊을 수 없었다. 시간이 지날수록 오히려 더 뚜렷하게 되살아나는 기억. 임금은 벼락이라도 떨어진 것처럼 전율했다.

홍타이지는 제왕의 상像, 중원의 주인이 될 상이었다. 임금 자신처럼 어영부영하다가 운 좋게 권좌에 오른 얼치기 왕이 아니라 진정한 제왕이었다. 자신의 야욕을 위해 무엇이든 할 수 있는 자의 얼굴, 의지와 능력을 동시에 가진, 문자 그대로 용안이었다. 지금껏 그는 그런 얼굴을 단 한 번도 만난 적이 없었다. 끝없이 너그럽고 인자해 보이는 용안 속에 얼음보다 차가운 냉혹함, 한번 베겠다고 마음먹은 것은 기어이 베고야 마는 푸른 칼날이 감추어져 있었다.

임금은 다시금 몸을 떨었다. 심양의 동궁에 있는 두 아들은 지금쯤 무엇을 하고 있을까? 그곳은 춥다고 들었다. 무능한 아비를 만나 아들이 고생이고 백성이 고생이다.

좌의정 최명길은 심양으로 잡혀간 포로가 50만이라고 했으나, 큰 숫자라는 느낌뿐, 얼마인지 가늠조차 되지 않았다. 병자년, 황제가 조선에 끌고온 군대가 10만이 좀 넘었다고 했으니, 산과 계곡을 가득 채웠던 청나라 군사들의 모습을 떠올리면 조금은 감이 잡힐 듯했다.

그래도 설마 그렇게 많은 수가 잡혀갔을까, 임금은 의심했다. 아무래도 좌의정이 뭔가 잘못 알았을 거라는 생각이 들어 술자리에서 이신에게 지나가는 말처럼 물었더니 포로의 숫자가 그보다 훨씬 많다는 대답이 돌아왔다. 그의 말을 듣고 잠이 들었는데, 다음 날 아침에 일어나보니 이부자리가 온통 젖어 있었다.

"우리 임금이시여, 우리 임금이시여. 우리를 버리고 가십니까!"

오랫동안 들리지 않던 환청. 임금은 놀라 침을 삼켰다. 목울대가 울렁거렸다.

그것은 임금이 삼전도에서 삼궤구고두례三跪九叩頭禮의 치욕을 당한 후, 창경궁으로 가는 길에서 들은 울부짖음이었다. 청으로 끌려갈 만여 명의 포로들이 땅바닥에 퍼질러 앉아 절규하고 있었다. 그 호곡이 다시 들려왔다.

그러나 임금의 귀를 울린 그 목소리는 실상 백성의 것이 아니었다. 백성의 것이었다면 그가 그토록 놀라지는 않았을 것이다. 그것은 폐주 광해의 음성이었다. 임금은 삼전도만큼이나 광해의 그림자가 싫었다. 할 수만 있다면 광해와 관련된 모든 것을 땅에 파묻거나 태워버리고 싶었다. 광해의 목소리가 들리자 온몸이 다시금 파르르 떨렸고, 한순간 높은 대궐 담장을 훌쩍 뛰어 넘어온 삭풍보다 매서운 바람이 등줄기를 타고 내렸다. 임금은 심한 갈증을 느꼈고, 그 때문에 미행 때 마신 탁주 한 사발이 떠올랐으나 마른 침만 삼킬 뿐이었다.

김홍진의 죽음 때문인가. 아니면 어제 저녁 내금위장이 올린 보고 때문인가. 김창렬이 사대문 바깥에서 누군가가 염초를 대량으로 사들인다는 소문이 있어 뒤를 밟았더니 그들이 은밀히 무기를 만들고 있더라는 것이다. 엄청난 화력을 지닌 폭탄이라고 했다.

역모였다. 비록 치욕적인 항복으로 마무리되긴 했으나 청나라와 전쟁을 치른지 얼마 지나지도 않았는데 다시 나라를 환란의 소용돌이 속으로 밀어넣으려 하다니……. 임금은 분노했다. 역모로 용상의 임자가 바뀐다는 것은 신하들도 백성들도 감당하기 힘든 고통일 것이다. 그들을 다시 그런 혼돈 속으로 내몰 수는 없었다. 어찌하여 역모는 이리도 끊이질 않는단 말인가. 임금은 자신도 모르게 주먹을 불끈 쥐고 길게 한숨을 내쉬었다. 견디기 힘든 피로가 온몸을 휘감았다. 내의원에서 주청한 대로 시약청을 설치해야 한다. 그리고 기운을 추슬러 역모와 싸워야 한다. 상념에 잠긴 임금을 내관이 불렀다.

"전하, 내금위장 이신 대령하였사옵니다."

임금은 정신을 차리고는 목소리를 가다듬었다.

"들라 하라!"

임금이 대답하자 문이 열리고 칙사가 들어와 절을 올렸다.

"전하, 찾아 계시옵니까."

칙사는 한 치도 예의에 어긋남이 없이 고개를 숙이고 눈을 내리깔았다. 하지만 그는 황제의 명을 전하는 관리이므로 임금이 함부로 할 수 있는 존재가 아니었다.

"내금위장에게 부탁이 있어 불렀소."

"소인은 전하의 신하이옵니다. 부탁이 아닌 하명을 하시옵소서."

이신은 다시 머리를 조아렸다. 임금은 그를 가만히 바라보았다.

어느 날, 그의 앞에 나타난 칙사는 엉뚱하게도 조선 사람이었다. 이씨의 신하라는 이름을 가진 이신은 역설적으로 청나라 신하가 되어 조선 조정에 나타났다. 그는 황제의 특별한 칙을 전하기 위해 온 것도 아니었으며, 금방 청으로 돌아가지도 않았다. 칙사는 조선에 상주했다. 당시 신료들은 그를 정명수 같은 역관 정도로만 여겼으나 실상 그는 그간 조선에 온 사신들과는 비교가 되지 않을 정도로 높은 벼슬을 지낸 청나라 관리였다. 하지만 그것이 사실인지 풍문인지 알 수 없어 임금도 반신반의했다.

그가 예사롭지 않은 존재라는 사실은 곧 확인됐다. 청나라 사신 하나가 운종가에서 술을 마시고 양민의 처를 겁탈한 사건이 있었는데, 칙사가 달려가 그를 죽도록 두들겨 패서 돌려보낸 것이다. 옆에 있던 다른 사신들이 말리지 않았다면 그자는 칙사의 칼에 죽었을 것이라고 했다. 사신을 두들겨 패다니 황제의 측근이 아니라면 감히 할 수 없는 행동이었다. 게다가 사신이 능욕한 여자가 사대부의 정부인도 아니었는데 말이다.

칙사 이신은 모화관에 처박혀 날마다 술과 기생을 내놓으라고 행패를 부리지도 않았다. 그저 자신이 거처할 수 있는 조용한 집을 하나 마련해달라고 했다. 노복도 필요한 만큼만 들였고, 적적함을 달래라며 몸시중 들 계집을 보내도 곧장 돌려보냈다. 늦은 밤에 기별도 없이 장안에서 내로라하는 기생을 들이밀어도 매한가지였다. 천한 신분으로 태어난 열등감 때문에 기생은 싫다며 사대부의 딸만 골라 몸시중을 시키는 동지사 정명수와는 다른 류의 인간이었다. 정명수처럼 벼슬을 달라고 떼를 쓰지도 않았다.

임금이 조용한 밤에 술자리로 칙사를 부른 것은 그가 황제의 마음을 움직이는 책사策士라는 말을 듣고 나서였다. 소현세자와 함께 심양의 조선관에 가 있는 신료가 조정에 들러 은밀히 고한 말이었다. 임금은 이신에게 '그대를 가까이 두고 싶으니 조선에 있는 동안 자신의 경호를 담당하는 내금위장을 맡아달라'고 했다. 농처럼 꺼낸 말이었으나 칙사는 곧장 그 제의를 받아들였다. 그때까지만 해도 이신에 대한 조정의 반응은 상당히 호의적이었다. 그러나 호의는 곧 두려움으로 바뀌었다.

이신이 박세무의 〈동몽선습童蒙先習〉을 불태워버리는 사건이 일어난 것이다. 그것도 한두 권이 아니라 한양의 책방과 학동들이 글을 배우는 서당을 모조리 뒤져 보란 듯이 광화문 앞 육조거리에 쌓아두고 불을 질러버렸다. 불길은 하루 종일 꺼지지 않았다. 그가 태운 것은 책이 아닌 조선 사대부들의 자존심이었다. 동몽들이 천자문을 떼고 배우는 〈동몽선습〉에는 한족漢族의 주원장에 의해 오랑캐 원나라가 망하고 명조가 출현했으며, 조선은 명나라를 이어받은 소중화小中華라는 내용이 담겨 있었다.

"〈동몽선습〉에 의하면 조선의 진정한 지존은 임금이 아니라 명나라 황제가 아니냐? 너희가 너희 임금보다 명의 황제를 높이는 이유가 도대체 무엇이란 말이냐? 너희가 너희의 상전이 누구라고 믿든, 앞으로 조선에서는 명나라 황제 숭정제의 연호를 사용해서는 아니 되며, 청나라 황제의 연호를 써야만 할 것이다. 또, 군이 여진족이 아니라 해도 오랑캐를 헐뜯는 모든 책을 금한다!"

모두가 경악했다. 먼저 성균관 유생들이 들고 일어났고 사대부들도 분서갱유라며 노골적으로 불만을 터트렸다. 조정은 들끓었고, 내금위장 이신은 올빼미나 부엉이처럼 사악한 관리이니 탄핵해야 한다는 상소문이 수없이 올라왔다. 신료들은 백주 대낮 종로거리에서 조선의 관료 11명을 찢어 죽인 개망나니 역관 출신의 동지사 정명수보다 이신을 더욱 증오하게 되었다. 그는 사대부의 머릿속까지 단속하는 황제의 진짜 충복이었다! 하지만 이신은 조금도 개의치 않는 눈치였다. 그런 태도가 신료들의 비위를 더욱 긁는 모양이었다.

"전하, 내금위장이 이번에 동몽들이 읽는 책을 불태웠으나 앞으로 무슨 책을 더 태울지 알 수 없는 일이옵니다. 책은 선비의 전부인 바, 책을 태우는 것은 선비를 욕보이는 것이옵니다. 선비는 죽일 수는 있어도 욕보일 수 없다고 했사옵니다. 전하, 일찍이 조선의 역사 이래 선비에 대한 이런 폭거는 없었사옵니다."

임금은 묵묵부답으로 일관했다. 다른 한편으로 임금은 이신이 손에 쥔 〈동몽선습〉을 불구덩이 속으로 던져 넣는 모습을 상상하며 내심 통쾌함을 느꼈다. 삼전도의 굴욕은 사대부들이 조선의 임금을 제후로 여기고 명나라 황제를 진짜 임금이라고 섬기는 바람에 생긴 참극이었다. 그 똥물은 오롯이 왕의 몫이었다.

선비는 욕보일 수 없다고? 그럼, 삼전도에서 임금이 겪은 일은 무엇이었단 말인가. 임금은 입안이 바싹바싹 말랐다. 신료들은 칙사가 받은 내금위장이라는 직위를 들먹이며 그를 벌하라고 종용했다. 그러나 허울 좋은 명예직일 뿐 그는 조선의 신료가 아니었으며 임금이 어떻게 할 수 있는 존재도 아니었다.

임금은 절대로 나서지 않고 칙사의 만행을 신하들이 직접 해결해보라고 수수방관할 속셈이었다. 이신은 〈동몽선습〉을 불태운 후 몰래 침전으로 찾아와서 조선 사대부의 태도가 역겨워 저지른 일이라고 단호하게 말했다. 사대부의 터무니없는 믿음이 부른 화이니 본인들 스스로 문제를 해결해야 하지 않는가.

하지만 칙사의 분서갱유 역시 뒷수습은 임금의 몫으로 돌아왔다. 성균관 유생들이 창경궁 앞에서 연좌 농성을 벌인 것이었다.

농성이 길어지자 사태는 전혀 엉뚱한 방향으로 흘러갔다. 조선에 왔던 청나라 사신들이 유생들의 반청시위를 황제에게 상서하겠다고 나선 것이다. 순간 임금의 머릿속엔 '입조'라는 단어가 스쳤다. 속국인 조선의 유생들이 명나라를 섬겨야 한다는 책을 읽지 못하게 했다는 이유로 농성한다는 사실이 전해지면 황제의 심기가 뒤틀릴지 모를 일이었다. 임금은 사신을 데리고 창경궁 앞에서 연좌하고 있는 유생 앞에 나갔다. 이어 눈물을 흘리며 농성을 풀고 돌아가 학문에 정진하라고 달래서 돌려보냈다.

"내금위장, 혹시 훈신 김홍진의 죽음에 관한 소식은 들었소?"

"소인 입궐하는 길에 관리들이 하는 말을 들었사옵니다."

"옆에 놓인 것을 한번 보시게."

이신은 임금이 가리킨 두루마리를 집어 들고 펼쳤다. 시장屍帳, 즉 검안서였다. 그 내용을 훑어보던 이신은 자신도 모르게 놀라 입이 딱 벌어졌다. 피살당한 김홍진의 죽음이 엉뚱하게 자진으로 둔갑해버린 것이다. 어찌 된 일인가? 무슨 연유로, 누가 김홍진이 자객에 의해 죽은 것을 숨겼을까?

"왜 그리 놀라는가? 소식은 이미 들어 알고 있다고 하지 않았는가?"

아차 싶었다. 평소 감정을 잘 드러내지 않는 이신이었지만 너무 놀라 과한 반응을 보인 것이다.

"훈신께서 자진하셨다니, 저도 모르게……."

이신은 말끝을 흐렸다. 누가 이런 짓을 한 것일까. 김홍진의 사인을 사실대로 알려서는 안 되는 이유가 있음이 분명했다. 더구나 검안 소견을 내놓은 것은 의금부였다.

"과인이 그대를 부른 이유가 바로 그 시장 때문일세."

"무슨 말씀이신지……."

"과인은 김홍진을 누구보다도 잘 알고 있네. 그가 자결했다니 믿을 수 없어. 그대가 김홍진의 사인을 정확히 밝혀주게."

"칙사인 소인이 말입니까?"

"자네는 칙사인 동시에 내금위장이 아닌가. 무엇보다 다른 신하들은 믿을 수가 없네."

임금은 이신에게 더 가까이 다가오라고 손짓했다. 이신은 허리를 숙이고 임금의 곁으로 다가갔다.

"자네 혹시 비격진천뢰라는 무기를 아는가?"

임금이 목소리를 낮추고 물었다.

"비격진천뢰라고 하셨사옵니까?"

이신은 시장을 봤을 때보다 더 놀랐지만 짐짓 침착한 표정을 유지했다.

"손으로 투척할 수 있는 폭탄이라네. 임진왜란 때 그것으로 왜

구를 물리쳤다고 하더군."

"⋯⋯."

"어제 사대문 밖에서 비격진천뢰를 만드는 무리들을 잡았네. 염초를 대량으로 구입하는 자들을 뒤쫓다가 잡았다는군. 이번에 내금위 쪽에서 찾아낸 비격진천뢰의 화력은 왜란 때 사용한 것과는 비교가 안 된다고 하네. 무슨 말인지 모르겠나? 역모가 분명해. 그런데 같은 날 훈신이 죽었네. 어떤가?"

"두 사건이 같은 자에 의해 저질러졌다는 말씀이신지요?"

"그렇지. 이것은 필시 역모를 꿈꾸는 자들의 소행일세. 과인을 칠 생각이 없다면 무엇 때문에 무기가 그렇게 많이 필요했겠나?"

"하오나 역도들과 김홍진의 죽음이 무슨 관련이 있는지는 알 수 없지 않사옵니까?"

"물증이라면 없어. 단지 과인의 짐작일세. 비격진천뢰까지 손에 넣었다면 이번 역모는 그저 불한당 몇몇의 짓이 아닐걸세. 치밀하게 준비하고 있다는 뜻이지. 그렇다면 가장 큰 걸림돌이 무엇이겠는가? 바로 훈신들이지."

충분히 가능한 이야기였다. 이신은 지난 밤 대숲에서 맞붙었던 자객들을 떠올렸다. 예사롭지 않던 칼놀림 역시 치밀한 준비를 방증하고 있었다. 그리고 무엇보다 시장이 걸렸다. 누가, 무슨 목적으로 가짜 검안서를 만들었단 말인가. 그 연유가 무엇이든 김홍진의 죽음에는 분명 의금부 내 누군가가 관여하고 있었다. 또한 만약 김홍진의 죽음이 역도들과 관련된 것이라면 의금부 내의 누군가가 역도들과 한패라는 의미였다.

그제야 이신은 임금이 몰래 자신에게 이 일을 부탁하는 이유를 이해했다. 그는 두려워하고 있었다. 조정 내에 역도들과 손잡은 무리가 있다면, 그리고 짐작할 수는 없으나 그 세력이 충분히 크다면, 이미 왕권이 허약해질 대로 허약해진 왕으로선 드러내놓고 가짜 검안서 문제를 밝히기가 부담스러울 것이다. 그러나 임금의 제안을 받아들인다면 임금과 역모를 꾀하는 신하들의 수 싸움에 말려드는 것이었다. 임금도 이신의 그런 속마음을 읽었는지 차분하게 설득했다.

"사건의 진상을 파악하는 것은 꼭 과인을 위한 일만이 아닐세. 황제의 제후인 과인을 몰아내고자 한다면 이는 황제에 대한 항명이 아닌가? 그대에게 이번 사건을 파헤칠 전권을 주겠네. 이 일은 지엄하신 황제의 권위, 아니 황제의 안위를 지키는 일일세. 그러니 필요하다면 누구의 목이라도 베어도 좋네. 설사 정승이라 할지라도. 황제에게 도전하고, 왕기王機를 흔드는 자는 용서할 수 없지 않은가?"

임금이 말을 마치자 이신은 수긍했다. 임금이 황제의 종이라는 사실은 분명 치욕이었지만, 한편으로는 유일하게 기댈 수 있는 방어막이기도 했다. 황제의 종은 황제만이 건드릴 수 있었다. 칙사에게도 조선의 내정에 일절 간섭하지 말라는 황제의 명이 있었다. 하지만 임금의 말처럼 감히 황제의 제후를 함부로 전복하려는 시도가 있다면 그것은 용납될 수 없는 일이었다. 만약 역모가 성공한다 해도, 새 임금을 인정하지 않는 황제가 군대를 보내기라도 한다면 오히려 난감한 일이었다. 그것만은 막아야 했다.

"분부 받들겠사옵니다."

"고맙네. 그러나 서두르지 말게. 놈들이 알아차리고 꼬리를 감출 수도 있으니. 천천히, 그러나 치밀하게 접근해 역도들을 발본색원해야 하네."

"명심하겠사옵니다, 전하."

"그런데……."

이신이 명을 받들자 마음이 놓인 듯 잠시 기뻐하던 임금의 얼굴이 다시 어두워졌다.

"달리 걱정되시는 일이라도 있으신지요?"

"……."

"말씀하시옵소서, 전하."

"이 일이 잘못 되어 혹시라도 조선에서 항명이 일어났음이 황제에게 전해진다면, 만일 그리 된다면 황제께서……."

임금은 이제 정말로 묻고 싶은 말을 꺼냈다.

"입조를 명하시지 않을까? 황제께서 자네에게 입조에 관해 특별한 하명을 내리진 않으셨는가?"

조금 전과는 비교할 수 없을 정도로 부드러운 음성이었다.

"그런 얘기는 듣지 못했사옵니다."

"하지만 소문이 돌고 있어. 심양에서 군사를 보낸다는 거야. 그게 사실이라면 자네는 알 것 아닌가."

"헛소문이옵니다. 하오나……."

"하오나?"

임금은 초조해 입안이 바짝바짝 타들어갔다.

"아니옵니다. 전하, 소신은 아직 입조에 관해 황제의 칙을 받은 바 없사옵니다."

이신은 고개를 조아렸다. 하지만 임금에게 그 말이 다르게 들렸다. 사신도 칙사도 평소와는 다르게 뭔가 속내를 드러내지 않고 있다.

그때 바깥에서 내관의 목소리가 들렸다.

"전하, 내의원에서 준비한 탕제를 드실 시간이옵니다. 어의가 기다리고 있사옵니다."

"알았네. 그만 물러가게."

자리에서 일어나는 이신을 임금은 가만히 지켜보았다. 어쩐 일인지 칙사도 사신도 입조 문제만 나오면 입을 닫았다. 분명 둘 다 뭔가를 숨기고 있다고 임금은 생각했다.

어의와 상궁이 가지고 들어온 탕제를 임금은 먹는 둥 마는 둥 하고 물러가라는 명을 내렸다. 어의가 물러가자 내금위장 김창렬이 안으로 들어왔다.

"무슨 일이냐?"

"칙사의 정체에 관한 일이옵니다."

김창렬은 임금에게 바싹 다가와 목소리를 낮추었다.

"어떻게 알았느냐? 자세히 말해보라."

"칙사가 며칠 전 종로 거리에서 검 한 자루를 샀는데, 그것이 예사 검이 아니라 광해군의 내금위장이 쓰던 검이라 하옵니다."

"폐주의 내금위장이라면 누구를 말하느냐? 광해의 내금위장은 한둘이 아니지 않느냐."

"제 짐작으로는 이익수가 아닐까 생각하옵니다. 이익수는 폐주를 지키려다 반정군의 손에 죽은 자이옵니다."

"확실한가?"

"가게 주인의 말로는 칙사가 그 칼을 대번에 알아보았다 하옵니다. 그렇다면 칼의 주인과 잘 아는 사이라는 뜻 아니겠사옵니까? 지금 칙사의 나이를 고려해서 당시 내금위장들의 자식들을 하나하나 따져보았더니 이익수뿐이었습니다."

"그렇다면 칙사가 폐주와 관련된 인물이라는 것이냐?"

"그러하옵니다, 전하."

임금은 곰곰이 생각에 잠겼다. 항상 칙사의 정체가 궁금했지만 역관 정명수처럼 천한 출신이라 자신의 과거를 불문에 부치고 있을 거라고 짐작했다. 이신이 공맹을 읽었다고 하나 글을 안다고 다 선비는 아닌 것이다. 그럼에도 폐주 광해와 관련된 인물일 거라고는 생각하지 못했다.

"칙사를 잘 감시하고 있는가."

"예."

"눈치채지 못하도록 조심해야 한다. 그가 누구와 접촉하는지, 어디로 가는지 하나도 놓치지 말고 보고하라."

"분부대로 하겠사옵니다."

"폐주 광해를 섬기던 자……."

三
시간이 지난 후에 아는 것

"의관이 죽다니? 언제 죽었다는 말이냐?"

이신의 목소리가 절로 높아졌다. 앞에 선 금부도사도 눈을 둥그렇게 떴다.

"저, 낮밥을 먹다가…… 급살로……."

금부도사가 말을 더듬다 고개를 숙였다.

"뭐라! 급살? 그것도 낮밥을 먹다가?"

이신은 어안이 벙벙해졌다. 김홍진을 검안한 의관이 하루도 지나지 않아 죽었다는 것이다. 금부도사는 고개를 들지 못하고 중얼거렸다.

"소, 소인은 말만 들었을 뿐이옵니다. 지, 지사 나리나 경력 나리께서 더 잘 아실 것이옵니다. 저 같은 미관은 들은 대로 전할 뿐이라……."

그는 땅바닥에 엎드려 머리를 조아렸다. 이신은 골똘히 생각에 잠겼다.

시장을 작성한 의원을 이토록 신속하게 처치했다는 것은 애초에 모든 것이 계획되어 있었다는 의미다. 그렇다면 의금부의 당상

61

관이나 당하관을 불러 캐묻는다고 해서 진상이 밝혀질 리가 없었다. 그들이 연루되어 있다고 해도 따져 물을 때를 대비하여 만반의 준비를 해두었을 테니. 육안으로도 타살의 흔적이 뚜렷한 시신을 두고 엉뚱한 시장을 작성했고, 그것을 태연히 임금에게 올린 세력이다. 이어 시장을 작성한 의관을 죽여버리다니. 대담한 음모였다. 임금의 생각처럼 역모와 관련이 있을 수도 있다. 조심스러운 접근이 필요한 사건이었다. 임금도 그렇게 당부하지 않았는가? 의금부 책임자를 잡아 족칠 것이 아니라 연루된 자들이 꼼짝달싹할 수 없도록 증거를 움켜쥐어야 했다.

"가자!"

이신은 자리에서 일어나 앞으로 걸어가면서 말했다.

"어, 어딜 가잔 말씀이옵니까?"

"급살을 맞았다는 의관에게 가자는 말이다."

"의관 집으로 말입니까?"

"그자의 집이 어딘지 모르느냐?"

"아, 아니옵니다. 여기서 얼마 되지 않는 종로이옵니다. 하오나 소인이 나리를 그곳으로 뫼셨다가 무슨 일을 당하지나 않을지."

"내가 가는데, 네가 왜?"

그럴 법한 일이었다. 이신은 청나라 관리였다. 백성들은 청을 증오했고, 조선인 출신인 그는 더더욱 그러했다. 조선인이, 공자와 맹자를 읽어 인仁이 뭔지 알고 있는 자가 왜 오랑캐의 관리가 되어 조정 대신들을 괴롭히는가. 그런 칙사를 도와주었다가 무슨 변을 당할지 모를 일이다. 더구나 이번 일에는 의금부의 당상관들이 깊이 관여했을 가능성도 있었다.

"정히 그러면 집만 일러주고 떠나라."

"그럼 소인이 뵈시지 않은 것으로 해주실 수 있으신지요?"

"어허, 말이 길구나."

이신은 말을 마치고 앞장섰다. 금부도사가 황급히 병졸을 시켜 말을 대령해왔다. 임금의 판단이 옳았다. 이 사건에는 모든 것을 준비하고 기획한 자가 존재했다. 그리고 그자는 필시 역모와 관련되어 있을 것이다. 비격진천뢰까지 동원된 것과 훈신의 사인을 임의로 조작한 대담함 등으로 미루어 보아 정승까지 연계된 음모가 분명했다.

이신은 혐오감에 몸을 떨었다. 역모를 준비하는 치밀함으로 전쟁에 대비했다면 그토록 참혹한 비극은 없었을 것이다.

죽은 의관의 집은 육조거리에서 멀지 않았다. 약재상들이 모여 있는 골목에 당도하자 함께 갔던 관원은 이신에게 인사를 하고 냉큼 달아나버렸다. 이신은 말에서 내려 초상을 알리는 등이 걸린 집으로 걸어갔다. 초상집은 사람들로 북적거렸다.

"나리, 여기를 어찌 아시고……."

의금부 관원 하나가 이신을 보자 당황하여 물었다.

"시신을 확인하러 왔다."

"하오나 의관의 시신은 이미 입관한 것으로 알고 있사옵니다."

"벌써? 아직 염을 하지도 않았을 텐데. 상주와 주부를 만나봐야겠다. 그들을 데려오너라."

이신의 명령에 관원은 잠시 망설이더니 이신을 한쪽 방으로 안내했다.

"지금 당장 데려오너라!"

"예, 나리!"

그가 밖으로 나가고 잠시 후, 술상이 들어왔다. 이신은 상을 거절하며 재차 말했다.

"상주를 어서 들라 하라."

바깥에서 사람들이 부산하게 움직이는 소리가 들리다 마침내 상주와 주부가 방으로 들어왔다. 상주는 이미 장성한 청년이었다. 주부인 의관의 처도 제법 나이를 먹은 듯 보였다. 두 사람은 방으로 들어오자 절부터 올렸다.

"네 아버지는 내의원 소속 관리였느냐?"

이신이 물었다. 모자는 서로 눈치만 볼 뿐, 아무런 대답이 없었다. 의금부에서 입단속을 시킨 모양이었다. 이신은 조용히 일어나 발로 문짝을 사정없이 걷어차버렸다. 요란한 소리와 함께 문이 밖으로 젖히면서 의금부 관원이 뒤로 나뒹굴었다. 그는 문짝에 얻어 맞아 피가 흐르는 코를 손으로 움켜쥐며 땅바닥에 엎드렸다.

"다음번엔 문짝으로 끝나지 않을 것이다."

"나리, 황공하옵니다."

의금부 관리는 피를 훔칠 새도 없이 연신 머리를 조아리며 물러 갔다. 이신은 다시 방문을 닫고 앉아 상주에게 물었다.

"어서 내 물음에 답하라."

그제야 상주는 더듬더듬 입을 열었다.

"선친은 내의원 소속 의관이었으나 불미스러운 사고로 직을 그만두었고, 그후에도 간혹 관아에서 일이 있으면 아버지를 불렀사 옵니다."

"네 애비가 김홍진 대감을 검시한 사실을 알고 있느냐?"

"김홍진 대감이라면 한성판윤을 지낸 분 아니신지요?"

"그렇다."

아들은 옆에 앉은 어머니를 보았다.

"저희 집 바깥양반은 밖에서 있었던 일을 집에서 말하는 법이 없으셨습니다."

"그런데 왜 그렇게 입관을 서둘렀느냐?"

"의금부 관리들이 이미 입관한 상태로 선친을 모셔왔사옵니다."

"뭐라? 그럼 급살로 죽은 것이 아니란 말이냐."

"급살이라고 하셨습니까? 저희는 금시초문입니다."

"그럼, 네 아비는 어떻게 죽었다는 말이냐?"

"운종가에서 낮밥을 드시다가 술을 마시던 병조 소속 관원들과 시비가 벌어졌고 그들의 칼에 찔려 돌아가셨다고 들었습니다. 시신의 훼손이 심해 관에 넣어왔다고 하더이다."

역시 살해였다. 김홍진에 이은 또 다른 죽음. 의관의 죽음은 분명 김홍진의 죽음을 자진으로 만들려는 목적이었다. 다른 사람까지 죽여가며 그렇게 해야 할 이유는 무엇인가.

이신은 상주와 그 어미를 보았다. 황망한 죽음 앞에 넋이 나가 있었지만 어디 가서 하소연할 엄두도 내지 못하는 얼굴이었다.

"알았다. 내가 병조에 가서 네 아비의 죽음에 관한 의혹을 확인해보겠다."

"그렇게만 해주신다면……."

아들이 은혜에 감복한다는 듯 머리를 조아렸다. 그러나 어미가 황급히 말을 낚아챘다.

"아닙니다. 죽고 사는 일이야 하늘의 뜻이라 여기고 있으니 이대로 조용히 초상을 치르게 해주십시오."

뭔가 겁을 먹은 듯했다. 시신을 가지고 온 자가 단단히 입막음을 해두었을 것이다.

"네 애비가 특별히 가깝게 지낸 관리가 있느냐?"

"그것은 어찌 물으십니까?"

"네 아비를 찔렀다는 병조 관원들끼리 짜고 거짓을 고할 수도 있지 않느냐? 그러니 너의 아비를 옹호해줄 만한 관리도 있어야 진실을 정확히 밝힐 수 있을 것이다?"

"소인의 선친께서는 중인에 불과한 신분인데 지체 높으신 관리들과 가깝게 지낼 수는 없고, 다만 당상관 최현수 어른께서 당하관 시절 소인의 선친을 신뢰하셔서 가끔 찾으셨습니다."

"예조참의 최현수 말인가."

"그렇습니다. 선친께서 참의 최현수 나리의 부름을 받고 종종 나갔사옵니다."

이신의 머릿속이 다시 혼란스러워졌다. 최현수가 이번 사건에 연루되어 있다는 말인가. 아무래도 이상하다. 최현수와 친한 의관이 김홍진을 검안했고, 그 사인을 은폐하기 위해 의관을 죽였다. 정사공신의 주검이니 의관 혼자서 김홍진을 검시하지는 않았을 터이다. 물론 죽은 의관은 시체를 보지도 못한 채, 의금부에서 원하는 대로 시장만 작성했을 가능성도 있다. 대체 누구일까.

이신은 초상집을 뒤로 하고 약재상가 골목을 빠져나왔다. 뒤쪽에서 의금부 관원이 뛰어나와 주변을 두리번거리더니 길거리 한쪽 구석에 묶어둔 말을 풀어 몰고 나왔다. 그사이 문짝에 얻어맞은 그의 코가 퉁퉁 부어 퍼렇게 멍이 들어 있었다.

"의원을 죽인 자는 누구라더냐?"

"벼, 병조 관원이라 들었사옵니다."

그는 눈치를 보며 우물우물 대답했다.

"그자는 지금 어디에 있느냐?"

"의원을 죽이고 포박당해 끌려갔다고 했으니 지금쯤 병조에서 취조를 받고 있을 겁니다요."

"의금부로 가지 않고?"

"잘은 모르겠으나 의금부로 갔다는 말은 듣지 못했습니다요."

"사실이냐?"

그러자 의금부 관원은 넙죽 땅바닥에 꿇어앉더니 당장 눈물이라도 터트릴 듯 소리 높여 말했다.

"감히 어느 안전이라고 거짓을 아뢰겠습니까요? 소인이 죽을죄를 지었으나 부디 목숨만 살려주십시오. 일부러 그런 것은 아니옵니다. 제발 살려주십시오."

의금부 관원은 말을 마치고 온몸을 벌벌 떨었다. 의금부 관원이 두려워하는 것은 방금 자신의 얼굴을 피범벅으로 만든 이신의 행동만이 아니었다. 그간 들었던 칙사에 대한 소문들 때문임이 분명했다.

인정사정 봐주지 않고, 피와 눈물도 없으며, 새벽잠 때문에 닭과 개를 모두 잡아 죽이는 칙사. 정명수를 시켜 신료들을 거리에서 찢어 죽인 자. 이것이 거리의 민심이 파악한 칙사 이신의 모습이었다. 물론 헛소문이었지만 이신은 군이 부정하지 않았다.

정명수는 조선에서 노비였던 시절부터 의주부윤 황일호에게 사감을 가지고 있었다. 오래전 정명수의 목숨을 구해준 자가 있었는데, 황일호가 그에게 곤장을 내린 것이다. 청으로 건너가 사신단의 역관이 된 정명수는 압록강을 건널 때부터 황일호를 손봐주려고 벼르고 있었던 듯했다. 정명수는 황일호가 다른 지방 관리들과 함께 명나라와 내통했다는 보고서를 청에 올렸다. 처음엔 정명수가 돈을 노리고 벌이는 짓이라고만 생각했다. 이미 정명수의 악행에 대한 소문이 파다했다. 그는 청나라 사신단이라는 자격으로 임금까지 협박해 벼슬을 제수받고 온갖 추잡한 짓거리들을 행하고 다녔다. 사건에 연루된 자들의 가족들이 급하게 돈을 마련하여 정명수를 찾아갔으나 그의 목적은 돈이 아니었다.

정명수는 청나라 사신들과 함께 그들이 머무는 관소 부근 대로에 처형장을 차려놓고 정승들과 대신들, 신료들을 불러세웠다. 형의 집행을 구경하려고 모여든 백성들로 처형장 주변은 북적였다. 정명수는 황제의 칙을 어겼다는 죄목으로 조선의 관리 11명을 차례대로 참살하였다. 마지막 한 사람은 능지처참을 당했는데, 길거리에 널브러진 살점들을 수습하는 사람이 없어 피 냄새가 사방에 진동했고, 개들이 시신에 달려들어 살덩이를 뜯어 물고 돌아다녔다. 심지가 굳기로 소문난 병조판서 홍원범도 능지처참의 현장을 지켜보다가 혼절해 가마에 실려갔다고 한다.

그 일을 통해 정명수는 마음만 먹으면 누구의 목이라도 칠 수 있다는 것을 보여주었다. 수년 동안 갈고 닦은 원한인 만큼, 노비로 살면서 다져질 대로 다져진 분노인 만큼 복수는 처절했다. 정명수가 내세운 명분, 조선은 새로운 천조天朝인 청을 섬기고 명과 접촉해서는 안 된다는 명분만큼은 조금도 나무랄 데가 없었다. 이신도 그의 잔혹함을 야단쳤을 뿐, 다른 이의를 달 수 없었다.

그래서였을까. 그 참극을 기획한 것은 칙사 이신이고, 정명수는 연출자에 불과하다는 소문이 퍼져나갔다. 주막에서 국밥을 먹던 이신의 귀에까지 들렸으니 조정에서도 널리 퍼진 소문일 것이다. 하지만 그 일에 대해 누구도 이신에게 물을 수 없었고, 이신 역시 긍정도 부정도 할 필요가 없었다. 어쩌면 그런 냉혈한으로 비치는 것이 편하겠다 싶어 모른 척한 부분도 없지 않았다.

이신은 말을 몰아 황토현으로 들어섰다. 황토현은 종로와 이어져 있어 사람들의 왕래가 많은 곳이다. 이신은 속력을 줄였다. 아버지는 사람들이 많은 곳을 지날 때면 아예 말에서 내려 걸었다. 말발굽 소리에 지나가던 사람들이 놀란다는 것이었다. 더욱이 이신이 탄 말은 덩치가 커서 발굽 소리가 더 요란한 호마胡馬였다. 황토현은 어린 시절 이신이 아버지와 자주 다녔던 길이다. 아버지는 육조 건물이 늘어선 거리를 돌아다닐 수 있다는 사실에 마냥 즐거워했다. 아버지는 양반과 노비 사이에서 태어난 얼자였으니 서자보다 못한 신분이었다. 비천한 신분으로 관직에 올랐다는 사실을 스스로 대견스러워했다. 아버지가 얼자임에도 관직에 오를 수 있었던 것은 광해 임금 때문이었다. 아버지는 광해를 만나지 않았다면 평생 어정쩡한 존재로 살아갔을 것이라고 말했다.

조선에서 서출이란 사대부도 상민도 아닌 어중재비였고 양쪽에서 모두 배척당해 평생을 뿌리내릴 곳을 찾지 못하고 부평초처럼 떠도는 존재들이었다. 조선에 계속 살았다면 이신의 운명도 다르지 않았을 것이다. 광해에 대한 아버지의 충성은 절대적이었다. 그런 광해의 몰락과 함께 아버지의 삶과 꿈, 그 빛나던 자부심과 용맹도 무너졌고 왕을 지키기 위해 새벽녘 칼을 들고 달려나가던 결기 또한 사라졌다.

아버지가 왕명으로 개량했던 비격진천뢰도 없어져버렸다. 전부터 아버지는 염초의 배분과 철의 성질 등 화약 연구에 오랜 시간을 바쳤다. 침전에서 임금이 말한 비격진천뢰는 아버지의 작품이기에 그가 당황한 것이었다.

아버지가 비격진천뢰의 설계도와 제조 방법, 그 속에 들어갈 화약의 제조 방법, 염초의 비율 등을 상세히 기록한 문서를 화기도감에 넘기자, 병기 전문가들이 혀를 내둘렀다고 했다. 혼신의 힘으로 아버지를 도왔던 이신과 그의 이복형 또한 무척 뿌듯했다. 그것이 계해년 역도들이 대궐을 장악하기 몇 달 전의 일이었다. 만약 그때 정변이 일어나지 않았다면 아버지는 한강변에서 광해임금을 모시고 비격진천뢰의 폭파 실험을 했을 것이다. 실제로 실험 계획이 잡혀 있었고, 이복형과 이신은 장소를 물색하기 위해 한강변 모래밭을 자주 돌아다녔다. 하지만 반정이 일어난 후 비격진천뢰는 모든 사람들의 뇌리에서 잊혀졌다. 그러다 갑자기 마치죽은 이가 환생한 듯 모습을 드러낸 것이다.

"나리, 어디로 뫼실까요?"

병조 관아로 들어서자 이신을 알아본 나졸 하나가 다가왔다. 이신은 낮에 운종가에서 의관을 칼로 찔러 죽였다는 병조 소속 관원이 어디에서 문초를 받고 있는지 물었다.

"소인 같은 문지기가 그런 중대사를 어찌 알겠사옵니까? 그 일이라면 참판 나리가 소상히 알 것이옵니다."

이신은 본인을 뫼시겠다는 나졸을 뿌리치고 병조 안으로 들어갔다. 병조뿐만 아니라 육조 거리에 있는 관아들의 내부 구조는 대충 꿰고 있었다. 육조 관아들은 이름만 다를 뿐 비슷비슷하게 설계되어 한 곳만 정확히 안다면 내부를 헤맬 일이 없었다. 넓은 마당을 가로질러 당상관의 방이 있는 건물로 걸어갔다. 의관을 살해한 무관의 행방만 궁금한 것이 아니었다. 비격진천뢰도 병조의 소관이었다. 하필이면 의원의 죽음에 병조의 관원이 연루되어 있다는 것도 우연일까.

그러나 병조 어디에도 관원을 취조하는 기색은 없었다. 이신은 당하관들의 집무실이 있는 쪽으로 다가갔다. 당상관들의 집무실이 이어져 있는 곳의 반대편이었다.

이신이 마루 복도를 꺾어 돌 때 병조참판 한복진의 방에서 낮은 목소리가 새어나왔다. 조심스러운 목소리였다.

"호조참의, 들으셨소? 어명으로 자진했다는 강도유수 장신을 사대문 밖에서 봤다는 사람이 있소."

병조참판 한복진의 목소리였다. 이신은 기둥 뒤로 몸을 숨겼다.

"저도 그런 소문을 듣긴 했소만. 자진하는 것을 금부도사가 지켜봤을 텐데, 죽은 사람이 다시 살아나기라도 했단 말씀이시오?"

호조참의 남백중이 따지듯 물었다.

"목을 매고 자진할 당시 금부도사가 입회하지 않았다 하오. 더구나 이후에 주검을 확인한 것도 아니고."

"그게 무슨 말씀이십니까? 장신이 살아있기라도 하다는 말씀이십니까? 그럼 장신의 묘지에 묻힌 사람은 누구란 말입니까?"

"빈 관이란 말이 있소이다."

"뭐라고요! 빈 관?"

한복진의 목소리가 더더욱 조심스러워졌다.

"목소리를 좀 낮추시오. 지금 도성 안에는 장신이 죽지 않고 살아 있다는 소문이 파다하오. 이에 승지가 관을 열어 백성들의 의혹을 해소시키자고 주상 전하께 계청을 했답니다."

"그랬더니요? 전하께서 뭐라고 하셨답니까?"

"윤허하지 않으셨다 하오."

"묘를 파헤치는 것이 보통 일은 아니지요. 게다가 장신의 형 장유는 주상전하와 사돈지간이 아닙니까."

"그런 돈독한 사이이니 주상께서 장신을 빼돌린 거라는 소문이 더 거센 것이지요."

"주상께서 왜 그런 꼼수를 쓰시겠사옵니까? 저로선 이해되지 않습니다. 처음부터 자진을 윤허하지 않았으면 될 일을!"

"그리 생각하시오?"

"그렇지요. 아무리 장신이 강화도를 제대로 방어하지 못한 죄로 민심이 흉흉하다 해도 주상께서 그렇게까지 하실 일은 아니지요. 막말로 명이 망해가니 조선은 이제 예를 바칠 상대가 없고, 말 그대로 스스로 천조가 되지 않았사옵니까? 그러니 이제 전하께서는 유일무이한 조선의 주인이시지요."

"사리로 따지면 맞는 말이지만 지금 민심이 어디 그렇소? 말이야 바른 말이지, 전쟁 패배의 진짜 책임자인 김자점과 심기원을 공신이라는 이유로 살려두었지 않소. 게다가 청나라와 전쟁이 불가피하다고 주장했던 조정 대신들이 멀쩡한 마당에, 미꾸라지들에게 책임을 물어 자진하라는 왕명도 실은 우스운 일이지요. 그만큼 전하께서 민심을 달랠 필요가 있다는 것 아니겠소? 더구나 김홍진도 자진한 게 아니란 말이 있던데."

"그건 또 무슨 말이십니까?"

남백중이 황당하다는 듯 소리쳤다.

"제가 의금부에서 작성한 시장을 상세히 봤소이다. 분명히 자진이었습니다."

"사체도 보셨소이까?"

한복진이 따져 물었다.

"그건 아니지만 검안 전문가가 작성한 문서였습니다. 그가 주상께 거짓을 고했다는 말씀이십니까?"

"자진이 아니라 자객의 칼에 맞아 죽었다는 소문이 있어요."

"예에?"

"김홍진 집안의 노비가 그날 새벽 집에 숨어든 자객의 그림자를 봤다 합니다. 장신도, 김홍진도 자진이라는데 만약 김홍진이 자진 한 게 아니라면, 장신도 자진이 아닐 가능성이 있지 않겠소?"

이신은 기둥 뒤에서 숨을 멈추고 마른 침을 삼켰다. 저쪽에서 관원 두 명이 걸어오고 있었다. 이신은 마루 끝으로 돌아가 몸을 숨기면서도 방 안의 목소리에 귀를 곤두세웠다.

"죽지도 않은 장신을 왜 죽었다고 하겠소? 죽었는지 살았는지 그 진상을 밝히자는 계청도 거절하고 말이오. 의도가 뭐겠소?"

"의도라니? 누구의 의도 말입니까?"

"생각해보시오. 장신과 김홍진이 죽어서 가장 이익을 볼 사람이 누구냔 말이오."

"그야 그 두 사람을 벌 주라고 청하던 신료들이……."

갑자기 남백중이 머리라도 한 대 맞은 사람처럼 말을 멈추었다.

"그, 그럼 전하께서 신료들과 사대부들의 불만을 누그러뜨리기 위해 그런 짓을 하셨다는 말씀이십니까?"

"……."

"그게 말이 된다고 보십니까? 장신과 김홍진을 죽인다고 해서 민심이 그걸로 무마가 되겠습니까? 부모, 형제, 처자식, 남편을 잃은 백성들의 원망이 사라질 것 같습니까? 게다가 신료들이 가장 치를 떠는 이는 김홍진의 아들 김진수 아닙니까? 김진수는 지금 멀쩡합니다. 더욱이 김환 대감이 이 일을 눈치라도 채고 주상에게서 멀어지기라도 한다면, 주상의 입지가 더욱 좁아질 텐데요."

"어떤 경우라도 주상 전하와 영상은 서로를 버릴 수가 없어요. 서로를 원해서가 아니라 공포 때문이지요. 주상이 영상을 버리면 조정에서 주상은 고립무원이 될 테고, 영상 역시 주상을 버리는 즉시 병자년의 책임론에 직면할 것이오. 병자난이 일어나기 전, 진정 척화를 원한다면 청과 맞서야 한다던 최명길과 홍원범 대감의 간청을 묵살한 이가 누구였소? 정묘년에 오랑캐에게 그렇게 당하고도 헛된 망상을 심은 이가 누구이며, 강화도로만 가면 모든 게 해결될 거라 한 이가 대체 누구란 말이오?"

남백중은 쓴웃음을 지었다.

"누구긴 누구겠습니까. 김환 대감이지요."

한복진은 남백중을 보았다. 그간 남백중은 임금과 무능한 신료들을 통렬히 비판해왔다. 그는 다른 이들처럼 든든한 집안이 없었고, 시골에서 올라와 촌놈이라는 비아냥까지 들었다. 뿐만 아니라 계해년 반정 때 그가 몸담았던 학연의 인맥은 거의 주살을 당해 등용 자체가 의외였다. 그나마 유일한 끈은 처가였다. 그 때문인지 남백중은 누구와도 잘 어울리려고 하지 않았지만 한복진에게는 종종 다가와 인사를 건넸다.

한복진은 이자를 믿을 수 있을까 의심했다. 그의 소신이 중앙의 논리에 물들지 않은 결기에서 나온 것인지 단지 새로운 인맥을 맺고 싶어 하는 의도에서 나온 것인지 알 수 없었다.

한복진은 자리에서 일어나 미리 준비해두었던 찻상을 들고 왔다. 찻물은 이미 식어 미지근했으나 국화향이 향긋하게 피어올랐다.

"남도에서 올라온 국화차입니다. 드셔보시지요."

남백중은 잠자코 찻잔을 입으로 가져갔다. 한복진이 차를 한 모금 넘기고는 다시 입을 열었다.

"국화향기를 결정하는 데 가장 중요한 게 뭔지 아시오? 햇볕이오. 좋은 햇볕만이 국화의 지조 높은 향기를 담보해줄 수 있는 것이지요. 하여, 남명 조식 선생께서도 '일편단심으로 이 세상 소생시키고자 하지만 그 누가 밝은 해를 돌려 이내 몸 비춰줄까(要把丹心蘇此世, 回白日照吾身)'라고 노래하신 것 아니겠소?"

"해를 돌린다……. 평생 벼슬자리를 거부하던 그 분도 임금님의 성총을 받고 싶으셨던 모양이구려."

"해를 돌릴 수 있겠습니까? 차라리 새로운 태양이 떠오르길 기대하는 것이 낫지요."

남백중은 찻잔을 들고 멍하니 한복진을 보았다. 국화로 운을 떼며 해를 들먹일 때부터 불길했는데, 새로운 태양이라니. 한복진은 다시 담담하게 말을 이었다.

"구름이 해를 가려 볕을 볼 수 없으니 천하가 음지요, 음지의 풀이 말라가는데 국화가 제대로 자랄 수가 없지요."

무릇 조선의 사대부들은 임금을 하늘의 해에, 백성은 그 햇볕을 받으며 자라는 풀, 사대부는 그보다 특별한 존재인 매란국죽에 비유해왔다. 간신은 임금의 성총을 가리는 구름이었다. 그런데 새로운 태양을 논하다니. 누가 듣더라도 이는 역모를 암시하는 발언이었다. 찻잔을 내려놓은 남백중의 손은 충격으로 심하게 떨렸다.

"저는 이만 가봐야겠습니다. 오늘 하도 요란한 소식을 많이 들어 국화향도 느낄 여유가 없습니다. 죄송합니다."

말을 마친 남백중은 한복진이 대꾸를 하기도 전에 허둥지둥 방을 빠져나갔다.

"이보게!"

한복진이 그의 뒤를 쫓아나갔으나 그사이 남백중은 벌써 저만치로 멀어지고 있었다. 반정을 암시하는 말에 저토록 당황한다면 남백중의 도움은 포기해야 할지도 모른다. 무엇보다 그의 입을 단속하는 것이 시급한 일이었다.

하지만 한복진은 서두르지 않았다. 그가 당장 의금부로 달려가 역모를 고변하지 않을 것이라는 자신감 정도는 있었다. 아무런 증거도 없이, 들은 말만으로 역모를 고변할 수 없었다. 또한 역모를 꾀한 자가 남백중에게 의사를 타진해왔다고 떠드는 꼴이었기 때문에 자칫하면 스스로 위험에 빠질 수도 있다. 남백중은 그렇게 경솔한 자가 아니었다. 당장은 당황하였으나, 언제나 말이란 거미줄처럼 마음속에서 퍼져나가는 법.

병조 당상관의 집무실 앞뜰에 침묵이 찾아들었다. 마당도 텅 비었다. 이신은 집무실 기둥 뒤에서 한복진의 방을 보았다. 궐내에서 어떤 일이 일어나고 있는지 이제야 겨우 감이 잡혔다. 임금은 황폐한 민심으로부터 왕위를 지키는 데 혈안이 되어 있는 반면 임금의 바로 코 밑에서는 반정의 씨앗이 자라고 있었다.

그보다 더 신경이 쓰이는 것은 한복진이 제기한 문제였다. 장신과 김홍진을 죽여서 가장 이익을 보는 자가 누구인가? 한복진은 호조참의를 불러놓고 그것이 마치 임금의 짓인 것처럼 운을 뗐다. 하지만 한복진이 반정을 꾀하고 있다면 이것은 임금과 그 측근인 영의정 김환과의 사이를 이간하려는 술수일 가능성이 더 높았다. 막상 일은 자신이 저질러놓고서 말이다.

"전쟁에 지고 나면 희생자를 찾아 내부에서 분열이 일어나지. 그것이 이치다. 조선은 굴욕을 당했다고 생각하기 때문에 그 분열이 더할 것이나 나는 그들의 싸움 따위에는 관심이 없다. 단지 우리를 사대하는 데 방해되는 자가 누구인지, 그것만 확인하라. 그게 너의 일이다. 그 외에 일절 관여해서는 안 된다."

황제는 이신을 참수 직전에 사면시켜 조선으로 보냈다. 황제의 명처럼 임금과 신료들 사이의 권력 투쟁에 대해 이신은 관여할 권한이 없었다. 만약 이신이 김홍진의 집에 침입했다는 사실이 알려지면 황제가 난처한 입장이 될지도 모른다. 그것은 이신이 원하는 바가 아니었다. 이 모든 사건의 깨끗한 결말은 김홍진을 죽인 범인을 찾은 후, 그 아래 있는 흑막을 파헤치는 것이었다.

"참판, 안에 계신가."

이신은 한복진의 방 앞으로 성큼 걸어가 대답도 기다리지 않고 문을 열어젖혔다.

"치, 칙사……."

한복진은 이신을 보고 놀라 손에 든 서책을 떨어뜨렸다.

"칙사 어른께서 웬일로 여기까지 납셨습니까? 소인에게 볼 일이 있으면 부르시질 않고요."

한복진은 당황한 기색이었지만 떨어진 서책을 도로 주우며 공손히 말했다. 마음속에 반발심과 혐오감을 감추고 있다 해도 조선의 신료들은 황제의 대리자인 칙사에게 그에 준하는 예를 갖추어야 했다. 이신은 한복진의 얼굴을 보았다. 좀전의 당혹감은 온데간데없이 침착한 표정으로 되돌아왔다. 최현수는 한복진을 가리켜 무서움을 모르는 영민한 관리라고 말했었다. 그 말대로 한복진은 대범하게 왕을 몰아낼 계획을 꾸미고 있었다.

하지만 그렇다면 뭔가 이상했다. 한복진과 함께 역모를 도모한 의금부의 누군가가 의관을 시켜 검안서를 작성했고, 한복진은 자기 수하를 시켜 의관을 죽였다. 의금부에서 의관을 죽인 병조 관원을 잡아 족치면 금방 들통이 날 일이 아닌가. 역모를 위한 사전 작업 치고는 너무 엉성했다.

"참판, 병조 소속 관원이 의관을 죽인 사건이 있다 들었소. 알고 계시오?"

이신은 자리에 앉으며 물었다.

"예. 정랑에게 들었사옵니다. 하오나 그자가 취조 도중 집으로 도망을 가버려 소인이 그자를 당장 잡아오라고 사람을 보냈사온데⋯⋯."

"그자가 죽인 사람이 누군 줄 아시오?"

"낮에 운종가에서 술을 먹고 의관과 다투다가 칼로 찔렀다고만 들었을 뿐, 구체적인 얘기는 듣지 못했사옵니다. 혹시 죽은 의관과 칙사 나리께서 무슨 연고라도⋯⋯."

"연고 때문에 온 것이 아니오."

이신은 죽은 의관이 김홍진을 검안한 자라는 말을 하지 않았다. 가능하다면 달아난 병조의 관원을 한복진보다 먼저 만나보고 싶었다. 이신은 의관을 죽인 관원이 잡혀오기를 기다리며 화제를 돌렸다.

"참판께서 병조에서 화기도감을 총괄하고 있지요?"

"그러하옵니다만⋯⋯."

"화기도감의 문서들은 누가 관리하고 있습니까?"

"화기도감의 문서라면?"

"신무기 설계도 말입니다."

담담하던 한복진의 얼굴에 미동이 일었다. 그 역시 순식간에 감추었으나 한복진은 비수에 찔린 듯 날카로운 충격을 느꼈다. 칙사가 비격진천뢰의 존재를 아는 것이 분명하다. 지금 조정 당상관 중에는 화기도감의 존재조차 모르는 이가 허다하다. 계해년 반정을 주도한 세력들은 병기, 화기, 화약 등에는 관심이 없었다. 그래서 정묘년에도 병자년에도 오랑캐에게 참혹한 화를 당한 것이었다. 오히려 화기와 병기의 중요성을 알고 화기도감을 설치한 사람은 임진왜란 때 군대를 진두지휘했던 광해군이다. 그런데 화기도감의 신무기 설계도를, 칙사가 왜 찾는 것일까? 내금위나 의금부도 아니고. 왜 청나라 관리가 아직까지 조선에서도 제대로 사용되어 본 적이 없는 신무기 설계도에 관심을 가지는 것일까?

칙사가 내금위장이라 하나 아직까지 내금위 업무를 수행하는 것을 본 적은 없었다. 역관 놈이 종이품 동지사인데, 칙사 역시 종이품의 무관직인 내금위장이라니 우스웠다. 품계보다 중요한 것은 칙사, 즉 황제가 임금 가까이에 있으니 함부로 왕권에 도전하지 말라는 의미일 것이다.

도대체 모르는 사이에 무슨 사건이 터진 것일까? 한복진은 갑자기 스스로가 한심스럽다는 생각이 들었다. 이러고도 조선의 운명을 바꿀 반정을 꿈꾸다니 한복진은 속으로 혀를 찼다. 칙사는 분명 비격진천뢰 설계도 때문에 병조에 들른 것이었다. 죽은 의관과 병조 관원의 시비 따위는 핑계였으리라. 한복진은 자신의 예측이 빗나가길 바라면서 칙사의 말을 기다렸다. 그러나 그 다음에 칙사의 입에서 나온 말은 훨씬 더 강했다.

"비격진천뢰. 혹시 들어본 적 있소이까?"

"비격…… 뭐라고 하셨습니까?"

"비격진천뢰의 설계도가 화기도감에 있을 것이오."

이신은 한복진의 얼굴에서 눈을 떼지 않고 천천히 말을 뱉었다. 한복진이 미리 마음의 준비를 하지 않았다면 당황해 실수를 했을 것이다. 칙사의 입에서 예측했던 말이 튀어나왔는데도 한복진은 온몸에 한기를 느꼈다. 어금니를 깨물어 몸이 부르르 떨리는 것을 겨우 참았다. 칙사의 입에서 나온 말은 단순히 비격진천뢰가 아니라 그 무기의 설계도였다. 너무나 구체적이지 않은가. 필시 뭔가를 알고 있다. 혹 역모를 눈치챈 것인가.

"처음 듣는 얘기이옵니다. 더구나 화기도감은 광해군 때 만들어진 임시 관청이 아니옵니까. 광해군이 실각하자 조정에서는 화기나 화포에 관심을 잃었습니다. 물론 화기, 화포, 화약의 제작 기술은 극비 문서로 분류해 봉인해두었을 것이나 그러한 문서나 설계도는 저도 감히 뒤져볼 수 없사옵니다. 하오니 그것에 관한 일이라면 병조판서 홍원범 대감께 여쭈어보심이……."

한복진은 차분하게 말을 마쳤다. 화기도감이 반정 이후 거의 유명무실해진 것은 사실이었다. 칙사는 고개를 끄덕이고 더 이상 묻지 않았다. 한복진은 가슴을 쓸어내렸다.

대체 칙사의 정체는 무엇인가. 한복진은 김홍진이 죽었다는 소식을 듣자마자 은밀히 사람을 시켜 정황을 조사해보았다. 그는 처음부터 김홍진이 자진할 인물이 아니라는 것을 알고 있었다. 한복진이 확인한 바에 의하면 김홍진은 자객에 의해 살해당했으며, 그의 집으로 들어간 자객은 칙사일 가능성이 높았다. 칙사는 왜 영의정의 아들을 쥐도 새도 모르게 죽였을까. 아무리 생각해도 이해할 수가 없었다. 임금의 훈신들을 죽여 힘을 뺀 후 임금을 바꾸려 하는가. 새 임금을 세우고 싶다면 칙사가 굳이 김홍진처럼 이빨 빠진 호랑이를 잡아야 할 이유가 무엇인가. 칙사로서는 황제에게 하는 진언만으로 충분할 것이다. 게다가 청이 왜 임금을 바꾸려 하겠는가. 이미 항복을 받아 자신들의 충복으로 만들어둔 임금을 굳이 버릴 이유가 없다. 새로운 임금이 나서면 그것 자체가 청나라에게 큰 골칫거리가 될 터이다. 어떤 임금도 지금 임금보다는 청에게 더 위협적이기 때문이다. 김홍진의 노비가 목격한 자객이 칙사가 아닐 수도 있었다. 새벽이었으니 누구의 얼굴인들 제대로 보였겠는가.

그때 바깥에서 관원의 목소리가 들렸다.

"참판 나리, 소인 다녀왔사옵……."

바깥에서 말이 끝나기도 전에 한복진은 방문을 열어젖혔다.

"그자를 데리고 왔느냐?"

"그것이……."

"잡지 못하였느냐?"

"그자가 사라져버렸사옵니다."

"뭐라, 도망을 갔다고!"

"나졸들 댓 명이 막식의 집을 덮쳤는데……."

"그자의 이름이 막식이냐?"

"예. 소막식이라 하옵니다. 그자는 집에 나타나지 않았고 아마 도성 안 어디에 숨은 듯하옵니다. 지금 운종가와 종로를 모두 뒤지고 있으니 곧 잡힐 것 같습니다만……."

"사대문을 빠져나가지 못하도록 조치는 해두었느냐?"

"예. 다른 작은 문들에도 연통을 넣어두었사옵니다."

"어허, 참."

참판의 눈에 비친 칙사는 무표정했다. 도통 무슨 생각을 하는지 읽을 수 없었다.

"그자를 잡으면 먼저 연통을 드리겠사옵니다."

"내가 보기엔 이미 어려울 것 같군."

칙사는 혼잣말처럼 중얼거리더니 한복진을 응시했다. 한복진도 그 시선을 받아서 조용히 칙사를 바라보았다. 다른 의지, 다른 결기를 가진 두 시선이 속내를 감춘 채 팽팽하게 엇갈렸다. 이신은 조용히 자리를 떠났다.

◎

이신은 후원의 정자로 걸음을 옮겼다. 새벽에 모처럼 깊은 잠을 잤다. 돌이가 가져다준 탕약 덕분일까. 이신의 불면을 알고 매번 탕약을 끓여오는 돌이의 정성은 기특했으나 마시고 나면 언제나 정신이 혼몽했고, 아침도 개운하지 않았다. 그런데 오늘은 단잠에 빠져들었다. 꿈에 선화의 모습도 보았다. 악몽이 아닌 꿈에 선화가 등장한 것은 참으로 오랜만의 일이었다.

사람이 잠을 자지 못한다면 어떻게 눈 뜨고 살겠는가? 매일 악몽만 꾼다면 어떻게 좋은 일을 할 수 있을까? 이신은 지독한 불면을 경험한 후에야 비로소 낮의 활기와 평화가 모두 밤의 깊은 잠덕분이라는 것을 알았다.

불면은 지독한 병이다. 이신은 불면에 시달리면서 황제를 진정으로 이해하게 되었다. 심양에 있을 때, 황제가 꿈속에 등장한 적이나 악령을 실제로 죽인다는 얘기를 듣고 영웅의 괴벽으로만 여겼다. 그러나 며칠 잠을 자지 못하니 살인보다 더한 일도 충분히 할 수 있을 것 같았다. 세상에 가장 불쌍한 자는 노비가 아니라 불면으로 잠들지 못하는 자라는 것을 조선에 돌아와서야 알았다.

이신이 돌이를 시켜 집 근처의 모든 까치집을 허물고, 민가에서 기르는 개, 닭까지 모두 잡아들이게 한 것도 불면의 고통이 너무나 끔찍했기 때문이었다. 겨우 잠이 들어도 악몽이 이어졌다. 인간의 악행은 어쩌면 꿈 때문이 아닐까. 그가 조선의 사대부들에게 그토록 냉정하게 굴었었던 것도 어쩌면 악몽 때문일지 모른다.

이신은 정자에 오르지 않고 연못가에 가서 앉았다. 이 집에 처음 왔을 때 그는 연못 안의 물고기를 모두 없애도록 지시했다. 살아 움직이는 생물은 보살펴주어야 할 것 같아 부담스러웠기 때문이었다. 하지만 어디서 생겨났는지 작은 물벌레가 마름과 물달개비 사이에서 돌아다녔다. 그는 연못 앞의 커다란 나무에 등을 기대고 서서 물을 내려다보았다. 물 위로 하얀 연꽃 몇 송이가 청아하게 피어 있었다. 연못 주변에는 붓꽃이며 철쭉이 소복소복 피었다. 봄이었다. 집 잃은 까치 한 마리가 나무 위에서 두어 번 울더니 사라졌다.

오래전 그가 공부하러 다녔던 서당 뒤뜰에도 꼭 이만 한 연못이 있었다. 쉬는 시간이면 이신은 종종 그곳에 앉아 있곤 했다. 다른 서생들은 거의 찾지 않는 곳이라 조용히 혼자 있기에 좋았다.

어느 봄날 연못가의 평상 위에서 그림을 그리던 선화를 보았다. 아직 소녀티가 가시지 않은 선화의 작은 손끝이 그리는 모란에는 어딘가 처연한 아름다움이 있었다. 이신은 걸음을 멈추고 우두커니 서서 그녀를 바라보았다.

그의 시선을 느낀 선화가 고개를 들더니 당황한 듯 서둘러 화구들을 챙겨들고 가버렸다. 미처 챙기지 못해 연못가에 떨어져 있던 그림의 구석자리에는 적다 만 왕유의 시가 있었다. 이신은 붓과 벼루를 가져와 시의 남은 부분을 채워넣은 후 평상 위에 그림을 펴놓고 날아가지 않게 돌로 눌러두었다. 다음 날 다시 가보니 그림은 없었다.

꽤나 이름이 난 서당이어서 성균관에 들어가지 않은 세도가의 자제들이 공부하러 오곤 했다. 그러니 애초에 이신이 다닐 곳이

못 되었다.

이신은 서출이었다. 관직으로 진출할 기회가 아예 막혀 있던 셈이었지만 아버지는 그를 서당으로 보냈다. 본인처럼 아들에게도 임금을 만날 기회가 올 것으로 믿었던 모양이다. 하지만 그런 행운을 기대하지 않았던 그에게는 아무런 목적도 효용도 없는 공부였다. 진정 알고 싶은 것은 자기 자신의 정체였다. 서출로 태어난 이신은 항상 자신이 누구인지 궁금했다.

조선에서 적자로 태어난 사대부들은 그런 생각 따위 할 필요가 없다. 하지만 서출들은 다르다. 얼자로 태어난 아버지도 평생 동안 그러했을 것이다. 어쩌면 그래서 아들을 이 서당으로 보냈는지 모른다. 앞으로 직면하게 될 운명을 정확히 알고 살라는 뜻으로. 나는 누구인가?

아버지처럼 얼자 출신이었던 훈장은 조선에서 일어나는 적서차별은 유교 경전에 근거한 것이 아니라 사대부들이 임의로 만든 제도라고 적자들 앞에서 통렬하게 비판했다. 심지어 그는 사대문 안 인구의 절반을 차지하는 노비들도 사대부가 자신들의 예의와 염치를 위해 만들어낸 것이라고 몰아붙였다. 그러면서 어떤 경전에도 공자와 맹자가 노비를 거느렸다는 기록이 없다고 말했다. 훈장의 말씀은 정연한 논리와 높은 뜻을 가지고 있었지만 이신의 정체성을 밝혀주지는 못했다. 그는 여전히 양반도 상민도 아닌 중간자, 아무 데도 낄 수 없는 어정쩡한 존재, 아니 아무것도 할 수 없는 존재였다.

선화를 다시 본 것은 서당에서 사귄 유일한 친구 유병기의 집에서였다. 유병기는 영민하고 소탈한 성품이었다. 아버지끼리의 개인적인 친분 때문이기도 했으나 유병기는 이신을 서자로 대하지 않았다.

어쨌든 유병기의 그 관대함은 인품만으로 얻어지는 것이 아니었다. 가지지 못한 자는 결코 베풀 수 없는, 이신은 가질 수 없던 그 관대함에 기대어 유병기의 집까지 따라갔다.

선화가 차를 내왔다. 고개도 들지 않은 채 방문 앞에서 돌아갔지만 이신은 한눈에 후원에서 본 소녀임을 알아보았다.

그후로도 둘은 종종 마주쳤다. 유병기를 찾아갔다가 마루에서 그림을 그리던 선화를 보기도 했고, 어느 정도 얼굴이 익자 가끔은 이신이 함께 한 자리에서 선화가 유병기의 먹을 갈아주기도 했다. 유병기를 통해 들은 말로는 선화도 서당의 훈장으로부터 따로 글을 배운다고 했다.

선화를 향해 감정이 싹틀 무렵, 이신은 서당에 다니는 것을 포기했다. 번듯한 사대부 가문의 여식인 선화와 닿을 수 없는 서출. 그것이 자신의 신분을 더욱 각인시켜주었다.

이신은 더 이상 서당에 다니지 않겠다는 뜻을 전하자 유병기는 놀라서 물었다. 마루에서 그림을 그리는 선화의 모습이 보였다.

"자네는 문재文才가 있다고 훈장님도 칭찬하셨는데 왜 그런 결정을……?"

"글을 익혀 내가 할 수 있는 것이라고는 훈장님처럼 세도가의 자제들에게 글이나 가르치며 사는 것이겠지. 스승님을 폄훼하는 것은 아니나 나는 그렇게 살고 싶지는 않네. 왠지 처량하지 않은가."

"그럼 무엇을 하며 살려는가."

"내가 선택할 수 있는 것이 무엇인가, 그것부터 먼저 생각하려네."

이신은 유병기에게 인사를 마치고 방을 나섰을 때 선화는 보이지 않았다. 이신이 대문을 나서자 계집종 하나가 쫓아와 서찰을 전해주었다. 집으로 돌아와 펼쳐보니 선화가 그린 꽃나무 그림이었다. 귀퉁이에는 예전에 그가 완성해준 적이 있는 왕유의 시가 적혀 있었다.

말에서 내려 그대에게 술 따르노니
어디로 가시는가 그대에게 묻노라
그대는 말하기를 뜻을 얻지 못했기에
남산 언저리에 은둔한다 대답한다.
그렇다면 가셔야지, 무엇을 더 물으리.
그곳에는 흰 구름 언제나 떠 있으리라.
下馬飮君酒
問君何所之
君言不得意
歸臥南山陲
但去莫復問
白雲無盡時

깜빡 잠이 들었던 것일까. 너무도 생생한 환영이었다. 이신은 꿈과 현실의 경계에서 어지러움을 느꼈다. 그는 고목에 등을 기대고 앉아 따뜻한 햇볕을 받으며 눈을 감았다. 나른함인지 졸음인지 알 수 없는 현기증이 밀려왔다.

선화의 목소리가 들리는 것 같다. 선화는 돌 위에 그림을 새기고 있다. 다시 보면 주변은 온통 얼어붙은 압록강변이다. 얼음 위로 피가 번져나간다. 화살을 맞은 선화가 쓰러져 이신을 바라보고 있다. 일어나야 하는데, 선화에게 가야 하는데 몸이 움직이지 않는다. 바싹바싹 마음만 탈 뿐 마치 쇠사슬에 온몸이 묶여 있는 것처럼 꿈쩍도 하지 않았다.

김흥진이 죽던 날. 어제인가, 그제인가, 안개 속에서 스쳐간 여인은 분명 선화였다. 그날처럼 한 발씩 천천히 조심스럽게 다가오는 발소리. 그리고 희미하게 들리는 또 다른 발소리. 이신을 대신해 칼 한 자루를 정확히 목에 꽂아 자객을 처치해버리고 떠난 놈의 발소리다. 맞다. 바로 그자다. 그러나 놈은 곧 멀어지고, 낯익은 가죽신의 소리가 아주 조심스럽게 다가오다 어느 순간 방향을 돌렸다.

"돌이야. 무슨 일이냐?"

이신은 눈을 감은 채 돌이를 불렀다. 주인이 자는 줄 알고 되돌아가는 중이었다.

"나리, 분부하신 대로 김흥진이 살던 마포 일대를 샅샅이 뒤졌습니다요. 하온대 김흥진의 집 근처에서 여동생분을 안다는 아낙을 찾았습니다."

"그래서?"

"동생분은 김흥진의 집 바로 뒤에 살았다는데, 무슨 일인지 급히 이사를 떠났다고 합니다."

이신은 후다닥 자리를 박차고 일어났다.

"지금 누가 나가 있느냐?"

"형조에서 파견 나온 조사관을 보냈습니다."

"어서 가자."

이신은 서둘러 말에 올라 마포로 달렸다. 돌이도 뒤를 따랐다.

어쩌면 어젯밤 꿈은 선화를 만나려는 암시였을까. 가슴이 뛰었다. 그동안 포상금을 노리는 자에게 수도 없이 속았다. 허위 신고가 너무 많아 나중에 관원들이 그런 자들에게 곤장을 내린 후로는 그마저도 아예 끊겼다. 그래서 이신이 신고한 백성에게 벌을 내리지 말라고 형조에 여러 번 주의를 주었으나 관리들의 태도는 그대로였다. 실망이 거듭되며 이신도 그자들을 믿지 않게 되었다.

하지만 이번에는 확신이 들었다. 이 길만 지나가면 선화가 기다리고 있을 것 같았다. 난이는 살아 있을까, 죽었을까. 살아 있다면 얼마나 자랐을까. 아니다, 어떤 것도 묻지 않겠다. 선화가 어떤 세월을 살아냈는지 아무것도 묻지 않으리라. 단지 그녀가 원하는 곳으로 가서 선화의 뜻대로 살리라.

이신의 조급한 박차에 말은 무서운 속도로 내달았다. 지나치는 사람들이 그 기세에 놀라 길 옆으로 피했다. 말에 오른 몸은 요동과 만주에서 달리던 그때를 기억해냈다. 하루 종일 달려도 목적지에 도착할 수 없던 곳. 마치 그때처럼 바람을 뚫고 전속력으로 질주해보려 해도 조선에서는 미처 가속도를 붙이기도 전에 목적지에 도착하곤 했다. 그럴 때면 속도를 요구하며 더 달려보려는 몸이 오히려 황망했다. 모든 것이 너무 좁았다. 서대문을 벗어나자 금세 한강이 눈에 들어왔고, 그곳 마포에서 김홍진의 집은 지척이었다. 그러나 이 좁은 땅덩어리, 이 좁은 한양 언저리에서 아내를 찾지 못하고 있다. 조선이 넓지는 않지만 깊기는 하구나. 이신은 중얼거렸다.

이신은 김홍진의 집 부근에 도착하자 말에서 내렸다. 어린 시절 자신이 살았던 집이었는데 지금은 낯선 담이 죽 이어져 있었다.

원래 이 집을 지은 사람은 할아버지로, 버린 자식으로 취급했던 아들이 크게 일어나 가문을 빛냈다며 얼자인 아버지에게 이 집을 물려주었다. 당시에도 그리 큰 집은 아니었으나 터가 좋다며 종종 좋은 값에 넘기라는 제의가 있었다. 김환은 반정의 대가로 이신이 살던 집을 얻어 대대적으로 보수하고 새로 담을 올렸다. 그래서 겉에서 보면 어린 시절에 자신이 살던 집이 맞는지 확인하기 어려웠다.

"여기가 김흥진의 집입니다요. 김흥진이 죽었으니 이제는 김진수 혼자 살 것입니다요."

아무것도 모르는 돌이가 안내하듯 말해주었다.

"김진수?"

"강화도에서 어미와 할미를 절벽으로 밀어넣고 혼자 살아온 자말입니다. 강상죄를 저질렀다고 조정 대신들까지 나서 벌을 주자고 난리입니다. 그런 자는 찢어 죽여야 합니다요!"

이신이 눈길을 보내자 돌이는 입을 다물고 고개를 숙였다. 돌이는 스스로 똑똑하다고 자부하는 노비였다. 그리고 그 사실을 이신 앞에서 증명하려 했다. 자신도 이신과 함께 청나라로 가서 주인처럼 엄청난 출세를 하기를 바랐고, 그럴 수 있다고 믿었다.

돌이는 걸음을 재촉해 선화가 살다 떠났다는 집으로 앞서 걸었다. 김흥진이 새로 만든 담장은 그의 세도만큼이나 계속 이어졌다. 그 담만 지나면 선화가 서 있을 것 같아 이신의 걸음도 빨라졌다. 모퉁이를 돌자 문책하는 목소리가 먼저 들렸다.

"좀 전에 이 얼굴이 분명하다고 하지 않았느냐?"

형조 관리가 쩌렁쩌렁 핏대를 올리며 노파의 뺨을 내려쳤다.

"맞사옵니다. 분명히 이 얼굴입니다요!"

노파는 얼굴을 싸쥐고 우는 소리로 대답했다.

"네 이년, 우리가 찾고 있는 아낙은 애 하나를 데리고 사는 과부다. 그런데 뭐라? 딸 둘을 가진 부부라고! 네 년이 관원을 우롱하고도 살아남길 바라느냐!"

"아니옵니다. 나리가 내민 그림과 비슷한 얼굴이었사옵니다. 이동네 다른 사람들에게도 한번 물어보십시오."

노파의 말이 끝나기 무섭게 울타리 위 호박처럼 몰래 숨어 보던 구경꾼들의 머리가 순식간에 사라졌다.

"묻는 말에 대답이나 할 것이지 누구더러 이래라 저래라 하는 것이냐!"

다시 관리의 손이 노파의 얼굴로 날아들었다. 노파는 바닥에 뒹굴며 살려달라고 웅얼거렸다. 이신이 돌이와 함께 마당으로 들어서자 형조 관리가 달려와 머리를 조아렸다.

"칙사 나리, 황공하옵니다. 아무래도……."

이신은 그의 말이 끝나기도 전에 사정없이 그의 뺨을 후려쳤다. 넙죽 땅바닥에 엎드린 그가 무슨 변명을 하기도 전에 이신은 머리통을 발로 차버렸다. 관리가 땅바닥에 뒹굴자 이번에는 그의 가슴을 마구 밟았다. 그는 죽을 듯이 가슴을 쥐고 뒹굴었다.

"너 같은 놈 때문에 내 여동생을 봤다는 신고가 끊긴 게 아니냐!"

"자, 잘못 했습니다요……."

"나리!"

돌이가 부르자 이신은 뒤를 돌아보았다. 적잖은 동네 사람들이 담 너머에 있었다. 이신은 그제야 정신을 차렸다. 돌이가 나서지 않았다면 칼을 뽑았을지도 몰랐다.

"저리 비켜라."

"화, 황공하옵니다. 칙사 나리."

돌이가 눈치껏 관원을 데리고 밖으로 나갔다. 이신은 집 안을 둘러보았다. 손바닥만 한 흙바닥에 보랏빛 붓꽃이 피어 있는 집은 한 눈에도 옹색해 보였다. 살던 이가 서둘러 짐을 챙겨 떠났는지 집 안은 어수선했다. 일부러 버리고 간 것인지, 아니면 원래 굴러 다니는 것인지도 알 수 없는, 부서진 바구니며 갖은 조악한 살림 살이가 마당 여기저기 구르고 있었다.

늙은 아낙이 이신을 보면서 눈치를 살폈다. 이신은 방문을 열고 방안의 벽까지 빈틈없이 관찰했다. 부엌 역시 마찬가지였다. 바위를 파내지 못해 그대로 부엌을 들인 듯 한 구석에 검은 바위가 자리 잡고 있었고, 그 위에는 반쯤 망가진 맷돌이 올려져 있었다. 아궁이 대신 만들어둔 화덕 위에 가마솥도 그대로 걸려 있었다. 역시나 서둘러 떠난 것을 짐작하게 해주었다. 이신은 새카맣게 때가 내려앉은 바위와 별반 다르지 않은 아궁이 주변이며 부엌 벽면을 꼼꼼히 보았다. 나중에 노파가 동네 사람들에게 칙사라는 높은 양반이 뭐에 쓴 양 벽에 눈을 박고 뭔가를 찾더라고 전할 정도로 이신은 열심이었다.

없었다. 그림이 없었다. 아무 데도 꽃 한 송이 그려진 흔적이 없었다. 아내는 붓이 없으면 나무 꼬챙이라도 쥐고 어디든 그림을 그렸다. 선화가 이곳에 살았다면 분명 어딘가에 그림의 흔적이 남아 있어야 했다. 하지만 아내의 흔적은 보이지 않았다.

힘이 빠진 그는 마당으로 나왔다. 울타리 너머로 훔쳐보던 아낙 몇이 황급히 고개를 숙였다. 가시나무 담장 틈으로 아이들과 몇몇 노인들은 생쥐처럼 눈만 들이밀고 여전히 이쪽을 뚫어지게 응시했다. 이런 토굴 같은 집으로 관리가 찾아온 것이 신기한 모양이었다. 이신은 그들 중 누군가가 자신을 알아볼지도 모른다는 걱정은 하지 않았다. 반정 이후 사라진 역도의 아들이 청나라 칙사가 되어 돌아왔을 것이라고는 아무도 상상하지 못할 터였다.

이신이 마당으로 나오자 늙은 아낙은 머리가 땅에 닿을 것처럼 조아렸다. 형조 관리가 뺨을 심하게 때렸는지 얼굴에 아직 자국이 남아 있었다.

"자네가 이 집에 사는 아낙을 봤다고 했느냐?"

이신이 차분하게 물었다.

"소인은 관원 나리가 묻기에 본 것을 말한 죄밖에 없사옵니다. 나리……."

노파는 눈물을 흘리며 억울함을 호소했다. 이신은 주머니에 엽전 뭉치를 꺼내 아낙 앞에 던졌다. 그러자 노파는 그것을 움켜쥐며 울음을 뚝 그쳤다.

"애가 둘 딸린 부부라고 했느냐?"

"예, 그러하옵니다."

"남편은 뭘 하는 사람이었느냐?"

"마포나루에서 어물을 받아 파는 상인이었습니다요."

"언제부터 여기 와서 살았느냐?"

"4, 5년 전쯤일 것입니다요."

선화에게 남편이 있다……. 이신은 충격으로 온 몸이 텅 비는 듯했다. 죽었을 거라는 생각, 살았어도 온전하지 못할 거라는 상상은 무수히 했지만 남편이 있을 거라는 짐작은 해보지 못했다. 선화는 언제, 어디에, 어떤 모습으로 있든 자신의 아내였다. 그런데 선화가 다시 남편을 맞았다. 그리고 아이를 얻었다.

"이 집 큰아이는 몇 살이나 되었더냐?"

"큰아이요?"

"딸이 맞느냐?"

"예, 딸이 맞사옵고, 예닐곱 살 남짓한 듯한데……."

하지만 난이는 올해 열세 살이었다. 선화가 아니라는 말인가. 어쩌면 난이가 심하게 고생하여 제대로 자라지 못한 것일지도 모른다. 이신은 눈물이 솟아나려는 것을 겨우 참았다.

"이집 식구는 언제 떠났느냐?"

"그것은 소인도 모르겠사옵니다. 먹고살기 어려워 다른 데로 갔는지, 아니면 이웃에서 사람이 죽어나가니 무서워 친척집으로 갔는지 알 수 없지요."

"친척?"

"동생 얘기를 얼핏 하던데…… 제법 편하게 사는 동생이 있다고……."

노파는 엽전 뭉치를 움켜쥐고 땅바닥에 머리를 박았다. 이신은 선화의 동생을 떠올렸다. 손아래 여동생이 하나 있긴 했다. 하지만 조선으로 온 직후 선화를 수소문하면서 가족도 함께 찾았으나 모두 죽거나 사라져 행방을 알 수 없었다. 칙사의 권한으로도 찾지 못한 사람들을 선화가 찾아낼 수 있을까. 더욱이 역도의 자식이라는 오명을 쓰고 뿔뿔이 흩어진 가족이 아닌가. 무엇보다 이 집에 살던 여인이 선화가 맞긴 한 것일까.

"혹시 그 아낙이 그림을 그리는 것을 본 적이 있느냐?"

"글쎄, 그것은 보지 못했사옵니다.

"알았다. 그만 돌아가라."

"나리, 황송하옵니다. 근데, 이 돈을 정말 소인에게…… 소인이 받아도 되는 것인지……."

늙은 아낙은 놀라 횡설수설하며 엽전을 옷 안으로 챙기고 마당을 나섰다. 마당에는 일순 정적이 감돌았다. 그것은 실망감으로 텅 비어버린 이신의 가슴에서 울리는 것이었다.

그때 수상한 소리가 스쳤다. 집 뒤의 대숲에서 나는 소리였다. 이신은 걸음을 멈추고 귀를 기울였다. 아주 조심스레 발을 내딛는 소리. 숲에서 저렇게 조용히 이동하기란 쉬운 일이 아니다. 충분히 훈련된 발자국이었다. 대숲은 김홍진의 집과 이어져 있었다. 저 집에 또 다시 무슨 변고가 생기는 것인가. 하지만 자객이라면 이런 대낮에 움직이지 않을 것이다. 문득 이 발소리가 그날 새벽에 자신이 놓친 발소리, 조금 전 연못가에서 환청으로 들었던 발소리가 아닌가 하는 생각이 스쳤다. 하지만 자신이 없었다. 이신은 그를 쫓을 수도 있었지만 가만히 있었다. 그 순간 아무것도 하고 싶지 않았다. 실망감이 우물처럼 깊어 한 발만 움직이면 그 속으로 푹 빠져들 것만 같았다. 이내 발소리는 완전히 사라졌다.

이신은 돌이와 함께 서 있는 형조 관원에게 다가갔다.

"너는 나졸들을 풀어 이 집에 살던 부부를 찾아라."

이신은 말을 마친 뒤 말 위에 올랐다.

"예. 나리!"

관원이 이신과 눈을 마주치지 않고 고개를 숙여 대답했다. 이신은 한강변으로 향했다. 돌이는 주인의 심정을 아는지 뒤따라오지 않았다. 이신은 새벽의 꿈을 떠올리면서 천천히 말을 몰았다. 그 아름다운 꿈은 사실 예전의 기억이었다. 오랫동안 잊고 지난 과거의 추억이었다.

깊은 밤, 한양 거리는 텅 비어 있었다. 정변이 일어나기 얼마 전

이신은 선화를 만나 함께 종로의 밤길을 걸었다. 물론 유병기가 함께 한 자리였고, 화구와 먹을 것까지 챙겨든 노비들이 뒤를 따랐다. 병기가 하도 졸라서 나간 자리였으나 선화가 같이 온 바람에 이신은 여간 난감한 것이 아니었다. 선화가 야간 통행증명서인 물금첩勿禁帖까지 만들어와 아무런 제지를 받지 않고 서대문을 빠져 나갈 수 있었다.

한강변에 다다르자마자 선화는 종이를 펼치더니 달빛이 드리워진 강을 하염없이 내려다보았다. 이신의 시선 역시 그녀의 눈길을 따라 한강 위로 옮겨갔고, 물 위에 드리워진 달빛에 잠시 넋을 잃었다. 유병기도 달빛이 내린 복사꽃을 보느라 멍하니 앉아 있었다. 또 얼마나 지났을까, 선화가 붓을 쥐었다. 붓이 움직이자 화선지 위에 밤의 강물이 옮겨졌다.

은은한 강물이, 흐드러진 복사꽃이 실제보다 아름다운 자태로 흰 종이 위에 피어올랐다. 허공의 달도 옮겨 앉았다. 강물은 달빛을 받아 선화의 손끝처럼 반짝였고, 복사꽃은 선화의 뺨처럼 붉은 빛을 띠기 시작했다.

계집종 하나가 땅바닥 위에 새 종이를 펼쳤다. 조금 떨어진 곳에 다른 노비가 자리를 깔고 먹을 것을 차렸다.

이신과 병기는 강물 위에 돌을 던져 물수제비를 떴다. 납작한 돌 두 개가 수면을 때리면서 어두운 강을 건너갔다. 물수제비가 사라지고, 강물 위로 다시 고요가 찾아들자 둘은 서로의 얼굴을 보았다.

그날 밤, 세 사람이 특별한 이야기를 한 것도 아니다. 그저 달빛 아래에서 시간을 보내고, 먼 길을 돌아 다시 집으로 갔을 뿐이다. 추억이란 당시에는 얼마나 행복한지 알 수가 없다. 먼 시간이 지난 후에 비로소 깨닫는 것이다. 그러나 아무리 행복했던 시절도 영원히 돌아갈 수 없다. 오직 꿈에서만 다시 볼 뿐이다.

四
압록강, 정묘년의 이른 봄

온통 눈이다.

개울에 뽀얗게 김이 피어오른다. 빨래를 하던 여자들은 모두 집으로 돌아갔다. 온천수가 솟아나오는 개울가에는 겨울에도 꽃이 피었다. 바람이 불자 나뭇가지에 널어둔 빨래가 흔들린다. 선화는 너럭바위 위에 종이를 펼쳐놓고 그림을 그렸다. 눈밭처럼 흰 종이 위에 금방 복사꽃 나무 한 그루가 꽃을 피웠다.

이신이 선화를 데리고 평안도 산 속으로 들어온 지 벌써 4년이 지났다. 계해년 정변이 가져다준 운명의 뒤틀림이었다. 그날 새벽 칼을 챙겨 집을 나갔던 아버지는 돌아오지 못했다. 누군가는 역도들에 의해 난도질당하고 개밥으로 던져졌다고 했다. 확인할 수 없는 말이었고 확인할 겨를도 없었다.

정변이 일어나기 몇 달 전, 절에 동지 기도를 올리러 갔던 어머니에게 주지스님은 큰일을 겪을 터이니 미리 준비를 해두라고 일렀다. 그렇잖아도 아버지는 전부터 임금에게 김환, 홍원범, 최명길을 잡아들여 국문을 열라고 여러 번 귀띔을 드렸다고 했다.

임금에게 정변의 위험을 알린 신료는 아버지만이 아니었다. 광해 임금은 듣지 않았고, 아버지의 고민은 깊어갔다. 그 때문에 오래전부터 이복형과 이신을 데리고 함께 해왔던 무예 수련도 중단했다. 술에 취한 아버지가 당신이 병력을 동원할 위치에 있다면 반역을 막을 수 있다고 중얼거리는 것을 이신은 여러 번 들었다. 그러던 중 김환이 아버지와 접촉해 큰일을 해보지 않겠느냐는 암시를 던졌다. 그날 이후로 아버지는 가족들을 단속했다. 여차하면 어디로 달아나야 하는지도 미리 일러두었다. 그리고 아버지는 직접 김환과 홍원범을 죽일 계획을 세웠지만 그 계획은 수포로 돌아갔다. 역적들이 먼저 움직인 것이었다.

아버지가 새벽녘 집을 나서자 언제나 아버지의 말씀과 당신의 예감에 충실했던 어머니는 이신과 여동생의 손목을 끌고 한양을 빠져나가려 했다. 궐 안에서 난리가 났다는 말이 미처 돌기도 전이었다. 누군가 한 장의 서찰을 이신에게 전해주었다. 훈장 어른이 보낸 서찰이었다. 다른 내용은 없이 화급을 다투는 일이니 잠시만 들러달라고 적혀 있었다.

"어머니, 먼저 가세요. 곧 쫓아갈게요."

이신은 서둘러 서당으로 달려갔다. 문이 굳게 닫힌 서당에는 정적만이 감돌았다.

"어르신, 훈장 어르신."

이신이 나지막이 부르자 부엌에서 허드렛 일을 도와주는 평당댁이 나오더니 그를 서당 뒤로 데리고 갔다. 헛간 앞에 훈장이 서 있었다. 이신은 머리를 숙여 인사를 했다. 그가 공부를 그만둔 후로 처음이었다. 그럼에도 훈장은 모든 것을 알고 있는 눈빛이었다.

"아무 말 마라, 아무것도. 벌써 집을 나섰느냐?"

"예."

"잘 했다. 너에게 부탁할 사람이 있다."

훈장은 헛간의 문을 열었다. 선화였다.

"유성목 대감께서 조금 전에 우리 집으로 보내셨다. 자제들은 의금부로 끌려간 모양이다. 아가씨를 데리고 가거라."

"하지만 저는……."

"그 댁의 도련님이 너에게 맡겨달라 하셨다. 네가 여의치 못하면 관노가 될 처지이니…… 너는 어디로 갈 생각이냐?"

"서북 지방으로 가려 합니다."

"잘 생각했다. 가거든 글은 읽지 말고 평생 산에 묻혀 살아라. 빨리 떠나라."

배꽃 복사꽃 살구꽃 피었구나.

남쪽 마을 북쪽 마을 서쪽 마을에 봄이 왔네.

춥지도 않고 덥지도 않은 이 좋은 계절에

반은 취하고 반은 깬 나는 할 일 없는 사람.

梨花桃花杏花發

南里北里西里春

不寒不熱好時節

半醉半醒無事人

광해가 좋아했던 시를 선화는 자주 읊조렸다. 이신과 선화는 광해의 잔당을 쫓는 포졸들로 뒤덮인 장안을 빠져나와, 평안도 산골로 같이 도망하여 부부로 살았다. 아이가 태어났고 사시사철 물 긷고 풀 뽑는 아낙으로 4년여를 살았음에도 선화는 종종 붓을 들었다. 그 붓놀림은 조금도 변하지 않아 그림을 그릴 때만은 아내가 아니라 감히 말도 건네지 못하던 판서 댁 따님으로 돌아간 듯했다.

이신은 내심 선화가 과거를 그리워하지 않기를, 사대부 집안의 귀한 여식으로 살던 광해의 시절을 그리워하지 않기를 바랐다. 선화가 그 시절을 그리워하는 듯 보일 때면 그의 마음은 어두워졌다.

그때, 이신의 귀에 정체 모를 소음이 들렸다. 땅을 가득 메운 듯한 낮고 묵직한 울림. 날카로운 쇠붙이를 긁는 듯한 소음도 그를 괴롭혔다. 평안도로 건너온 후 그는 자신이 예민한 청력을 가졌다는 사실을 한동안 잊고 살았다. 그런데 아까부터 나는 이 소리는 무얼까. 종종 들리던 이명일까. 아니다. 군대다. 이 산골짜기까지 군대가 들어올 리는 없는데, 설마 부부를 잡으러 온 것일까.

이신은 선화의 손목을 잡아끌었다.

"빨리 집으로 갑시다."

"여보!"

그때 선화가 손가락을 들어 나무 사이를 가리켰다. 이신이 돌아보니 낯선 남자가 그들을 노려보고 있었다. 변발을 하고 낯선 군복을 입은 남자였다. 당시 후금이라 불리던 청나라 병사였다. 어머니와 누이동생이 떠올랐다. 어머니가 집에서 갓 태어난 젖먹이를 돌보고 있었다.

이어 한 무리의 군인들이 숲에서 모습을 드러냈다. 이신은 선화의 손을 잡고 옆으로 몸을 돌렸다. 하지만 이미 포로로 잡힌 조선인들이 숲을 메운 것을 보고는 우뚝 걸음을 멈췄다. 청나라 병사들은 괴상한 소리를 내지르며 옷을 입은 채 온천 속으로 뛰어들었다.

골짜기는 이미 청나라 병사와 조선인 포로로 뒤덮여 있었다. 부부도 빠져나가지 못하고 포로가 되었다. 집에 두고 온 어머니와 여동생, 딸아이 난이는 어떻게 되었는지 알아볼 수조차 없었다. 인근에 사는 주민들은 모두 잡혀온 듯했다. 청나라 군대는 온천수가 흐르는 개울가에서 하룻밤을 야영한 다음 포로를 끌고 계곡을 빠져나갔다.

첫날, 해가 떨어지기도 전에 청나라 병사들은 무리에서 눈에 띄는 계집을 끌고 가 겁탈했다. 막사 안으로 데리고 갈 것도 없이 사람들이 보는 데서 태연히 바지를 내리고 여자를 취했다. 조선인 포로들은 시선을 땅에 박은 채 보지 않으려고 애썼다.

곳곳에서 여자들의 비명소리가 울려 퍼졌다. 조금 어려 보이면 예외가 없었다. 끌려가지 않으려고 저항하는 여자들은 모두 그 자리에서 죽임을 당했다. 한 청나라 병사는 끌고 가던 어린 여자 아이가 발버둥치자 망설임 없이 배에 칼을 꽂았다. 그리고는 칼에 매달린 여자 아이를 나무에 걸어놓고 죽어가는 얼굴을 마주한 채 킬킬대며 겁탈했다. 그 모습을 보고 남자들조차 혼절해버렸다.

정묘년(1627)의 이른 봄, 포로가 된 첫날의 일이었다.

다음날부터 포로들은 북쪽으로 이동했다. 어떤 이들은 청나라 군인들이 포로를 모두 죽여서 껍데기를 벗긴다고 했지만 그런 일은 일어나지 않았다. 또 어떤 사람들은 청나라 군인들이 식량이 떨어지면 젊은 여자부터 하나하나 잡아서 인육을 먹을 거라고 했지만 그런 일 역시 일어나지 않았다. 그러나 그것이 위로가 될 수는 없었다.

"모두 만주로 끌려가 남자들은 노역을 하고, 여자들은 씨받이로 아이를 낳을 것이오. 후금은 인구가 적으니."

사대부 출신으로 보이는 한 남자가 말했다.

"저렇게 여자들을 마구 겁탈하면 누구 씨인지도 모를 텐데!"

"씨가 누군지는 중요하지 않소. 노비에게 씨가 무슨 의미가 있소?"

사대부 아낙으로 보이는 여인은 노비라는 말을 듣자 부르르 떨었다. 노비로 사느니 죽는 게 낫다고 생각하는 듯했다. 그 얼굴을 본 계집종 하나가 비꼬듯 말했다.

"그거라면 별로 겁나지 않네. 여기나 거기나 죽어라 일하고, 기집들은 몸 대줄 테니."

"오랑캐의 씨를 받는데 아무렇지도 않단 말이오?"

"체, 상전의 씨나 오랑캐의 씨나 인간 대접 못 받기는 마찬가지지."

계집종은 사대부의 말을 받아쳤다. 여느 때 같았으면 엄두도 내지 못할 당돌함이었다. 양반도 계집종을 꾸짖지 못했다. 여자들은 숨죽여 흐느꼈고 남자들은 모른 척했다. 이신은 밤마다 병사들이 잠든 틈을 타 포로 속에서 가족들을 찾아다녔지만 여전히 만나지 못했다. 안전하게 도피하여 끌려오지 않았기만을 바랄 뿐이었다.

며칠 후 청나라 병사들은 마을에서 끌고온 소를 잡았다. 백정 하나가 병사들 앞에서 고기를 부위별로 잘랐다. 마을의 젊은 백정 꺽쇠였다. 이신의 심장이 뛰었다. 꺽쇠는 바로 이신의 집 근처에 살았다.

꺽쇠는 비록 백정이었지만 혼자 언문도 깨쳤을 만큼 영리했다. 한번은 꺽쇠가 소를 잡고 남은 가죽으로 신발을 만들어 이신의 가족들에게 선물로 주었다. 어머니와 여동생 숙이, 그리고 선화까지 신발을 받아들고 기뻐 어쩔 줄 몰라 했다. 이신은 불쾌했다. 돌이켜 생각해보니 껙쇠 놈이 숙이에게 마음을 두고 있는 듯했다. 전부터 숙이를 보는 눈길이 예사롭지 않았다. 백정 놈이 자신의 여동생을 넘본다 싶어 이신은 당장 요절을 내려고 달려가려 했으나 선화가 말렸다.

"여보, 우리도 이제 평민이에요."

하지만 평민과 백정은 엄연히 달랐다. 평민의 신분을 받아들였다 해서 백정까지 받아들여야 하다니 속이 아렸다. 가죽신을 받아들고 기뻐하는 선화의 미소에 더욱 가슴이 미어졌다.

이신은 장에 가서 갖바치가 신을 만드는 것을 유심히 지켜보았다. 그리고 나무를 해다 주고 자투리 쇠가죽을 조금 얻어와 신발을 만들어보았다. 처음에는 쉽지 않았으나 생각처럼 어려운 작업은 아니었다. 껙쇠는 이신이 만든 신발을 보자 멋쩍어 머리를 긁적였으나 금방 기술 몇 가지를 가르쳐주었다. 그 덕에 이신은 가죽신을 만들어 장에 내다 팔곤 했다.

껙쇠가 끌려와 여기에 있다면 가족들이 근처에 있을 것이 분명했다. 이신은 틈을 보아 껙쇠에게 다가가려고 눈치만 보고 있었다. 청나라 군인들은 고기를 부위별로 잘라내는 껙쇠의 솜씨가 신기한 모양이었다.

"놀랍구나!"

청나라 장수가 조선말로 감탄사를 연발했다.

다른 한켠에서는 늙은 아낙 셋이 가마솥에서 고깃국을 끓이고, 그 옆으로 변발한 청나라 군인들이 둘러앉아 국밥을 먹었다.

"자네는 나이도 얼마 먹지 않은 자가 포정해우庖丁解牛의 경지를 넘어선 것 같군."

"장자에 나오는 포정이라는 백정은 소를 잡는 데만 신경을 썼었을 뿐, 고기 맛을 모르는 사람입니다. 소를 포정처럼 빠르게 다루면 좋은 고기를 잃을 수도 있습니다."

"그래? 조선에서 포정을 능가하는 백정을 만났네. 조선에선 고기를 이렇게 분류해 먹는가?"

"그러합니다. 지금은 시간이 없어 대충 분류한 것입니다."

꺽쇠가 칼을 놓고 대답했다.

"그럼 고깃덩이를 더 나눌 수 있다는 말인가?"

"그렇습니다."

"조선은 문명국이구만. 고기가 주식인 우리보다 고기에 대해 아는 게 더 많다니."

청나라 장수는 꺽쇠 옆에 놓인 고기를 어루만졌다. 이신은 열심히 주변을 뒤져 어머니와 동생이 있는지 찾고 있었다. 아낙들은 청나라 병사에게 끌려가지 않으려고 얼굴에 수건을 뒤집어쓰고 남자들 틈에 몸을 숨기고 있어서 확인할 수가 없었다. 이신은 그들이 보이지 않기를 간절히 바라면서 고개를 두리번거렸다.

"여보!"

선화가 소리쳤다. 이신이 여동생과 어머니를 찾느라 정신이 팔려 있는 동안 청나라 군인이 아내의 손목을 낚아채 끌고가는 중이었다. 이신은 벌떡 일어났다. 하지만 군대를 상대해 싸울 수는 없었다.

"형수님!"

꺽쇠가 끌려가는 선화를 발견하고 놀라 소리치며 달려갔다. 이신도 손이 묶인 채로 뛰어갔다. 아내를 데려가던 청나라 군인이 칼을 뽑았다. 그의 입에서 튀어나온 말은 만주어가 아니라 명나라 말이었다. 명에서 귀화한 군인인 모양이었다.

"이 여자가 누구냐?"

청나라 장수가 다가와 물었다.

"제 형수입니다."

"이자는 누구냐?"

장수가 이신을 가리켰다.

"제 형입니다."

"그럼 너도 고기를 다룰 수 있느냐?"

"형은 가죽 신발을 만듭니다. 이것이 제 형의 솜씨입니다."

껵쇠는 자신의 발을 들어 보였다. 청나라 장수가 껵쇠의 신발을 찬찬히 살펴보았다.

"조선에는 정말 재주꾼이 많구나. 형수를 데려가라."

청나라 장수가 말했다. 아내를 끌고 가던 병사가 뒤로 물러났다. 물러나면서도 선화를 유심히 보더니 곧바로 다른 여자 하나를 낚아채 끌고갔다.

"또 다른 가족이 있다면 말해라. 함께 심양으로 간다. 그곳에서 고기 살을 분류해 발라내는 기술을 가르쳐라. 소 한 마리에 얼마나 다양한 종류의 고기가 있는지 알고 싶다. 네 형은 그곳에서 장수의 신발을 만들 것이다."

"숙이야!"

껵쇠가 외쳤다. 저편 청나라 장수의 막사에서 여자 하나가 끌려 나오고 있었다. 머리는 산발이 되었고, 옷은 다 찢어져 맨살이 드러났다. 막사 근처 그늘에 몸을 숨기고 있던 어머니가 난이를 안고 다가가는 모습이 보였다. 이신은 여동생과 어머니에게로 달려 갔다. 얼마나 당했는지 숙이는 땅바닥에 던져진 채 의식이 없었다. 눈에 불이 타오른 이신이 숙이를 끌고 나온 병사에게 덤벼드려는 순간, 꺽쇠가 이신의 어깨를 잡았다. 꺽쇠는 이신을 뒤로 물러나게 하더니 숙이에게 다가가 수건으로 얼굴을 닦고 몸을 가려주었다.

이신과 꺽쇠는 숙이를 포로들이 있는 곳으로 데리고 왔다. 꺽쇠가 어디선가 거적때기를 가져다 숙이에게 덮어주었다. 잠자코 바라보고 있던 이신과 꺽쇠가 눈이 마주쳤다.

"잘못했습니다요."

꺽쇠는 이신이 나무라는 줄 아는 모양이었다. 꺽쇠는 이신의 가족이 뭔가 사연이 있어 평민으로 살아갈 뿐 신분이 다르다는 것을 눈치채고 있었다. 그러나 이미 이신에게 신분이란 의미가 없었다. 서얼로서 겪은 차별에 그토록 힘들어 했으면서 천민이라고 꺽쇠를 무시했던 일이 오히려 부끄러웠다.

"아니다. 너는 우리 가족의 은인이 아니냐. 우리 숙이를……."

이신은 여동생을 맡아달라는 말을 삼켰다. 무슨 염치로 눈앞에서 겁탈당한 여자를 거두어달라 하겠는가. 그러나 꺽쇠는 넙죽 엎드리며 코를 땅에 박았다.

"형님, 저에게 숙이를 주시면, 평생 제 지어미로 삼겠습니다요. 허락해주십시오."

숙이는 이틀 만에 눈을 떴다. 수완 좋은 꺽쇠가 청나라 병사에게 얻어온 환약을 먹이고, 옷도 얻어다 입혔다. 어디선가 다른 여자가 끌려가며 지르는 비명소리가 길게 울렸다. 사람들은 고개도 돌리지 않았다. 그사이 적응이 된 것이었다.

"꽃무늬 장화를 신고 싶어요."

웬 아낙이 포로들을 밀치고 이신 앞으로 버선발을 들이밀었다.

말씨로 보아 조선인 여자가 분명한데 청나라 옷을 입고 있었다.

"내 아내다. 예쁜 신발을 만들어주어라. 난 다이산이다. 넌 이름이 뭐냐?"

뒤에서 청나라 장수가 나타나 말했다.

"이신입니다."

"이신? 무엇 하느냐! 빨리 치수를 재지 않고!"

다이산의 아내는 소리를 질렀다. 청나라 병사들이 의자를 가져왔다. 여인은 냉큼 앉아서 발을 쭉 뻗어 보였다. 발을 보니 양반집 아낙이었다. 늘 가죽신을 신었던 발이었다. 이신은 여자의 발을 선뜻 만지지 못해 머뭇거렸다. 그 모습을 보며 여인은 비웃듯 말했다.

"괜찮아. 만져!"

이신은 다이산을 보았다. 다이산도 개의치 않는 표정이었다. 이신은 발의 길이와 폭을 끈으로 쟀다. 아내를 사랑하는 마음 때문일까. 다이산은 이신이 만들 신발에 유난히 관심을 기울였다. 이신은 다이산이 요구하는 대로 신발의 마름질 방법까지 땅바닥에 그림을 그려가며 설명했다.

그사이 조선인 포로들은 여인을 힐끔거렸다. 여인은 눈썹 하나 까딱하지 않고 의자에 앉아 거만한 웃음을 흘리며 포로들을 보았다.

"더러운 것! 양반의 처로 살았던 년이 오랑캐의 첩살이를 해!"

잡혀온 지 얼마 되지 않은 양반 포로 하나가 여인을 향해 소리를 질렀다. 그 양반은 다이산이 조선어를 모를 거라고 생각했던 모양이었다.

"뭐라!"

다이산이 칼을 뽑아들고 소리를 지른 양반에게 다가갔다.

"뭐라고 했는지 다시 말해보아라!"

다이산이 그의 목에 칼을 들이대면서 말했다.

"……."

양반은 입을 열지 못했다.

"말해! 말하지 않으면 바로 베겠다!"

다이산은 칼을 높이 들었다.

"조선의 여인들은 따라야 할 법도가 있소."

"그래서!"

"……."

"내 아내가 무슨 법을 어겼는지 말해라!"

다이산은 당장 양반의 목을 칠 듯했다.

"중지해라!"

여인이 나섰다. 다이산이 돌아보았다. 여인이 의자에서 내려와 양반 옆으로 다가왔다.

"보아하니 양반인 듯한데."

"그렇다."

"귀하신 몸을 죽이면 안 되지. 죽지 말고 살아서 너희 지체 높으신 분들이 무슨 짓을 했는지 똑똑히 봐야 할 거야. 여보, 이 양반에게 제 가마를 메게 해주세요. 그리고 곡기는 목숨이 끊어지지 않을 만큼만 주세요."

"양반에게 아녀자의 가마를 메라니, 그것은 어느 나라 법도냐?"

"내가 만든 법도다. 싫다면 자진하여 선비의 절개를 보여라."

여인은 양반 앞에 단검을 던져주었다. 양반은 자신의 무릎 앞에 던져진 단검을 바라만 보았다.

"절개를 누구보다 중시하는 조선의 양반 아니냐? 선택권을 주겠다. 이런 이런, 죽기는 싫으신 모양인가? 그럼 내 가마를 메야지."

양반은 대꾸를 하지 못했다. 그녀는 차갑게 양반의 앞을 지나 다이산에게 귓속말을 속삭였다. 다이산은 칼을 내려놓고 소리를 질렀다.

"만약 이자가 양반이라고 편의를 봐주는 자가 있다면 그자의 목을 먼저 베겠다."

다이산은 소리를 지르고 사라졌다. 이어 명나라 말을 하는 군졸이 나타나 양반을 일으켜 가마로 끌어갔다.

"나리! 나리!"

양반이 끌려가자 그의 노비로 보이는 자가 애타게 상전을 부르며 쫓아갔다. 군인이 발로 노비를 걷어차버리자, 노비가 땅바닥에 뒹굴었다.

여인이 사라지자 이신은 즉시 신발 만들기에 들어갔다. 먼저 소가죽을 불에 말렸다. 어디서 구했는지 다이산이 방망이와 쐐기를 가져왔다. 하루에도 몇십 명씩 쓰러져 죽어가는데 그는 송곳과 돌망치로 꽃무늬 신발을 만들기 위해 가죽을 마름질했다. 다이산이 보이지 않을 때는 꺽쇠가 다가와 도와주었다.

꺽쇠 덕분에 숙이는 더 능욕당하지 않았고 선화 역시 마찬가지였다. 거의 모든 여자가 낮에는 일을 하고 밤에는 청나라 장수나 병사들의 몸시중을 들어야 했으니 이신의 가족은 특별한 혜택을 입은 셈이었다. 꺽쇠는 야영을 할 때마다 군인들이 농가에서 빼앗아온 소나 돼지를 잡았고, 다이산은 뭐가 그리 궁금한 게 많은지 이신에게 이것저것 물었다. 그리고 간간이 이신이 만드는 꽃무늬 장화를 유심히 살폈다. 다이산의 배려로 어머니와 아내, 숙이는 수레를 타고 북쪽으로 이동할 수 있었다.

완성된 신발을 이리저리 돌려보며 여인이 물었다.

"야, 예쁘구나. 꽃무늬는 누구의 솜씨냐?"

"제 아내가 그림을 그려 그 위에 수를 놓았습니다."

"솜씨가 좋구나. 자, 내 발에 신겨봐."

이신은 여인의 발을 손에 쥐고 신발을 밀어넣었다. 그녀는 고양이 울음소리 같은 기이한 탄성을 질렀다. 참으로 희한한 여자였다.

그녀는 묻지도 않았는데 자신을 정이라고 부르라면서 이름을 가르쳐주었다. 조선인이냐고 묻자 정이는 뭐가 우스운지 혼자 키득거렸다.

"그래, 난 조선여자야. 사대부의 본처였지. 그런데, 그 남편이란 자가 술만 먹으면 나를 때렸다. 보통 때는 나에게뿐 아니라 자식에게까지 높임말을 쓰던 양반이었는데. 남편이 지겹고, 사는 게 너무 재미가 없어 도망갈 틈만 보고 있었는데 고맙게도 오랑캐가 쳐들어오지 뭐야? 냉큼 따라나섰지. 내 서방이라는 자를 달고 와서 내 가마를 메게 했어야 했는데!"

정이는 미친 여자처럼 깔깔 웃었다. 이신은 조용히 물러났다.

그후로도 정이는 이신에게 두꺼운 옷을 주었고, 군인들의 식량을 가져다주기도 했다. 이신은 염치없는 일인 줄 알면서도 아내의 옷을 부탁했다. 정이는 어디서 구했는지 지체 높은 양반이나 입을 수 있는 솜옷을 구해왔다. 격쇠가 가축을 잡으니 다른 포로들은 감히 상상도 할 수 없는 고깃국을 먹을 수 있었고, 아내는 딸에게 젖을 먹일 수 있었다.

포로들은 북쪽으로 가는 도중에 굶어 죽었고, 얼어 죽었고, 맞아 죽었다. 스스로 목매달아 죽기도 했다. 고통과 공포에 전혀 면역력이 없던 사대부 여인들이 먼저 떠났고, 그 뒤를 상민과 노비들이 따랐다. 길은 차갑고 험했다. 어머니는 압록강에 도착할 때까지 말 한마디 없었고, 껵쇠가 가져온 고기도 거의 먹지 않았다. 다만 그에게 가족을 돌봐줘 고맙다고 했고, 그간 무시했던 것을 용서해달라고도 했다. 껵쇠는 괜찮다며 머리를 숙였다.

이신은 정이의 신발을 만든 후 청으로 가는 길 내내 다이산이 주문한 장수들의 장화를 만들었다. 선화를 넘보는 군인들 때문에 이신은 항상 그녀를 옆에 두고 일을 거들게 했다.

얼마나 걸었을까. 사람들의 입에서 청에 곧 당도한다는 말이 나돌 때였다.

"너희도 칼을 들고 싸운다."

어느 날 밤 다이산은 조선군 포로 중 젊은 남자들만을 가려 골짜기로 데려가 말했다. 그들에게 주어진 것은 제대로 쓸 수도 없는 칼 몇 자루뿐이었다.

"누구와 싸우라는 말씀입니까?"

껵쇠가 물었다.

"골짜기 아래에 적이 있다. 적을 다 죽이지 못하고 돌아오면 너희가 죽는다. 적에게 투항하면 가족들이 다 죽는다. 나머지는 알아서 결정해라."

말을 마친 다이산은 골짜기를 향해 불화살을 쏘았다. 화살을 신호로 골짜기 아래에서 낮은 소음이 술렁거렸다. 말에 탄 청나라 병사들은 토끼몰이를 하듯 포로들을 골짜기로 몰아넣었다. 이신은 칼 한 자루를 쥐고 골짜기를 달려 내려갔다. 껵쇠도 이신의 옆에 바싹 붙었다.

////

"고기 가져다주면서 들었는데요, 형님."

그사이 꺽쇠는 자연스레 이신의 일가가 되어 있었다. 가족의 목숨을 구해주었으니 일가가 아니라 조상으로 모실 판이었다.

"강화도로 피란 간 임금이 저놈들과 강화를 맺었는데 사대부들이 의병을 일으켰대요. 혹 우리를 구하러 온 의병들 아닐까요?"

이신은 아무 말도 하지 않았다. 사대부가 백성을 위해 의병을 일으켰을 거라는 꺽쇠의 생각에 이신은 선뜻 동의할 수 없었다. 하지만 제발 그 말이 사실이기를 이신도 바랐다.

골짜기로 다 내려가기도 전에 풀숲에서 화살이 날아왔다. 영문도 모르고 포로들이 픽픽 쓰러졌다.

"우리는 조선인이오!"

누군가 외쳤다.

"우리를 죽이지 마시오."

"청나라로 잡혀가면 청나라를 위해 일한다. 모두 죽여라!"

숲에서 외치는 소리가 들려왔다. 이신은 꺽쇠를 끌고 쓰러지는 포로들의 시체를 넘어 골짜기 아래로 달려갔다. 지형에 자신이 없는 청나라 병사들이 그들을 죽음의 골짜기로 몰아넣은 것이었다. 조선인들끼리 싸움을 붙여놓았으니 그들로서는 손해볼 것이 없었다.

골짜기 끝에 다다르기도 전에 칼을 든 의병들이 포로들의 앞을 가로막았다.

"청나라 포로들은 칼을 멈추고 투항하라!"

쩌렁쩌렁한 목소리가 골짜기를 울렸다.

"우리는 대명천조大明天朝를 버릴 수 없다는 대의를 품고 일어났다. 오랑캐를 따르는 무리는 대명을 거역하고, 조선을 거역하는 것이다. 당장 칼을 버려라!"

그 목소리가 이신의 가슴에 박혔다. 포로가 된 순간부터 지금까지는 오로지 살기를 원했을 뿐이었다. 그러나 대명천조라는 말을 듣는 순간 분노가 온몸을 휩싸고 돌았다. 지금도 여인들은 청나라 병사에게 돌아가며 겁탈을 당하고, 아이들은 굶어 죽어가고 있는데 대명천조가 웬 말인가. 왜 우리를 구하러 왔다고 말하지 못한단 말인가. 도대체 대의가 무엇인가. 그것이 사람의 목숨, 백성의 죽음보다 더 중하다는 말인가. 그 대의란 대체 누가 정하는가. 그는 살면서 단 한 번도 선택지를 가지지 못했다. 이제 와서 주어진 선택은 칼을 버리고 죽느냐, 칼을 쥐고 죽느냐 뿐이다.

"좌우로 흩어져서 내려가라!"

이신은 칼을 휘두르며 소리쳤다. 상대는 의병들이었다. 제대로 된 병서를 읽었을 리가 없다. 급조된 병사들일 경우 우두머리만 잡으면 명령체계가 흔들려 오합지졸이 되어버린다. 사대부 출신인 의병의 우두머리가 직접 나와서 칼을 휘두르며 싸우진 않을 것이다. 아마도 골짜기 아래에 숨어서 지휘하고 있을 것이다.

이신은 마구 칼을 휘둘렀다. 주저하던 포로들도 화살이 날아오자 살기 위해 덤벼들었다. 이신에게 직접 칼을 가르쳤던 아버지는 훗날 아들이 조선의 사대부들과 싸우게 될 것임을 짐작이나 했을까. 이씨의 신하가 되어라……. 아버지의 충심은 어두운 골짜기에서 단말마의 비명과 함께 난도질당했다.

"네 이놈!"

과시 볼 나이를 갓 넘었을 법한 어린 도령이 번득이는 눈으로 칼도 아닌 몽둥이를 들고 이신을 향해 휘두르며 다가왔다. 자신이 옳은 행동을 하고 있다는 신념이 그 도령으로 하여금 죽음을 각오하게 만든 것이다. 그는 멈칫했다. 어둠 속에서도 너무나 앳되어 보이는 그 얼굴을 향해 차마 칼을 휘두를 수가 없었다. 그때 서너 명의 의병들이 그에게 동시에 덤벼들었다. 이신은 심호흡을 크게 한 다음 서너 명을 한꺼번에 베어버렸다. 갑자기 허리께에 불덩이 같은 것이 지나갔다. 이신이 돌아서자 나 어린 도령이 죽어가는 의병이 떨어뜨린 칼을 쥐고 서 있었다. 도령의 얼굴에는 공포와 결기가 공존했다. 피해가고 싶어도 도령이 길목을 차지하고 있어 어쩔 수 없었다. 저만치 꺽쇠가 힘겹게 여러 명을 상대하는 중이 었다. 그 뒤에는 어느새 청나라 군인들이 나타나 의병과 싸우고 있었다.

꺽쇠를 구하려면, 아니 살기 위해선 열서넛 어린 소년을 죽여야 했다. 관군이 이미 항복한 마당에 의병은 도무지 청나라 군대의 위협이 되지 못했다. 이신이 살려준다 해도 소년은 이 골짜기에서 죽을 터였고, 소년의 결기는 아무런 소용도 없이 골짜기에 파묻힐 것이었다. 그리고 이신은 여기서 살아난다 해도 청나라의 노비로 끌려가야 했다.

참으로 허무하고 지리멸렬한 세상이 아닌가. 이신은 칼을 높이 들어 도령을 베어버렸다.

아이의 몸은 종잇장처럼 가냘팠다. 도령을 벤 칼에 준 힘이 너 무 무거워 팔이 후들거렸다.

"네, 네 이놈……."

도령은 차가운 땅바닥에 누워 마지막으로 호령을 남기려 했으 나 목소리에는 이미 힘이 없었다. 자신이 죽는다는 사실을 아는지 모르는지 눈을 껌벅거리며 이신을 노려보았다. 이신은 다시 칼을 들고 도령의 배에 깊숙이 꽂는 것으로 고통을 없애주었다.

이신은 껙쇠를 구하기 위해 달려갔다. 껙쇠는 의병 서넛과 맞붙어 일방적으로 밀리고 있었다. 이신은 귀신 들린 듯 칼을 휘둘렀다. 의병인지, 청나라 군인인지, 사대부인지, 노비인지 상관이 없었다. 누군가 팔을 잡기에 베어버리려고 보니 껙쇠였다.

"형님, 그만하시오. 다 죽은 사람들이오."

이신은 살아남은 포로를 끌고 골짜기를 빠져나왔다.

압록강.

이른 봄, 얼음이 풀리기 시작한 압록강의 풍경이 눈에 들어왔다. 논도 밭도 아무것도 없이 마른 갈대숲만 광활하게 펼쳐진 너머로, 뿌연 모래바람이 호곡하는 여인네의 치맛자락처럼 펄럭였다. 어린 시절부터 이름만 들어온 강, 청으로 들어가는 관문이라는 압록강에 적국의 포로가 되어 당도한 것이었다. 저 멀리 초가집 여러 채가 보였으나 굴뚝에서는 연기가 피어오르지 않았다. 고개를 돌리자 바다처럼 넓은 하구가 보였고, 얼음이 녹았는지 곳곳에 웅덩이가 패였다.

"아하, 청나라다! 이제 조선으로 다시는 돌아가지 않을 것이다."

이신은 정이의 간드러진 웃음소리에 고개를 들었다. 정이는 가마 안에서 들창을 열어젖힌 채 압록강을 보고 손뼉을 치며 좋아라 하고 있었다. 어떤 기준으로 봐도 정상적인 여자라고는 할 수 없었다.

"선비는 가히 넓고 굳세지 않을 수 없으니, 책임은 무겁고 길은 멀지 아니한가(士不可以不弘毅 任重而道遠). 이 말은 꼭 사내대장부들만의 것은 아닐 것이다."

소리를 지르는 정이 뒤에서 어머니가 작은 음성으로 중얼거렸다. 그것은 아버지의 좌우명이었다. 조선을 떠나오니 불현듯 아버지가 떠오른 것일까. 그러나 지아비에 대한 그리움 때문이 아니었다는 걸 그는 곧 알게 되었다.

그때까지 목숨을 부지한 남녀 포로들은 청나라 군인들이 이끄는 대로 갈대숲을 지나 얼어붙은 강 위를 걸어갔다. 강만 넘으면 만주였다. 정이를 욕하던 양반은 완전히 거지꼴이었으나 아직도 목숨을 부지하고 있었다. 포로들은 아무런 표정도 없었다. 살아 있는 사람의 얼굴이 아니었다.

이신의 가족은 강의 중간을 지나고 있었고 맨 앞에 선 포로들은 거의 강 너머에 도착했을 때쯤이었다. 조선 쪽 강변에서 총소리가 났다. 의병들이 청나라 군대를 공격한 모양이었다. 사람들이 웅성거리기 시작했고, 대열이 흐트러지자 군인들이 소리를 지르며 쫓아왔다. 그 순간 어머니가 대오를 이탈해 빙판 위를 달려갔다. 아내를 부축해 가던 이신은 처음엔 어머니인 줄 몰랐다. 포로들이 소리를 질렀고, 군인들이 화살을 쏘기 시작했다.

어머니가 달리는 방향은 조선이 아니라 얼음이 풀리기 시작한 강 하구 쪽이었다. 청나라 군인들은 놀라 활시위를 당기지도 못하고 멍하니 바라만 보고 있었다. 곧이어 얼음 깨지는 소리와 함께 어머니는 물웅덩이 속으로 풀썩 빠져버렸다.

"엄마! 엄마!"

숙이가 소리를 지르면서 달려갔다.

그제야 이신은 상황을 알아챘다. 숙이가 달려가고 꺽쇠가 그녀를 잡으러 쫓아갔다. 이신은 난이를 안고 있어 달려갈 수 없었다. 순식간에 숙이의 모습이 사라졌다. 이어 꺽쇠도 깨진 얼음 속으로 사라졌다.

조선 쪽 갈대숲에서는 전투가 벌어졌는지 총소리가 요란했다. 우왕좌왕하던 군인들은 칼을 빼들고 소리를 질렀다. 그러자 도무지 알 수 없는 일이 벌어졌다. 포로로 잡힌 아낙들이 하나 둘 대열에서 이탈해 어머니와 숙이, 꺽쇠가 사라진 쪽으로 달려갔다. 그리고 한 사람씩 줄줄이 깨진 얼음 속으로 뛰어들었다. 청나라 군인이 칼로 위협해도 소용이 없었다.

"오와, 아! 오와, 하!"

정이가 가마에서 내려 여인들의 집단 자살 광경을 지켜보며 날카롭게 웃고 있었다.

"죽어라! 죽어! 열녀들이여! 멍청한 정절부인들이여!"

정이가 소리를 지르다 말고 가마를 끌고 오던 양반 포로를 향해 말했다.

"너도 물속으로 뛰어들어 자진해라."

그사이 심히 굶은 탓에 몰골이 처참해진 양반은 설사 그의 가족이 나타난다고 해도 얼굴을 알아볼 수 없을 지경이었다. 압록강까지 오면서 그와 함께 잡혀온 노비들은 다 죽었다. 하지만 평생 한 번도 해보지 않았을 가마꾼이 되었음에도 양반은 용케 목숨을 부지하고 있었다.

"너의 자존심을 지킬 마지막 기회다!"

정이가 소리를 질렀지만 그는 고개를 돌려 만주 쪽 하늘을 올려다보면서 딴청을 피웠다.

"양반나리도 절의가 뭔지 몰라 오랑캐의 종노릇을 하는데, 저여인들은 정절을 누구한테 배웠다는 말이냐!"

정이는 미친 여자처럼 소리를 지르고 손뼉까지 쳤다.

"여보, 사람들이 도망가고 있어요."

선화가 주변을 둘러보며 목소리를 낮추어 말했다. 강 위는 아수라장이었다. 일부는 조선 땅으로 달아나고, 군인들은 그들을 쫓아갔다. 그러자 포로들은 반대쪽으로 도망치기 시작했고, 처음보다 줄긴 했으나 물속으로 뛰어드는 아낙들의 행렬도 이어졌다.

바로 지금이다. 이신은 재빨리 사위를 둘러보았다. 조선 쪽으로는 청나라 군인들이 제법 남아 있었지만 많지 않은 숫자라 포로들 몇이 함께 달려들면 충분히 제압할 수 있을 것 같았다. 하지만 그들은 무기를 가진 훈련받은 군인이고 이쪽은 아녀자가 섞인 민간인이다. 서둘러 결정해야 했다.

이신은 선화에게 난이를 맡겼다.

"어쩌시려고요?"

"난이 엄마, 집으로 혼자 찾아갈 수 있겠지?"

"무슨 말이에요?"

"내 뒤를 쫓아와. 강둑에 닿으면 내가 강변의 적군을 붙잡아두고 있을 테니 돌아보지 말고 달아나서 갈대밭을 지나 숲으로 가. 나도 쫓아갈게. 절대로 돌아보지 말고 곧장 숲으로 가. 알겠지?"

"여보!"

이신은 선화의 대답을 기다리지 않고 적을 향해 달리면서 허리춤에서 가죽신을 만들 때 쓰는 송곳을 꺼내 들었다. 이제 뒤를 봐주던 꺽쇠도 없으니 무슨 일을 당할지 모른다. 아니다. 무슨 일이 일어날지 너무도 자명했다. 젖먹이와 어린 아이들은 거의 다 죽었다. 행군에 방해가 된다며 청나라 군인들이 빼앗아 강이나 개울에 던져버렸다. 그렇지 않은 아이들도 굶어 죽거나 얼어 죽었다. 젖먹이 난이가 살아남은 것은 꺽쇠 덕분이었다. 이제 그마저도 사라진 판이니 난이와 선화에게 닥칠 시련은 불 보듯 뻔했다.

이신이 맨 앞으로 달려나가자 남자 포로 두어 명이 뒤를 따랐다. 그들은 함께 청나라 군인을 공격하겠냐고 묻듯 이신을 보았다. 이신은 고개를 끄덕였다.

이신은 혼자 서 있는 청나라 병사의 뒤로 다가가 그의 목에 송곳을 꽂았다. 이신의 얼굴에 피가 튀었다. 이신은 청나라 병사의 칼을 빼앗아 들었다. 그 칼로 쫓아오는 청나라 병사들의 급소를 정확히 베어버렸다. 청나라 병사들이 픽픽 쓰러졌다. 이신은 뒤따라온 포로에게 칼 하나를 던져주고 조선 쪽 강변을 향해 달려갔다. 최대한 빨리 놈들 전부를 처치하고 숲으로 도망가야만 살 수 있었다.

"이합!"

이신은 칼을 들고 허공으로 날아올라 한 칼에 두 명의 목을 베었다. 모가지 하나가 얼음 위를 호박처럼 데굴데굴 굴렀다. 호시탐탐 선화를 겁탈하려고 노리던, 명나라 말을 쓰는 군졸이었다. 돌아보니 선화는 그의 뒤를 따르는 포로들 틈에 섞여 있었다. 이신은 다시 칼을 휘둘렀다. 이제 사람을 죽이는 일은 두렵지도 않고 망설여지지도 않았다. 오히려 더 많은 병사들을 죽일 수 있기를, 충분히 시간을 끌어 선화와 난이가 숲으로 달아날 수 있기만을 바랐다.

그사이, 포로들은 정신을 차리고 갈대밭으로 달려가기 시작했다. 그러나 그곳은 여전히 전투 중이었다. 이신은 청나라 군대를 향해 달려갔다. 앞길을 막는 자는 모두 베어버렸다.

갈대밭으로 들어서는 순간 앞서간 포로들이 되돌아왔다. 청나라 군대가 나타난 것이었다. 이신도 뒤돌아 압록강 쪽으로 뛰었다. 뒤따라오던 아낙 하나가 화살을 맞고 쓰러졌고, 이어 남자 포로도 화살을 맞고 얼음 위로 뒹굴었다. 다시 화살이 날아오는가 싶더니 이신의 등에 박혔다. 이신의 몸이 앞으로 뒹굴었다. 쓰러진 그의 옆으로 달아나는 포로들이 우르르 지나갔다. 선화가 다가왔다.

"여보."

"빨리 달아나. 어서!"

"여보, 같이 가요!"

"곧 따라갈게, 어서 가!"

이신은 선화를 떠밀고 화살을 어깨에 꽂은 채 겨우 일어섰다. 다시 칼을 잡았다. 강둑의 병사를 뚫어야 했다. 칼을 들고 강둑을 올라가니 화살이 날아왔다. 포로들이 우수수 쓰러졌다. 저만치 달려가던 선화가 등에 화살을 맞고 쓰러졌다.

"선화!"

이신이 달려갔다. 그사이 선화의 어깨에는 새로운 화살이 박혔다. 옷이 금세 피에 젖었다. 이신은 아내의 등에 박힌 화살을 쥐고 온 힘을 다해 뽑았다. 화살은 생각보다 훨씬 깊게 박혀 있었다. 등에 박힌 화살을 뽑을 때까지는 잘 참아내던 아내가 어깨에 박힌 화살을 만지자 몸을 부르르 떨었다.

"조금만 참아."

이신은 선화의 어깨에 박힌 화살을 쥐고 손에 힘을 주었다. 그 순간 이신의 등에 다시 화살이 꽂혔다. 아내의 목소리가 희미하게 들렸고, 젖먹이가 울었다. 희미해지는 이신의 시야에 조선인 남자 하나가 얼음 위로 뒹구는 모습이 들어왔다. 얼음 위는 온통 핏물이었다. 그는 뭍에 올라온 가물치처럼 심하게 경련을 하며 쓰러졌다. 정이의 가마꾼 노릇을 하던 양반이었다. 화살은 계속해서 날아왔다. 이신의 몸 위로 다른 포로들이 쓰러졌다. 선화가 젖먹이를 안는 모습이 보였다. 그러나 이내 다른 얼굴들이 나타났다. 누구인지 알 수 없었다. 죽은 조선인들의 얼굴이 끊임없이 시야로 들어왔다.

"아직 살아 있느냐?"

이신은 희미하게 눈을 떴다. 얼마나 지났을까? 하루? 이틀? 조선인 포로로 보이는 사람들이 그의 다리를 하나씩 쥐고 끌고가고 있었다.

"이자를 어떻게 해야 하나?"

한 사람이 중얼거렸다. 이어 청나라 말이 들렸다. 내가 살아 있구나. 군인의 거친 발소리가 선명하게 들렸다. 시커먼 그림자가 그의 얼굴을 가리자 이신을 끌고 가던 조선인들은 그의 다리를 놓았다. 이어 칼 뽑는 요란한 소리와 함께 허공에서 칼날이 번뜩였다. 조선인 둘이 짧게 탄식했다. 청나라 병사가 부상당한 이신을 죽이려는 모양이었다. 이신은 아랑곳하지 않고 아내를 찾으려고 고개를 돌렸다. 저 멀리 시체들 속에 아내가 젖먹이를 품에 안고 죽어 있었다.

"선화야……."

"거기, 잠시 멈춰!"

여자 목소리였다.

"꽃신을 만든 이신이잖아! 살아 있었구나."

정이였다. 칼을 든 청나라 군인이 뒤로 물러서자 햇빛이 눈 위로 쏟아졌다. 그는 눈을 감았다. 정이의 목소리가 이어졌다.

"이 사람은 내 동생이다. 데려가서 반드시 살려라."

이신을 짐짝처럼 끌고가던 포로 둘이 그를 등에 업었다. 그는 얼음 위에 쓰러진 아내를 내려다보곤 다시 정신을 잃었다.

五
쫓는 자와 숨어있는 자

"언니…… 언니?"

동생의 목소리에 선화는 고개를 들었다.

"여기서 조금만 더 가면 돼. 서둘러야 해."

다섯 살이나 어린 동생은 벌써 흰머리가 올라오고 이가 빠지기 시작해 나이든 티가 완연했다. 거울이 없어 보지 못할 뿐, 선화 자신의 얼굴은 그보다 더할 터였다. 계해년 반정으로 헤어질 때 동생은 겨우 열네 살. 자매로 함께 살았던 날은 고작 10년에 불과했다. 좋았던 그 시절은 왜 그리 짧았을까. 그후 십수 년 동안 전혀 소식을 모르고 남으로 살았으니 서로 얼굴을 알아보지 못한다 해도 탓할 일이 아니었으나, 자매는 속절없이 늙어가는 상대방의 얼굴 속에서 자신의 얼굴을 보았다. 동그란 이마와 눈에 띄게 하얀 피부, 도톰한 입술이 똑 닮은 자매였다.

"외가의 오촌 아주머니 한 분이 언니를 이 근처에서 보았다고 하기에 찾아봤지. 왜 하필 여기다 살림을? 외가 근처로 갈 것이지."

이태 전 어떻게 알아냈는지 동생이 찾아왔다.

정변이 일어나던 날 새벽, 오라비는 어머니와 상의하여 서둘러 딸을 도망시켰다. 선화를 이신에게 보냈고, 수화는 데리고 있던 노비와 짝 지어 도망가게 했다. 끝동이라 불리던 노비는 제법 영리한 데다 어릴 적부터 수화의 종노릇을 한 탓에 유난히 수화에게 헌신적이었다. 끝동이는 정묘년 전쟁에서 공을 세운 덕에 양민으로 면천되었는데, 나름 수완이 좋아 계속 관원으로 일하며 이리저리 뒷돈을 좀 만진다고 했다. 남편 자랑을 하는 수화의 얼굴이 은근히 빛났다.

다행한 일이었다. 동생이 살 만하다고 빌붙어 덕 보려는 건 아니지만 피붙이가 살아 있다는 것만으로도 선화에겐 세상에 더 없는 위로였다. 그후로 드물게나마 수화를 만나 속내 이야기를 하는 것이 선화에게는 유일한 휴식이었다.

동생 수화는 이신의 존재를 전혀 몰랐다. 그래서 남편이 어린 시절 살던 집 근처에 선화가 살림집을 얻었다는 것도 몰랐다. 생각해보면 바보 같은 짓이었다. 이제는 남이 되어버린 남편의 옛집 근처에 산다는 것이 무슨 의미가 있을까. 그곳에 산다는 것만으로 공연히 든든한 느낌이 들었던 것 또한 막연한 감상일 뿐. 더욱이 그가 살아 있으며 자신을 다시 찾아올 거라는 기대는 한양에 흘러들기도 전에 이미 접었다. 어쩌면 화살을 맞은 채 압록강을 건너면서부터였는지도 모른다.

선화는 자신이 어떻게 살아났는지, 그 이유를 지금까지도 몰랐다. 압록강에서 남편이 화살을 맞고 쓰러지는 광경을 본 것이 마지막이었다. 정신을 차렸을 때 그녀는 청나라 군사들에게 둘러싸여 있었다. 달아나려다 다시 잡혀온 포로들은 모두 삶을 포기하고 어서 죽여주기만을 바라는 얼굴이었다. 선화도 모든 것이 끝났다고 생각했다. 그때 웬 여자가 나타났다. 청나라 옷을 입었는데 조선말을 하는 여자였다. 자세히 보니 남편이 꽃신을 만들어 바친 정이였다.

그녀가 왜 자신을 살려주는지 이유도 물어보지 않았다. 돌아가라는 말에, 돌아갈 수 있다는 말에 선화는 난이를 부둥켜안고 그저 미친 듯이 걸었다. 청나라 군사에게 들킬까 낮에는 숨어서 자고 밤에 걸었다. 하지만 정작 선화를 능욕한 것은 조선인들이었다. 의주에서 한양으로 오는 길에 마주친 조선의 양반들과 하천배들. 한마디로 사내란 사내들은 죄다 혼자 아이를 안고 가는 선화를 내버려두지 않았다. 처음에는 능욕이 무서웠으나, 나중에는 그후에도 밥 한 덩어리 주지 않을까 봐 그게 더 두려웠다.

남편은 죽었다고 생각했다. 지난날의 자신도 마찬가지였다. 남편과 살던 평안도로 돌아가지 않고 굳이 한양으로 온 것도 그 때문이다. 그나마 한양 부근에는 외가가 있으니 당장 굶어죽을 것 같지는 않았다. 숨이 붙어 있다는 것, 그것만이 중요했기 때문에 다른 것을 따질 새가 없었다.

이신이 청나라에서 살아 돌아왔다는 것, 그것도 황제의 칙사가 되어 왔다는 것을 알았을 때 선화는 크게 놀라지 않았다. 그런 자신이 더욱 놀라울 정도였다. 자신도 살아남았는데, 남편이라고 그러지 못할 이유가 무엇인가.

그러나 무엇보다 선화는 과거의 선화가 아니었다. 얼굴도 몸도 변했고, 마음도 변했다.

제일 먼저 그녀는 그림을 잃어버렸다. 오른손을 제대로 쓸 수 없었기 때문이었다. 서울에서 살림을 차린 직후만 하더라도 오른손이 아프긴 해도 그림은 그릴 수 있었다. 그 그림들을 운종가에 내다 팔아 얼마 되지 않는 돈을 만지기도 했다.

하지만 서서히 팔이 마비되었다. 비가 오는 날이나 겨울이 되어 어깨에 찬바람이라도 스치면 누가 칼로 어깨를 후벼파는 것 같았다. 얼마나 고통스러운지 그냥 죽어버리고 싶을 때가 한두 번이 아니었다. 어렵게 돈을 구해 용하다는 의원을 찾아가 오랫동안 침을 맞아봤지만 감각은 돌아오지 않았다. 통증도 그다지 완화되지 않았다. 정묘년에 청나라 군인이 쏜 화살을 맞았다고 하자 의원은 아무래도 화살이 팔의 맥을 끊어놓은 것 같다고 했다. 오른손이 원하는 대로 움직이지 않자 유일한 낙이자 돈벌이 수단이었던 그림도 포기해야 했다. 왼손으로 붓을 들어봤지만 부질없는 짓이었다.

선화는 절망감에 몇 번이나 한강에 빠져 죽어버리려 했다. 모든 것이 변했지만 물은 예전과 같았다. 그 속으로 뛰어들면 그 옛날 남편과 함께 강가를 보며 그림을 그렸던 그날의 선화로 돌아갈 것만 같았다. 그리운 것이 과거인가, 남편인가. 그날로 돌아가고 싶은 것인가, 지금으로부터 달아나고 싶은 것인가. 지금, 여기만 아니라면 어디라도 상관없지 않은가.

그때 선화는 남편을 잊었다고 생각했다. 이신을 사랑하지 않는 것이 아니라 사랑하는 감정이 어떤 건지조차 잊은 것이다. 마침내 남편을 마주쳤을 때 선화는 그것을 알았다.

지난 봄, 선화가 한강변에서 나물을 뜯고 있을 때였다.

"비켜라."

강변에서 나물을 뜯던 아낙들이 모두 고개를 숙였다.

"칙사 나리 나가신다."

선화도 땅바닥에 얼굴을 대고 머리를 조아렸다. 선화의 얼굴 앞으로 칙사를 태운 호마가 지나갔다. 알 수 없는 기운에 이끌려 선화는 문득 얼굴을 들었다. 이어 선화의 눈에 들어온 것은 압록강에서 헤어진 남편의 모습이었다. 말에 올라 탄 이신은 굳은 얼굴로 앞만 바라보고 있었다.

"이년이 어디서 고개를 들어!"

옆을 지나던 나졸이 몽둥이를 휘둘렀다.

선화는 다시 고개를 숙였다. 그리고 한참 뒤에야 다시 고개를 들었다. 이신은 저만치 말 위에서 한강을 바라보고 있었다. 선화는 남편이 무엇을 생각하는지 알 것 같았다. 선화가 강물을 바라보며 떠올린 것과 같을 것이다. 하지만 다 무슨 소용이던가. 이미 오래전 선화는 지난날을 모두 잊었다.

이신은 잠시 후 말을 타고 나졸들의 호위를 받으며 저편으로 사라졌다. 선화는 담담하게 이신의 뒷모습을 지켜보았다. 사람들이 그에 관해 쑥덕거렸다. 이신은 청나라 황제의 칙사라 어마어마한 권력을 가지고 있다고도 했고, 조선 놈인데 오랑캐가 되어 거들먹거린다고도 했다. 사악하기가 올빼미나 부엉이 같다고 했고, 무섭기가 호랑이보다 더하다는 말도 돌았다. 얼마나 사악하고 무서운지 그의 집 나무 위에는 까치도 앉지 않는다고 했다. 그녀가 과거의 선화가 아니듯이 이신도 과거의 이신이 아니었다. 그가 바라본 강물도 그 옛날의 강물이 아니다. 선화는 서둘러 나물바구니를 챙겨 들고 집으로 달려갔다.

"언니, 왜 그 사람을 아는 체하지 않았어? 언니 팔자를 바꿔줄 수도 있는데……."

수화에게는 옛 남편이 살아 있더라고, 청나라 사람이 되어 조선에 왔더라고만 말했다. 그러자 수화는 조선에 와 있는 청나라 관리는 미관말직이라 해도 그 권력이 대단하다며 당장에 찾아가보라고 재촉했다. 선화가 그럴 마음이 없어 보이자 수화는 딱하다는 듯 말했다.

"언니 처지에 지금 뭘 가려? 이렇게 된 게 언니 잘못도 아니고, 그래도 한때 부부였는데 손 좀 벌릴 수 있지."

하기야 끼니를 잇지 못해 걱정이면서 이신의 앞에 모습을 드러내지 못하는 자신이 우습다면 우스웠다. 하지만 선화는 팔자를 바꾼다는 동생의 말을 이해할 수 없었다. 이미 다른 남자의 자식을 낳고 살고 있는 자신에게 이신이 무엇을 해줄 수 있다는 말일까. 돈 몇 푼을 던져준다면 당장 급한 고생은 면하겠지만 대신 이 초라한 행색이며 험악한 몰골을 보여야 한다. 그리고, 그 다음에는? 아무것도 없다. 어떠한 기대도, 희망도 없다.

청나라로 끌려갔다가 돌아와 남편의 용서를 받지 못해 자살하는 여자들이 한둘이 아니다. 그런데 그가 자신을 용서하고 받아줄 거라고 어떻게 확신할 수 있다는 말인가. 차라리 모른 채로 사는 게 백 번 옳았다. 선화는 수화에게 절대로 입밖에 내지 말라고 단단히 입막음을 했다. 비록 말단이긴 하나 관원으로 일하는 수화의 남편 귀에 들어간다면 당장 캐물어 찾아갈 것 같아 더욱 신신당부했다. 그후로는 일절 말을 꺼내지 않았다. 거리 곳곳에 이신이 자신을 찾기 위해 내붙인 방도 보았지만 못 본 척했다.

그러나 기어코 그와 맞닥뜨리고 말았다. 새벽녘 남편을 쫓아 마포 나루로 나가다 안개 속에서 그를 본 것이다. 선화는 너무 놀라 남의 집 대문가에 몸을 숨겼지만 이신이 자신의 이름을 부르는 것을 들었다. 그가 포기하지 않고 자신을 찾으러 오리라는 예감이 들었다. 그와 대면하는 것은 한사코 피하고 싶던 그녀는 서둘러 동생 집으로 도망쳤다. 새 남편은 약간 모자라는 사람이라 대충 둘러대도 선화가 하자는 대로 했고 수화도 늘 자기 집 근처로 와서 살라고 말했었기에 느닷없이 찾아가도 잠시 몸을 의탁할 수 있을 것이었다.

허나 동생도 마냥 편안한 처지는 아니었다. 집안에 무슨 일이 생겼는지, 아니면 남편이 싸움에라도 연루되었는지 잠시 시댁으로 지내러 간다는 수화의 얼굴에는 수심이 가득했다. 시댁은 김포 어디에 있다고 했다. 같이 데리고 가달라고 부탁하려니 입이 떨어지지 않았지만 당장 끼니 걱정할 처지에 염치 불구하고 동생네에게 매달리지 않을 수 없었다. 동생은 낮은 한숨을 쉴 뿐이었다.

선화는 아이들과 함께 다시 짐 보따리를 졌다. 남편은 지게를 진 채 마포에서부터 끌고온 염소 한 마리의 목줄을 절대 놓치지 않으려는 듯 손으로 꽉 잡았다. 염소처럼 초라한 수염을 단 남편은 오라면 오고, 가라는 가는 사람이었다. 남편의 마르고 좁은 등을 수화가 물끄러미 보았다. 그러자 선화는 맨몸이라도 들킨 사람처럼 부끄러워졌다.

"언니도 기왕에 이렇게 될 바엔 차라리 관비가 되는 게 나았을 텐데……. 어서 갑시다."

잠시 앉아 쉬던 수화가 일어서며 길을 재촉했다. 선화도 일어섰다. 관비가 더 낫다니……. 선화의 삶이 노비보다 못해 보이는 모양이었다. 하긴 끼니 걱정 때문에 노비를 자청하는 사람들이 부지기수이니 노비 신세를 부러워한다고 이상할 것도 없었다. 반정이 일어나던 날 새벽, 오라비와 어머니는 오직 두 딸이 관비 신세가 되는 것을 면하게 하려고 할 수 있는 모든 것을 다 했다. 딸들이 노비가 된다는 것은 어머니에겐 곧 지옥과 같았으므로.

하지만 사람은 어디든 시간이 지나면 적응을 한다. 마음속의 기

억을 빨리 포기할수록 적응은 빨라진다. 선화보다는 수화가 더
잘, 더 빨리 적응했다. 수화는 어린 시절을 다 잊은 듯했다. 그렇
게 모든 것이 변했다. 수화도, 선화도.

"난이, 이리 와."

선화가 부르자 딸아이가 쪼르르 달려왔다. 선화는 눈물을 꾹 참
으며 딸아이의 손을 잡았다.

평상 귀퉁이에 꽃나무 가지 하나가 새겨져 있다. 가지 끝에 꽃
잎이 곧 떨어지려는 듯 바르르 떨린다. 하나, 둘, 셋…… 평상 가
득 온통 꽃, 꽃잎이다. 선화의 손끝이 스칠 때마다 꽃잎은 붉은 빛
으로 물들었다. 마치 선화의 손끝에서 붉은 꽃들이 하나씩 떨어져
나오는 것 같다. 그 꽃잎들은 선화의 손을 떠나 허공으로 흩날렸
다. 천지가 온통 붉은 빛이다.

이신의 몸도 붉은 빛으로 물들었다. 꽃잎보다 더욱 붉다. 놀란
이신은 그제야 땅에 떨어진 꽃잎을 본다. 어느새 꽃잎은 보이지
않고 땅은 온통 피로 물들었다. 뚝뚝 떨어져 내리는 핏방울.

"여보!"

이신은 선화를 불렀다.

"선화, 어디 있소?"

아무리 두리번거려도 복사꽃만 흩날릴 뿐 아내는 보이지 않는
다. 더구나 이신이 서 있는 곳은 평안도 화전민 마을이 아니라 김
홍진의 담장 뒤, 토굴 같던 그 집 마당이었다. 아내가 낯선 남자와
살다 떠난 집. 그녀는 어디로 갔는가. 왜 꽃잎은 다 사라졌는가.
소리 높여 선화를 부르고 싶어도 목소리가 나오지 않았다.

"나리, 나리……."

어디선가 이신을 부르는 소리가 들렸다. 돌이일까, 아니면 최현수일까. 그러나 아무도 없었다.

벌떡 일어난 이신은 머리맡에 놓인 자리끼를 벌컥벌컥 들이켰다. 눈앞이 온통 뿌옜다. 복사꽃일까. 어디선가 따뜻한 온천수라도 흐르는 것일까. 이신은 아무것도 가늠할 수가 없어 다시 눈을 감았다. 눈앞에 보이던 토굴집과 초라한 마당이 스르르 사라졌다. 꽃잎도, 핏물도 모두 흔적이 없었다.

한숨을 길게 내쉬며 눈을 뜨자 그제야 시야가 또렷해졌다. 얼마나 잔 것일까. 선화가 그린 병풍의 그림과 함께 그가 만들어둔 아내의 당혜도 보였다. 아직 완성되지 않은 딸의 꽃신도 있었다.

그가 눈 뜬 곳은 다른 어느 곳도 아닌 한양, 그의 방이었다. 창밖이 환한 걸 보니 아침나절은 이미 지난 것 같았다.

집이라고는 하나, 굳이 그가 이곳으로 돌아올 이유는 없었다. 이곳이 자신이 살아야 할 곳이라고는 한 번도 생각하지 않았다. 그럼에도 그가 굳이 이 방으로 돌아온 것은 아내의 그림 때문이었다. 병풍에 그려진 한강변을 바라보노라면 마치 선화가 바로 옆에 있는 것만 같았다.

그 병풍은 김홍진의 집에서 만났다. 낙관을 확인할 필요도 없이 선화의 그림이라는 것을 알았다. 가늘지만 힘차게 뻗어 올라가는 선, 자연스럽게 채색된 꽃잎의 붉은 빛. 그것이 무엇을 그리고 있는지도 한눈에 알 수 있었다. 함께 바라보던 한강변.

계해년 정변 이전에 선화가 그린 것을 누군가 모아서 병풍으로 만든 그림인 줄 알았지만 낙관에 적힌 날짜는 정묘년 이후였다. 낙관을 발견한 순간, 그의 심장이 격렬하게 뛰었다. 그 날짜는 선화가 압록강에서 살아남아 한양으로 왔음을 말해주고 있었다.

"당신 아내는 살아서 조선으로 돌아갔어."

정이의 말이 사실이었다.

선화가 살아 있다. 살아서 그림을 그렸고, 누군가에게 그림을 팔았다. 이신은 장안의 화방과 표구상을 모두 뒤졌다. 그러나 선화에게서 그림을 산 사람을 찾을 수는 없었다. 선화를 아는 사람도 보았다는 사람도 없었다.

이신이 보았던 여자는 선화가 맞을까. 사람을 풀어 샅샅이 뒤지면 찾을 줄 알았건만 익숙해진 줄 알았던 실망감이 다시금 생생하게 그의 뼛속을 파고들었다. 그때 돌이의 목소리가 들렸다.

"나리. 최현수 어르신께서 다녀갔습니다요."

그제야 이신은 정신이 들었다. 내금위장 자격으로 어명을 받들어 김홍진을 죽인 자를 찾고, 비격진천뢰와 관련된 이들을 쫓아야 했지만 둘 다 해결의 실마리가 보이지 않았다. 시장을 작성하고 살해된 의관은, 내의원에 있을 때 처방 실수로 정랑 하나가 죽는 바람에 쫓겨났다고 했다. 그런데 최현수와 인연이 닿아 그가 뒷배를 봐주고 육조나 의금부 등에서 일손이 모자랄 때 가끔씩 불려가 궂은 일을 도맡아 한 모양이었다. 내의원에 다시 들어가고픈 욕심에 의관들이 꺼리는 검시를 나서서 도맡아 하고, 시장 작성하는 일을 마다하지 않았다고 했다.

문제는 의관을 죽인 병조 관원, 소막식이었다. 그의 종적을 알수가 없었다. 병조의 정랑이 전해준 바에 의하면, 소막식은 평소에도 싸움질이 잦았을 뿐만 아니라 투전판에 끼어 뒷돈을 뜯어내곤 했다는 것이다. 최근에는 투전에서 돈을 잃어 그것을 되찾으려고 눈이 뻘게져 돌아다녔다고 했다. 소막식과 의관은 막역한 사이라고 했지만 돈이 절박했다면 친구라도 죽일 만했다. 작은 이익에도 타인을 죽일 수 있는 존재가 바로 사람이다. 염려스러운 것은 소막식을 조종해서 의원을 죽게 만든 자들이 소막식을 아예 처치해버렸을 가능성이다.

이신은 최현수를 시켜 소막식의 행방을 알아보게 했다. 이신이 직접 나선다면 오히려 사람들이 입을 다물고 경계할 것이 뻔했기 때문이었다. 그러니 이 아침에 최현수가 찾아왔다면 바로 그 일 때문일 터. 무엇보다 중요한 일이었지만 몸이 천근만근이라 움직이기가 힘들었다.

"무슨 일이라더냐?"

"예. 참의 어르신께서 역도의 두령을 잡았다는 소식을 전하고 급히 등청하였습니다요."

"역도를 잡아? 그가 누구이더냐?"

밤새 병조참의 한복진이 포박되었을 가능성이 머리를 스쳤다. 그러나 돌이의 입에서 나온 이름은 의외의 인물이었다.

"반정이 일어나기 전, 광해 임금의 측근이었던 유성목의 자식이 역모를 꾸미다가 발각되어 도성으로 압송되었다고 하옵니다."

이신은 방문을 벌컥 열고 마루로 나가 섰다. 돌이가 머리를 조아렸다.

"방금 누구라고 했느냐?"

이신은 자신이 무엇을 잘못 들었다고 여겼다. 유성목의 자식이라니, 그럴 리가 없었다.

"유성목의 아들이라고 들었습니다요."

"광해의 신하였던 유성목의 아들?"

"예, 그렇게 들었사옵니다."

아침부터 이게 무슨 날벼락이던가. 유성목. 그는 선화의 아버지였다. 계해년 정변 때 참수를 당해 목이 저잣거리에 내걸렸지만 따지자면 이신의 장인어른이 되는 셈이다. 잡혀왔다는 자는 분명 선화의 오라비 유병기일 것이다. 한여름 뙤약볕 속을 걷다가 소나기를 만난 것처럼 나른함이 순식간에 사라지고 온몸에 싸늘한 냉기가 돌았다. 놀라운 일이었다. 유병기가 역모로 잡히다니.

"그자의 이름이 뭐라고 하더냐?"

"나리, 황송합니다. 이름은 물어보지 못했습니다요."

하지만 유성목의 아들이라면 유병기뿐이었다. 대감에게 첩실이 있었는지는 모르겠으나 서출이 있다는 말은 듣지 못했다. 정변이 나기 전에 판서 벼슬에 있던 대감을 직접 뵌 적은 없었지만 병기와의 우정으로 그의 집을 적잖이 들락거렸으니 그 정도는 알고 있었다.

칙사로 조선 땅을 밟자마자 은밀히 선화의 가족이 살아있는지, 그 여부와 행방을 탐문해온 이신이었다. 유병기가 살아 있다는 것만은 알았다. 비록 폐주를 옹호한 간신이기는 하나 사대부의 예와 자비를 베풀어 자식까지 죽이지는 말아야 한다며 홍원범이 주청을 올린 덕에 유병기는 목숨을 구할 수 있었다. 이신이 홍원범에 대해 일정한 존경심을 가지게 된 것도 그 때문이었다. 그는 정변을 일으킨 후 광해에 동조한 사대부는 물론, 자신을 조금이라도 냉대한 자들을 죄다 죽이려고 미쳐 날뛰는 임금과 훈신들의 행동을 극력 저지했다고 한다.

왜 거기서 끝나지 않은 것일까. 왜 유병기는 초야에 묻혀 살아가길 거부하고 다시 세상에 몸을 드러낸 것일까. 무엇 때문에? 이유가 무엇이든 잡혀온 이가 정말 유병기라면 꼭 만나야 한다. 그는 어린 시절 유일한 친구이자 선화의 오라비이다. 그리고 어쩌면 선화와 연락이 닿을지도 모른다.

하지만 위험한 일이다. 유병기를 통해 칙사의 정체가 드러난다면 이신의 아버지가 누구인지도 밝혀질 수 있다. 만약 그가 폐주를 모시던 내금위장의 아들이라는 사실이 알려지면 조정이 발칵 뒤집어질지 모른다.

그러나 그렇게 된다 해도 이신이 걱정할 바가 아니다. 그는 황제의 칙사로 조선에 온 것이지 광해군을 모신 역적의 아들로 한양에 온 것이 아니다. 과거 신분과 무관하게 이신은 청나라 황제의 이름으로 조선에서 누구의 목이든 마음대로 벨 수 있었다. 임금에게 동지사의 벼슬을 받았다고 하나 청나라에서 미관말직에 불과한 역관이 장안을 피바다로 만들었는데도 조정 신료들은 아무 말도 못했다.

"그자를 어디로 끌고 갔다더냐?"

"의금부 옥사에 하옥 중이라 들었습니다."

이신은 황급히 방 안으로 들어가 의관을 갖추었다.

"말을 대령하겠습니다요."

돌이는 주인의 표정과 동작만으로 대단히 심각한 상황임을 알아챘다. 이신이 다시 방을 나섰을 때 돌이는 이미 대문 밖에서 고삐를 쥔 채 대기하고 있었다.

"당장 의금부로 가야겠다!"

이신은 지체 없이 말에 올라 의금부로 향했다. 새벽녘 소나기라도 지나갔는지 축축한 흙냄새가 피어올랐다. 어디선가 병기의 밝은 웃음소리가 들리는 듯했다. 함께 서당에 다니던 시절, 선화와 셋이서 한강에서 놀던 그날 밤의 웃음소리. 아무런 걱정도 회한도 없던 그 웃음. 어쩌면 병기도 선화처럼 오래도록 그 시절을 그리워하며 살아왔는지도 모른다. 그렇다. 애써 외면했지만 선화는 언제나 돌아가고 싶어했다. 그래서 그토록 열심히 복사꽃을 그렸던 걸까.

　생각이 선화에 이르자 이신은 초조한 마음에 고삐를 더욱 바짝 조였다. 잠시 후 말은 거친 숨을 몰아쉬며 의금부 앞에 멈춰섰다.

　"칙사 나리 듭신다! 문을 열어라!"

　"문을 열어라!"

　이신이 발걸음을 옮길 때마다 관원들의 목소리가 의금부 마당을 울렸다. 옥사로 한 걸음 한 걸음 다가갈 때마다 어린 유병기의 어질고 조용하던 미소가 간단없이 떠올랐다 사라졌다를 반복했다. 이윽고 옥사 앞. 관원이 문을 열자 이신은 구덩이처럼 뻐끔 입을 벌린 어둠 속으로 발을 밀어넣었다. 마치 문밖으로 나가지 못해 기다리고 있었다는 듯 악취가 훅 끼쳤다. 바닥에 깔린 짚이 썩어가는 냄새, 죄인들의 똥오줌 냄새, 쉰 밥 냄새, 살肉과 한숨과 원망이 동시에 곪아가는 냄새가 사발에 눌러 담은 밥처럼 엉겨붙어 있다 한꺼번에 밀려나오는 듯 했다. 이신은 자신도 모르게 숨을 내뱉었다.

　옥사 내부는 한쪽 벽면을 따라 죄인들을 가두는 방이 이어져 있고 그 반대편으로 고문도구들이 걸려 있었다. 한쪽 구석에는 화덕이 있지만 불은 피워놓지 않았다. 고문할 때 쓰는 숯은 다른 데서 가져오는 모양이었다. 그 옆으로 축 늘어진 쇠불알매가 제일 먼저 눈에 띄었다. 황소 불알을 말려 그 속에 묵직한 쇠구슬을 넣은 것으로 소가죽처럼 질기고 차돌처럼 단단하다고 들었다. 또 힘줄을 끊어버릴 때 쓰는 단근자 한 벌이 매달려 있었다. 화덕 위에는 불에 달구어 몸을 지지는 인두가 아무렇게나 던져져 있고, 주리를 틀 때 쓰는 주뢰와 장살을 할 때 쓰는 주장도 보였다.

이신은 칙사로서 옥사를 찾기는 처음이라 신기하기도 했지만 제후국에 이런 끔찍한 옥사가 필요한지 의문이 들었다. 조선이 청의 제후국이 아닐 때는 명의 제후국이었다. 속국의 관리가 이토록 잔혹한 기구들로 백성을 고신할 권리가 있는가. 어린 시절 아버지와 함께 옥사를 찾았던 이신은 어명을 어긴 자를 벌주기 위한 혹독한 형벌이 당연하다고 믿었다. 하지만 조선의 임금은 황제의 명을 받아 다스리는 제후에 불과할 뿐 백성의 몸은 황제의 것 아닌가. 천자도 아닌 자가 백성을 마음대로 다루어도 된다는 말인가.

앞서 가던 관원이 걸음을 멈추고 허리춤에서 열쇠를 찾았다. 한 걸음 다가가 들여다보니 안은 더욱 어두웠다. 시궁창 같은 어둠 속에 썩어가는 흙보다 더한 악취를 풍기는 먹빛 그림자가 보였다. 이신은 그를 뚫어져라 보았다. 저자가 유병기인가. 아무리 보아도 이신은 그를 알아볼 수 없었다. 정녕 저자가 선화의 오라비, 아녀자처럼 해사하고 뽀얀 얼굴을 가졌던 병기가 맞는가.

"저놈이 적당의 두령이라 하옵니다. 이놈, 고개를 돌려라!"

그러나 그는 꿈쩍도 하지 않았다. 가까스로 어둠에 익숙해진 이신의 눈에 다른 사람들의 모습이 들어왔다. 적잖은 사람들이 잡혀와 문초를 받은 모양이었다. 조만간 주검으로 변할 사람들이 여기저기 널브러져 있었다. 그들은 이미 제정신이 아닌 듯했고 일부는 이미 죽은 듯했다. 이신이 눈짓을 하자 관원이 옥문을 열고 들어가 그를 흔들어 깨웠다.

"일어나라. 칙사 나리께서 오셨다!"

그제야 가까스로 의식을 찾은 그는 목을 가누고 이신 쪽을 바라보았다. 관원은 그의 목에 채워진 칼을 들어 이신 쪽으로 끌고왔다. 가까이 보니 정말 유병기였다. 관원이 잡아끄는 대로 엉덩이 걸음 몇 자국을 옮겼을 뿐인데도 유병기는 지친 신음을 내뱉으며 눈을 감았다. 문초를 모질게 받은 듯 온 얼굴이 상처투성이였고, 몸에서 똥냄새가 진동을 했다. 문초 과정에서 옷에 변을 본 모양이었다.

이신은 유병기가 비격진천뢰로 대궐을 공격하려 했다는 말이 믿기지 않았다. 오래전에 집안이 풍비박산 났는데 역모라니, 무슨 힘이 있어 그가 역모를 꾀했다는 말인가. 더구나 난데없이 비격진천뢰라니!

이신이 기억하는 유병기는 머리가 비상하긴 했으나 그저 해사하고 유순한 사대부 집안의 아들이었다. 역모와도 어울리지 않았지만, 그가 무기를 손에 들 거라고는 더더욱 생각하기 어려웠다. 하지만 그동안 유병기의 삶에 어떤 일이 있었는지는 모를 일이다. 자신의 삶 역시 이렇게 변하리라고 예감조차 못하지 않았는가.

"어서 정신을 차리지 못할까! 칙사 나리께서 와 계시니라!"

"칙사 나부랭이가 누굴 찾든 내가 무슨 상관이란 말이냐!"

유병기의 목소리는 낮았지만 또렷했다.

"감히 어느 안전이라고 주둥이를 함부로 놀리느냐!"

관원도 당장 한 대 후려칠 듯 목청을 높였다.

"그만 나가보아라."

이신이 관원에게 말했다.

"하지만……."

"그만 나가보라니까. 혼자 만나겠다."

어떤 이의도 달 수 없게 만드는 목소리였다. 관원은 고개를 조아리더니 밖으로 나갔다. 이신은 유병기 앞으로 다가가 자세를 낮추었다. 상처투성이가 된 유병기의 얼굴을 보자 아내 생각이 났다. 그 집안 식구들은 모두 한 얼굴처럼 닮았는데, 이제 그의 얼굴에서 아내의 모습은 찾을 수가 없었다. 고생을 많이 한 탓에 단아한 모습은 사라지고, 얼굴의 윤곽도 허물어져 있었다. 유병기는 청나라의 칙사는 보고 싶지도 않은 듯 시선을 돌려 외면했다.

"병기……."

이신이 그의 이름을 부르자 유병기가 이신을 보았다. 그의 눈에 의혹과 황망함이 엇갈렸다.

"오랜만이군. 날 모르겠나?"

"너, 너는 누구냐? 혹시 이신?"

"……."

"그럴 리가 없는데, 그는 계해년 정변 때에 죽었다……."

"나는 죽지 않았네."

"그럼 네가 이신이 맞단 말이냐?"

유병기는 다시 이신을 노려보더니 이윽고 웃음을 터트렸다.

"이신이 청나라 칙사가 되어 왔다고?"

유병기는 쿨럭쿨럭 기침을 하면서도 낄낄거림을 멈추지 않았다. 이신은 그의 웃음이 잦아들 때까지 기다렸다. 유병기의 웃음은 길지 않았고, 시선도 곧 멈추었다. 유병기는 다른 곳을 보며 말했다.

"이미 이신은 나와는 무관한 사람이다. 그리고 그의 정체가 무엇이든 나는 청나라 칙사를 모른다."

"그래, 나를 모른다고 해도 상관없네. 하지만 선화는? 선화는 어디에 있나? 자네 여동생 소식을 들은 적 없나?"

"선화? 그애는 계해년에 죽었어."

"아니야. 나는 선화와 함께 달아났어. 자네가 더 잘 알지 않나? 우리가 헤어진 건 정묘년 봄 압록강에서야."

"선화는 죽었다니까! 설령 살아 있다 해도 그애도, 자네도 나와는 무관한 사람이야."

선화는 조선으로 돌아와 오라비를 찾지 않은 모양이었다. 하긴 거사를 위해 바람처럼 살았을 유병기를 쉽게 찾을 수 없었으리라.

"자네와 자네 식솔의 안전을 보장하겠네. 선화를 찾아주게."

"닥쳐라! 아무리 몰락했다고 해도 나는 사대부가의 자식이다. 그런 내가 청나라 첩자 놈에게 목숨을 구걸하란 말이냐! 당장 나를 죽여라!"

유병기의 눈에서 파랗게 불꽃이 튀었다. 그 눈빛에서 이신은 정묘년 계곡에서 마주쳤던 소년 의병을 떠올렸다. 그 소년은 어쩌면 어린 시절의 유병기를 닮았다. 얼굴과 상관없이 그 둘은 같은 사람이었다. 신념이라는 좁고 단단한 아궁이로 자기 피를 데우는 사람. 그 뜨거움에 도취되어 스스로 타죽어가는 것도 모르는 사람. 이신은 몸을 펴고 일어섰다. 함께 보낸 어린 시절, 그 추억이 주는 달콤한 아픔의 시간은 지나갔다.

"그럼, 청나라 칙사로서 묻겠다. 김홍진을 죽인 게 자네들 짓인가?"

"그자는 죽어 마땅한 놈이지만 나는 모른다. 만약 내가 일을 벌였다면 그자의 아버지인 영의정 김환 그리고 손자인 김진수와 같은 사문난적을 살려두지 않았을 터. 그게 아쉬울 뿐이다."

"그렇다면 김홍진의 죽음이 역모와 무관하다는 말인가?"

"역모라니! 사대부의 피를 받은 자로서 백척간두에 선 나라를 바로잡는 것이 어찌 역모냐?"

"무기를 들고 대궐을 향하기로 하였다면 그것이 역모가 아니고 무엇이냐?"

"너 같은 짐승이 역모를 입에 담느냐?"

"짐승?"

"너는 청나라의 개가 되었으니 이미 짐승이 아니냐! 사대부를 그렇게 참혹하게 죽이다니. 사대부가 인의예지라는 명분을 위해 칼을 든 반정을 금수가 어찌 이해할 수 있겠느냐! 나는 짐승과 함께 얘기를 나누고 싶지 않다."

"사대부? 그 사대부가 정묘년과 병자년에 무슨 일을 했는지 너는 알고 있느냐? 수많은 백성들이 참혹하게 죽어갔다. 너는 백성들의 고통에 분노해본 적이 있느냐?"

"지금 네가 나에게 훈계를 하려 드느냐? 나를 누구와 엮고 싶은지 모르겠으나 뜻대로는 되지 않을 것이다. 내가 무기를 제작했다 하나 그것은 오랑캐와 싸울 때를 대비한 것이다. 역모라니? 의를 되찾는 것이 역모냐?"

흥분한 유병기가 이신을 노려보며 거침없이 말을 내뱉었다. 이신은 가만히 유병기를 보았다.

"비격진천뢰는 어떻게 구했나?"

이신이 비격진천뢰를 언급하자 유병기의 얼굴에 동요의 빛이 지나갔다. 하지만 비격진천뢰라는 단어에 가장 심하게 동요한 이는 바로 이신 자신이었다. 그것은 더 이상 기억할 이유가 없다고 생각하고 스스로 폐기해버린 어린 시절로 이신을 끌고 가버렸다.

오래전 광해 임금은 호위무사를 거느리고 한밤에 이신의 집을 몰래 찾았다. 다름 아닌 비격진천뢰 때문이었다. 왜구와의 전쟁으로 백성들의 삶이 황폐해지는 것을 목격한 임금은, 청나라와의 전쟁을 피하기 위해 명나라와 일방적인 관계보다는 실리를 챙기는 쪽을 선택했다. 그 때문에 신료들로부터 '임진왜란 때 조선을 구해준 명의 은혜를 잊은 왕'이라는 공격을 무수히 받았다. 그렇다고 광해가 후금에 친화적인 것도 아니었다. 오히려 광해는 후금에 대한 경멸을 감추지 않았다.

"누르하치, 그놈은 왜구와 다를 바 없는 금수다! 금수와는 싸우는 것만이 상책이 아니다. 필요하다면 달래고, 또 언제든지 싸울 준비를 하고 있어야 하는데, 대신이라는 자들이 아무 대책도 없다니. 짐승만도 못한 오랑캐이니 무조건 싸우라면서 또 무기는 만들지 말라니!"

광해의 굵은 목소리가 안방에서 튀어나왔다.

어린 이신은 잠에서 깨어 임금의 호위무사들을 발견하고는 어둠이 깔린 마당을 가로질러 소리가 들린 방으로 다가갔다. 그리고 몸을 숨기고 안에서 흘러나오는 말을 엿들었다.

얼마 전 아버지는 자고 있는 이복형과 이신을 깨워 임금께 고두배를 올리게 했다. 광해는 '짐이 너희 집을 찾아온 사실을 누구에게도 발설하면 안 된다'고 했다. 형은 연신 황송하다고 중얼거렸고, 이신은 아무 말도 못하고 머리만 조아렸다. 아버지는 무기 개량을 혼자서 해내기가 벅차 자식들이 돕고 있다고 말했다.

광해 임금은 여차하면 후금과 전쟁을 할 마음을 먹고 있었고, 화력이 센 비밀 병기로 적을 물리칠 계획이었다. 하지만 우선 왜구들이 불을 지르고 간 궁궐부터 새로 지어야 했다. 화포나 병기를 제작하려 해도 신료들과 사대부들로부터 국고를 낭비한다는 공격이 끊이지 않았다. 비격진천뢰를 화기도감이 아닌 아버지가 몰래 만들어야 하는 이유도 그 때문이었다.

"전하, 소인이 개량한 비격진천뢰로 개, 돼지만도 못한 여진의 무리를 몰살할 수 있사옵니다."

아버지의 목소리가 들렸다.

광해는 폭탄 전문가인 아버지에게 아무도 몰래 무기 제조의 명을 내렸다. 아버지는 오랫동안 내금위장 일보다 임진왜란 때 왜구를 공격한 비격진천뢰의 성능을 개량하는 일에 더 매달렸다.

"전하, 비격진천뢰는 무엇보다 휴대가 용이해서……"

아버지는 목소리를 낮추고 광해에게 설계도면을 보여가며 설명했다. 이신 역시 워낙 자주 봐왔던 것이라 눈을 감고도 그릴 수 있을 만큼 잘 아는 도면이었다.

아버지가 개량한 무기의 핵심은 거푸집이었다. 비격진천뢰는 손에 들고 적을 향해 던질 수 있는 폭탄이라 공격이 용이할 뿐만 아니라 위력도 대단해 전쟁에서 긴요하게 쓰일 수 있었다. 그런데 문제는 폭탄의 파편이 쉽게 산산조각 나지 않는다는 것이었다. 파편이 여러 조각으로 흩어져 적의 심장이나 신체 부위를 뚫고 들어가야 하는데, 그게 잘 되지 않았다. 그 원인은 폭탄을 만드는 철제 거푸집 때문이었다.

그 문제를 해결한 이가 바로 이신이었다. 이신은 쟁기의 부러진 면을 보고 폭탄의 외피에 수포가 들어가면 철이 약해져 잘 부숴진다는 걸 알았다. 거푸집을 철재에서 토모로 바꾸자 엄청난 위력으로 파편이 터져나갔다. 흙으로 만든 거푸집이 폭탄 속에 기포를 만들었고, 그것 때문에 쇠가 터질 때 산산조각 나게 된 것이다. 아버지는 화약의 염초 비율을 조절해 폭발력도 한층 높였다. 그 모든 과정을 아버지와 이신이 함께했다.

만약 병자년에 청나라 군사들을 아버지가 개량한 비격진천뢰로 공격했다면 그렇게 쉽게 진격하진 못했을 것이다. 그러나 비격진천뢰는 광해의 몰락과 함께, 아버지의 죽음과 함께 사라졌다. 그런데 느닷없이 역도들의 손에 의해 다시 나타난 것이다.

"다시 묻겠다. 비격진천뢰는 어떻게 구했나?"

"나는 모른다."

"청은 조선의 무기에 대해 아주 엄격해. 이 일로 인해 청이 다시 조선을 공격할 수도 있다. 고통받을 백성들은 생각해보았나?"

"닥치라고 하지 않았느냐! 청나라의 신하가 된 네가 왜 조선의 백성을 걱정하느냐?"

유병기는 눈과 입을 모두 닫아버렸다. 이신은 돌아서 옥사를 나왔다. 그의 고집은 이신에게 어떤 감정도 불러일으키지 못했다. 그의 기개가 놀랍지도 서운하지도 않았다. 병기는 죽을 각오였지만 애당초 목숨 외에 그가 가진 것은 아무것도 없었다. 그러나 어린 시절 친구로서, 또 선화의 오라비로서, 무엇보다 역모의 전말을 알아야 하는 칙사로서 유병기를 지금 죽일 수는 없었다. 그를 살리려면 누가 유병기의 배후에 있는지를 알아야 했다. 비격진천뢰에 손을 댈 수 있는 자, 그를 찾아야 했다.

먼저 화기도감의 책임자를 만나야겠다고 생각했다.

이신이 옥사 밖으로 나오자 수리매가 수놓아진 관복을 입은 당상관이 냉큼 그의 앞으로 다가왔다.

"당상청으로 드시면 요기療飢를 올리겠사옵니다."

그러나 이신의 시선은 돌이와 함께 선 최현수에게로 향했다. 안절부절못하는 표정으로 봐서 또다시 화급한 일이 벌어졌음이 분명했다.

"무슨 일인가."

"홍원범 대감이 괴한에게 피격을 받았습니다."

"피격?"

이신의 목소리가 높아지자 당상관과 관원들이 눈치껏 뒤로 물러났다.

"가슴에 화살을 맞았답니다."

"누가 그런 짓을 했는가?"

"범인은 잡지 못하였사오나 환향녀 아내를 데리고 산다는 이유로 사대부들로부터 많은 비난을 받았고, 더구나 영상 대감을 비호한다고 불만이 심하지 않았습니까?"

그러나 환향녀와 산다든가, 영의정을 비호했다는 것은 납득할 만한 이유가 아니다. 그렇다면 피격을 당해야 할 사람은 한 둘이 아니다. 분명히 다른 이유가 있다. 김홍진이 살해당했고, 장신의 죽음 또한 의문이었다. 그런데 이번에는 홍원범이다. 이들은 하나같이 반정공신들이 아닌가? 김홍진을 죽인 자들이 홍원범을 피격했으리라. 혹시 장신도 김홍진처럼 자진한 것이 아니라 살해당한 후 그들이 자진으로 둔갑시킨 것이 아닐까.

만약 그렇다면 일련의 사건들 사이에 확연한 질서가 생긴다. 죽어가는 반정공신들과 역모…….

이신은 최현수에게 한복진이 역모를 꾸미고 있으니 주의 깊게 보라고 말하려다 상황을 좀 더 지켜보기로 했다.

"위독하시다던가?"

"병조에서 떠도는 말이긴 하나 어쩌면 돌아가실지도 모른다 하옵니다."

"서둘러야겠구나. 지금 홍판서 댁으로 가자."

"소인이 뫼실까요?"

"참의는 예조에 들어가 여기 잡혀 있는 적당의 두령, 유병기가 어떻게 되는지 유심히 지켜보게. 어떤 일이 있어도 그를 살려야 하네."

서둘러 의금부 마당을 지나는 이신이 중문을 통과하기도 전에 관원들이 상다리가 휘어질 정도로 요란한 밥상을 들고 다가왔다. 그 뒤로 가야금을 든 기생들도 종종걸음으로 쫓아왔다. 조용히 뒤로 물러나 쫓던 돌이가 그 모습을 보고 입을 딱 벌렸다. 이신이 눈을 찌푸리자 최현수가 그들을 물렀다.

홍원범의 집은 도성 밖이라 했다. 최현수가 일러준 대로 말을 몰고 도성을 지나 고개를 하나를 넘자, 마치 산골처럼 한적한 마을이 나타났다. 그 마을에서 홍원범의 집을 찾기는 쉬웠다. 그의 집은 마을 한 자락을 차지한 유일한 저택이었다. 집 앞을 군졸들이 지키고 있었으며, 근처에는 도포 차림의 사대부들이 서성였다. 군졸들은 또 다른 피습을 대비해 경계를 서는 모양이었다. 사대부들이 대문 근처에 삼삼오오 모여 뭔가를 수군거리고 있었다. 관복을 입은 자들도 홍원범의 집으로 들어가지 못하고 주변을 서성댔다. 돌이가 말에서 내려 대문 앞에 선 하인에게 먼저 말을 전했다. 그러자 하인이 대문 안을 향해 소리쳤다.

"칙사 나리 납시었사옵니다."

작은 동요가 일었다.

"칙사가 왔다."

"황제의 칙사가 직접 왔다고?"

모두들 고개를 돌려 칙사를 힐끔거렸다. 대문 앞에 섰던 양반들 중 몇은 이신을 보다 고개를 돌리거나 슬그머니 담 모퉁이를 돌아

모습을 감추었다. 이신이 말에서 내리자 대문이 활짝 열리고 병조 참판 한복진이 밖으로 나왔다.

"위독하시다는 것이 사실이오?"

이신이 먼저 다가섰다.

"워낙 상황이 위중해 주상전하께서 보내신 도승지 대감도 판서 나리를 뵙지 못하고 떠났습니다. 송구하오나 지금은 아무도 만나실 수 없는 상태입니다."

한복진은 이해해달라는 듯 머리를 숙여 보였다. 손님들이 안으로 들어가지 못하고 주변을 서성이는 이유를 알 것 같았다. 아무도 집 안에 들이지를 않아 바깥에서 소식을 기다리고 있는 것이었다. 홍원범의 임종이 정말로 임박했다면, 그도 김홍진의 뒤를 잇는단 말인가.

"만약 대감께서 깨어나시면 칙사 어른께 가장 먼저 전갈을 보내 겠습니다."

"언제 깨어나실 것 같소?"

"의원들 말로는 언제라고 장담할 수 없다 하였습니다."

"……"

한복진은 어두운 얼굴을 숙여 예를 표했다. 이신은 돌아서 두어 걸음 걷다 다시 뒤돌아보았다. 인사를 마친 한복진도 막 대문 안으로 걸음을 옮기고 있었다.

"의관을 찌른 관원은 잡혔소?"

한복진이 잠시 움찔하는 듯했다. 하지만 천천히 돌아서는 한복진의 얼굴에는 아무런 동요나 주저함이 없었다.

"송구합니다. 아직도 그자가 달아난 곳을 찾고 있습니다."

말은 그리 하였지만 송구한 표정은 아니었다. 한복진은 이신에게 송구하다는 말을 쓰는 유일한 관리였다. '황공하다' 와 '송구하다' 는 말은 똑같이 두렵고, 미안하고, 거북하다는 의미이나 '황공하다' 는 말은 임금에게 사용하는 언어였다. 다른 신료들은 황제의 대리자인 이신을 사실상 임금보다 더 높은 존재인 양 대했다. 하지만 한복진은 그 어휘를 거부함으로써 이신을 임금 아래의 지위로 치부하려는 게 분명했다.

한복진의 의도나 소신에는 관심 없었다. 이자가 어디까지, 무엇까지 계획하고 실행에 옮겼는지 그것이 궁금할 뿐이었다. 이신은 미동도 없는 한복진의 얼굴을 보았다. 한복진도 피하지 않고 정면으로 그를 마주했다. 이윽고 한복진이 다시 고개를 숙였다.

"그럼 소인은 이만……"

한복진은 다시 한 번 예를 갖추고 이신의 대답이 떨어지기도 전에 냉큼 집 안으로 들어가버렸다. 차갑게 대문이 닫힌 뒤 이신은 말에 올랐다.

그사이 홍원범의 집 앞에 진을 치고 있던 벼슬아치들이 몰려와 본인을 소개하며 차례로 배례를 올리기 시작했다. 고삐를 잡은 돌이가 어찌할 바를 몰라 이신을 바라보았다.

"칙사 어른, 저희들의 예를 받으십시오."

"내가 지체할 틈이 없으니 한꺼번에 인사를 올리시오."

그러자 그들은, 더러는 멍석을 깔고, 더러는 맨바닥에서 이신을 향해 절을 올렸다.

인사가 끝나자 이신은 서둘러 말머리를 돌려 달리기 시작했다. 돌이도 황급히 자신의 말에 올라탔다. 돌이가 채 출발하기도 전에 칙사에 대한 성토가 터져나왔다. 거만하게 말에서 내리지도 않은 채 절을 받는 것은 무슨 예법이며, 절만 받고 덕담 한마디 없이 가버리는 것은 무슨 해괴한 짓이냐는 중얼거림이었다. 그러나 이신은 벌써 저만치로 달려가는 중이었다.

"나리, 나리!"

이신은 하인을 돌아보지 않고 마구 말을 달렸다. 이런 일이 한두 번은 아니었지만 말을 모는 것이 서툰 돌이로서는 주인을 놓칠까 여간 걱정되는 것이 아니었다. 뒤처졌다고 꾸중을 내리는 주인도 아니었지만 돌이는 항상 그림자처럼 그의 뒤를 바싹 쫓았다.

돌이는 도성에 들어선 후 종로 부근에서 겨우 주인을 따라잡았다. 주인이 말을 멈추고 서서 어딘가를 보고 있었기 때문이다.

"나리, 나리."

"……."

"뭐라도 요기를 좀 하셔야 합니다. 근처 주막으로 뫼실까요?"

하지만 이신의 눈길은 여전히 다른 곳을 향했다. 돌이가 돌아보자 인부들이 집 하나를 허물고 있는 모습이 들어왔다.

"내가 예전에 공부를 했던 서당인데……."

이신은 그렇게 말하고는 인부들에게 다가갔다.

"왜 이 집을 허무는 것인가?"

"서당을 헐고, 청나라 관리들의 숙소를 짓는다 하옵니다."

"누가 시킨 일이냐?"

"동지중추부사 정명수 나리의 명령이라고 합니다요."

이신은 아득한 시선으로 헐리는 집을 넋을 잃고 바라보았다.

"나리, 근처 주막에 방을 잡아두겠습니다요."

그러나 이신에게는 아무 말도 들리지 않았다. 인부 몇 명이 달려들어 서당의 후원에 서 있던 정자를 밀었다. 이미 기둥은 셋 밖에 남지 않았고, 금방 하나의 기둥이 더 무너졌다. 이어 다른 기둥도 흔들리더니 지붕이 휘청대다가 쓰러져 연못 위를 덮어버렸다. 이신의 입에서 신음같은 탄성이 새어나왔다. 선화를 처음 만난 연 못가. 돌이는 그제야 주인의 마음을 읽었는지 뒤로 물러나 잠자코 지켜보았다.

이신이 칙사로 돌아왔을 때, 훈장은 이미 죽고 없었다. 그전에 황제의 특명을 받아 역관 신분으로 임금의 동정을 살피려고 잠시 한양에 들렀을 때는 서당도 건재했고, 훈장도 살아 있었다. 그와 얼굴을 대면하지는 않았지만 먼발치에서 훔쳐보고 떠난 적이 있 었다. 칙사로 다시 조선에 온 이신은 글을 배운 교생들을 수소문 해서 훈장의 소식을 알아냈다.

훈장은 병자호란 당시 백성을 버리고 강화도로 몽진을 떠나려 던 임금을 격렬하게 비판했고, 그것을 부추긴 서인 세력을 난신적 자보다 더한 역적 놈들이라며 열변을 토했다고 했다. 사대부가의 교생들을 모아놓고 그런 말을 하니 먼저 교생들이 그를 떠났고, 나중에는 형조로 끌려가기에 이르렀다.

"네 이놈들! 무슨 권리로 사대부의 입을 막으려 하느냐!"

훈장은 자신을 사문하는 형조의 관리에게 소리를 질렀다.

"사대부?"

형조 관리가 물었다.

"나는 장안의 이름난 훈장이다. 권문세도의 자제들은 모두 내게 와서 글을 배운다. 간쟁의 내용이 못마땅하면 듣지 않으면 그만이 지, 사대부가 나랏일을 걱정해 간쟁한 것을 문제 삼는다면 도대체 조선은 누구의 나라인가?"

훈장이 목청을 높였다.

"간쟁은 대관臺官과 간관諫官이 하는 일이 아니냐?"

관리가 가소롭다는 듯 껄껄 웃으며 다시 물었다.

"그것은 그대가 간쟁의 취지를 협소하게 본 탓이다. 내가 데리고 있는 교생들은 대관과 간관이 될 자들이다. 나는 그들에게 어떤 경우에도 자신의 신념을 굽히지 말고 나라를 위해 임금이나 관리의 그릇된 처사를 보면 간쟁을 하라고 몸소 실천해 보인 것이다. 이것은 태조 이성계가 사대부들과 함께 조선을 연 뜻이 아니냐!"

"닥쳐라! 네놈은, 노비년 몸에서 난 얼자가 아니냐? 계집종이 뭐하는 년이냐? 사대부가 원하면 마음대로 범할 수 있는 상것이다. 노비는 기생과 다를 바 없다. 더욱이 노비들은 기생처럼 양반의 몸시중만 드는 것이 아니라 자기들끼리도 엉겨붙는 짐승이 아니냐? 그래서 그들의 몸에서 난 자는 서자가 아니라 얼자이고, 천민 대우를 받는다. 그런 천한 계집의 몸에서 난 자가 스스로 사대부라 하니, 어찌 우리가 그 말을 곧이곧대로 믿을 수 있겠느냐? 네놈의 아비를 대라! 우리는 그놈과 네 어미를 불러다가 족치겠다. 네놈이 과연 양반의 씨인지, 아니면 실상은 노비 놈의 씨를 받아놓고 양반의 씨라고 속인 것인지 따져봐야겠구나. 네 어미년의 주리를 틀면 당장 밝혀질 일이 아니냐? 확인해볼 테냐? 우리가 지엄하신 임금과 영의정 대감을 적당이라고 욕한 국사범을 왜 의금부로 보내지 않았겠느냐? 네놈은 사대부가 아니기 때문이야."

형조 관리의 말이 끝나자 훈장은 더 이상 입을 열지 않았고, 곤장을 맞은 뒤 서당에 돌아와 장독을 앓다가 세상을 떠났다고 했다.

이신은 아무 말도 하지 않고 고개를 돌려 돌이를 보았다.

"좀 전에 뭐라고 했느냐?"

"요기를 하셔야 한다고 했습니다. 근처에 주막이 있으니 제가 가서 방을 잡겠습니다요."

돌이는 주인이 거절할 틈도 주지 않고 냉큼 주막으로 달려갔다. 하는 수 없이 이신도 돌이를 쫓아갔다.

평일에도 사람들이 북적거리는 종로 귀퉁이에 자리한 주막이었다. 아직 밥 때도 술 때도 아닌 시각이라 주막 안은 조용했다. 넓은 마당 곳곳에 평상이 놓여 있고, 구석에는 양반들이 앉을 수 있도록 정자까지 놓였지만 이신은 돌이가 이끄는 대로 방으로 들어갔다. 주막 안으로 들어서자 허기가 밀려왔다. 돌이는 서둘러 밥을 시킨 뒤 직접 술상부터 들고왔다. 돌이가 뽀얀 술을 부어주며 말했다.

"절을 받자마자 자리를 뜨셔서 양반님네들이 불만이 많은 듯 보였습니다요."

"홍원범 집 앞에서 말이냐?"

"예. 예법이 아니라 합니다."

돌이는 주인이 욕을 먹는 것이 싫었다. 기왕이면 조선 팔도의 모든 사람이 그의 주인을 떠받들어주기를 바랐다. 허나 이신은 피식 웃을 뿐이었다.

"어떻게든 나와 눈도장이라도 찍을 요량으로 흙바닥에 넙죽 엎드리기까지 했는데 내가 가버렸으니 머쓱하겠지. 허나 나는 사대부가 아니다. 오랑캐의 앞잡이이니 나 역시 오랑캐일 터. 왜 나에게 예를 따진다는 말이냐."

말을 마친 이신은 술 한 잔을 깨끗이 비웠다. 차가운 술이 위장을 지나자 이내 몸이 후끈 달아올랐다. 이신은 돌이가 부어주는 술잔을 연거푸 비웠다. 한복진은 왜 홍원범의 집을 지키고 있을까. 혹 한복진이 대문을 막고 아무도 홍원범을 만나지 못하게 하는 것은 아닐까.

그때 낯익은 소리가 이신의 귓속으로 날카롭게 비집고 들어왔다. 가죽신이었다. 함께 섞여 들리는 미투리의 움직임과는 분명히 구별되는 소리였다. 이신은 단번에 발소리의 정체를 알아차렸다. 김홍진이 죽던 새벽에 놓친 자객의 발소리였다.

"저, 나리……"

"쉿."

돌이를 저지하며 이신은 모든 신경을 귀에 모았다. 놈은 이리저리 왔다 갔다 하다 멈췄다. 어딘가 목적지를 향해 가는 것이 아니었다. 그렇다면 필시 누군가를 감시하는 것이고, 그 대상은 이신임이 분명했다. 김홍진의 집에서 놈을 만난 것은 우연이 아니었다. 그동안 미행당했던 것이다.

이신은 자리를 박차고 마당으로 뛰어가 유심히 주변을 둘러보았다. 하지만 미투리를 신은 상인들만 웅성거릴 뿐 달리 수상한 자는 눈에 띄지 않았다. 놈이 몸을 숨기고 감시하기에 가장 좋은 장소는 어디일까. 이신의 눈이 맞은 편 골목을 향하자 날랜 움직임 하나가 눈에 들어왔다. 이신은 단숨에 골목 안으로 뛰어들었다. 사내 하나가 골목 끝으로 달아나고 있었다. 이신은 몇 걸음 만에 그자의 뒷덜미를 잡아챘다. 사내는 뒤로 벌렁 나동그라졌다.

"네 이놈!"

사내는 허겁지겁 길바닥에 떨어진 숯을 주워 모아 소매부리에 집어넣었다. 아마 어느 가게에서 슬쩍 훔쳐온 물건인 것 같았다. 그의 신은 미투리였다. 이신은 잡은 어깨를 놓아주었다. 그때 또다시 가죽신 소리가 들렸다. 소리는 반대편으로 멀어지고 있었다.

"저쪽입니다요."

주막에서 나온 돌이가 이신을 향해 외치며 반대편 골목으로 달려갔다. 이신도 뒤를 쫓았다. 골목은 달아나기에 알맞은 곳이었다. 몇 걸음 가면 모퉁이가 있고 모퉁이마다 골목은 양 갈래로 나뉘었다. 발소리가 들리지 않는다면 놈을 잡기는 틀린 일이었다. 그는 분명 이곳 지리를 잘 아는 자였다.

놈은 김홍진의 집 주변도 잘 알고 있었다. 대밭에서 김홍진을 죽인 자객을 처치하고 골목으로 유유히 사라져버린 것만 봐도 그렇다. 그자는 대밭에서 일어날 일을 미리 알고 몸을 숨기고 있다가 결정적인 순간에 자객을 죽였다. 익숙한 의문이 다시 떠올랐다. 대체 왜 그자는 자객을 죽였을까. 왜 자신은 죽이지 않았을까.

이신의 걸음이 느려지다 그 자리에 우뚝 섰다. 이것을 이제야 깨닫다니……. 그는 자신의 어리석음을 탓했다. 한 자리에서 세 명의 칼잡이가 우연히 마주치다니. 너무나 이상한 일이다.

제삼의 자객은 죽은 자객을 쫓아왔거나 이신을 쫓아온 것이다. 놈은 그날 밤도 이신의 뒤를 밟고 있었다. 하지만 누구를 쫓아왔든 칼을 던져 범인을 죽인 것은 일시적인 충동으로 저지른 일이 아니었다. 그렇다고 이신을 보호하기 위해 그자를 죽인 것도 아니다. 오히려 목숨이 위태로웠던 것은 김홍진을 죽인 자객이었고, 이신은 그자를 문초할 기회를 잃어버렸다. 그렇다. 놈은 암살자의 입을 막고 이신은 살려둔 뒤 일거수일투족을 감시하고 있었다.

저만치 다른 골목 끝에서는 사내아이들이 노래를 부르며 제기를 차고 있었다. 노랫소리가 마치 환청처럼 아득했다. 아이들이 이신을 힐끔거렸다. 놈은 바로 근처에 있다. 어디일까. 저 담 아래 볏짚 속일까. 아니면 무너져가는 대문 뒤일까. 그러나 이신은 움직이지 않았다. 돌이가 달려왔다.

"나리."

"돌아가자."

"예? 누군가를 뒤쫓고 계셨던 것이 아니십니까?"

"……."

"도대체 누가 칙사 나리께 미행을 붙였다는 말이옵니까? 누가 감히 그런 짓을 했는지 잡아서 족쳐야 합니다요."

이신은 대답 대신 성큼성큼 걸음을 옮겼다. 사건이 터진 후로 처음으로 불안함을 느꼈다. 이번 사건은 단순한 역모가 아닐 수 있다. 훨씬 더 복잡한 밑그림이 있다. 이신은 그것을 읽지 못하고 있었다.

그렇다면 기다려야 하리라. 그가 누구든 먼저 움직일 때까지.

◎

"자네가 칙사에게 사람을 붙였나?"

역관 정명수는 대나무처럼 호리호리한 몸집에 칼날 같은 수염을 단 자였다. 그 때문인지 온몸에서 칼바람 같은 싸늘함과 매서움이 풍겼다. 정명수 본인도 자신의 인상을 잘 알고 있었으나 그는 오히려 만족스러웠다. 그는 주변 사람들이 늘 자신을 두려워하기를 바랐다. 그의 언행은 경박하기 짝이 없었고, 한없이 거만했으며, 늘 대접받으려 했다. 그래서 오히려 그의 교활함은 알아채기 어려웠다. 김창렬은 정명수와 마주칠 때마다 바늘로 찌르는 듯한 시선이 언제나 부담스러웠다.

정명수는 임금을 알현한 후에 내금위장 김창렬을 불러놓고 주변 사람들을 모두 물린 후 나지막한 목소리로 물었다.

"칙사에게 사람을 붙이지 않았느냐?"

"동지사 나리, 그럴 리가 있사옵니까? 칙사께 사람을 붙이다니 요, 천부당만부당한 말씀이십니다."

김창렬이 대답했다. 정명수의 입가에 알 수 없는 미소가 번지는 듯하더니 다시 얼굴이 굳어졌다. 한껏 미소를 짓는데도 입 언저리 가 찡그릴 때보다도 더 쭈글쭈글하여 왠지 섬뜩해 보였다. 심하게 주름지긴 했으나 최근 몇 년 동안 잘 먹은 덕에 피부색은 그런 대 로 괜찮은 편이었다. 하지만 어린 시절 부실한 영양 섭취로 뼈마 디가 제때 성장하지 못한 탓에 묘한 인상을 만들었다. 부실한 주 춧돌과 대들보 위에 화려한 지붕을 올려놓은 꼴이었다.

"천부당만부당하다니. 미행이야 할 수 있는 거 아닌가. 막말로 수행원도 없이 다니는 칙사가 무슨 일이라도 당하면 어쩔 텐가?"

정명수는 뜸을 들이려는지 하려던 말을 삼키며 김창렬의 얼굴 을 물끄러미 들여다보았다. 김창렬은 정명수의 입만 보면서 표정 을 숨겼다. 김창렬은 누구를 만나도 상대의 시선을 마주보는 법이 없었다. 오직 상대의 목숨을 노리는 순간을 제외하고.

"그런데 말일세……."

정명수는 무표정한 김창렬의 얼굴을 보며 말을 이었다. 칙사에 게 사람을 붙였네 어쩌네 하는 말은 그를 떠보기 위함이 분명했 다. 그런 식으로 자신의 정보력을 과시하고 상대방의 허를 찌르겠 다는 속셈인 것이다.

정명수가 비천한 출신이라고 하나 상국의 벼슬아치다. 대부분 의 신료들은 그의 앞에서 오금도 제대로 펴지 못했고, 정승들조차 꼼짝 못했다. 그러나 조상 대대로 칼을 다룬 집안에서 나고 자란 김창렬은 그가 불편할 뿐 무섭지는 않았다. 저런 자에게 공포라니

가당치 않다. 반듯한 무관 집안의 장자인 김창렬에게 노비 출신의 정명수는 짐승과 다를 바가 없었다. 정명수가 칙사를 등에 업고 조선의 관리들을 참수한 것이 아니라 삼정승 모두를 능지처참했다고 해도 김창렬의 태도는 마찬가지일 것이다.

그는 한 번도 죽음을 두려워해본 적이 없었다. 태어나면서 두려워하지 말라는 교육을 받은 김창렬에게 두려움은 수치이자 모욕이었다. 그것은 구차하게 삶에 연연하는 자가 가지는 일종의 자기연민일 뿐이다. 김창렬에게 그런 감정은 없었다. 죽음의 공포는 본능이라고 하지만 교육과 신념은 본능마저도 뛰어넘는다. 김창렬의 유일한 가치는 자신의 생사가 아니라 주군의 안위였다. 임금을 위해서라면 당장이라도 모든 것을 던질 수 있었다. 김창렬은 그것이 무사의 길이오, 선이며, 집안을 살리는 길이라고 배웠다.

충분히 시간을 끌었다고 생각했는지 정명수가 수염을 쓰다듬으며 천천히 입을 열었다.

"그런데 왜 주상께서는 그렇게 칙사에 대해 신경을 곤두세우시나?"

"무슨 말씀이온지요?"

"자네는 무사답게 복심을 숨기는 재주가 보통이 아닐세. 명문가의 후예라 그런가? 주상께서 좋은 신하를 두셨어. 삼승보다 자네가 더 큰 힘이 될 걸세."

"황공하옵니다."

"그렇다면 자네가 올바로 주상께 알려드려야 하지 않는가. 자네가 사람까지 붙일 정도로, 칙사가 그리 대단한 자이던가?"

"저희는 황실에 대한 예의를 잊어본 적이 없으며……."

정명수가 손사레를 쳤다.

"그런 입에 발린 말은 하지 않아도 되네. 우리끼리 하는 얘기 아닌가. 칙사는 심양에서 죄를 짓고 좌천된 자야. 물론 한때는 황제의 총애를 받았지. 하지만 황제가 총애하다 버린 자를 모으면 불에 탄 경복궁의 기왓장보다 많을 것이야. 황제는 예의를 아주 중요하게 생각하는 분이지. 결례를 용납하지도 않고, 게다가 스스로 결례를 범했다고 생각하면 반드시 보답을 하지. 무슨 말인지 모르겠나?"

"소인이 과문하여……."

"주상께서 입조 문제 때문에 마음을 많이 쓰신다고 들었네. 이래도 무슨 말인지 모르겠나?"

"……."

정명수는 정확하게 급소를 짚었다. 그동안 김창렬이 황제의 의중을 알아내기 위해 심양에 있는 조선관 관리들에게 끝없이 서찰을 보내고, 사신들에게 돈과 여자를 대주며 떠보았지만 모두가 불확실한 소식뿐이었다. 하지만 평생을 궁에서 살아온 김창렬에게는 서열에 대한 본능적인 감각이 있다. 조선에서라면 몰라도 청의 황실에서 과연 역관 따위가 무슨 힘을 발휘할 수 있다는 말인가.

"자네는 내가 그 일을 도와줄 만한 위인이 되나, 못 되나를 생각하고 있지?"

"아, 아니옵니다. 무슨 말씀을……."

의표를 찔린 김창렬이 당황하자 정명수는 다 안다는 듯 킬킬거렸다.

"자네 생각이 맞아. 나는 황제를 움직일 만한 힘은 없어. 하지만 어떻게 하면 황제를 움직일 수 있는지는 알고 있다네. 이 말을 주상께 전하시게."

"예. 전하긴 하겠습니다만……."

"칙사의 비위를 맞춰 그걸로 황제의 마음을 돌리려는 건, 너무 둘러가는 방법이라고 생각하지 않나? 게다가 칙사는 비위 맞추기가 어려운 사람이야. 그럼 다른 수를 찾아야지. 아시겠는가?"

"예."

정명수는 자리에서 일어나는 김창렬을 향해 시선을 거두지 않았다.

"그런데 지금 저잣거리에 나돌고 있는 소문을 알고 있는가?"

"무슨 소문을 말씀하시는 것이온지?"

"정변이 임박했다는 얘기가 공공연히 돌고 있네. 역모로 주상이 무슨 일이라도 당하면 입조를 하고 싶어도 할 수 없지 않겠는가?"

"역모라니요? 그건 저희가 이미 발각하여 죄인들을 모두 압송하였습니다."

"피래미들이겠지. 옷고름 잡았다고 여자를 다 얻는가? 속고쟁이를 단박에 움켜쥐어야지. 가서 주상께 내 말을 잘 전하시게. 내가 직접 여쭈려 해도 주상께서 요즘 미령하셔서 말일세……."

정명수는 다시 웃었다. 기름기가 흐르는 얼굴 가죽 아래로 교활함과 탐욕으로 굶은 뼈들이 제멋대로 틀어지는 듯한 웃음이었다. 웬만한 일에는 미동조차 않는 김창렬이지만 어서 그 방을 벗어나고 싶었다. 그는 허리 숙여 정명수에게 예를 갖추었다. 낄낄거리는 웃음소리는 김창렬이 방을 나설 때까지 계속되었다.

◎

홍원범의 집 앞에 장명등이 환했다. 대문 앞뿐만이 아니라 집 주변 곳곳에 관솔불을 피워 동네 전체가 환할 지경이었다. 낮보다 훨씬 많은 군졸들이 주변을 지키고 있었다. 한복진은 약속을 지켰다. 홍원범이 깨어나자마자 이신에게 연락을 취한 것이다. 이신도 연락을 받고 곧장 홍원범의 집으로 향했다. 칙사가 납셨다는 하인의 목소리가 전해지자 이번에는 집사가 달려나왔다.

"대감은 어떠신가?"

이신은 고삐를 돌이에게 넘기고 대문을 들어서며 물었다.

"한결 좋아지셨으나 여전히 힘들어하고 계시옵니다."

"의원은 뭐라고 하던가?"

"위험한 고비는 넘겼다고 했습니다."

이신은 집사의 안내를 받아 들어갔다.

집 안은 넓고 깊었다. 행랑채를 지나자 사랑채가 있고, 사랑채 옆으로 난 중문을 통과하자 홍원범이 서책과 함께 머문다는 별채가 있었다. 어질 현賢, 쉴 소蘇. 어진 이들과 함께 쉰다는 뜻으로 현소재라 이름한 현판의 글씨가 주인의 성미만큼이나 단정하고 깔끔했다.

동편에 자리한 별채는 사랑채와 담 하나를 사이에 두고 있었다. 환하게 불 밝힌 마당의 중앙에는 호박만 한 돌덩이를 차곡차곡 쌓아올려 작은 산 모양의 화단을 만들고, 갖가지 꽃과 작은 소나무를 심었다. 정원이라 하기에도 민망한 작은 마당이었으나 잡초 하나, 시든 이파리 하나 보이지 않았다. 이 또한 홍원범의 성격을 보여주는 듯했다.

사방은 조용했고 한복진도 보이지 않았다. 홍원범은 계해년 거의의 공로로 북촌에 큰 집을 하사받았다. 그럼에도 그는 군이 한적한 도성 밖으로 옮겨 살았다. 북촌의 집에는 단 한 번도 발을 들인 적이 없다고 했다. 그가 태어나고 자란 집도 보통 규모는 아니었다. 이신도 어린 시절 홍원범의 집을 알고 있었을 정도였다. 홍원범은 지금 살고 있는 집 외에 두 채를 몇 달 전 모두 처분했다. 들리는 말로는 병자년 전쟁 때 포로로 청나라에 끌려갔다 돌아온 사람들을 위해 집을 처분한 돈을 모두 쓰겠노라 약조했다고 한다. 아마도 전쟁으로 상당 규모의 피로인被虜人이 발생하고 반정의 정신이 희석되자 그 대가로 받은 집이 자기 명의로 되어 있다는 사실이 부담스러웠던 모양이다. 정사공신 중에 몇은 아주 청렴하여 남의 재산을 탐하지 않았는데, 그 대표적인 인물이 홍원범과 최명길이라고 했다. 반정 후 공신들에 대한 백성들의 시선이 곱지 않았고, 전쟁 후 그들을 비웃는 노래가 백성들 사이에 널리 불리는 판국이었다. 권문세도가 출신으로 자부심이 대단한 홍원범은 구차한 하사품으로 자신의 명예를 더럽히고 싶지 않았을 것이다.

"이 칙사, 오셨습니까."

이신이 신을 벗고 마루로 올라서는데 문병을 마치고 방에서 나오는 좌의정 최명길과 마주쳤다. 이신이 먼저 머리를 숙였다. 그는 이신이 조선에서 머리를 조아리는 몇 안 되는 사대부였다. 최명길 역시 이신을 향해 정중히 인사를 했으나 말은 없었다. 그는 칙사 앞에서 극도로 말을 아꼈다. 조정 내 대표적인 화친파였으나 사소한 말이라도 청에게 빌미가 되길 원치 않았고 칙사와 가깝게 지내는 것조차 거부하고 있었다. 도무지 빈틈이 없는 인간이었다. 이신은 최명길을 볼 때마다 그나마 저런 훈신이 금상 옆에 있는 것은 큰 축복이라고 생각했다.

이신이 문 앞에 서자 방문이 스르르 열렸다. 쑥 냄새가 났다. 이신은 헛기침을 한 번 하고 안으로 들어갔다.

방 안은 어두웠다. 한쪽 구석에 촛불을 밝혔지만 생각보다 방이 넓어 촛불이 미치지 못하는 구석구석 어둠이 무겁게 내려앉아 있었다. 홍원범은 방 한가운데 죽은 듯 누워 있고, 머리맡에는 의원 둘이 조용히 그를 지켜보았다. 어둠 속에서 두 여인이 일어섰다. 병자년에 강화도에서 청나라로 잡혀갔다 환속되어 돌아온 홍원범의 처와 여식이었다. 모녀가 일어나 이신을 향해 고개를 숙여 인사하자 벽면에 과장되고 을씨년스러운 그림자가 만들어졌다. 두 여인은 인사를 끝내고 마치 어둠 속으로 빨려 들어가듯 구석에 다시 앉았다.

의원이 홍원범의 귀에 대고 뭐라고 속삭였다. 말을 알아듣는 모양이었다.

"너희는 물러가라."

홍원범이 힘들게 내뱉었다. 방 안에 있던 사람들이 모두 밖으로 나갔다. 이신은 그의 기운을 아껴주기 위해 옆으로 다가갔다.

"대감."

"칙사께서 이렇게 찾아주시다니 감사합니다."

홍원범의 안색은 수척했으나 정신만은 또렷한 것 같았다.

"당연히 찾아 뵈어야지요. 어디에서 피습을 당하셨습니까?"

"집으로 돌아오는 길이었습니다. 고갯길에서 날랜 자객 둘에게 당했습니다."

"자객 둘이라고요? 화살을 맞으셨다 들었습니다."

"먼저 화살을 쏜 후에 달려들었습니다."

"그런데 용케 무사하셨군요."

"저도 영락없이 죽는 줄 알았는데 또 다른 자가 나타나 저를 구해주었습니다."

"또 다른 자?"

"예. 저는 혼절을 하여 자세히는 보지 못하였으나 누군가 저를 구해준 것은 사실입니다."

누구일까. 우연일 리는 없고 분명 누군가 홍원범을 미행하다 그를 구했음이 분명했다. 이신의 뒤를 쫓던 자일까.

칼잡이가 너무 많구나……. 이신은 속으로 중얼거렸다. 문文의 나라 조선에 이렇게 많은 칼잡이들이 한꺼번에 움직이는 것이 흔한 일은 아닐 것이다. 홍원범을 죽이려 한 자들은 누구이며, 살리려 한 자는 또 누구일까. 역도들은 그를 죽이려는 쪽일까, 살리려는 쪽일까.

"제가 칙사를 여기까지 오시라 청한 것은 부탁이 있어서입니다. 약조해주십시오."

"무엇을 말씀입니까?"

"혹 제게 무슨 일이라도 생긴다면 주상을 꼭 지켜주십시오. 부탁드립니다."

"무슨 말씀이신지?"

"지금 조정 안팎에서는 새 임금을 세워야 한다는 말이 돌고 있습니다."

"새 임금이라니요?"

이신이 말했다. 임금을 바꾸는 것은 황제의 몫이었다. 가늘게 뜬 홍원범의 눈에서 반짝임 같은 것이 스쳐지나갔다. 제후국의 신하들이 감히 황제가 세운 제후를 마음대로 쫓아내는 것은 용인할 수 없는 일이었다.

"뭔가 심상치 않은 일들이 일어나고 있습니다. 주상의 옥체가 미령하시다는 소문도 누가 퍼트렸는지 이미 저잣거리에까지 파다

하고, 참판의 보고에 의하면……."

"참판이라면 한복진 대감을 말씀하시는 것입니까?"

"예. 그가 전하길 화기도감의 비밀문서인 신무기 설계도가 없어졌다고 합니다. 그것이 적당들의 손에 들어간 것 같습니다. 전쟁 후 민심이 흉흉하여 흔히 역모가 일기도 하나 병조에 보관된 무기 설계도에까지 손을 뻗었다는 것은 예사롭지 않은 일입니다. 이 일을 조사하고 밝히려다 이렇게 당하고 말았습니다. 이것이 우연이겠습니까? 칙사께서 정변을 막고 금상을 지켜주시옵소서."

한복진이다. 분명 그가 화기도감에서 비격진천뢰 설계도와 제조 지침서를 빼돌리고 시치미를 떼는 것이다. 아무리 병조에서 비밀문서로 분류해 봉해두었다고 하나, 그 관청의 최고 책임자 중 하나인 참판이 마음먹는다면 얼마든지 열람할 수 있을 것이다. 비격진천뢰의 제조 기술은 그 자체로 복잡한 것이 아니어서 화약과 화포에 관한 식견이 있는 기술자라면 도면을 보고 단번에 내용을 파악할 수 있다. 한복진은 자신이 의심받는 것을 피하려고 홍원범에게 서둘러 보고를 했을 것이다.

그렇다면 김홍진에게 새벽에 몰래 자객을 보내고, 홍원범을 피습한 자 역시 한복진일까? 한복진은 홍원범을 스승처럼 따른다고 알려졌으나 반정의 명분은 그간의 인간적 정리와 신의를 사사로이 치부하게 만들 만큼 강건한 것이다. 그런데 한 가지 이해되지 않는 것이 있었다. 왜 하필이면 김홍진이고, 홍원범이어야 했을까? 사돈지간이며, 같은 반정공신이라 하나 김홍진과 홍원범은 도무지 공통점이 없었다.

이신은 유병기를 어찌하려는지 물어보려다 말을 삼켰다. 홍원범이 이렇게 쓰러져 있으니 유병기에 대해 힘을 쓸 처지가 아니었다. 어쩌면 홍원범을 피습한 이유가 유병기와 관련된 것은 아닐까 하는 생각이 들었다. 홍원범이 역도들의 뒤를 쫓고 있었다면 유병기를 살려두지 않을 것이기에, 그를 살리기 위해 홍원범을 처치하려 한 것이 아닐까.

"방금 말씀하신 화기도감의 비밀문서는 대감께서 직접 관리하셨습니까?"

"주요 병기에 관한 문서는 얼마 전 의금부로 간 정랑 양희준이 관리했습니다. 칙사 나리가 그를 한번 만나보십시오. 제가 만나보려 했으나 보시다시피 이런 신세이니……."

홍원범은 말을 계속하지 못하고 쿨럭쿨럭 기침을 하며 가쁜 숨을 쉬었다. 긴장 어린 대화가 그를 지치게 만든 모양이었다. 기침 소리를 들은 의원들이 후다닥 뛰어들어왔다.

"대감!"

곧이어 모녀도 방 안으로 들어왔다. 이신은 일어나 자리를 비켜주었다.

의금부 양희준. 주상에게 시장을 올린 곳이 의금부가 아닌가? 의금부에 역도들의 손길이 뻗어 있는 것이 분명했다. 밖으로 나오자 새카만 어둠이 그를 기다리고 있었다.

이신은 남대문을 향해 말을 몰았다. 이미 어둠이 짙어진 후라 도성으로 들어가는 길에는 인적이 없었다. 마침 홍원범의 집에 병문안을 온 의금부도사에 의하면 정랑 양희준은 수포교 근처에 산다고 했다. 당장 그를 만나야 했다. 양희준과 한복진을 대질시키면 사소한 물증이나 증언이라도 나올 것 같았다. 그러면 곧바로 한복진을 의금부에 하옥해버릴 생각이었다. 화기도감에 있던 비격진천뢰의 설계도를 빼돌린 것도 병조참판 한복진의 소행이 분명했다.

문제는 유병기였다. 어떤 진상이 드러나든 유병기는 참수를 면할 수 없었다. 현재 진행 중인 역모를 눈감는다고 해서 그가 무사할 수 있는 것도 아니다. 애초에 성공할 수 없는 역모였다.

황제의 마음은 온통 중원에 가 있었다. 그의 꿈은 하루 빨리 명나라 숭정제를 굴복시키고 세상의 주인이 되는 것뿐이었다. 그에게 조선은 이미 자신의 영지였기에 그저 조선에서 골치 아픈 문제만 생기지 않으면 그만이었다. 시중에 떠도는 입조에 관한 풍문은 임금의 고삐를 움켜쥐고 움쩍달싹 못하게 하려는 황제의 술책일 뿐, 무엇을 위해 황제가 조선의 임금을 청으로 부른단 말인가. 황제는 상대국에 간자들을 풀어 민심을 교란시키는 교활한 지략가였다. 전투보다 술수를, 정공법보다는 뒤를 치는 것을 선호했다. 기울어지는 명나라와 떠오르는 청나라 사이 힘의 긴장이 무너진 마당에 조선에서 대명사대를 외치며 역모를 도모한 것은 국제관계에 둔감한 조선 사대부의 무모한 발상이었다.

지금 상황에서 유병기를 살리기 위해서는 역도들을 모두 적발해서 주상을 안심시키는 것이 가장 나았다. 황제가 역모나 입조에 관심이 없다는 것을 임금에게 납득시키면 그도 안심할 것이다. 그런 후에 임금에게 유병기의 목숨을 살려줄 것을 간청하면 가능성이 있다. 만약 여의치 않다면 먼저 참수를 면하게 하고 유배를 보내어 풀어주는 것도 가능하다.

말은 막 남대문을 통과했다. 관문을 밝힌 횃불이 멀어지자 다시 어둠만이 남았다. 이신은 고삐를 움켜쥐고 걸음을 재촉했다. 그때 공기를 가르는 소리와 함께 말이 허공으로 솟구쳐올랐다. 화살이 말의 목에 꽂혔다. 이신도 땅바닥으로 굴렀다.

"나리, 나리!"

뒤따르던 돌이의 목소리가 들렸다.

다음 순간 왁자한 소음이 밀려들었다. 떼를 지어 달려드는 발소리, 공기를 가르는 칼소리가 이어졌다. 너무 선명하여 오히려 낯설게 느껴지는 소리였다. 이신은 겨우 몸을 일으키며 고개를 돌렸다. 돌이가 허겁지겁 달려오는 모습이 보였다. 그 순간 눈앞에 협도挾刀가 휙 스쳤다. 미처 방어를 할 새도 없이 서너 개의 협도가 동시에 이신을 향해 날아왔다.

"웬 놈이냐!"

돌이가 소리를 지른 것과 동시에 이신의 몸이 어둠 속으로 날아올랐다. 이신은 협도를 휘두른 자의 어깨를 짚고 다른 괴한의 얼굴을 향해 발을 날렸다. 협도가 땅바닥으로 떨어졌다. 그러나 곧바로 불덩이가 등을 갈랐다. 또 다른 협도가 날아든 것이다. 이신은 바닥에 떨어진 협도를 주워들고 괴한 둘의 목을 단숨에 베어버렸다. 그 순간 활시위를 당기는 소리가 들렸다.

"저놈들을 잡아라!"

돌이가 다시 목청을 높였다. 그는 어둠 저편, 남대문을 지키는 군졸들을 향해 소리를 질렀다.

"칙사 나리가 당했다! 뭣들 하느냐! 칙사 나리를 구하라!"

하지만 그 소리가 닿기에 도성문은 너무 멀었다. 다시 활시위를 당기는 소리가 들렸다. 화살 하나가 허공을 가르고 지나갔다. 그런데 달려드는 자객들의 무예가 좀 엉성했다. 맹렬하게 달려들기는 하나 수비를 몰랐다. 이신은 손에 쥔 협도로 괴한 하나를 베고, 달려드는 다른 놈의 가슴을 옆차기로 걷어차버렸다. 움직이는 소리로 미루어 보아 열 혹은 그보다 많은 숫자였다. 그들 역시 썩 민첩하지 못했다. 숫자는 많았지만 오합지졸이었다.

"칙사 나리!"

돌이가 이신에게 달려왔다.

"피해!"

화살이 날아드는 것을 보고 이신이 외쳤다. 돌이의 팔뚝에 화살이 박혔다. 돌이는 팔뚝을 움켜쥔 채 쓰러져 뒹굴었다. 이신이 돌이에게 다가서자 다시 협도가 날아왔다.

"나리, 피하십시오!"

돌이는 피가 흐르는 팔뚝을 잡고 소리쳤다. 이신은 또다시 자신을 향해 내리치는 협도를 피해 허공으로 튀어올랐다. 그때 저편에서 횃불을 들고 달려온 군졸들이 괴한과 맞붙었다. 길바닥은 금방 전쟁터로 변했다.

"뭣들 하느냐! 칙사 나리를 모시지 않고……."

군졸을 끌고온 군장들이 소리쳤다. 괴한 두 명은 벌써 군졸의 창에 찔려 피를 흘리면서 땅바닥에 나뒹굴었다.

"칙사 이놈! 네놈이 조선을, 조선의 선비를 어찌 보고!"

협도를 든 놈이 군졸들의 칼을 밀어내고 이신 쪽으로 다가왔다. 이신이 협도를 피하는 찰나 군졸의 창이 놈의 가슴을 꿰뚫었다.

"네놈이 감히!"

괴한은 협도를 떨어뜨리며 무릎을 꿇었다. 배를 뚫고 깊숙이 들어간 창을 두 손으로 움켜쥐고 끝까지 할 말을 했다.

"감히, 책을…… 책을 태우다니! 글을 읽었다는 선비 놈이 감히 대명천조를 능멸해!"

놈들은 이신이 책을 태웠다는 사실에 분노한 것이 아니었다. 명나라, 자신들의 진짜 황제가 있는 나라를 옹호한 책을 불태운 것을 참을 수 없었던 것이다. 놈은 땅바닥으로 쓰러졌다. 군졸들이 달아나는 괴한들을 잡으러 달려갔다.

"더러운 오랑캐 놈, 감히 군부의 나라 천조를!"

놈은 숨이 끊어지는데도 그렇게 중얼거렸다. 입에서 피거품이 뿜어져 나왔다. 이신은 돌이에게 다가가 팔뚝에서 화살을 뽑았다. 다행히 상처는 깊지 않았다.

"나, 나리!"

돌이가 비명을 질렀다. 그 순간 이신의 눈에 불길이 일며 몸이 펑 터지는 듯한 충격을 느꼈다. 누구의 짓인가. 이신의 몸이 순간적으로 허물어지면서 땅바닥으로 굴렀다. 돌이의 비명소리가 들려왔다. 어디선가 가죽신 소리가 들렸다. 낮에 쫓다 놓친 발소리였다. 저놈이다……. 그 순간 암전이 왔다.

六
인질 교환

"성균관 유생들이 납치와 무관하다면 도대체 칙사를 누가 데려갔단 말이오! 하늘로 솟은 것이오, 땅으로 꺼진 것이오! 만약 칙사가 다치거나 죽는다면 여기 앉은 대신은 물론 정승의 모가지도 함께 저잣거리에 걸릴 것이오. 내 말 알아들으셨소?"

어전회의에 참석한 정명수의 새된 목소리가 편전을 울렸다.

어젯밤 남대문 근처에서 성균관 유생들이 매복해 있다 칙사를 공격하는 사고가 발생했다. 칙사가 〈동몽선습〉을 태웠다고 공격한 것인데 피습이 있은 후 이들 대부분이 현장에서 잡혔다. 그런데 칙사가 사라져버린 것이다. 공격에 가담한 성균관 유생들은 아무도 칙사가 간 곳을 알지 못했다.

조정신료들은 정명수의 무례에도 아무도 입을 열지 못했다. 영의정 김환은 임금과 정명수를 번갈아 볼 뿐이었고, 우의정은 헛기침만 해댔다. 피격으로 누워 있던 병조판서 홍원범도 칙사가 납치되었다는 소식에 자리를 털고 일어나 달려왔지만 어두운 얼굴로 앉아 있을 뿐이었다.

한쪽 구석에는 최현수가 잔뜩 움츠리고 앉아 있었다. 평소보다 훨씬 왜소하고 불안한 모습이었다. 그도 그럴 것이 칙사의 운명이 곧 그의 운명이기 때문이었다. 칙사나 칙사 주변 인물 뒤에는 청나라가 있다고 하나 그것은 황제의 고명誥命이 있는 청국의 관리에게나 해당되는 말이었다. 최현수와 같은 속국의 관리는 비빌 언덕이 사라지면 앞날을 보장할 수 없는 법이다. 황제가 제후국의 말단 관리에게 관심을 가질 리는 만무했고, 조선에선 그 누구도 칙사를 좋아하는 사람은 없었다. 최현수는 칙사의 측근 혹은 밀정이라고 찍힌 터이니 칙사에게 무슨 일이 생긴다면 그것을 빌미로 그가 신료들의 분풀이 대상이 될 수도 있었다.

"도대체 다들 꿀 먹은 벙어리처럼 앉아만 있으면 어떻게 하겠다는 것이오? 대책을 내놔야 할 것 아니오, 대책을!"

정명수의 고함에 아무도 고개를 들지 않았다. 불쾌해서일까, 두려워서일까. 그 둘은 사실상 다르지 않다. 보다 못한 내금위장 김창렬이 무슨 말을 하려고 나서려다 임금에게 저지를 받았다. 임금은 입도 열지 않고 손가락만 까딱 들어 보일 뿐이었다.

"주상 전하 앞에서 무엄하오. 칼까지 차고 들어와 이게 뭐하는 짓이오?"

침묵을 깨고 앞으로 나선 이는 한복진이었다.

"누구냐? 감히 천조 관리의 공무 집행에 시비를 거는 자가?"

정명수가 받아쳤다. 맞는 말이었다. 이제 천조는 명나라가 아니라 청나라인 것이다.

"제 분수를 모르는 것이 천조의 법도인가? 감히 역관이 주상 전하 앞에서 언성을 높이다니."

한복진의 음성이 카랑카랑하게 편전을 울렸다.

"방금 뭐라고 했느냐?"

정명수가 노려보자 한복진은 가소롭다는 표정이었다.

"역관이 아니면 뭐란 말이오? 노비 정명수라 부르리까!"

"뭐라, 노비!"

정명수가 칼을 뽑아 들었다. 신료들의 탄식과 한숨이 쏟아졌다. 우왕좌왕하던 우의정이 튀어나왔다.

"도, 동지사 대감!"

"우상, 아직 조선의 신료들은 내 칼 맛을 더 보고 싶은 모양입니다. 동지사를 노비라고 부르는 자가 있으니 말입니다."

정명수가 신료들을 둘러보며 말했다. 모두들 일제히 고개를 돌렸다. 정명수는 한복진 앞으로 다가가 목에 칼을 갖다 댔다.

"다시 말해봐라. 날더러 노비라 했느냐?"

"그런 말이 듣기 싫으면 격에 맞는 행동을 하시오. 그대가 종이품 동지중추부사라면 감히 이런 행동을 할 수 없을 것이오. 그 벼슬을 하사하신 분은 주상 전하이시오."

한복진은 고개를 꼿꼿이 들고 말했다.

"이보시게, 동지사 대감! 지, 지금 이럴 때가 아니지 않소. 대책을 세워야지."

우의정이 달래듯 말했다.

"칙사가 쥐도 새도 모르게 사라졌는데 대신들은 아는 게 아무것도 없고 대책도 없소. 이 와중에 이자가 주둥이 놀리는 것을 보시오. 상국의 관리를 능멸하는 것을 보란 말이오!"

"능멸이 부당하다 생각되면 자신의 무례를 먼저 돌아보시오."

한복진은 칼로 위협해도 눈썹 하나 까닥하지 않고 할 말을 계속했다. 정명수는 칼끝을 한복진의 목에 겨누었다.

"그대는 지난 날 내가 관리들을 처단하는 현장에 있지 않았나?"

"있었소. 그대의 무례를, 아니 그대가 조선의 관리뿐만 아니라 백성까지 능멸하는 것을 내 눈으로 똑똑히 지켜보았소이다. 하지만, 나 한복진, 상국의 역관 따위에게 겁을 먹고 침묵하느니 차라리 여기에서 죽겠소. 어서 나를 죽이고 그대의 자랑을 더하시오."

"아니, 이자가 기어코 내 칼 맛을 보려고!"

정명수가 고함을 지르며 칼을 높이 들었다.

"멈춰라."

임금의 목소리는 너무 약해 잘 들리지 않았다.

"멈춰라! 어명이다!"

내금위장 김창렬이 큰 소리로 외쳤다.

"어명은 내게 내릴 것이 아니라 천조의 관리를 능멸한 이자에게 내려야 할 것이오."

"무엄하시오. 당장 칼을 내리지 못하겠소!"

내금위장의 벼락 같은 소리가 다시 편전을 울렸다. 그 소리에 놀란 이는 오히려 신료들이었다. 그때 내관의 목소리가 들려왔다.

"좌의정 최명길 입시옵니다."

신료들이 모두 가슴을 쓸어내렸다.

정명수가 편전에서 한복진의 목을 친다면 그 무례를 어찌 감당할 것인가? 그것은 정명수가 종로 길바닥에서 관리들을 찢어 죽인 일보다 더한 참극이 될 것이다. 실은 역관의 신분으로 주상전하 앞에서 칼을 뽑은 일만으로도 모든 신료들이 석고대죄를 해야 할 판이었다. 더 큰 사달을 최명길의 등장이 막아준 것이었다. 신료들은 안도의 한숨을 내쉬며 좌의정을 맞았다. 편전으로 들어서던 최명길은 정명수를 보고는 우뚝 멈춰 서더니, 얼굴을 파르르 떨었다.

우의정이 황급히 앞으로 나섰다.

"좌상, 사라진 칙사에 대해 좀 알아보시었소?"

최명길은 임금을 향해 몸을 돌렸다.

"전하, 역도들이 서찰을 보내 자신들의 두령 유병기와 칙사를 교환하자 제의했나이다."

"그럼, 역도들이 칙사를 납치했단 말이오?"

영의정이 소리쳤다.

"뭐라? 유병기와 칙사를 교환해?"

정명수는 칼을 거두며 최명길에게 다가와 서찰을 낚아챘다. 우의정도 서찰을 함께 읽었다.

"동지사 대감, 속히 칙사를 구할 방안을 논의하게 해주시오."

김창렬이 한결 부드러워진 목소리로 말했다.

"좋소! 하지만 내 이번 사태를 청나라에 보고하겠소이다."

정명수가 임금을 향해 말했다.

"이미 심양의 조선관에 사람을 보냈습니다. 곧 황제께서 이 사실을 알게 될 것입니다."

김창렬의 말에 정명수는 놀란 표정으로 임금을 보았다.

"뭐라! 벌써 사람을 보냈다고?"

임금의 얼굴에는 아무런 동요가 없었다. 그 무표정 밑에는 언제나 황제에 대한 두려움이 감춰져 있었기에 분명히 이번 일을 황제에게 숨기려고 전전긍긍할 것이란 예상이 보기 좋게 빗나가버린 것이다. 정명수는 좋은 놀잇감을 하나 잃어버린 듯 입맛을 다시며 편전을 빠져나갔다. 그러자 억눌렸던 대신들의 한숨이 터져나오며 편전 안이 일순 술렁거렸다.

신료들은 조금 전의 치욕을 떨쳐내듯 칙사를 빼낼 방법을 논의했으나 다른 선택의 여지는 없었다. 임금은 유병기와 칙사를 맞바꾸라고 명했고, 내금위장 김창렬과 예조 참의 최현수에게 책임을 맡겼다. 최현수는 자신의 이름이 불리자 깜짝 놀랐다.

대신들은 합당한 처사라며 입을 모았다. 어전회의가 끝나고 임금이 일어나 편전을 나가자 신료들도 하나 둘 자리를 떴다. 한복진은 홍원범이 가마에 오를 때까지 그를 부축하며 옆을 지켰다.

"명색이 일국의 참판이 노비 따위와 입씨름을 붙다니."

"심려를 끼쳐 황송합니다, 대감. 도저히 무례를 보고 있을 수 없어서……."

"자네는 금수와도 말을 섞는가?"

"……."

한복진은 고개를 숙였다. 그때 내관 하나가 큰 소리로 홍원범을 부르며 다가왔다.

"대감! 대감! 병조판서 대감!"

"웬 호들갑이오?"

한복진이 물었다.

"전하께서 대감께 약재를 내리셨사옵니다. 어의가 특별히 조제한 것이오니 잘 챙겨드시라는 어명이십니다."

"알았네. 내 전하께 따로 인사를 올려야겠네. 지금 전하께서는 어디 계신가?"

"침전에 드셨사옵니다."

"이 시각에? 상감마마의 환후가 깊어지신 모양입니다."

한복진의 말에 홍원범은 아무 대꾸 없이 가마에 올랐다.

◎

"전하, 동지사 들었사옵니다."

"들라 하라."

문이 열리자 정명수가 모습을 드러냈다. 그는 고개를 숙이고 조심스러운 발걸음으로 한껏 예를 갖춘 채 임금의 곁으로 다가왔다. 임금은 그 모습을 그저 지켜보았다. 편전에서 사냥개처럼 날뛰던 자와 동일인이라고는 생각할 수 없을 정도로 공손한 모습이었다.

편전에서의 만행을 생각하면 아프다는 핑계를 대고 그냥 돌아가게 만들고 싶었지만 임금은 다시 참았다. 그보다 더한 굴욕도 삼켜왔고, 앞으로 그것과는 비교도 안 될 수치가 그를 기다리고 있었다. 아주 신중해야 했다.

"전하, 편전에서 소인이 보인 무례를 용서해주시옵소서. 그것은 주상 전하를 향한 것이 아니라 조정 신료들을 나무라는 것이었사옵니다."

"……."

왕의 곁에 배석해 있던 김창렬은 불편한 심기를 그대로 드러내며 정명수를 노려보았다. 김창렬은 조금 전 편전에서 벌인 정명수의 행패 때문에 석고대죄를 준비할 참이었다. 주상전하 앞에서 칼을 뽑는 것을 그냥 보고 있던 불충은 임금의 호위무사로서 용납될 수 없었다.

"저로서도 어쩔 수 없는 행동이옵니다. 만약 칙사가 살아 돌아오기라도 한다면 저도 할 말이 있어야 하지 않겠사옵니까."

정명수가 다시 공손하게 덧붙였다.

"그럼 동지사 대감은 칙사가 죽을 것이라 생각하시오?"

"내금위장, 내 말을 곡해하지 마시오. 혹시 그럴 수도 있다, 그런 일이 벌어질 수 있다는 뜻이오. 내금위도 만일의 사태를 대비해야 하는 것이 아니오?"

"저희는 칙사가 무사히 돌아올 것으로 믿고 있습니다. 동지사 대감께선 혹 칙사가 잘못되기를 바라는 것 같소이다."

임금이 김창렬에게 자제하라는 시선을 주었다. 김창렬은 고개를 숙였다. 정명수의 입가에 교활한 미소가 흘렀다.

"피차 연극은 그만두도록 하지요. 칙사는 재주가 많은 사람이나 조선 팔도에서 그가 살아 있기를 원하는 사람은 아무도 없사옵니다. 주상 전하, 제 생각이 틀렸사옵니까?"

"감히 전하께 그런 걸 묻다니!"

"창렬은 가만히 있으라."

정명수는 다시 머리를 조아리며 입을 열었다.

"다시 여쭙겠습니다. 전하께서는 칙사에게 많은 호의를 베푸셨습니다. 하오나 칙사가 그만한 호의에 합당한 자이옵니까?"

"……."

"정녕 그자가 황제에 간언하여 입조를 막아줄 수 있다고 보시는 것이옵니까?"

"아니라고 생각하는가?"

"입조를 막기 위해서라면 칙사를 다르게 쓰셔야 합니다."

"다르게라니?"

"전하, 소인이 칙사의 뒤를 알아보았사옵니다. 칙사는 폐주 광해의 내금위장 이익수의 서출입니다."

"알고 있네."

"그럼 이것도 아시는지요? 비격진천뢰는 폐주 광해의 명을 받아 이익수가 개량한 신무기이옵니다. 칙사 역시 아비와 함께 비격진천뢰를 만드는 데 관여했사옵니다."

"그런데?"

"비격진천뢰라는 무기의 설계도가 있다는 것을 역도들이 어떻게 알았겠습니까? 정황을 미루어 보건대, 이신이 역당들에게 비격진천뢰의 제조 방법을 일러주었을 가능성이 높사옵니다."

이어지는 침묵에 정명수는 내심 뜨끔했다. 둘은 이미 그 사실을 알고 있다. 다시 임금이 천천히 입을 열었다.

"허나 분명한 물증 없이 칙사를 의심하는 것은 황제에 대한 불충이 아니겠나?"

"전하, 황제를 너무 두려워하지 마옵소서. 황제에게 칙사에 대한 처분을 맡기시면 될 일이옵니다. 칙사가 조선에서 적당들에게 신무기 설계도를 넘겨주고, 그들과 함께 임금을 밀어낼 음모를 모의했다고 한다면 황제가 어떤 반응을 보이겠사옵니까? 황제가 이룩한 제국의 질서를 칙사가 교란하고 있다면 말이옵니다. 황제는 제후국에 엄청난 실수를 범한 것이고, 그에 상응하는 대가를 주상께 내리실 것입니다."

정명수는 임금을 보았다. 정명수로서는 목숨을 건 비책을 던졌는데 임금은 여전히 무반응이다. 예상대로 되지 않자 초초한 정명수는 말을 이었다.

"전하께서도 그런 일, 혹은 그보다 더한 사태를 대비해 저와 한마디 상의도 없이 황제께 이번 일을 상서한 것 아니옵니까?"

"전하께서 뭘 하시든 동지사와 상의할 필요는 없는 것이오."

김창렬이 퉁명스레 대꾸했다.

"어쨌거나 황제께 표를 올린 것은 칙사의 전행을 폐하께 미리 언질하려는 의도가 아닌지요?"

"혹여 생길 수 있는 불상사를 대비한 것일 뿐입니다."

역시 김창렬이 대답했다.

임금은 속으로 정명수와 칙사를 비교했다. 칙사에 비해 정명수는 얼마나 다루기가 쉬운가. 그의 탐욕은 언젠가 그의 걸림돌이 될 것이다. 정명수는 이미 임금이 하사한 종이품의 벼슬을 받았다. 그의 오만방자한 태도로 볼 때, 앞으로 더 큰 요구를 서슴지 않고 할 것이다. 어디 그뿐인가. 노비 친인척들에게도 현감, 현령, 군수 등의 벼슬을 내렸고, 심지어 그 어미에게는 내명부종이품 정부인이 추증되었다. 상국의 역관을 달래기 위해 벌어진 웃지 못할 일들이다. 세상에 없을 망종이나 그래서 더 쓸모가 있었다. 임금은 조용히 입을 열었다.

"동지사, 짐은 본디 조용히 화평하게 지내는 것을 가장 큰 목표로 하고 있으니 동지사의 걱정은 과하다 할 것이다. 그만 물러가서 내금위장과 함께 칙사를 구할 방법을 강구하라."

"전하, 분부 받들겠사옵니다."

김창렬이 큰 소리로 대답하자 정명수는 덩달아 머리를 조아리고는 김창렬과 함께 침전을 나섰다. 정명수는 어리둥절했다. 정녕 임금은 입조를 해결할 의지가 없다는 말인가. 아니면 칙사를 믿는다는 말인가. 아니다, 분명 임금에겐 다른 꿍꿍이가 있다.

침전의 문 앞에서 김창렬과 정명수는 다시 허리를 숙여 절을 했다. 스르르 닫히는 문 틈으로 정명수는 임금의 입 끝에 미소가 걸리는 것을 보았다. 그제서야 그는 자신이 임금을 과소평가했음을 깨달았다. 그가 떠들었던 비책이란 실상 이미 임금의 마음속에 들어 있던 복안일지도 모른다는 생각이 들었다. 소름이 끼쳤다. 칙사는 임금의 저 깊고 주름진 뱃속을 어디까지 보았을까.

그러나 중요한 것은 따로 있다. 임금이 칙사를 처치하려고 이미 작정하고 있다면 칙사가 사라진 이 조선 땅을 정명수 본인이 차지해야 한다. 그것이 급선무였다. 그렇다면 임금에게 거부할 수 없는 선물을 건네야 할 것이다. 바로 칙사의 목이었다.

◎

아주 먼 곳에서 들리는 발소리가 몸 속 어딘가의 깊은 구덩이에서 울리는 소리 같았다. 그 발은 얼음 위를 걷고 있다. 이어 풍덩하는 소리와 함께 물이 허공으로 튀어오른다. 여인들이 물웅덩이 속으로 줄줄이 몸을 던졌다. 압록강인가. 얼음 웅덩이로 달려가는 여인들의 발소리가 계속 이어졌다.

아니다. 여인들이 뛰어든 것은 압록강이 아닌 바닷물이다. 아낙네들은 강화도로 들어가는 나루터에서 바다로 몸을 던졌다. 바다로 뛰어드는 여인들 속에는 어머니, 여동생, 아내까지 있었다. 다른 여인들처럼 바닷물로 뛰어내리기 위해 달려가는 그녀들을 향해 그 자리에 멈추라고 소리를 질렀지만 목소리가 나오지 않았다. 어디선가 어울리지 않는 웃음소리가 들려왔다. 김홍진과 그의 아들 김진수가 나루터에서 뛰어내리는 여자들을 보며 웃고 있었다.

"선화야!"

이신은 비명처럼 길게 소리치며 번쩍 눈을 떴다. 꿈이다. 얼굴이 온통 땀으로 젖어 있었다. 주위는 어두워 아무것도 보이지 않았고 팔다리에는 감각이 없었다.

나는 죽은 것일까. 의식이 깨면서 가장 먼저 든 생각이다. 이미 죽은 상태라면 무엇을 더 두려워한단 말인가.

도대체 시간이 얼마나 지난 것일까.

시간 감각은 커녕 자신에게 무슨 일이 일어났는지도 알기 어려웠다. 머릿속은 마치 불로 지진 것처럼 화끈거렸고 온몸은 장작개비처럼 굳어 있었다. 팔다리를 움직여보았지만 마치 다른 사람의 몸을 잘라다 붙여놓은 듯 사지가 전혀 말을 듣지 않았다. 차가운 땅바닥에서 올라온 냉기가 그의 온몸을 꽁꽁 얼려버린 것이다.

"이 칙사, 일어나시오."

나지막한 목소리에 이신은 놀라 눈을 떴다. 김흥진의 목소리였다. 놈이 죽지 않았다는 말인가.

그럴 리가 없다. 김흥진은 분명히 죽었다. 그렇다면 그의 아들 김진수의 목소리인가. 아니다. 목소리는 김흥진도, 김진수도 아닌 제삼자의 것이었다. 이신의 예민한 귀에는 때로는 존재하지 않는 소리가 들리기도 했다.

김흥진과 김진수 부자와의 악연은 병자년 강화도로 들어가는 길목에서부터 시작되었다. 압록강에서 본 투신자살의 광경을 강화도 나루터에서 다시 목격했다. 그때 이신은 청나라 장수로 강화도 공격의 지휘를 맡고 있었고, 바다로 뛰어드는 여인들의 모습을 보고 이신은 부하들을 불러 투신을 막으라고 명령했다. 하지만 군대가 나루터를 막아서자 더 많은 아낙네들이 뛰어들었다. 그 전날 강화도 검찰사 김흥진은 백성들을 버리고 자기 식솔과 재산을 배에 싣고 강화도로 떠났다고 했다.

청나라 군대는 배와 뗏목을 20여 일 만에 완성했다. 이신이 청의 군대를 끌고 강화도로 들어갔을 때 김흥진과 김진수는 보이지 않았다. 처음엔 그들 역시 자살을 했거나 청나라 군대와 싸우다가 죽은 줄 알았지만 아니었다. 청나라 군대가 도착한다는 소식이 전해지자 배를 타고 육지로 달아나버린 것이다. 더 믿기 힘든 것은

김홍진의 아들 김진수가 제 할미와 어미에게 조선 여인의 절개를
보이라며 자살을 종용했다는 사실이었다. 이신이 그 보고를 받고
경악과 분노에 휩싸인 순간에도 공포에 질려 바닷물로 뛰어드는
여인들의 행렬은 이어지고 있었다.

김홍진 부자를 다시 만난 것은 칙사의 자격으로 조선에 왔을 때
였다. 우연히 마포 주변을 지나다가 예전에 살았던 집을 한번 보
고 싶어 들렀는데, 엉뚱하게도 그들이 살고 있는 게 아닌가. 강화
도에서 그렇게 잡아 죽이려 했으나 찾지 못했던 부자가 자신의 옛
집에서 느긋하게 살고 있었던 것이다.

바람에 문짝이 요란하게 삐거덕거렸다. 점차 정신이 돌아오고
있었지만 주위는 여전히 먹물을 뿌린 듯한 어둠뿐, 아무것도 보이
지 않았다. 한순간 서늘한 기운이 온몸을 휘감고 돌았다. 몸이 파
르르 떨렸고, 입술과 턱에 경련이 일기 시작했다. 고통으로 머릿
속이 몽롱해졌다.

"문을 열어라."

환청이 아니었다. 보초가 문을 열자, 누군가 들어왔다.

"칙사가 무사한 것이냐? 혹 죽은 게 아니냐?"

여전히 눈도 뜨지 못한 채 바닥에 쓰러져 있는 이신에게 보초가
다가와 손목의 맥박을 확인했다.

"아직 숨은 붙어 있사옵니다."

"먹을 것과 덮을 것을 가져오너라. 칙사를 죽여서는 안 돼."

이신은 다급한 발소리를 들으며 의식을 집중하려고 애를 썼다.
아직도 머리에 통증이 느껴졌다. 도대체 무슨 일이 일어난 것일
까? 엉성한 자세로 협도를 쥔 젊은 사대부들의 모습이 떠올랐다.
그들은 칼을 거의 다루어본 적이 없는 책상물림들이었다. 이신을

공격한 자가 뱉은 말로 미루어 그는 육조거리에서 〈동몽선습〉을 태웠다는 이유로, 천조를 능멸했다는 이유로 피습을 당한 것이었다. 이신을 벌주라고 농성하던 성균관 유생들이, 사신과 함께 나타난 임금의 눈물을 보고 물러갔지만 얼마 뒤 다시 창경궁 앞으로 몰려갔다. 그러다 주상의 명에 의해 도성 밖으로 끌려나갔는데 그것이 불과 달포 전이었다. 그럼 이신을 끌고온 것이 그들이란 말인가. 협도도 제대로 쓰지 못하는 자들이 납치라니, 이해가 되지 않았다. 무엇보다 자신에게 보복을 하고 싶었다면 왜 살려두었다는 말인가.

그제야 뒤통수를 가격당한 충격이 떠올랐다. 누구의 짓일까. 우선 협도를 들고 자신을 공격한 무리가 있었고, 잠시 후 남대문을 지키던 군졸들이 달려왔다. 이상했다. 납치하기엔 남대문을 통과하기 이전이 더 용이할 텐데 왜 하필 그 장소였을까. 이유는 간단했다. 뒤에서 칙사를 공격한 자가 남대문을 지키는 군졸들 중 하나였기 때문이다. 그렇다면 그들은 협도를 든 성균관 유생들과 미리 짜두었거나 그게 아니라면 최소한 그곳에서 유생들의 습격이 일어날 것을 알고 있었다. 즉, 그가 이곳에 잡혀온 것은 우연이 아니라 철저한 계획의 산물이다.

몽둥이를 맞고 길바닥에 쓰러질 때 들은 발소리는 바로 낮에 운종가에서 들었고, 김홍진의 집에서도 들었던 바로 그 발소리였다. 그렇다면 이신을 납치한 자는 정체불명의 자객과 관련되어 있다는 것일까. 그러나 쉽게 단정할 수 없었다.

이신은 주변의 소리에 귀를 기울였다. 갖가지 나지막한 소음들. 멀리 말의 울음소리, 부지런히 왔다갔다 하는 발소리가 부단히 들렸다. 제법 많은 사람들이 있는 곳이다.

그러나 가축의 울음소리는 전혀 들리지 않았다. 민가에서 외따로 떨어진 곳이라는 의미였다. 민가에서 동떨어진 장소로 황제의 칙사를 데려왔다면……. 아마 역모를 꿈꾸는 자들의 산채일 터. 한복진, 홍원범이 말한 새 임금을 옹립하려는 세력이다. 병조참판 한복진을 비롯하여 김홍진의 사인을 조작한 의금부내 관료들, 그 외에도 적잖은 신료들이 거의에 참여했을 것이다. 그리고 칙사를 납치했다.

그런데 칙사가 역모에 걸림돌이 된다면 왜 죽이지 않았을까. 이만 한 수고와 위험을 감수한다는 것은 그만큼 절박한 이유가 있기 때문일 것이다. 조정과 무슨 흥정을 하려 하기에 칙사가 필요했던 것일까.

이신은 좀 더 정신을 집중해 귀를 기울였다. 바깥은 얼핏 조용하게 느껴졌지만 뭔가 어수선한 일이 일어나고 있었다. 다급한 발소리가 어디론가 바쁘게 달려가고, 돌아오는 말발굽 소리도 이어졌다.

그때 한 무리가 두런거리며 이신이 쓰러져 있는 헛간 근처로 다가왔다.

"상암은 아직 무사하다고 하던가?"

"예, 국문에도 잘 버텼다 합니다. 우리가 칙사를 잡았으니 곧 풀려날 것입니다."

"상암이 빨리 풀려나 군대를 지휘해야 대궐을 접수할 텐데, 상암보다 토포꾼이 먼저 오면 어떻게 해야 할지……."

"비격진천뢰가 있는데 뭐가 걱정인가?"

"아무리 신무기가 있다고 하나 상암 없이는 거사를 성공할 수 없네."

역시 한복진과 관련된 역도들이다. 상암이란 아마도 유병기를 말한 것이리라. 그를 석방시키기 위해 칙사를 잡은 것이다. 그렇다면 한복진은 비격진천뢰의 설계도를 빼내 유병기가 이끄는 무리에게 넘겼고, 유병기는 설계도를 바탕으로 신무기를 제작하다가 잡힌 것임이 분명했다. 아마도 정변을 위해 오랫동안 준비를 한 모양이다. 그래서 정변의 구심점인 유병기를 구하기 위해 역도들은 칙사를 납치해 교환할 속셈이었다.

"참판 나리!"

보초의 목소리에 이신은 고개를 번쩍 들었다. 병조참판 한복진이 여기에 왔다는 말인가. 문이 열리자 관솔불과 함께 두 사람이 안으로 들어왔다. 이신의 얼굴로 바싹 다가온 불 때문에 눈이 아렸다. 그러나 그 덕에 이신도 상대의 얼굴을 볼 수 있었다. 한복진이 아니었다. 꼬장꼬장해 보이는 초로의 얼굴이었다. 분명 처음 보는 낯선 얼굴이었다. 그는 이신에게 바싹 다가와 얼굴을 보더니 빙그레 웃음을 지었다.

그러자 그 옆에 서 있던 또 다른 늙은이가 말했다.

"참판 어른, 맞습니까?"

"맞구먼."

이신은 참판이라 불린 자를 다시 바라보았다. 참판까지 지낸 자가 역모를 꾀한다 해도 조금도 놀랄 일이 아니었다. 광해가 쫓겨난 후, 역모는 장마의 죽순처럼 올라왔다. 먼저 계해년 반정 공신이었던 이괄이 난을 일으켜 새 임금을 세울 정도로 임금은 훈신들의 관리조차 미숙했다. 그후 하루가 멀다 하고 정변이 일어나니 왕위에 위협을 느낀 임금이 얼마나 많은 사대부들을 역적으로 몰아 참수해버렸는지, 장안에 양반이 씨가 말랐다는 말이 나돌 정도였다. 그만큼 역모는 허술하게 진행되었고, 줄줄이 실패로 이어져 사대부들은 굴비 엮이듯 엮여 죽어나갔다.

사대부들은 정변으로 대궐만 빼앗으면 누구라도 왕으로 세울 수 있다는 인식을 갖고 있었다. 일단 용좌를 차지하고 아버지를 추숭追崇하면 누구든 적통이 될 수 있다고 믿었다. 금상이 그런 식으로 광해를 밀어내고 대궐의 주인으로 앉은 후, 명나라에 주청해 아버지를 임금으로 만들었다. 이로써 임금은 입승대통入承大統이 아니라 왕실의 전통성을 지낸 종통宗統이 되었다. 무엇이든 처음이 어렵지 그 다음은 쉬운 법이다. 조선의 거의 모든 사대부들은 새로운 임금을 세울 꿈을 꾸었다.

참판은 이신을 바라보며 다정하게 미소를 지었다. 차림새는 허름했지만 눈빛은 살아있었다.

"자네, 이익수의 서출 이신이 아닌가?"

"당신은 누구요?"

"뭣들 하느냐? 칙사를 묶은 오라를 풀어라!"

보초가 다가와 오라를 풀었다.

참판의 얼굴에 연신 미소가 돌았다. 이신은 겨우 풀려난 팔로 어깨와 다리를 주물렀다. 감각이 없긴 했지만 머리 외에는 다친 곳이 없는 것 같았다. 노인은 잠시 기다려 주었다가 다시 말을 이었다.

"자네를 먼발치에서 보며 혹시나 했네. 얼굴이 이익수를 그대로 빼다 박았으니. 하지만 자네가 이익수의 아들일 리가 없다고 생각했어. 죽었다던 이익수의 아들이 어떻게 살아서 청나라의 칙사가 되었다고 생각하겠느냐 말이야. 헛일이라 여기고 한번 확인해본 걸세. 과연 이신이었구먼. 반갑네!"

이신은 전혀 기억에 없었다. 다른 노인도 마찬가지였다. 참판이라 불린 노인은 아버지와의 친분을 장황하게 설명했다.

"하고 싶은 말씀이 무엇이오? 목적을 말하시오."

이신은 말을 잘랐다. 노인들과 아버지에 관한 추억담을 나누고 싶은 마음 따위는 없었다. 역도들이 굳이 아버지를 들먹이는 이유는 그를 역모에 이용하기 위한 것, 그 이상도 이하도 아니라는 것쯤은 짐작할 수 있었다. 설령 그들이 아버지와 진심을 교류한 사람들이라 하더라도 이신은 관여하고 싶지 않았다.

이신에게 아버지는 드문드문 추억 속에만 존재할 뿐이었다. 어린 시절을 떠올릴 때마다 그저 애잔한 감정만 불러일으킬 뿐, 그 이상은 아니었다. 아버지는 분명 충신이었으나 그의 충정은 지금 아들에게 어떤 감회도 불러일으키지 못했다.

"우리는 지금 자네 부친의 유지를 받들려고 일어섰네."

이신은 피식 웃었다.

"제 부친의 유지가 무엇인지요?"

"자네 부친께서 계해년의 반정에 맞서 돌아가신 것을 알지 않나? 그 반정은 잘못된 것이었어. 잘못된 일은 바로잡아야지."

"이 일은 오랫동안 준비해온 거사일세. 우리는 자네 부친께서 관여한 비격진천뢰도 손에 넣었어. 그걸로 적당들을 쓸어버릴 생각이네. 결국 자네 부친 덕에 이렇게 반정을 할 기회가 생긴 게 아닌가? 어디 그뿐인가. 부친께서는 저승에서도 억울함을 이기지 못해 자네를 우리에게 보냈으니, 부친이야말로 충역忠逆이 불분명한 이 난세에 진짜 충신, 만고의 충신일세. 그러니 자네도 분명 충의를 지닌 사람이라 믿네. 이보게, 우리를 좀 도와주게."

"어떻게 도와달라는 겁니까?"

두 노인은 그의 말을 호응의 뜻으로 해석했는지 환하게 웃음 지으며 한 발 더 다가왔다.

"금상은 사대부들, 아니 역도들이 세운 입승대통일세. 적통이 아니지."

"금상이 왕이 아니란 말입니까?"

"그렇지 왕이 아니라 일개 사대부에 불과하네."

"그래서 당신들이 마음대로 바꿀 수 있다는 말이오?"

"그가 대통을 이었음에도 애초에 왕위에 올라갈 때의 각오대로 예치를 실천했다면 우리도 굳이 왕을 바꿀 생각은 하지 않았을 것이야."

"왕을 새로 세운다는 말씀이오? 허나 당신들이 세울 왕도 대통이 아니오?"

"맞네. 하지만 비록 입승대통일지라도 금상이 이루지 못한 예를 행해 스스로 종통이 될 것이네. 이제 적통의 시대는 끝났네. 조선은 광해 임금을 몰아내고 금상이 왕위에 오르는 순간부터 사대부들이 통치하는 나라가 된 것이네. 하여, 무능한 사대부를 물러나게 해서 진정한 사대부의 나라를 만드는 것이지."

"사대부의 나라?"

"그렇지. 자네가 황제에게 상서를 올려 우리의 거병을 허용해달라고 주청을 넣어주게. 황제의 윤허가 떨어지면 우리에게는 큰 명분이 될 것이야."

"황제는 조선의 임금이 바뀌는 것을 원하지 않소."

"그러니까 자네에게 부탁하는 것이 아닌가?"

"나는 도저히 이해할 수가 없소. 지금 임금으로는 안 된다는 이유가 도대체 무엇이오?"

"자네가 누구보다 잘 알지 않는가! 금상은 남한산성에서 청의 황제 앞에 나가 절을 올린 자일세. 광해 임금이 비록 어미를 폐비시키는 패륜을 저질렀다고 하나 광해였다면 그런 어이없는 전쟁은 일어나지 않았을 것일세. 또 어쩔 수 없이 전쟁이 났으면 기개라도 보였어야지! 왕이라는 자가 그런 치욕을 받아들이다니."

"광해가 쫓겨난 것이 그토록 억울하다면 반정이 일어날 때 당신들은 뭘 했단 말이오? 적당들이 제 부친과 이복형을 참수했는데, 그날 당신들은 뭘 하고 있었소?"

"그게 서운한가? 하지만 자고로 선비란 선공후사, 사적인 감정은 다음에 풀기로 하세."

"나는 선비가 아니오. 서출인 내가 어떻게 선비가 된다는 말이오? 그것이 당신들이 말하는 사대부, 그들의 법도가 아니오? 당신들의 법도에 의해 과거에 나는 갓바치였고, 지금은 칼잡이요."

"자네가 이렇게 칼잡이가 된 게 모두 그놈의 반정 때문이 아닌가?"

"나는 선비가 아니라 칼잡이가 된 것이 다행이라 생각하고 있소. 당신들도 내가 황제의 칼잡이이기 때문에 나한테 온 것 아니오? 그리고 나는 당신들이 하는 일에 찬성할 수 없소! 임금이 황제에게 머리를 조아린 것이 굴욕적이라면 지금 군사를 일으켜 청과 당당히 싸우시오."

"종국에는 그럴 계획이야! 그러기 위해서 잠시 청을 이용하자는 거지."

"청과 싸운다고?"

이신은 웃었다. 노인들은 그의 웃음소리가 귀에 거슬린 모양인지 헛기침을 내뱉었다.

"당신들의 의지가 그런 내용이라면 나는 더더욱 받아들일 수 없소. 청과 싸워? 칼 한번 잡아본 적 없는 당신들이 백성들을 앞세워서 또 싸운다고? 청으로 끌려간 포로들 하나 집으로 데리고 오지 못하면서 당신들의 굴욕을 갚으려고 또 싸우자고?"

"청으로 끌려간 포로를 말했나? 그들을 끌고간 이가 누구인가? 이 땅에 짓밟고 여인네들을 겁탈한 이가 누구인가! 그 고통을 자네야말로 똑똑히 보지 않았나. 나도 심양까지 직접 가서 그들을 봤어. 내 딸아이 같은 여식들이 그곳에서 어떻게 살아가는지 똑똑히 보고 피눈물을 흘렸어. 그래서 절대로 용서해서는 안 되는 거야. 용서하지 않는 길은 그 오랑캐들에게 머리를 조아린 임금을 바꾸는 것부터 시작해야 돼!"

"그렇지. 굴욕을 씻는 것이 사대부의 마지막 기개야!"

"그럼 사대부들끼리 해결하시오! 명에게 사대한 것은 부끄럽지 않고, 청의 황제에게 머리를 조아린 것은 그토록 부끄럽소? 나는 그 누구보다 명나라를 섬기고, 그 나라의 임금을 황제로 모시는 사대부들이 더 싫소. 그들이 광해를 몰아냈고, 그들이 조선에 두 번이나 전쟁을 일으켰소."

"그럼 청과 명이 같다는 말인가! 공맹의 뜻을 이어받는 자가 사대부를 부정하고 천조와 청을 나란히 두다니! 그럼 백성과 사대부의 구분도 없다는 말인가? 어찌 그것이 바른 세상이라고 할 수 있나!"

"나는 백성을 마소처럼 다루어도 된다는 구절을 공맹에서 읽은 적이 없소. 내가 아는 진리는 오직 하나요. 임금 아래 평등한 만민, 일군만민―君萬民이요. 내 머릿속에는 사대부도 선비도 없소이다."

"만민이 왕 아래 평등하다니! 홍타이지가 자네를 인정해 곁에 둔다고 그것에 감명을 받았나? 그래서 선비의 나라 조선에서 사대부를 부정하고 책을 태웠나! 자네가, 이익수의 아들이 그 정도밖에 안 된다는 말인가!"

"내가 누구의 아들인가는 중요하지 않소. 내가 누구를 섬기는가도 중요하지 않소. 중요한 것은 당신들이 스스로의 능력을 전혀 모른다는 거요. 광해를 몰아낼 때도, 청와 맞설 때도 당신들은 할 수 있는 것과 할 수 없는 것을 몰랐소. 금상도 당신과 같은 사대부들이 옹립하고 모셨지만 어떻게 됐소? 그들은 틀렸는데 당신들은 옳다는 말이오?"

"닥쳐라!"

"들으시오! 왜 임금만을 탓한단 말이오? 새 임금이 무엇을 할 수 있소? 당신들이 임금을 옹립하면 그 임금은 당신들의 말을 듣겠지. 계해년에 반정을 일으킨 그들과 당신들이 섬기는 명, 그리고 공맹의 도가 한 치 틀림이 없는데 무엇이 달라진단 말이오. 말씀해보시오! 짐승 같은 백성이 있고, 그 위에 사대부가 있고, 그들이 세운 왕이 있는데 말이오."

"이, 이런⋯⋯. 청나라의 주구走狗가 되었다 하나 그래도 좀 다를 줄 알았더니! 우리 백성을 도륙하고, 고혈을 쥐어짠 오랑캐의 편에 섰으면 부끄러움을 알아야지. 하늘에 죄를 지으면 빌 곳이 없다 했거늘 이런 궤변을 늘어놓다니⋯⋯."

"지금 나에게 와서 부탁하고 있는 것은 당신들이오."

"그래서 오랑캐와 오랑캐의 제후가 된 금상을 용서하자는 것인가!"

"당신들이 용서하고 말고 할 권리가 없소. 만약 그런 권리를 가진 자가 누구냐고 굳이 따져 묻는다면 그들은 백성일 것이오."

노인들은 부르르 떨며 이를 갈았다.

"좋다. 더는 부탁하지 않겠다. 이자를 끌고가라!"

사병 몇몇이 들어와 이신을 잡아 일으켜 다시 오라를 묶고 두 눈을 검은 두건으로 가린 후 거칠게 수레에 태웠다.

"출발!"

주변은 불빛 하나 없이 어두웠다. 이신이 출발하고 난 후 두 노인이 중얼거리는 말이 들렸다.

"저자와 상암을 교환하기 전에 조치를 취하라고 일러두었습니다. 살아서 우리 손을 떠나겠지만 보이지 않는 내상으로 죽어서 도성에 도착할 것입니다."

"잘 했네. 저자를 살려둘 수는 없어."

참판의 목소리였다.

이신을 태운 수레는 한참을 굴러갔다. 내리막과 오르막이 몇 번 반복되더니 평지가 계속되었다. 아주 외진 곳에 자리를 틀지는 않은 모양이었다. 하긴 병력이 궁궐로 이동하려면 너무 외진 곳에 있어도 곤란하겠지.

소리로만 추측해보면 병력은 많지 않았다. 기껏해야 200~300명 남짓으로 추측되었다. 그렇다고 그것이 역도들의 전체 규모라고 보기는 어려웠다. 한 곳에 몰려 있는 것은 위험하니 분명 분산되어 있을 터였다. 비격진천뢰를 사용한다 했으니 적은 병력으로도 궁궐 진압은 가능할 것이다. 게다가 훈련도감의 병력 중 일부만 회유한다면 임금의 침전까지 자기 집 사랑채처럼 밀고 들어갈 수 있다. 오랫동안 준비했다던 노인의 말처럼 그 정도면 반정을 일으키기에 부족함은 없었다.

군사들은 이신을 수레에서 끌고나와 말에 태운 후 다시 어딘가로 데리고 갔다. 상암과 교환할 장소로 가는 듯했다. 관군들은 그들 나름대로 대비를 하고 있어야 정상이다. 하지만 한복진이나 다른 신료들이 이 역모에 가담하고 있다면 이미 그들은 분명 상암을 빼내고 이신을 죽이는 그림을 그리고 있을 터였다. 언제일까, 이 자들이 자신에게 내상을 입히려는 때가. 그에겐 칼이 필요했다. 그러나 지금은 온몸이 묶여 꼼짝할 수가 없었다.

잠시 후, 일행은 걸음을 멈추었다. 이어 저편에서 누군가 외치는 소리가 들렸다.

"칙사는 어디에 있느냐!"

그러자 이쪽이 고함을 질렀다.

"상암을 먼저 보여라!"

드디어 상암의 모습이 나타난 모양이었다.

"신호가 떨어지면 칙사를 보낸다."

본래 이런 식의 협상은 성공하기 힘들다. 하지만 역도들은 반드시 상암이 필요했고, 임금은 칙사를 죽여서는 안 되었다. 양쪽의 강렬한 필요가 협상을 성립시켰다.

양쪽에서 서로를 확인하고 출발 준비를 하는 동안 또 다른 소리가 들렸다. 희미하게 스쳐지나가긴 했으나 분명 활을 준비하는 소리였다. 멀지 않은 곳에 다른 군사들이 있다는 의미였다. 어느 쪽일까. 누가 누구의 등을 노리고 있는 것일까. 그사이 이신과 유병기를 교환하기 위한 마지막 확인 작업이 숨가쁘게 진행되었다. 두 인질이 각각 상대 진영에 도착하기 전에 어떤 공격도 하지 않겠다는 확답을 주고받았다. 준비가 모두 끝났다.

그때 누군가 말 옆으로 다가와 앞섶에 손을 넣고 뭔가 꺼내려 했다. 지금이다. 이신이 발로 말의 옆구리를 차자 말이 앞으로 뛰어나갔다. 이신은 말 등 위에 바싹 엎드렸다.

"칙사가 달아난다! 말을 잡아라!"

등 뒤에서 총소리가 울렸고, 일순 양쪽 진영이 모두 술렁였다. 말은 계속 달렸다. 팔을 쓸 수 없는 이신은 말에서 떨어지지 않으려고 이를 악물고 다리에 힘을 주었다.

"총을 쏘지 마라!"

"멈춰!"

전혀 다른 쪽에서 요란한 함성과 함께 병사들이 달려나오는 소리가 들렸다.

"칙사를 구하라! 칙사를 잡아!"

최현수의 외침과 동시에 이신은 말에서 떨어져 땅바닥으로 뒹굴었다.

"관군이다! 관군이 매복했다!"

그러나 눈이 가려진 이신은 전혀 방향을 알 수 없었다. 분명 반대쪽에서 유병기가 오고 있을 터인데 유병기를 태운 말의 발굽 소리가 들리지 않았다.

"병기! 유병기!"

그때 폭음이 울렸다. 이신의 근처에서 폭약이 터졌고 맹렬한 폭음과 함께 가려진 눈에도 불빛이 보였다. 이어 병사들이 쓰러지는 소리가 들렸다. 비격진천뢰였다. 비격진천뢰는 폭약 자체의 위력보다 폭약이 터지며 산산조각난 파편이 적의 몸으로 파고드는 무기였다. 그 파편이 몸속에 박히면 내상이 깊어 살아남기 힘들고, 어떻게 살아났다고 해도 앓다가 죽거나 병신이 되기 십상이었다.

이신은 땅바닥에 납작 엎드렸다. 현장은 전쟁터와 다름없었다. 그의 머리 위로 양쪽에서 화살이 날아들었다. 이신은 머리를 숙이고 무릎으로 기어 앞으로 나갔다. 관군인지 역도인지 알 수 없는 시체가 무릎에 걸렸다. 이신이 그 시체를 타고 넘어가자 아직 목숨이 붙어있는 병사가 그의 발목을 잡았다.

"더러운 오랑캐……."

병사가 고꾸라진 그를 향해 중얼거렸다. 그러나 이내 발목을 잡은 손에서 힘이 빠졌다. 죽어가는 병사를 뒤로 하고 이신은 꿈틀대며 앞으로 기었다. 시체가 계속해서 그의 발에 걸렸다. 도대체 몇 명이 죽은 것일까. 압록강이 떠올랐다. 강둑을 올라가던 포로들과 날아오던 화살들. 이신의 앞으로 굴러떨어지고 또 굴러떨어지던 시체들. 그때는 변발한 청나라 병사가 그의 적이었다. 그후 명나라 병사가, 이제는 조선인이 그의 목숨을 노리는 적이다.

참으로 질긴 목숨이다. 반정에서도, 조선의 의병과 싸우던 골짜기에서도, 압록강에서도, 그리고 청에서 그 수많은 전쟁터와 병자년 조선에서도 살아남았다. 왜 번번이 살아남는 것일까. 그에게 반드시 살아야 할 이유, 죽어가는 저들에겐 없는 어떤 이유가 있다는 말인가.

어지러운 상념 속에서도 그의 몸은 가야 할 방향을 감지해냈다. 비격진천뢰를 터트리는 쪽은 역도들이었다. 역도가 있는 방향으로 가서는 안 되지만 관군이 오는 방향도 위험했다. 역도들의 표적이 되기 때문이다. 그렇다면 이신은 제삼의 방향으로 가야 했다. 그곳에 무엇이 있는지는 알 수 없었다. 소리들이 너무 많았다. 더욱이 그의 몸은 묶여 있고, 눈은 가려진 채였다. 이신은 계속 넘어지는 와중에도 육감에만 의지해 소리가 없는 방향으로 달렸다.

갑자기 발아래 땅이 꺼진다 싶더니 그의 몸이 중심을 잃고 허물어졌다. 온몸이 나뭇가지에 부딪히는 듯했고, 입 안으로 흙이 들어왔다. 이윽고 멈추었을 때, 아무 소리도 들리지 않았다. 충격 탓일까. 잠시 후 벌레가 잉잉거리는 소리를 시작으로 다시 소음들이 들리기 시작했다. 병사들이 움직이는 소리. 그들은 이신에게로 다가오는 중이었다.

"칙사는 어디에 있나!"

정명수의 목소리다. 저자가 왜 이곳까지 왔을까. 어쨌거나 이제 구출되리란 생각에 이신은 있는 힘을 다해 겨우 일어섰다. 그러나 그 순간, 믿을 수 없는 일이 일어났다. 은밀히 시위에 화살이 걸리는 소리가 났다. 궁수가 정확한 조준을 위해 각지를 풀고 손가락에 힘을 주어 시위를 당기고 있다. 그는 지금 자신이 누구를 향해 활을 쏘는지 알고 있다. 활을 쥔 손이 심하게 떨렸고, 시위를 당기느라 들이마신 숨이 고르지 못한 듯했다. 마치 처음 활을 쥔 병사 같았다. 긴장한 현이 팽팽하게 당겨지는 소리, 궁수의 거친 숨소리가 이신의 귀에 뚜렷이 들렸다. 싸! 화살은 침묵을 깨고 이신을 향해 날아들었다. 하지만 화살이 시위를 떠나기 바로 전, 그는 땅바닥에 엎드렸다. 역도들이 쏜 것일까. 그렇다면 정명수 쪽에서 응사하라는 외침이 있었을 터, 정명수가 칙사를 향해 활을 쏘고 있는 것이 분명했다.

다행히 아직 날이 밝지 않아 조준이 쉽지 않을 것이다. 이신은 궁수들이 화살을 시위에 장착하는 틈을 타 나무 뒤로 바짝 엎드렸다. 화살이 날아와 나무에 박혔다. 처음과는 달랐다. 한 대만으로 절명시킬 것처럼 화살에는 힘이 넘쳐났다. 어디로 달아나야 하는 것일까. 눈과 손이 묶인 것을 원망할 겨를도 없이 이신은 바닥을 기어 달아나기 시작했다. 갑자기 화살이 멈추었다. 칙사도 그 자리에서 무슨 일이 일어나는지를 기다렸다. 반대쪽에서 부스럭거리는 소리와 함께 누군가가 나타났다.

"칙사 나리!"

관군이 이신에게 다가왔다.

"칙사 나리를 찾았다!"

"너희는 누구냐?"

"저희는 의금부 소속으로 나리를 찾으러 왔습니다."

"눈가리개부터 벗겨라!"

군졸 하나가 서둘러 천을 벗겨냈다. 새벽의 어슴푸레한 어둠 속에서 어지러운 포연이 보였다. 병사들이 이신을 에워싸고 바위 뒤로 데려갔다.

"나리, 무사하셔서 다행입니다."

최현수였다.

"괜찮네. 저편에는 누가 있는가?"

이신은 화살이 날아온 쪽을 가리키며 물었다. 그러나 대답을 기다릴 새도 없이 정명수가 무리를 끌고 나타났다. 궁수들은 보이지 않고 군졸 몇몇이 칼과 협도를 들고 있었다. 이신의 청력이 비상하다는 사실을 조선 내에선 아무도 몰랐다. 청나라에서도 아는 사람은 법문정과 황제 정도였으니 정명수 역시 알 리가 없었다.

"칙사 어른, 다시 뵙게 되어 다행입니다."

"자네까지 왔나?"

"내금위장 김창렬과 함께 왔습니다. 내금위장은 지금 저쪽에서 역도들과 대치하고 있습니다."

"군사는 어디 소속인가?"

"내금위 소속 병사들입니다."

정명수는 김창렬 휘하의 군사들을 데리고 온 것이다. 정명수는 아무것도 거리낄 것이 없다는 듯 칙사를 향해 웃음을 흘렸다. 그가 항상 칙사의 자리를 노리고 있음을 이신은 모르지 않았다. 정명수에게 칙사란 조선 땅 최고의 권력자를 의미했고, 그 자리를 위해서라면 그는 무엇이든 할 수 있는 인간이었다. 중요한 것은 정명수 단독의 행동인지 아니면 김창렬과 모의한 것인지의 여부였다.

"자네에게 고마워해야겠군. 오늘 일을 잊지 않겠네. 그런데 어떻게 여길 빠져나갈지 대책은 세웠나?"

"관군들에게 여길 맡겨두고 저희가 먼저 빠져나가면……."

"역도들이 몇인지 알고 있나?"

"많아봤자 얼마나 되겠습니까?"

하지만 본채의 병력도 얕잡아볼 숫자는 아니었다. 이신은 정명수의 경솔함에 대해서 더 따지지 않았다. 어리석음은 결코 교정되지 않는다. 정명수가 교활하고 포악한 만큼 지략이 있었다면 이미 그가 그토록 원하는 황제의 칙사가 되었을 것이다.

"여기는 어디쯤인가?"

"삼각산 아래입니다."

한양 근처일 거라는 그의 추측이 맞았다. 그렇다면 근처에 역도들의 다른 병력이 분명 숨어 있을 것이다. 병력이 없는 곳에서 유병기와 칙사를 맞바꾸는 경솔한 짓을 할 정도로 어리석은 무리가 아니었다.

"유병기는 누가 데리고 왔는가?"

"내금위장 김창렬이 데리고 왔습니다. 역당이 보낸 서찰대로 유병기와 정예 무사 다섯만 데리고 온다 하였사옵니다."

허나 내금위장 김창렬 역시 호위무사만 데리고 이곳으로 올 정도로 수가 낮은 사람은 아니었다.

"여기를 빠져나가라. 어서!"

"칙사 어른도 같이 가셔야지요."

정명수가 싹싹하게 말했다. 뭔가 불안한 모양이었다.

"나는 곧 뒤따라 갈 터이니 먼저 출발하라!"

그 말이 떨어지자마자 정명수 쪽으로 비격진천뢰가 날아왔다.

"피하라!"

이신은 바위 뒤에 붙어 날아온 폭탄을 피했다. 분위기가 심상치 않았다. 유병기와 내금위장 김창렬의 모습이 보이지 않았다. 그런데도 역도들은 이신을 찾을 생각은 않고 연신 비격진천뢰를 던지며 공격을 퍼붓고 있다.

의문은 곧 풀렸다. 병사들의 함성 소리가 귀를 찔렀다. 내금위장 김창렬은 마치 띠를 두르듯 산 전체를 병사들로 에워싸두었던 것이다. 그들이 점점 포위망을 좁혀왔다. 도처에서 관군들이 모습을 드러냈다. 관군들과 역도들의 전면전이 시작될 참이었다. 이렇게 전면전을 기획했다는 건 칙사의 목숨을 포기했다는 의미였다. 칙사가 정명수의 손에 이미 죽었다고 믿는 것일까. 그의 속마음을 읽었는지 정명수가 화난 시늉을 했다.

"아니, 저것들이! 칙사 나리의 안전이 우선이라고 그렇게 명했거늘! 대궐로 돌아가면 내금위장의 모가지부터 자를 것이다!"

말을 마친 정명수는 최현수가 데리고 온 병사들로 하여금 자신을 호위하게 하고 서둘러 달아날 채비를 했다. 최현수는 칙사와 함께 있겠다고 우겼다.

"자네가 내 옆에 붙어 있으면 짐만 될 뿐이야. 그러니 자네가 가져온 칼만 내게 주고 어서 가게."

최현수가 마지못해 관군들과 함께 산을 내려가자 이신은 혼자 남게 되었다. 관군이 공격을 개시하자 역도들은 무차별적으로 포탄을 던지고 활을 쏘아댔다. 지원군이 올 시간을 벌어보려는 계획이었다. 이신은 몸을 낮추고 정명수와 최현수가 병사들의 호위를 받으며 떠나는 것을 지켜보았다. 그들의 모습이 사라지자 이신은 관군을 직접 지휘하는 내금위장 김창렬 쪽으로 다가갔다.

"달아나는 역도를 놓치지 말라! 그들의 본채를 캐내야 한다. 그리고 선발대들은 역도들의 배후로 가서 칙사가 무사한지 보고 오라."

"그럴 필요 없네."

김창렬은 깜짝 놀라며 이신을 보았다.

"무사하셔서 다행입니다. 다친 곳은……."

이신은 김창렬의 말을 잘랐다.

"유병기는 어디에 있나?"

"저쪽 나무 아래의 바위 뒤에 숨은 듯합니다."

이신은 김창렬이 손가락으로 가리킨 곳을 보았다. 동틀 녘의 여명을 받아 바위는 윤곽만이 어렴풋이 보였다.

"관군은 자네가 동원했나?"

"예. 만약의 사태를 대비하기 위해……."

어딘가 불안한 목소리였다. 이신은 피식 헛웃음이 나왔다. 상대는 역도들이다. 황제의 칙사를 구하러 오면서 내금위장이 독단적으로 관군을 동원한다는 것은 있을 수 없다. 그런 위험천만한 행동은 임금의 윤허가 있어야만 했다. 내금위장이 윤허를 받고 한 행동이었다고 솔직히 대답했다면 만약의 사태를 대비했다는 그의 말을 선의로 받아들일 수도 있다. 그러나 독단적 결정이라는 말에 이신은 임금을 의심했다. 칙사가 화를 당하면 청나라와의 관계도 악화될 수 있다. 그럼에도 임금은 칙사의 안위보다 역도들을 물리치는 것이 우선이었다.

이신은 아직 어슴푸레한 어둠이 드리워진 나무 밑 바위를 우두커니 바라보았다. 저 뒤에 유병기가 있다. 날아오는 화살과 포탄 때문에 이쪽으로도, 저쪽으로도 가지 못하고 있을 유병기를 살려주고 싶었다. 비록 유병기는 이신을 거부했지만 그는 여전히 아내의 오라비였고, 아내를 그에게 보내준 사람이기도 했다.

복사꽃 아래에서 그림을 그리던 선화. 어두운 한강물을 향해 돌을 던지던 그날 밤으로부터 그들은 얼마나 많은 시간을 지나온 것인가. 그때는 조선이 아닌 이 세상 어딘가에 더 나은 삶을 살 수 있는 곳이 따로 있는 줄 알았다. 서자의 차별이 없고, 사랑하는 여인을 가슴에 안을 수 있으며 자유로울 수 있는 세계가 조선 아닌 어딘가에 반드시 있을 줄 알았다.

그러나 그것이 환상에 불과했음을 이신은 청에서 깨달았다. 그는 더 이상 서자도 아니고, 갖바치도 아니었지만 그의 삶은 여전히 떠돌았다. 황제의 신임을 얻었어도 그는 이방인이었고, 압록강에 아내의 시체를 두고 온 도망자였다. 그의 삶은 압록강 어느 귀퉁이에서 얼음 덩어리로 꽁꽁 얼어붙은 채 녹지 않았다. 그래서 더욱 유병기를 살려주고 싶었다. 다시 한양으로 돌아간다면 그는 모진 고문 끝에 능지처참을 당하는 것 외에 달리 길이 없다. 아무도 몰래 유병기를 살려야 한다.

"근처에 적당들의 산채가 있다. 멀지 않은 곳이야. 내가 그곳에서 개울 두 개를 건너왔다. 그곳으로 이동하라."

"예."

내금위장 김창렬이 연락병들을 불러 바쁘게 조치를 취했다. 상대 쪽도 여전히 포탄을 던지고 화살을 쏘아댔지만 역시나 퇴각을 준비하는 듯했다. 칙사를 놓친 이상 그들은 절대적으로 불리한 입장이지만 유병기 때문에 이러지도 저러지도 못하고 있는 것이다.

김창렬이 군사를 지휘하는 동안 이신은 역도들이 총공격을 취하길 기다렸다. 관군들이 포위를 좁혀오는 판에 그들이 유병기를 구하려고 마지막 승부수를 띄울 것이다.

예상대로 비격진천뢰가 쏟아지고, 관군들이 뿔뿔이 흩어져 숨었다. 포탄의 위력으로 관군의 진영은 일시에 아수라장이 되었다. 화살을 쏘던 몇몇 관군들이 파편에 맞아 쓰러졌다. 포탄의 불빛이 사라지고 화약 냄새와 포연만이 자욱이 피어오를 때 이신은 유병기가 은신한 바위 쪽으로 달려갔다. 예상치 못한 이신의 행동에 김창렬이 놀라 소리쳤다.

"칙사를 엄호하라!"

관군이 역도들을 향해 화살을 쏘기 시작했다. 역도들은 포탄을 터트리고 화살을 쏘며 저항했지만 사방에서 쏟아지는 관군을 막을 수 없었다. 역도들은 자리를 버리고 달아났다. 관군 역시 그들의 뒤를 쫓았다.

"유병기!"

유병기는 다리에 화살을 맞은 채 바위 뒤에 쓰러져 있었다. 이신은 관군들 사이를 헤치고 말을 찾았다. 관군을 지휘하는 장수 하나가 보였다. 이신은 그를 밀어내고 말을 빼앗았다.

그사이 역도들이 유병기를 구하기 위해 그에게로 달려왔다. 그들을 향해 달려간 김창렬은 날카로운 솜씨로 역도들을 한 칼에 하나씩 쓰러뜨렸다. 유병기를 구하려고 정신이 없는 와중에도 그의 칼놀림은 출중해 보였다. 상대의 명치를 정확히 노려 칼로 찌르는 모습이 군더더기 하나 없이 깔끔했다. 그 틈을 타 이신은 유병기를 말에 태웠다. 지금이 아니면 기회가 없다.

"칙사다! 길을 비켜라!"

이신은 관군들에게 소리쳤다. 관군들이 놀라 뒤로 물러났다. 김창렬은 이신을 저지하지 않고 옆으로 물러섰다. 어쩌면 그의 행동을 예상했는지도 모른다. 이신은 말에 박차를 가했다.

계곡의 끄트머리에 도착하자 날이 이미 밝았다. 그사이 골짜기에는 역도의 뒤를 쫓는 관군들과 매복하고 있던 역도들 사이에 일전이 벌어졌다. 이신은 그 싸움에서 누가 이기는지 관심없었다. 황제의 입장에서도 어느 쪽이든 큰 문제가 아니었다. 새 제후가 충성을 맹세하는 한 황제는 눈감아줄 것이고, 도발할 가능성이 있다면 임금을 갈아치울 것이다. 이 뻔한 힘의 논리 앞에서 역모란, 없는 집 아이가 떼쓰는 것보다 더 무모한 짓이었다. 그럼에도 두 세력은 맞붙어 싸웠고, 병사들은 죽어갔다. 이신은 벼랑 끝 너럭바위에 앉아 그 광경을 지켜보았다.

"어이없군."

이신은 깨어난 유병기에게 말했다. 희미하게 눈을 뜬 유병기는 화살에 맞은 부상보다 문초를 당하며 입은 상처 때문에 몸이 더 상한 듯했다.

"저자들은 자네와 나를 맞바꾸기 위해 이곳에 왔어. 우리 둘이 사라졌는데 무슨 이유로 저렇게 싸우고 있을까."

유병기의 눈빛은 왜 자신을 살렸는지, 자신을 어디로 데리고 갈 것인지 묻고 있었다. 그는 이신에게 붙잡혔다고 생각하는 모양이었다.

"자네를 원하는 곳으로 데려다주겠네."

유병기는 얼굴을 찌푸렸다. 이신의 속셈이 뭔지를 빠르게 계산해보는 눈치였다.

"자네는 이용가치가 없기 때문에 놓아주는 거야."

"……"

"이 거사는 오직 자네들에게만 의미가 있을 뿐이야."

"오직 내 일을 한다면 아무도 알아주지 않는다 해서 무엇이 억울하겠나."

이신은 머리를 끄덕였다. 유병기의 입에서 충분히 나올 수 있는 말이었다.

"나를 놓아주고 자네는 무사하겠나?"

"누가 감히 칙사에게 따져 묻는다는 말인가?"

"자네가 그 정도로 높은 사람인 줄은 몰랐군."

"내가 알고 싶은 것은 하나일세. 자네들이 김홍진을 죽였나?"

"나는 모르는 일이네."

"그럴 가능성은?"

"얼마든지 있지. 그놈을 죽이고 싶어 하는 자는 세상에 널렸어. 하지만 나라면 영의정 김환을 먼저 죽였을 걸세."

그렇다. 따지자면 김환이 훨씬 더 위력적인데, 왜 김환을 살려두었을까. 김홍진이 대규모의 포로를 만들었기 때문에? 그 역시 애초에 김환의 잘못된 판단으로 생긴 죄다. 그렇다면 김홍진의 죽음은 역도들과 무관한 일인가. 유병기가 다시 입을 열었다.

"이미 실각해 아무런 가치도 없는 훈신을 죽인 데에는 분명 다른 이유가 있을 걸세."

"다른 이유?"

"그건 나도 모르겠네. 나는 그자에게 관심이 없으니."

유병기는 힘겹게 일어나 길을 가늠해보려는 듯 주변을 둘러보았다. 골짜기에서 마지막 비명들이 어슴푸레 들려왔다.

"어디로 갈 건가?"

"만약의 경우를 대비해서 마련해둔 곳이 있네."

유병기는 고맙다는 말을 하려다 입을 닫았다. 그는 이신의 시선을 담담하게 받아들였다. 유병기의 얼굴에는 분노나 적개심, 회한이나 안타까움이 없었다. 이신도 마찬가지였다. 그것으로 두 사람의 인사는 끝났다.

"자네도 조심하게. 아무리 상국의 칙사라 해도 여기는 조선일세. 특히 김창렬을 조심해야 할 거야. 그자는 수가 보통이 아니네. 내가 잡힌 후에 알았지만, 그자는 이미 내 거처를 오래전부터 파악하고 있었어. 거처를 알고도 덮치지 않은 이유가 뭐겠나? 때를 기다리고 있었다는 게지."

유병기는 지팡이로 삼을 만한 나무 작대기 하나를 주워 떠날 준비를 했다. 이신은 묵묵히 골짜기만 내려다보았다. 막 걸음을 옮기려던 유병기가 이신을 돌아보았다.

"선화가 살고 있는 곳을 물었지?"

이신은 놀라 유병기를 보았다.

"막내 수화가 과천 근처에 살고 있어. 반정이 일어나던 날 새벽, 나와 어머니는 선화를 자네에게, 그리고 수화는 선친께서 제법 영리한 놈이라고 눈여겨보셨던 우리 집 노비에게 딸려보냈어. 그후로 연락이 끊겼지만 우연한 기회에 그자를 과천에서 보았다네. 무

슨 재주인지는 몰라도 병조 관원으로 일하고 있더구먼. 몰래 뒤를
밟아보았더니 양민 여자와 살고 있었는데, 그게 바로 우리 수화였
어."

"그자의 이름이 뭔가?"

"끝동이."

끝동이……. 이신은 잊지 않으려는 듯 되뇌었다.

"어쩌면 선화가 거기 가 있을지도 모르지. 혹 그 아이를 만나더
라도 내 이야기는 하지 말아주게."

이신은 떠나는 유병기의 뒷모습을 바라보았다. 신념을 가진 자
의 등은 항상 곧다. 불안한 신념을 가진 자는 더욱 그렇다. 신념이
흔들리지 않으려면 스스로 계속 힘을 주어야 하기 때문이다. 유병
기의 꼿꼿한 등은 자신의 신념 외에는 달리 믿을 데가 없는 외로
운 자의 것이었다.

유병기가 역모를 포기하지 않는다면 조만간 그들은 다시 마주
칠 것이다. 이신의 추측은 아마 틀리지 않을 터이나 다시는 만나
게 되기 않기를 바랐다. 유병기는 금세 숲으로 모습을 감췄다.

◎

대밭에서 바람이 빠져나가는 소리는 마치 파도가 뭍에 부딪치
는 소리와 비슷하다고 돌이는 생각했다. 어린 시절 제물포 근처에
서 자란 돌이는 파도 소리에 익숙했다. 대밭은 다시 어둠에 잠겨
있었고, 김홍진의 집을 에워싼 담장은 마치 모든 비밀을 삼킨 듯
완강한 침묵을 지켰다.

저녁 무렵까지 이 집 주변에서 무슨 소식이나 건질까 하고 서성

이던 사람들은 모두 돌아갔다. 의금부에서 나온 군졸들은 대문 앞만 지킬 뿐 집 뒤편에는 아무도 없었다.

김진수가 그렇게 죽다니……. 돌이는 어둠 속에서 다시 한 번 진저리를 쳤다. 아비가 죽은 게 불과 며칠 전인데, 그 역시 집 근처에서 시신으로 발견된 것이다. 운종가 사람들 사이에 떠도는 말로는 단칼에 깨끗이 명줄이 끊어졌다 한다. 아마 염장이가 전한 말이었을 것이다. 그러나 정말로 끔찍한 것은 죽은 자의 배 위에 칼로 강상죄인綱常罪人이라는 글자가 새겨졌다는 것이다.

소문은 바람처럼 퍼져나가 그날 아침이 되자 이미 도성 안에 모르는 사람이 없을 정도였다. 아비 김흥진이 죽었을 때는 차라리 잘 죽었다며 속 시원해하던 사람들도 김진수의 엽기적인 죽음에 대해서는 언급을 꺼렸다. 죄의 대가임에는 분명했지만 찜찜하고 불쾌했다. 또 다른 사람이 이어서 죽을 것이고, 그것은 분명 반정 공신이 될 거라는 소문도 무성했다. 사람들의 관심은 다음 피해자가 누가 될 것인가로 쏠렸다. 명망 높은 훈신들의 이름이 백성들의 입에 오르내렸다.

칙사가 역도들에게 잡혀 죽었다는 소문 또한 무성했다. 납치된 칙사를 구하러 갔던 관군들이 빈손으로 그냥 돌아왔다는 것이다. 칙사가 죽었으니 청이 가만히 있지 않을 것이라는 둥, 그래서 또 전쟁이 일어날 것이라는 소문이 분노와 원망, 체념과 뒤섞여 떠돌았다. 병자년에 오랑캐의 칼에 맞아 죽은 자들의 망령처럼.

이런 판국이니 죽은 김진수의 예장 여부는 애초 관심사가 아니었다. 김진수의 죽음은 무시되었고 구태여 격식을 갖추려고 하지도 않았다. 오죽하면 상을 알리는 등 하나 대문 앞에 내걸지 않았을까.

돌이는 주인이 죽었다는 소문을 믿지 않았다. 그것은 주인의 능력을 전혀 모르는 자들이 하는 이야기이다. 주인은 분명 살아서 돌아올 것이고, 그때 자신은 김진수의 죽음에 대해 알려진 모든 사실을 낱낱이 고해야 할 것이다. 돌이는 하루 종일 끼니도 거른 채 김홍진의 집 주변을 어슬렁거렸다.

그러나 찾는 이도, 나오는 이도 없었다. 그래도 그저 집에 앉아 멍하니 주인을 기다리는 것보다는 낫기에 돌이는 밤이 되도록 돌아가지 않았다. 만약 주인이 정말로 돌아오지 않는다면 어떻게 해야 할까. 돌이도 슬슬 걱정이 되기 시작했다. 칙사를 모시기 전에는 관노였으니 다시 그 자리로 돌아가야 할 것이다. 돌이는 다시 관노가 되어 사느니 차라리 죽는 편이 더 낫다고 생각했다.

그 생각에 이르자 다리에 기운이 빠진 돌이는 대밭 근처 버려진 섬돌에 주저앉았다.

청으로 가리라. 돌이는 생각했다. 청으로 돌아갈 때 돌이를 데리고 가겠다는 주인의 말에 틈틈이 청나라 말도 익혔다. 주인이 칼 쓰는 것을 어깨 너머로 보고 연습도 해두었다. 돌이의 속마음을 아는지 모르는지 주인은 사람 사는 곳은 어디나 비슷한 법이라고 했다. 너무 많은 기대를 갖지 말라는 뜻이었지만 그래도 청으로 가겠다는 돌이의 결심을 막을 수는 없었다. 만약 주인이 정말로 돌아오지 않는다면 주인의 남은 유품을 챙겨 들고 청으로 가서 황제를 알현하리라, 돌이는 생각했다. 생각은 꼬리를 물고 이어져 어쩌면 자신도 주인처럼 청에서 공을 세우고 언젠가는 칙사가 되어 다시 돌아올지 모른다는 생각에까지 이르렀다.

"그래도 주인님이 살아 계셔야 하는데……."

돌이의 한숨과 함께 저편에서 검은 그림자 하나가 나와 순식간에 어둠 속으로 사라졌다. 그 동작이 너무도 빨라 돌이는 잠시 헛 것을 본 게 아닌가 생각했다. 하지만 분명 헛것은 아니었다. 무엇 보다 그곳은 얼마 전 칙사의 여동생이 산다는 신고를 받고 찾아갔 던 그 움막이었기에 돌이는 몸을 일으켜 다가갔다.

집은 텅 비어 있었다. 이웃 사람들이 쓸 만한 물건들을 찾아 가 져갔는지, 방문은 활짝 열린 채 쓰지도 못할 밥그릇 따위만 마당 에 굴러다녔다. 돌이는 찬찬히 집안을 둘러보며 방 안으로 들어갔 다. 어쩌면 김진수를 죽인 범인이 이곳에 흔적이라도 남겼을지 모 른다. 그러나 궁색해도 지나치게 궁색한 방 안에는 아무것도 남아 있지 않았다. 그러고 보니 지난번에 주인도 방뿐만 아니라 부엌 곳곳, 심지어 땟자국 가득한 벽면까지 꼼꼼하게 살펴보았던 것 같 았다.

돌이는 부엌에 버려진 잔가지들을 긁어모아 부싯돌로 불을 붙 였다. 불빛을 비춰 부엌을 둘러보았지만 역시 아무것도 남아 있지 않았다. 지난번에는 이 정도로 텅 비어 있진 않았는데 그새 사람 들이 집어간 모양이다. 부엌 한 켠 튀어나온 바위돌 위에 올려져 있던 반쯤 망가진 맷돌도 사라지고 없었다.

부엌을 나가려던 돌이는 문득 맷돌이 있던 자리를 불로 비춰보 았다. 촛농 자국이 보였다. 누가 여기서 촛불을 켰을까. 초는 값이 비싸 아무나 쓸 수 있는 것이 아니었다. 그러니 이 집 사람들이 남 긴 자국은 아닐 터. 누군가 이 집에 온 것이다. 이유가 무엇일까. 돌이는 촛농 자국 가까운 곳을 불빛에 비춰보았다. 맷돌이 놓여 있던 자리에 작은 꽃이 하나 새겨져 있었다. 칼이나 사금파리로 새긴 한 송이 꽃이었지만 대단히 정교하고 공들인 것임을 알 수 있었다. 지난번에는 맷돌 때문에 보지 못한 듯했다. 혹 이 꽃이 중요한 표식일까. 그때 이 집을 찾았던 주인이 옆집 노파에게 묻던 말이 떠올랐다.

"이 집 여자가 그림 그리는 것을 보지 못하였느냐."

주인은 그림의 흔적을 찾고 있었고, 그 꽃은 주인의 여동생이 새긴 것임이 분명했다. 이 집은 여동생이 살던 집이다. 그렇다면 혹시 이 촛농은 주인이 확인하러 왔다가 흘린 것은 아닐까.

돌이는 후다닥 마당으로 나갔다. 그림자는 흔적조차 없었다.

"나리!"

돌이는 크게 외쳤다. 아무런 대답도, 메아리조차 없었지만 어딘가에서 주인이 듣고 있을지 모른다는 생각이 들었다.

"나리!"

다시 한 번 외쳤다. 대답은 돌아오지 않았다. 그러나 상관없었다. 주인은 살아 있다.

七
심양, 병자년 부근

안개가 나무를 하나씩 삼키며 들판을 뒤덮었다. 숲은 이내 뿌옇게 변했다. 이신은 마당 한구석의 바위에 앉아 멍하니 숲을 바라보았다.

처음 저 숲은 온통 유령으로 가득 차 있는 듯했다. 밤이면 달려가는 발소리가 끝없이 이어졌고, 지금처럼 안개가 자욱이 밀려오면 나무 사이로 떠도는 움직임이 뚜렷이 보였다. 마치 안개에 포박되어 빠져 나오지 못해 으르렁거리는 듯한 움직임이었다. 이신은 그것이 압록강 물속에 빠진 여인들의 움직임이라고 생각했다. 그러나 어느 날부터 아무것도 보이지 않고 들리지 않기에 이신은 그들이 만주를 떠돌다가 고향으로 돌아갔다고 여겼다. 그는 숲속에 남은 유령이 없는지 확인이라도 하듯 바위 위에 앉아 아침나절을 다 보냈다.

햇볕이 등 뒤로 따뜻하게 쏟아졌다. 안개는 점점 옅어졌다. 마당의 복숭아나무에서는 설익은 향기가 퍼져나왔다. 막 목욕을 마친 여자의 살 냄새 같은 은근한 향기, 평안도 화전민 마을에서 아내의 몸에서 풍기던 바로 그 냄새였다. 그 향기에 이신의 몽롱하던 정신이 돌아왔다.

이신은 다시 작업판으로 고개를 숙였다. 그는 늘 마당 한쪽 축사 앞 양지바른 곳에 앉아 신을 만들었다. 조선에서 가져온 것인지 아니면 명나라에서 가져왔는지 알 수 없었으나, 주인인 청나라 장수 다이산은 이신에게 작업판, 방망이, 신골, 쐐기, 송곳까지 제공했다. 이신은 작업판 위에 반쯤 완성된 신발을 올려놓고 송곳으로 밑창을 뚫어 실을 끼웠다. 눈은 복숭아나무를 향하고 있어도 바늘은 정확히 제자리를 찾아 들어갔다. 이신의 표정은 여전히 넋을 잃은 것처럼 보였지만 손은 한 치의 오차도 없이 정확히 움직였다. 이제 그의 손놀림은 영락없는 갖바치였다. 그리고 거친 가죽을 마름질하는 노련한 장인답게 그의 손 마디 마디에는 온통 굳은살이 박혀 있었다.

압록강에서 정이 덕분에 목숨을 구한 이신은 다이산의 노비가 되었다. 어머니와 여동생은 백정 꺽쇠와 함께 압록강 물속으로 사라졌고, 아내와 딸은 화살을 맞고 죽었다. 그후 이신의 삶은 덤이었다. 살아도 그만, 죽어도 괜찮았지만 숨이 끊어지지 않고 붙어있는 탓에 그는 그저 신발을 지었다. 그것이 그에게 주어진 유일한 일이기 때문이었다.

다이산의 집에는 본처와 자식들, 그리고 한 동네에 친척붙이들이 많이 살아 끝없이 신발을 요구했다. 여자들의 꽃신, 아이들의 장화, 남자들의 긴 장화, 짧은 장화……. 그는 언제나 열심히 신을 만들었다. 가능한 한 마음이 과거로 달아나지 않도록, 깨어 있는 동안은 언제나 눈앞에 보이는 작업판에 온 신경을 꽉 붙잡아두었다. 그럼에도 생각은 문득문득 압록강으로, 아니 화전을 하며 살았던 평안도의 그 골짜기, 따뜻한 온천이 흐르는 냇가로 돌아가곤 했다. 그럴 때면 바늘에 손을 찔려 가죽 위로 핏방울이 떨어지기도 했다.

갑자기 안채의 문짝이 요란한 소리를 내며 바닥으로 떨어져내렸다. 두 여자가 서로 엉겨붙어 밖으로 튀어나왔다.

"첩년이 분수도 모르고 신발을 몇 켤레나 가진 거야!"

다이산의 본처와 정이가 서로 머리끄덩이를 붙잡은 채 소리를 질렀다.

"더러운 조선 계집!"

"이신, 살려줘! 이년이 날 죽이겠어! 뭐해! 이신!"

정이가 소리를 질렀다.

"종놈! 넌 가만 있어!"

본처도 같이 소리를 질렀다.

"그만해요, 어언저거!"

이신이 본처를 말렸지만 그녀의 귀에는 들리지 않는 듯했다. 몸집이 큰 어언저거는 정이를 마당 한쪽으로 질질 끌고가 패대기를 쳤다. 정이는 엉덩방아를 찧었다. 그 바람에 구석에서 가지런히 햇볕에 말리고 있던 신발들이 모두 흙구덩이에 처박혔다. 본처는 정이의 배에 올라타 머리카락을 쥐어뜯었다. 다이산이 그동안 정이만을 편애하여 쌓인 감정이 폭발한 듯했다.

"요망한 조선 창녀야! 얼굴을 쥐어뜯어 노비로 팔아버릴 테다!"

"다이산에게 일러서 너를 돼지 먹이로 줘버릴 거야! 냄새나는 여진족 계집아!"

본처의 자식들이 음식을 입에 물고 나타나 콧물을 들이키면서 박수를 쳤다. 그 소리에 신이 난 본처는 정이의 머리를 쥐고 땅바닥에 찧으면서 계속 욕설을 퍼부었다. 이신이 뜯어 말려도 아랑곳

하지 않았다.

"멈춰라!"

다이산이 마당에 등장하자 본처가 놀라 후다닥 집 안으로 들어
갔다. 다이산은 땅바닥에 흙투성이가 된 채 드러누운 정이를 잡아
일으켰다.

"정이, 괜찮아?"

다이산은 정이의 머리에 붙은 흙을 털어주었다. 정이가 사납게
다이산의 손을 뿌리쳤다.

"나, 하디치에게 갈 거야. 후처로 살 수가 없다고요!"

정이가 소리를 질렀다.

"하디치? 언제 그놈을 만난 거야?"

"그건 당신이 상관할 문제가 아니야! 나는 당장 짐을 쌀 거야."

다이산은 벌떡 일어나 안으로 들어가려는 정이의 팔을 잡았다.

"하디치한테 가도 첩이잖아!"

"하디치는 내가 자기 첩으로 들어가면 본처를 쫓아낸다고 했어.
하디치에게 물어봐!"

정이가 씩씩거렸다. 다이산은 화가 나서 집 안으로 들어가더니
본처를 끌고 나왔다. 본처는 비명을 지르며 발버둥쳤지만 다이산
의 힘을 이길 수 없었다. 다이산은 본처를 정이 앞에 패대기치며
사과를 요구했다. 하지만 본처는 두 눈 가득 살기를 띠고 정이를
노려보았다.

"돼지 같은 년아! 내가 당장 이 집에서 나갈 테니 잘 살아봐!"

정이가 소리를 질렀다.

"그래, 생각 잘했다. 안 그러면 네년을 죽여버릴 테니까!"

다이산의 손이 본처의 얼굴로 날아갔다.

"나가! 내 집에서! 내가 너를 쫓아내겠다."

놀란 본처에게 다이산은 당장 짐을 싸서 오늘 안으로 집을 나가라고 명령했다.

"안 돼."

정이의 말에 다이산과 본처가 똑같이 놀랐다.

"내쫓지 말라고?"

"그래. 내쫓지 마. 죽여."

"뭐?"

"저 여자가 하는 말 못 들었어? 날 죽이겠다잖아. 당신이 전쟁터에 나가면 난 저 여자와 둘이 있어야 하는데 덜덜 떨며 살라고? 저 여자를 죽이든지 아니면 내가 나가겠어."

정이는 방에서 짐을 챙겨 나왔다. 이미 보따리는 싸둔 모양이었다. 다이산이 정이의 앞을 막고 사정하기 시작했다.

"정이, 왜 이래! 저 여자를 쫓아낸다니까!"

"그걸로는 안 된다고 했잖아."

"내 애까지 낳은 여자를 어떻게 죽여?"

다이산은 숫제 땅바닥에 무릎이라도 꿇을 기세였다. 정이는 화난 얼굴로 땅바닥에 엎어져 있는 본처와 마당 구석에서 겁에 질려 서 있는 아이들을 둘러보았다.

"좋아! 그럼 머리를 완전히 밀어버려. 한 올도 남기지 말고 전부! 지금 당장 내가 보는 앞에서! 이신, 이 여자를 잡아!"

다이산은 칼을 들고 나와 자식들 앞에서 본처의 머리를 밀었다.

옆에서 아이들이 엄마를 용서해달라고 무릎을 꿇고 빌면서 콧물을 홀쩍였으나 다이산은 멈추지 않았다. 그는 아내의 머리카락을 다 잘라버린 후 내쫓았다.

문제는 그 다음날 아침에 터졌다.

마당에 있는 오래된 복숭아나무에 본처가 목을 맨 것이었다. 이신은 주인 다이산의 명령으로 나무 위에 올라가 눈을 부릅뜬 채 죽은 본처를 끌어내렸다. 정이는 통곡하는 아이들에게 시끄럽다고 소리를 질렀다. 그래도 울음을 그치지 않자 정이는 인상을 찡그리며 귀를 막았다. 정이는 죽은 여인에 대한 자책이나 아이들에 대한 미안함 따위는 없는 듯했다. 이신도 마찬가지였다. 정이나 이신에게 주검은 너무 익숙한 대상이었고 그에 대한 두려움이나 안쓰러움은 없었다.

압록강에서는 훨씬 더 비참하게 죽었단다……. 이신은 마음속으로 아이들에게 말했다. 그 일 때문에 다이산의 친척붙이들이 사는 동네가 소란스러웠지만 정이는 눈도 깜짝하지 않았다.

다이산의 아내가 죽고 얼마 뒤 청나라 관리쯤 돼 보이는 근사한 관복을 입은 한 남자가 찾아왔다.

"당신은 누구요?"

청나라 관리는 섬돌 위의 꽃신을 유심히 바라보더니 이신에게 물었다.

"이토록 예쁜 신발을 그대가 만든 것이오?"

변발한 그의 입에서 유창한 조선말이 흘러나왔다.

"그렇소."

"그사이 최고의 갖바치가 되었군요."

그는 이신을 향해 씩 웃어보였다. 이신은 손에 들고 있던 송곳과 가죽을 내려놓았다.

"나를 모르겠어요? 꺽쇠, 꺽쇠요!"

"꺽쇠는 압록강에서 죽었는데……."

이신은 놀란 얼굴로 관리를 올려다보았다.

"죽긴, 이렇게 살아 있잖아요."

"당신이 정말 백정 꺽쇠란 말이지……."

이신은 그의 얼굴을 뜯어보았다. 그사이 얼굴에 살이 오르고 변발한 덕에 인상은 확연히 달라졌지만, 그는 분명 압록강에서 누이를 구하기 위해 깨진 얼음물 속으로 들어간 꺽쇠였다.

"그래요. 내가 지체 낮고 보잘 것 없었던 꺽쇠요."

이신은 꺽쇠를 끌어안았다. 눈물이 쏟아질 것 같았다.

"정말 꺽쇠로구나. 어떻게 살았어? 어머니와 숙이도 살아 있나?"

"그건……. 죄송해요."

"……"

이신은 잠시 멍해졌으나 눈물은 나오지 않았다. 이미 모두 죽었다고 믿었던 사람들이라 충격은 받지 않았지만 다시 한번 마음이 미어졌다.

꺽쇠는 이신의 손목을 끌고 밖으로 나갔다. 꺽쇠는 압록강에서 살아난 후 가까스로 구출되어 심양으로 왔다. 그후 고기를 분류하는 솜씨가 칸의 요리사 눈에 띄어 궁중으로 들어갔다고 했다. 청나라에서는 기능인이나 기술자들이 하천배가 아니고, 오히려 기술은 없고 입만 가진 문관들이 푸대접 받는다. 그래서 백정 꺽쇠는 근사한 관리 복장을 입을 수 있었다. 꺽쇠가 궁중에서 일하면서 다이산을 만나게 되었고, 그를 통해 이신이 그의 집에서 신발을 만들고 있다는 사실을 알았다고 했다.

"죽을죄를 지었어요. 저 혼자 살아서 여기까지……. 그날 숙이를 구하려고 물에 뛰어들긴 했는데, 꺼내고 보니 이미 늦었어요."

껵쇠는 술에 취하자 압록강 이야기를 하며 목 놓아 울었다. 눈앞에 압록강의 풍경이 다시 떠올랐다. 물속으로 뛰어들던 여자들, 난이를 안고 얼음 위에 쓰러져 있던 선화, 그리고 그 위로 쏟아지던 화살들……. 이상하게 이신은 눈물이 흐르지 않았다. 마음은 아픈데 눈물은 나오지 않았다. 마치 자기 마음과 다른 이의 몸이 만난 것처럼 이신은 묵묵히 술만 들이켰다.

술을 얼마나 마셨는지 집으로 어떻게 돌아왔는지 전혀 기억이 없었다. 어수선한 꿈속으로 복사꽃 핀 냇가와 눈 내리는 압록강, 그리고 선화의 얼굴이 스쳤다. 선화는 그림을 그리고 있었다. 꽃은 피처럼 붉었다. 이신은 선화에게 다가가 그녀의 손을 잡았다. 선화는 스르르 그에게 안겼다.

이신은 선화의 몸을 끌어안고 그녀의 살 냄새를 가슴 끝까지 들이마시며 그녀의 가슴에 얼굴을 묻었다. 선화가 나지막하게 웃었다. 온천물이 흐르는 냇가에는 김이 자욱이 피어올랐다. 수증기 사이로 눈이 날렸다. 눈과 복사꽃잎이 한데 섞여 이신의 벗은 등 위로 떨어졌다. 선화의 입에서 흘러나오는 낮은 신음이 이신의 귀를 파고들었다.

"이신, 넌 내 거야."

이신은 고개를 들고 품 안의 얼굴을 보았다. 정이였다. 정이는 생긋 웃으며 벗은 몸을 일으켜 세웠다.

"내가 널 신발 따위나 만들라고 여기까지 데리고 온 게 아니야. 신발은 그저 덤이지."

정이는 주섬주섬 옷을 챙겨 입으며 까르르 웃었다. 이신은 다시 잠이 들었다. 꿈도 없는 깊은 잠이었다.

잠에서 깨자 어젯밤 일들이 하나씩 떠올랐다. 껵쇠가 살았다면 선화 역시 살아 있을지도 모른다. 그 기대가 너무나 감당하기 어려워 스스로 선화는 이 세상에 없다고, 차라리 죽었다고 믿어왔는지도 모른다. 아니다. 어쩌면 죽었다는 사실을 받아들이기 어려워 어느 곳에서건 살아 있을 거라고 믿는 건지도 모른다. 요컨대 선화에 관한 모든 상념, 모든 가능성이 이신에게는 고통이었다. 그럼에도 불구하고, 오랜 금욕과 긴장을 쏟아낸 몸은 편안하고 상쾌했다. 이신은 자신의 몸을 낯선 물건처럼 바라보았다.

정이는 그날 이후로 다이산이 집을 비우면 종종 이신의 방을 찾아왔다. 이신도 그녀를 거부하지 않았다. 정이를 안는 자신의 몸을 그의 마음은 물끄러미 지켜보았다. 정이는 눈치가 매우 빠른 여자였다.

"나를 선화라고 생각해. 선화도 나처럼 해줬어? 이렇게?"

정이는 노련한 솜씨로 이신의 쾌락을 극단으로 끌고갔다. 정이가 돌아가면 지친 몸은 잠이 들었지만 마음은 쉬지 못하고 악몽과 비명 사이를 헤맸다.

어느 날 이신은 정이의 방을 찾아가 말했다.

"나를 속환시켜주시오."

정이는 아무 말 없이 이신을 노려보더니 입을 열었다.

"좋아. 하지만 속환가를 지불해야지. 널 좋아하지만 공짜는 없어."

이신은 자신의 속환가를 정이와 협상했다.

"내가 너하고 쌓은 정분을 봐서 속환가를 깎아주길 기대했어? 미안하지만 정분의 값이래야 고작 얼마가 되겠어? 하룻밤에 엽전 세 푼을 쳐주지. 남자는 널렸으니 더 이상은 안 돼. 호호호, 표정을 보니 모욕이라도 당한 것 같구먼. 원래 노비의 몸은 주인의 것이니 내가 널 좀 썼다고 해서 돈을 줄 필요는 없어. 너도 잘 알잖아. 나는 관대한 사람이라 그나마 돈으로 쳐주는 거야."

정이는 속환가의 액수를 불렀다. 이신은 꺽쇠를 찾아갈 생각이었다. 꺽쇠는 속환가가 얼마인지 알아오면 자신이 지불할 테니, 궁중에 들어와 왕후와 후궁들의 신발을 만들라고 했다. 하지만 다이산의 반대에 부딪혔다.

"안 돼! 너는 이번 전쟁에 나와 함께 나간다. 그곳에서 공을 세우면 속환가 없이 해방될 것이다."

다이산은 오래전부터 이신과 정이의 관계를 의심하고 있던 터라 속환을 핑계로 이신을 전쟁터에 처박을 생각이었다.

"좋소! 나도 전쟁터를 원하오."

이신은 싸움이 두렵지 않았다. 마구간 앞에 멍하니 앉아 세월 가는 줄도 모르고 신발이나 만드는 것보다는 전쟁터가 더 낫다고 생각했다.

열흘 뒤 이신은 다이산과 함께 명나라 후방을 공격하는 전투에 나갔다. 홍타이지가 직접 출전하는 전쟁이라고 했다. 출전 하루 전날, 정이는 남편 다이산이 집으로 돌아오기 전에 이신의 방을 찾아왔다.

"이신, 전쟁터에 나가면 적보다는 다이산을 조심해야 할 거야. 생각보다 그는 교활한 인간이야."

정이는 이신을 안았다. 그러고는 조선에서 가져왔다며 붉은 글씨의 부적을 손수 이신의 가슴 속에 밀어넣었다.

"꼭 살아서 돌아와."

정이는 다정하게 말하고 이신의 입술에 입을 맞추었다.

◎

명나라의 군대와 대치하며 7일을 싸웠다. 지형에 서툰 홍타이지의 군사들은 명의 기습적 공격에 우왕좌왕했다. 무엇보다 명나라의 대포가 치명적이었다. 포탄이 쉴 새 없이 날아드는 통에 청나라 병사들은 한 걸음도 앞으로 나갈 수 없었다. 그나마 홍타이지가 직접 병사들을 지휘하여 총력전을 펴부은 탓에, 명나라 군대는 주춤하며 조금 물러나는 모습을 보였다. 병사들은 모두 지칠대로 지쳐 제발 전투가 빨리 끝나기만을 기다렸다. 다행히 전날 밤부터 명의 군사들이 공격을 멈추고 싸움이 소강상태에 접어들어 잠시 눈을 붙일 수 있었다. 여기저기 병사들은 구덩이를 파고 곯아떨어졌다. 장수가 아닌 바에야 전투의 승패는 그다지 중요하지 않았다. 청나라든 명나라든 병사들에게는 전쟁의 책임을 묻지 않기 때문에 그들은 애초 승리에는 관심이 없었다. 자신이 속한 나라가 패하면 상대국의 병사가 되어 다시 싸움터를 오가면 그뿐이었다. 그들에게는 살아 있다는 사실이 중요했다.

그날 새벽 이신도 구덩이를 파고 잠들어 있었다. 하지만 전쟁터라는 긴장감 때문에 귀가 열려 있었던 탓인지 정체모를 소리에 잠에서 깼다. 누군가 조심스럽게 다가오는 소리였다. 슬쩍 눈을 뜨니 어둠 속에서 시커먼 그림자가 칼을 뽑아들고 이신을 내려다보고 있었다. 밤을 틈타 아군의 진지로 잠입한 적이 이신의 가슴을 향해 칼을 들어올릴 때, 이신은 재빨리 몸을 돌리며 다리를 걸어 놈을 어두운 구덩이에 처박아버렸다. 그리고 놈의 칼을 빼앗아 앞뒤 가리지 않고 난도질했다. 얼마나 칼을 휘둘렀는지 숨이 턱까지 차오르는 것을 느끼며 그는 동작을 멈추었다.

정신을 차리고 보니 그자는 적군이 아니라 다이산이었다. 이신은 너무 놀라 칼을 떨어뜨렸다.

"거기 뭐야?"

병사 하나가 잠에서 깨 다가왔다. 달아날 시간이 있다 해도, 그래서 달아나봤자 명나라 적진이었다. 그곳으로 가도 죽음이 기다리고 있을 뿐이고, 압록강을 건너 조선으로 돌아간다 해도 마찬가지일 것이다. 갈 곳은 아무데도 없었다. 신새벽 어둠 속에서 이신은 멍하니 다이산의 시체를 내려다보며 서 있다 반항도 없이 붙잡혔다. 이신은 장수를 죽인 혐의로 장군의 막사로 끌려갔다.

끌려간 이신은 있는 사실대로 말했다. 하지만 청의 장군은 잠결에 다가오는 소리를 듣고 잠에서 깼다는 이신의 말을 믿어주지 않았다.

"아니오. 나는 유난히 예민한 귀를 가지고 있소. 나를 시험해보시오. 그럼 믿을 것이오."

"좋다. 그럼 맞춰보아라. 어젯밤 적들은 후퇴했다. 그들이 어디쯤 가고 있느냐? 그리고 병력은 얼마나 되느냐? 귀로 듣고 맞출 수 있느냐?"

장군이 말하자 주변의 병사들이 낄낄거렸다. 이신은 눈을 감고 밀려오는 소리에 귀를 기울였다. 그중에서도 산 너머에서 울리는 소리에 집중했다. 후퇴하고 있다면 말과 병사들이 이동하는 소리가 먼 땅울림처럼 낮게 들려와야 했지만 날카로운 쇳소리, 쇠와 쇠가 맞닿아 긁히는 소리, 그리고 쇠가 둔중하게 구르는 듯한 소리가 들렸다. 분명 포탄이 구를 때 나는 소리였다. 이신은 아버지와 함께 포탄을 만들어본 경험이 있기에 그 쇳소리에 익숙했다. 놀라운 일이었다. 그동안 그렇게 많은 포탄이 날아와 아군의 진지가 초토화 되었는데, 아직도 포탄이 남아 있다는 말인가. 하지만 분명 홍이포의 포탄을 장전하는 소리였다. 적들이 후퇴했다는 것은 속임수였다. 그들은 아침부터 대대적인 공습을 준비하고 있었다.

"적은 바로 가까이에 포를 설치하고 있습니다."

"거짓말 마라! 우리가 척후병을 보내 확인했다. 적은 어젯밤 퇴각했어!"

"아닙니다. 홍이포는 숲속에 얼마든지 숨길 수 있습니다. 몇 명의 군사들로 얼마든지 공격할 수도 있습니다. 이제 곧 포탄이 날아올 것입니다. 칸, 칸에게 알려야 합니다!"

"듣기 싫다! 이놈을 당장 끌고 가서 목을 베라! 상관을 죽인 놈이니 개먹이로 줘버려!"

이신은 다가오는 병사들을 뿌리치고 막사를 달려나갔다.

"탈영병이다. 죽여라!"

귓가에 만주어가 들려왔다. 이신은 막사 앞에 있던 말을 집어타고 칸의 막사를 향해 달렸다. 영문 모르는 병사들은 놀라 몸을 피했다. 이신의 등 뒤로 화살이 날아왔다. 이신은 말을 탄 채로 칸의 막사 안으로 뛰어들었다. 막사의 휘장에 걸려 말이 바닥에 쓰러졌다. 막사 안은 순식간에 아수라장이 되었고, 이신이 쓰러진 말에서 채 빠져나오기도 전에 칼날이 이신의 목을 겨눴다.

"웬 자냐? 끌고가라!"

"칸을 만나게 해주시오. 지금 위험하오!"

"끌고가!"

"지금 피해야 됩니다. 곧 홍이포 공격이 있을 겁니다."

이신은 소리치며 밖으로 끌려나갔다.

"네깐 놈이 그런 헛소리를 지껄이며 칸을 뵙겠다고!"

"첩자다. 베어버려!"

다른 장수가 외쳤다. 그때 칸이 호위무사들과 개떼를 이끌고 나타났다. 개 짖는 소리에 막사 안에서 장군들이 쫓아 나왔다.

"이자는 누구냐?"

칸이 물었다.

"첩자이옵니다. 그래서 놈의 목을 벨 준비를 하고 있었습니다."

"적들은 강력한 홍이포 공격을 준비하고 있습니다. 곧 포탄이 날아올 것입니다. 지금 당장 피하십시오."

홍이포라는 말에 홍타이지가 이신을 보았다.

"네 말씨는 만주인의 것이 아니다. 어디서 왔느냐?"

"조선에서 왔습니다. 그곳에서 포를 직접 만들어본 적이 있습니다. 어서 피해야 합니다. 제 말이 틀렸다면 목을 베십시오."

홍타이지는 명나라 홍이포의 공격으로 아버지 누르하치를 잃었기에 그에게 홍이포는 가장 불쾌하고 두려운 것이었다. 옆에 있던 개 두 마리가 적들이 숨은 산을 향해 짖었다. 뒤쪽에 서 있던 개들도 앞으로 나서면서 목청을 더욱 높였다.

"말을 가져와라! 빨리! 그리고 지금부터 최대한 빨리 철수한다."

"칸, 지금 병사들을 모두 깨워 철수하긴 힘듭니다."

"그럼 일어난 자들만 데리고 철수해. 그리고 전투 대형을 갖춘다. 당장!"

장수들이 다급하게 달려갔다.

"너도 나를 따르라! 이자에게도 말을 내주어라."

"예, 칸!"

이신은 홍타이지의 뒤를 따랐다. 아침도 제대로 먹지 못하고 잠도 덜 깬 병사들이 철수하라는 명령에 우왕좌왕 하는 모습을 뒤로하고, 이신은 홍타이지와 함께 진영을 빠져나갔다. 그들이 진영을 떠난 지 얼마 되지 않아 적들의 포탄이 장대비처럼 쏟아졌다. 홍타이지의 군대가 머물고 있던 골짜기는 뿌연 포연으로 뒤덮였다. 미처 빠져나오지 못한 병사들은 홍이포에 맞아 궤멸되었다.

홍타이지는 산기슭에 서서 묵묵히 불길과 연기로 뒤덮인 골짜기를 바라보았다. 그에게는 뼈아픈 기습이었다.

"심양으로 돌아가자."

홍타이지는 남은 군사들을 이끌고 퇴각했다. 골짜기에 남은 군사들은 명나라 군대의 추격을 늦출 미끼가 되었다.

심양으로 돌아온 홍타이지는 이신에게 집을 하사했고, 언제나 자신의 옆을 지키도록 명령했다.

"칸의 충복이 되어 돌아왔구먼!"

꺽쇠가 궁중에서 그를 맞아주었다.

"나는 충복이 아니라 목숨의 은인이야."

이신이 농담을 던졌다. 꺽쇠가 차린 수라상에 칸과 나란히 앉은 이신은 청나라의 풍습대로 말의 피를 마시고 고기를 먹었다. 그리고 그 자리에서 얼굴이 흙빛인 한 사나이를 만났다.

"나는 범문정范文程이라고 하오."

그는 정중하게 자신을 소개했다. 범문정은 명나라에서 청나라로 귀화한 또 다른 이신貳臣이었다. 그는 조용하고 침착했으며 속을 알 수 없는 사내였다. 홍타이지의 최측근이자 가장 빼어난 책사인 그의 명성이 온 나라에 자자했으나, 이신은 그가 대단한 인물임을 꺽쇠를 통해 겨우 들었을 뿐이었다.

홍타이지가 전투에서 패하고 돌아오자 여진족 출신의 장수들은 범문정을 처벌해야 한다고 주장했다.

"칸, 이신貳臣 범문정에게 죄를 물어야 합니다."

장수가 술자리가 시작되자 말했다.

"범문정은 홍이포 공격에 대한 전략을 세우지 못했고, 그로 인해 칸이 목숨을 잃을 뻔했습니다. 죄를 묻는 것이 당연합니다. 범문정은 무릎을 꿇어라!"

칸의 이복동생이었다. 범문정은 술상 밖으로 나가 흙바닥에 꿇어앉았다.

"사실대로 고하라. 네가 명나라에 우리 군대의 위치를 흘린 것이 아니냐!"

칸의 친동생 도르곤多爾袞이 물었다.

그 전투는 황제에게는 너무나 치욕적인 것이라, 이후로 누구도 함부로 그 싸움을 입에 올릴 수 없었다. 특히 홍타이지가 어떻게 살아 돌아왔는지에 대한 구체적인 내용은 비밀에 부쳐졌다. 그 때문에 이신의 특별한 능력 역시 사람들에게 알려지지 않았다.

"천부당만부당한 말씀이옵니다. 칸께서 저를 그런 인간으로 여기신다면 소인의 목을 베시옵소서."

작전의 실패 책임과 그에 대한 논쟁이 한참 계속되었다. 겉으로는 실패에 대한 문책이었지만 사실은 범문정의 출신에 관한 의심과 불신이었다. 그리고 그 바닥에는 여진족 출신의 실권자들과 새롭게 등용된 명나라 출신 전문가 집단 간의 권력투쟁이 깔려 있음을, 이신은 꿰뚫어보았다. 사람 사는 세상은 어디나 비슷했다. 묵묵히 듣기만 하던 홍타이지가 갑자기 고개를 돌렸다.

"이신李臣. 그대는 내 목숨을 구한 은인이니 그대가 범문정의 벌을 정하라."

그것은 객관적인 제삼자의 판단에 맡기겠다는 뜻이며, 홍타이지의 결정 이후 양쪽에서 터져나올 반발을 무마하려는 의도였다. 동시에 칸이 이신에게 호의를 가지고 있음을 알리는 행동이었다. 모두의 시선이 그를 향했다. 또 다른 측근이 탄생하는 순간이었다.

"범문정은 책사라 들었사옵니다. 칸은 중원의 주인이 되자고 일어섰는데, 한 번 실수를 범했다고 지략가를 죽인다면 어느 누가 두려워 칸에게 자신의 생각을 말하겠사옵니까. 만일 그에게 명나라와 밀통한 죄를 묻는다면 그것은 그를 믿지 못하는 것이 되오며, 믿지 못할 사람에게 작전을 맡겼다는 것은 칸의 실수입니다."

당돌하고 소신 있는 그의 발언에 장수들이 술렁였다. 홍타이지는 고개를 끄덕였다.

"그렇다. 명에게 패퇴한 것도 치욕인데, 내 책사로부터 배신당했다는 치욕까지 뒤집어쓸 이유는 없다. 이번 일은 범문정의 의도가 아니니 용서한다."

범문정은 머리를 조아리며 칸의 망극한 은혜에 꼭 보답하겠다고 말했다.

"말은 종이보다 가볍고, 단풍잎보다 쉽게 변할 수 있는 것. 말은 필요없다. 나는 복수를 원한다. 명나라 원숭환을 벨 계책을 만들어 보고하라."

원숭환은 명나라 숭정제의 장수였다. 백전백승의 전과를 자랑하는 그는 홍타이지가 가장 두려워하는 적인 동시에 그가 중원을 차지하는 것을 가로막는 가장 큰 걸림돌이었다. 그러나 원숭환이 숭정제의 총애를 받는 또 다른 장수 모문룡을 죽이자 숭정제가 원숭환을 멀리하기 시작했다는 소문이 파다했다.

"자네는 칸의 목숨에 이어 내 목숨을 구했네."

그날 어전에서 물러난 범문정은 이신을 불러 직접 술을 부어주며 말했다. 이신은 범문정에게 호감을 느꼈다. 두 사람 모두 여진 출신이 아니라는 공통점 때문에 생기는 친화감이었다.

"역사가들은 나중에 나를 어떻게 기록할까? 조국을 배신한 간신이라고 할까, 새 왕조를 세운 홍타이지의 충신이라고 할까?"

"그 고민은 당신의 것이지 내 것이 아니오. 나는 기록되지 않을 것이고, 뭐라고 기록된다 한들 관심이 없소."

"그럼 당신이 원하는 것은 무엇이오? 사람은 자신이 바라는 것에서 자유로울 수 없는 법."

"나는……."

이신은 할 말을 찾지 못했다. 무엇을 바라는가? 그도 알 수 없었다. 생명을 부지하며 여기까지 온 것도, 산 자가 가지는 본능이었을 뿐 의도한 것은 아니었다. 과거로 돌아가는 것을 바라는가. 그러나 불가능을 원하기엔 그의 정신이 너무나 냉정했다.

"나는 바라는 것이 없소. 만족해서가 아니라 만족을 얻지 못할 것을 알기 때문이오."

범문정은 이신을 새삼스럽게 찬찬히 뜯어보았다. 그리고는 술을 한 잔 마시더니 입을 열었다.

"홍타이지는 중원의 황제가 될 것이오. 첫째 이유는 내가 있기 때문이고, 둘째는 나 같은 자들이 그를 향해 몰려오고 있기 때문이오. 말해보시오. 나는 지금 원숭환을 제거해야 하오. 당신이라면 어떻게 하겠소?"

이신은 느닷없는 질문에 범문정을 보았다.

"나는 그를 죽일 병력도, 포탄도 없소. 그는 나보다 더 뛰어난 장수를 가지고 있소. 게다가 나는 그에게 다가갈 수도 없소. 수없이 자객을 보내고, 심지어 여자까지 보냈지만 모두 실패했소. 그런데 그를 죽여야 하오."

"그렇다면 다가가지 않고 죽일 수밖에 없지요."

"어떻게?"

"왜 당신의 칼만이 그를 죽일 수 있다고 생각하시오? 당신이 죽일 수 없다면 그들 스스로 원숭환을 죽이게 하면 될 터. 예전에 조선에서는 소문으로 정적을 죽인 일이 있었지요. 왕이 총애하는 신하의 이름을 나뭇잎 뒤에 꿀로 적어서 벌레들로 하여금 파먹게 했소. 나뭇잎에 그 신하의 이름이 새겨지자 그가 왕이 될 예언이라는 소문을 퍼뜨렸소. 어찌 왕이 그 신하를 죽이지 않을 수 있었겠소."

범문정은 다시 술잔을 입으로 가져가며 이신의 말을 음미했다.

이신은 칸의 부관이긴 했으나 심양에서 그가 할 일은 거의 없었다. 가끔 격쇠와 술을 마시는 것이 전부였다. 어느 날 밤, 이신의 방문을 드르륵 열고 정이가 나타났다.

"당신은 아직 내 노비야."

그녀는 다이산의 전사통지가 날아들기도 전에 아지거의 첩이 되어 있었다. 아지거는 칸의 이복형이었다. 정이는 다이산에 관해서는 묻지도 않았다.

"당신이 칸의 신하가 될 줄은 몰랐어. 칸이 당신을 대단히 신임한다던데?"

"내가 여전히 당신의 노비라면 그게 다 무슨 소용이지?"

"나한테는 소용이 있지. 내 부탁 하나 들어줘."

"당신이 압록강에서 내 생명을 구해줬으니 들어줘야지."

정이는 깔깔 웃으며 두 팔로 이신의 목을 감고 속삭였다.

"아지거를 심양에서 내쫓아줘."

"당신 남편을? 왜?"

"이유가 궁금해? 굳이 이유를 대라면 당신 때문이라고 해둘까?"

"오직 나 때문에?"

"물론 그건 아니지."

정이는 재미있다는 듯 까르르 웃었다. 정이는 선물로 조선 음식을 싸왔다며 보따리 하나를 내려놓고 떠났다. 그 속에는 다이산의 본처가 목을 맨 복숭아나무에서 땄다는 복숭아도 있었다. 복숭아의 달큰한 냄새가 방 안에 진동했다. 이신은 그 농염한 향기를 들이마셨다. 싫지 않은 냄새였다. 그후로 가끔 정이는 남편의 눈을 피해 이신을 찾았다.

그사이, 범문정은 원숭환을 처치할 계략을 짜고 있었다. 처음 홍타이지는 너무 위험하다며 반대했다. 하지만 범문정은 그를 차근차근 설득했다. 칸은 기본적으로 젊고 모험을 좋아하는 통치자였다. 무엇보다 변방에서 태어난 보잘 것 없는 오랑캐의 족장을 넘어 중원의 주인이 되고자 하는 야심에 불탔기 때문에, 그의 앞길을 막는 걸림돌을 제거하기 위해서라면 무엇이든 할 각오가 되어 있었다.

범문정의 계략에 따라, 먼저 칸은 수십만 군사를 거느리고 멀고 험한 우회로를 택해 명의 중심인 북경으로 진격했다. 누구도 예상하지 못한 일이라, 원숭환은 급히 군사와 함께 이틀 밤낮을 달려 북경에 당도했다. 원숭환은 숨 한번 돌릴 겨를도 없이 격렬한 싸움을 시작했고 여기서 칸은 지는 척하면서 일부러 물러났다. 그리고 첩자들을 이용해 곧바로 북경으로 들어가지 않은 것은 원숭환과의 약속 때문이라고 소문을 냈다. 그것이 의심이 많은 숭정제의 귀에 들어가자, 가뜩이나 모문룡의 사건으로 틀어져 있던 숭정제의 마음에 결정적인 회의가 생겼다.

당시에 원숭환은 북경에서 엄청난 인기를 모으고 있었다. 백전백승의 장수였으니 원숭환의 손에 명의 명줄이 달려 있다는 말이 도처에서 떠돌았다. 통치자의 입장에서 군사와 백성의 사랑을 동시에 쥐고 있는 장수란 두려움의 대상일 수밖에 없다. 의심과 두려움이 숭정제를 잠 못 이루게 할 때, 홍타이지는 궁궐 안으로 환관 하나를 들여보냈다. 칸의 군대에 사로잡혔던 환관이었다. 그는 원숭환이 홍타이지와 밀약을 맺고 북경을 팔아먹었다고 은밀히 속삭였다.

의심과 두려움, 그리고 백성들의 사랑에 대한 질투가 얽혀 숭정제는 이성을 잃고 말았다. 그는 대신의 권유를 무시하고 책형이라는 잔인한 형벌로 원숭환을 참했다. 원숭환이 없는 명은 대문 열린 마당과 같았다. 원숭환이 죽었다는 소문이 돌자 겁에 질린 백성들은 짐을 싸고 야밤을 틈타 너도나도 북경에서 달아났다. 후일 역사가들이 '홍타이지의 반간계皇太極用反間計'라고 이름붙인 작전은 결국 한 통치자의 의심과 두려움이 몰고온 자기함정이었다.

그때쯤 이신은 칸의 지시에 따라 조선의 평안도 앞바다에 있는 가도假島로 모문룡의 부하 장수들을 찾아 나섰다. 그는 공유덕과 경중명을 만나 조만간 명나라에서 소환 명령이 떨어질 것이며, 숭정제가 모문룡의 부하들 모두를 청나라와 내통한 자로 보고 참수할 것이라고 전했다. 만약 그들이 이신의 말을 믿지 않거나, 믿는다 하더라도 칸에게 투항할 의사가 없다면 이신의 목은 날아갈 것이었다. 칸도 이신도 그것을 잘 알고 있었다. 칸은 이신에게 그들의 신뢰를 쌓으라며 전쟁에서 잡은 명나라 환관 둘을 붙여주었다. 이신의 설득에 놀란 명의 장수들은 수백 척의 함대와 수군을 이끌고 칸에게 투항했다. 그 속에는 홍타이지가 그토록 원망했던, 동시에 그토록 가지길 원했던 홍이포가 있었다.

이신이 홍이포와 함께 심양에 도착하자 홍타이지는 감격하여 투항한 장수의 고두례도 받지 않았다. 더욱이 이신은 조선에서 포탄을 만들어본 경험이 있었고, 홍타이지는 조선의 화포 제작 기술을 높이 샀다. 이신은 홍타이지의 명으로 홍이포 제작 책임을 맡게 되었다.

"내가 중원의 주인이 되면 그 영광을 그대와 함께할 것이다."

이신은 서둘러 포탄 제작에 들어갔다. 이신이 완성된 포탄을 홍이포에 장착해 홍타이지 앞에 갔을 때, 그는 이신을 끌어안았다. 그에게 홍이포는 그냥 대포가 아니었다. 중원으로 가기 위해 꼭 있어야 할 허가증 같은 것이었다. 칸은 연회장 안으로 홍이포를 가지고 오라고 명령했고 술에 취하자 포를 끌어안고 소리 내 울었다.

병자년, 명나라로 들어가 첩보 활동을 하고 돌아오자마자 이신은 황제로부터 조선 침공 계획을 들었다. 그 말을 듣는 순간, 이신의 온몸에 소름이 돋았다. 황제는 10만이 넘는 대병력을 움직일 생각이었으며, 작전은 한 치의 허술함 없이 치밀했다.

신하로서 이신은 황제의 계획에 찬성해야 했다. 조선은 이미 그의 나라가 아니었다. 그러나 이신은 황제에게 그 계획은 자칫하면 대군을 위험에 빠뜨릴 수 있는 도박이라고 말했다. 황제가 싸늘하게 웃으며 말했다.

"임진년 왜구가 조선으로 쳐들어왔을 때는 성을 하나씩 함락하면서 올라갔지. 난 달라. 나는 조선에 가면 길목에서 만나게 될 크고 작은 성을 함락시키지 않고 곧바로 한양으로 입성할 것이다. 물론 꼭 필요한 경우 일부 병력을 빼내 성을 공략해야겠지. 하지만 본대는 바로 한양으로 진격한다. 그럼 압록강에서 보름이면 한양에 도착할 수 있을 거야. 우리가 압록강에 모습을 드러낸 후 조선 조정이 대응할 방법을 찾는 데만 해도 보름은 더 걸릴 터. 그때 우리는 이미 한양을 함락한 후일 것이다."

조선의 내부 사정을 환히 꿰뚫고 있지 않으면 짤 수 없는 대담한 구상이었다. 그러한 구상에는 조선 군대가 오합지졸이라는 전제도 깔려 있었다. 황제는 이신이 명나라로 들어가 첩보활동을 하는 사이 침략 전쟁을 진두지휘할 마부대와 용골대 장군을 상인으로 위장해 이미 여러 번 조선으로 보냈고, 조선 땅에 공식, 비공식적으로 심어둔 간자들의 의견을 모아 작전을 수립했다. 용골대는 이신에게 선비의 나라로 들어가는데, 뭘 그렇게 두려워하냐며 비웃었다.

"조선에서 쓸 만한 물건은 딱 하나요. 뭔 줄 아시오?"

황궁에서 마주친 용골대는 이신에게 그렇게 물었다.

"......"

"계집이오. 조선의 계집들은 우리의 아이들을 낳아야 할 것이오. 그것도 아주 많이. 우리에게 가장 부족한 것은 백성이니까."

그 말을 듣는 순간 이신의 다리가 부르르 떨렸다. 정묘년의 참극이 또렷이 떠올랐다. 그때는 군사도 얼마 되지 않았다. 그러나 이번에는 10만이 넘는 대군이었다. 그렇게 많은 군대가 한꺼번에 진격하면 공포에 사로잡힌 백성들은 우왕좌왕하다 달아나지도 못한 채 포획될 것이다.

그리고 여자들……. 이신의 눈에는 압록강에서 스스로 몸을 던지던 여인들의 영상이 지워지지 않았다. 그녀들은 다이산의 집 앞 숲속을 돌아다녔으며, 안개 속을 헤매다 이신의 꿈속으로 들어왔다. 그의 꿈에서 여인들은 아이를 안고 얼음물 속을 떠다녔다. 그녀들은 영원히 죽지도 않고 살지도 못한 채 그곳을 떠다닐 것이다. 물론 그 속에는 선화도 있었다.

이신은 그 끔찍한 기억에 구토를 일으켰다. 그리고 황제에게 달려가 계획을 중지할 것을 요청했다. 황제는 싸늘한 눈빛으로 이신의 말을 들었다. 영민한 황제는 신뢰할 만한 신하, 그러나 조국을 지우지 못하는 신하의 고충을 꿰뚫었다. 그날 이후 황제는 이신에게 조선 침공 계획에 대해 말하지 않았다. 그리고 자신의 계획대로 침공을 감행했다.

황제는 교활하고도 냉정했다. 그는 이신으로 하여금 군대의 선봉대를 이끌도록 했다. 이신이 조선의 지리에 환하다는 이유에서였다.

"피해를 줄이고 싶으냐? 그러면 가능한 한 빨리 본대를 한양에 닿게 하라. 우리가 머무는 시간이 늘어날수록 조선 백성들의 피해는 커진다."

이신은 본대를 끌고 미친 듯이 달려 보름 만에 한양에 도착했다. 임금은 이미 몸을 피한 후였다. 그러나 조선의 임금이 갈 곳은 뻔했다.

이신은 예친왕 도르곤을 도와 강화도를 함락시키라는 명령을 받았다. 명나라에서 투항한 수군이 있다고 하나 해전의 경험이 없던 황제는 내심 불안했던 모양이었다.

강화도로 들어가는 나루터에 막 도착했을 때였다. 청나라 군대가 도착한다는 소문이 퍼진 강화도 나루터에는 이미 집단 자살이 벌어지고 있었다. 아낙네들이 치마를 뒤집어쓰고 바다 속으로 뛰어내렸다.

압록강. 그 모습을 보는 순간 머릿속에서 잠자고 있던 압록강의 투신 장면이 되살아났다. 모든 것이 그날과 똑같았다. 그 바다 어딘가에 어머니와 숙이가 있고 선화가 아이를 안고 있는 것만 같았다.

죽음을 택하는 여인들의 행렬은 끝이 없었다. 청나라 장수들도 그 모습에서 장엄한 그 무엇을 느꼈는지 우두커니 보기만 했다. 이신은 어떻게든 자살하는 아낙네들을 저지하려 했으나 되레 더 부추기는 꼴이 되었다. 정묘년에 청나라로 끌려간 여자들이 어떻게 되었는지는 소문으로 듣고 다 알고 있었기에 아낙네들은 공포에 질려 있었다. 소문은 사실보다 부풀려졌고, 공포는 소문보다 더 컸다. 청나라 군인들이 막아서자 그녀들은 더욱 서둘러 바다에 몸을 던졌다.

그때 이신은 사로잡힌 양반으로부터 강화도 검찰사가 배를 빼돌렸다는 말을 들었다.

"검찰사가 자기 짐 보따리를 배에 싣느라 피란민을 태울 공간이 없었습니다."

양반이 머리를 땅에 대고 말했다. 그는 몸을 바르르 떨면서 살려달라고 빌었다.

"뭐라! 검찰사라는 자가 전쟁 중에 여자들을 내팽개치고 배에 자기 재산을 먼저 실었다고?"

옆에 섰던 부하가 중얼거렸다. 이신은 절로 터져 나오는 한숨을 삼키고 고개를 돌려 주변을 살펴보았다. 양반집 아녀자들이 온 언덕과 들에 퍼질고 앉아 울부짖다가 청나라 기병대를 보고 혼비백산 달아났다. 그러나 그녀들은 얼마 달아나지도 못한 채 말발굽에 차이고 밟혔으며 병사들에게 끌려갔다. 이신은 자신의 부대원들에게 절대로 여자들을 겁탈하지 말라고 일렀지만 그런다고 피해가 줄어드는 것도 아니었다. 자고 일어나면 여자들은 다시 바닷물 속으로 뛰어들었다.

강화도 검찰사는 섬도 제대로 방어하지 못했다. 섬을 향해 홍이포 몇 발을 쏘아대자 수비대의 대열은 금방 오합지졸이 되어버렸다. 이신은 부하들에게 서둘러 검찰사 놈을 잡아오라고 명령을 내렸다. 도르곤이 조선군 지휘부에게서 항복을 받아내면 검찰사의 목을 마음대로 칠 수 없었다. 이신은 무슨 일이 있어도 놈을 먼저 찾아 목을 베어버릴 작정이었다.

"놈은 배를 타고 육지로 도망갔다 합니다."

부하가 달려와 말했다.

"뭐? 총지휘관이 아직 전쟁이 끝나지도 않았는데 도망을 가!"

"그뿐이 아닙니다. 놈은 어미와 마누라, 아들도 두고 혼자 달아났는데, 그 검찰사의 아들 놈은 할미와 어미를 겁박해 자살하도록 했답니다. 정절을 지키라면서요."

부하의 보고는 들을수록 기가 찼다.

"그럼 그 아들을 끌고오너라."

"그놈의 행방을 수소문했지만, 찾을 길이 없다고 합니다."

강화도에는 온 바다의 물결 위에 몸을 던진 여인들의 머릿수건들이 꽃처럼 피어올랐다. 이신은 더 머물 수 없어 조선군에게 항복을 받고 군대의 공식적인 철수 전에 서둘러 섬을 빠져나왔다. 그리고 황제가 있는 남한산성 앞으로 달려가 자신은 먼저 심양으로 돌아가게 해달라고 청을 올렸다. 황제는 너그럽게 허락해주었다. 이신은 두 번 다시 조선 땅을 밟지 않으리라 결심했다.

심양으로 돌아온 이신을 가장 반긴 이는 정이였다. 조선 침략 기간 동안 심양에 있던 그녀의 남편 아지거는 다시 몽골의 지방관으로 떠났다고 했다. 칸이 그의 비리를 적발한 것이었다. 칸은 신하는 물론 종친과 자식들도 비리에 연루되면 가차 없이 내쳤다.

남편이 지방으로 가버리자 정이는 노골적으로 이신의 방을 드나들었다. 아지거가 칸의 이복형임을 생각하면 정이의 행동은 위험천만하기 짝이 없었다. 정이는 전혀 개의치 않는 듯했다. 이신도 정이의 손길을 뿌리치기 어려웠다. 오히려 전쟁의 피로감 때문에 더 정이에게 매달렸다. 그녀의 뻔뻔스러움과 당돌함에는 독한 술처럼 사람을 취하게 만드는 뭔가가 있었다. 정이의 몸에 취해 있는 동안만은 압록강과 강화도에서 목격한 끔찍한 장면도, 선화도 잠시나마 잊을 수 있었다. 그 때문에 이신은 그녀를 더 열심히 탐했다.

"나는 조선이 싫어! 숨이 막히는 정절부인이 싫어. 처음에는 남편이 싫었고, 그에게 나를 시집보낸 친정아버지가 죽이고 싶도록 미웠어. 그래서 다이산을 따라나선 거야."

땀에 젖은 정이가 돌아누우면서 말했다.

"그럼 잡혀온 게 아니군요."

이신이 물었다.

"당연히 내 발로 집을 걸어나왔지. 청나라 군대가 오지 않았다면 한양으로 도망갔을 거야."

압록강에서 정이를 처음 보았을 때도, 그녀가 다이산의 첩살이를 할 때도, 희한하다고 생각했지만 그녀는 정말 별종이었다.

"한양에서 뭘 하려고요?"

"색주가에 들어갈 생각이었지."

정이는 거리낌 없이 대답했다.

"그럼 청나라 군대가 와서 오히려 다행이었네요."

"호호, 내게는 청나라 군대가 침략군이 아니라 구원병인 셈이었어. 어차피 여자란 남자의 몸받이, 자식 낳는 씨받이로 살아야 하는데, 기왕에 그리 살아야 한다면 나는 즐기는 쪽을 택한 거야. 청나라에 와서 숱한 남자들과 놀아보니 더 확실하게 알겠어. 조선의 사대부들이 왜 정절, 정절 떠드는 줄 알아? 여자들한테 재미를 못보게 하려는 거지. 그 좋은 재미를 자기들만 보려고 열녀를 만들어낸 거야. 우리 집안에도 나랏님이 하사하신 열녀문이 있었어. 어린 나이에 청상이 된 집안 아주머니가 목을 매셨거든. 하지만 사실은 달랐어. 그 분은 굶어 죽었어. 식구들이 일부러 광에 가두고 굶겼지. 열녀문을 받아야 자식들이 관직에 나갈 기회도 얻고, 밭뙈기도 얻게 되니까. 그게 열녀문이야."

정이는 말을 하고 양귀비 이파리 말린 것을 내밀었다. 처음은 아니었다. 그것을 피워 물자 정이의 얼굴 위에 선화의 얼굴이 겹쳤다. 환각도 이미 여러 번 경험했다. 선화인지, 정이인지 알 수없는 여자가 아무것도 걸치지 않은 몸으로 눈앞에서 두 팔을 벌리고 춤을 추었다. 이신은 몽롱한 시선으로 그 모습을 바라보았다.

조선 침략에 나서기 몇 달 전에 칸은 자신이 정복한 나라들로부터 황제로 추대되었다. 아마도 그는 곧 중원의 주인이 될 것이다.

그때까지 이신이 살아 있다면 중원을 통치하는 관리가 될 터였다. 서출이라 조선에서는 감히 꿈도 꿀 수 없었던 조정의 신료가 되는 것이다. 이미 청나라 조정은 조선의 천조가 되었으니 이신이 원한다면 조선의 지배자가 될 수도 있었다.

그래서 뭐가 어떻다는 말인가. 무엇이 달라진다는 말인가. 감격도 회한도 없었다. 청나라 벼슬은 평안도 갓바치와 동일했다. 어쩌다 자기 앞에 떨어진 자리일 뿐이다. 좀 더 피곤하고 좀 더 씁쓸했다. 벌써 이신의 출세를 시기하고 그를 견제하는 움직임도 생겨났다. 그들은 욕망의 세계에서 살고 있다. 그리고 이신은 무감각이라는 다른 나라에서 살았다.

그는 아무런 감정 없이 모든 일을 기계처럼 처리했기에 공정하다는 말을 들었고, 다른 즐거움이 없었기에 충실하다는 평을 얻었다. 모두가 이신과는 상관없는 말들이었다. 아내와 가족들을 죽인 자들의 나라에서, 아내와 가족을 죽인 자들을 위해 그는 일하고, 생각하고, 죽일 사람을 선택했다. 원한조차 없는 그의 무기력을 눈치 챈 사람은 정이뿐이었다.

"당신은 언제나 맛없는 밥을 먹고 있는 얼굴이야."

이신은 피식 웃었다.

"왜 당신은 아내를 찾아 조선으로 가지 않지?"

정이가 엉뚱한 말을 했다.

"무슨 말이야?"

"내가 당신 아내를 살려서 조선으로 보냈어."

이신은 정이가 거짓말을 하고 있다고 생각했다. 양귀비를 피워 물면 정이는 종종 헛소리를 하곤 했다. 때로는 태연히 거짓말도 했다.

"당신 아내는 살아 있어. 화살에 맞고 죽어가는 걸 내가 살려서 조선으로 보냈다니까."

정이는 선화의 부상을 정확하게 알고 있었다. 그제야 이신은 정이의 말이 사실일지도 모른다고 생각했다. 하지만 그 역시 양귀비를 너무 많이 피웠다.

"다시 말해봐. 선화를 살려 보냈다고?"

그때 방문이 벌컥 열리더니 군인들이 들이닥쳤다.

"이 년놈들! 오라를 받아라!"

그들은 청나라 장수의 사병들이었다. 이신의 빠른 출세를 질투한 누군가가 그의 주변을 맴돌고 있었던 것이다. 양귀비에 취한 이신은 정신을 차리는 데 시간이 걸렸고 누군가 던져주는 옷을 벗은 몸에 대충 걸치고 왕궁으로 끌려갔다.

왕가의 여자와 간통을 한 죄는 곧 죽음이었다. 그의 죄는 황제가 직접 물었다. 황제는 냉정하고 용서가 없는 사람이었다. 취조는 길지 않았다. 이신과 정이는 그 자리에서 죽음을 명령받았다.

정이는 그가 만들어준 꽃신을 신고 저승으로 떠났다. 정이는 죽음이 무섭지 않은 듯 동요하지 않았다. 그녀는 죽기 전에 이신이 만들어준 꽃신을 한번 내려다보았다. 그리고 정이의 머리는 칼날 아래 떨어져 땅바닥에 굴렀다.

다음은 이신의 차례였다. 이신은 눈을 감았다. 오히려 홀가분했다. 다소 기쁜 마음으로 이신은 중얼거렸다.

아, 이제야 죽는구나. 더 살지 않아도 된다.

"멈춰라! 참수를 중단하라!"

망나니가 막 목을 베려는 순간, 황제의 전령이 급하게 말을 타고 당도했다.

"황제의 윤발이다."

참수를 집행하려던 관원들이 모두 엎드렸다. 전령은 말에서 내려 두루마리를 펼치고 글을 읽었다.

"이신은 짐을 구한 생명의 은인이며, 또한 짐의 중원 정벌을 위해 꼭 필요한 책사이다. 그에게 다른 벌을 내린다. 이신은 조선으로 떠나 그곳의 정사를 감시하라. 그곳이 너의 유배지다."

"황제에게 예를 갖추라."

전령이 문서를 접고 소리쳤다. 엎드려 있던 관리가 일어나 오라를 풀었다. 관례대로 이신은 황궁을 향해 절을 올렸다.

다음날 그는 조선으로 향했다.

八
달빛과 칼날

홍원범을 태운 가마가 종로를 지나고 있다. 저녁 어스름이 드리운 종로 거리에는 행인들의 발걸음이 뜸해지고 길게 늘어진 그림자들만이 거리를 메우고 있었다.

오늘도 궐 안은 사라진 칙사의 행방을 두고 하루 종일 술렁거렸다. 칙사가 죽었다는 소문부터 청으로 돌아갔다는 근거 없는 추측을 비롯해 조정 신료들의 충성심을 떠보기 위해 일부러 모습을 감췄거나 역도들과 손을 잡았을 가능성들이 입에서 입으로 전해졌다. 떠도는 말들은 하나같이 논리적인 근거를 가진 듯했으나 또한 하나같이 조금만 따져보면 앞뒤가 맞지 않았다.

처음 가장 유력하게 나돌던 소문은 칙사의 죽음이었다. 칙사와 유병기를 맞교환하기 위해 역도들을 만나러 갔던 내금위장 김창렬이 빈손으로 돌아왔다는 사실이 알려졌기 때문이다. 그것은 칙사를 구출하는 데 실패했다는 의미였지만 어쩐 일인지 임금은 김창렬을 문책하지 않았다. 신료들에게 대책을 요구하지도 않았다. 김창렬은 그날 일에 대해 완강히 입을 다물었다. 그러자 궐 안에서는 칙사가 역도들과 함께 달아났다는 소문이 돌았다.

칙사가 역도들과 손을 잡았다는 것은 엄청난 사건이었다. 신료들은 두려움으로 입을 다물고 있었지만 모두가 좌불안석이었다. 칙사의 뜻은 곧 황제의 뜻이나 다름없었고 칙사가 역도들과 함께 사라졌다면 그것은 임금이 바뀐다는 의미였다. 새 임금이 세워진다면 자신들의 운명은 어찌 될 것인가. 이 엄청난 사태에 신료들은 빠르게 머리를 굴렸다. 지금의 임금과 새 임금 중 어느 쪽에 서야 할 것인가. 잘못하면 벼슬이 아닌 목을 내놓아야 할지 모를 일이다.

임금은 환후를 핑계로 며칠째 상참을 열지 않았고 영의정은 아예 입궐조차 하지 않았다. 하지만 아무도 영의정의 부재를 입에 올리지 않았다. 김홍진에 이은 김진수의 죽음 때문이었다. 게다가 그 죽음은 지나치게 끔찍했다. 아무리 민심이 흉흉해졌다 하나 예치의 나라에서 사대부가 그렇게 참혹하게 죽었다는 건 충격적이었다. 김홍진의 죽음은 비밀이 유지되어 그나마 품위를 유지할 수 있었다. 하지만 김진수의 죽음은 달랐다. 아예 대로에서 살해된 데다 시신에 글씨까지 새겼다는 것은 백성들에게 대놓고 경고한 것과 마찬가지였다. 영상 개인이 아니라 조선 사대부 전체가 능욕을 당한 것이라 해도 과언이 아니었다.

그러나 무슨 대책을 세울 수 있다는 말인가. 어디서 범인을 찾고 무엇으로 능욕을 씻을 수 있다는 말인가. 아무런 방법도, 의지도 없었기에 모두 침묵할 뿐이었다. 이참에 영상이 스스로 물러나기라도 한다면 다음 영상은 누가 될 것인가 역시 큰 관심사였다.

홍원범은 흔들리는 가마 위에서 깊은 한숨을 토해냈다. 도대체 김진수는 누가 죽였을까. 김홍진을 죽인 자와 동일인의 소행일 터. 누가 어떤 목적으로 그런 짓을 저질렀다는 말인가. 내막을 정확하게 추정할 수 없지만 홍원범의 마음속에 떠오르는 인물이 있었다. 바로 칙사였다. 홍원범은 칙사가 죽었다는 것도, 역도와 달아났다는 것도, 모두 믿지 않았다. 칙사는 살아 있다. 모습을 드러내지 않는 것은 다른 계획이 있기 때문일 터. 대체 무엇일까.

멋모르는 신료들은 종로 거리에서 사대부들을 찢어 죽인 정명수를 몹시 두려워했다. 그래서 칙사의 부재 시 정명수가 칙사의 노릇을 대행할 것으로 예상하고 그때 일어날 일들을 미리 걱정하기도 했다. 하지만 홍원범은 달랐다. 정명수는 잔인하고 안하무인이기는 하나 다루기 쉬운 인물이었다. 노비 출신으로 열등감에 찌든 그는 돈과 여자, 그리고 거창한 군호 하나만 내려주면 무리 없이 조종할 수 있다. 그러나 칙사는 달랐다. 그는 조선이 명나라를 사대하는 것 자체를 문제 삼았다. 조선의 근본이념에 반대하는 것이다. 이념 자체가 다르기 때문에 타협이나 절충이 있을 수 없었다. 그래서 반드시 죽여야 했다.

"멈춰라."

운종가 근처를 지날 때 홍원범이 가마꾼들에게 말했다. 가마가 길바닥에 사뿐히 내려앉았다. 홍원범은 땅으로 내려서서 주위를 둘러보았다.

"너희는 내가 부를 때까지 병조 관아에서 기다리도록 해라."

가마꾼들은 고개 숙여 인사를 한 뒤 빈 가마를 들고 걸어갔다. 머뭇거리는 호위무사 둘도 같이 병조로 보냈다.

홍원범은 가마가 인파 속으로 사라지는 것을 보고 혼자서 종로를 천천히 걸었다. 혹시 있을지 모르는 감시의 눈길을 의심하며 주위를 살피다가 인적이 뜸한 골목으로 모습을 감췄다. 그곳엔 홍원범이 자주 들르는 찻집이 있었다. 주인은 차를 즐기는 홍원범을 위해 귀한 차가 들어오면 항상 연락을 주고, 직접 시음할 수 있도록 해주었다. 그는 종종 가게에 들러 구석방에서 조용히 차 맛을 즐겼고, 그 방은 마치 홍원범의 공간처럼 되어버렸다. 주인은 노비로 팔려갈 뻔한 것을 홍원범이 구해준 적이 있어 완전히 믿을 수 있는 사람이었다. 홍원범은 그곳에서 관복을 벗고 허름한 도포로 갈아입은 후, 다시 종로 거리로 나왔다.

이미 유명하다는 모필가 셋을 물색하여 검증해보았지만 모두 실망스러웠다. 그런 조잡한 모필은 영의정 김환 대감이라면 당장 알아볼 것이다. 누가 보아도 아내의 필체로 믿을 만한 완벽한 모필이 필요했다. 홍원범은 오래 망설인 끝에 한복진이 말한 운종가의 모필가를 직접 만나러 가기로 마음먹었다. 그자는 성질이 괴팍한 탓에 손님이 직접 나타나 선심을 보여야 모작을 만들어준다고 했다. 모필에도 그런 복잡한 절차가 있다니 가소로웠다. 오랑캐의 난 이후로 사대부는 노비의 흉내를 내고, 노비는 사대부 흉내를 낸다더니 과연 그러했다. 그러나 한편으로는 금전만으로 매수할 수 없는 그런 자와 일하는 것이 더 안전하겠다는 생각도 들었다. 게다가 아무나 만나지도 않고 외출도 일절 하지 않는 자라 여러모로 안심이 되었다.

홍원범은 환쟁이들이 모여 있는 운종가의 골목에 도착해 가쁜 숨을 몰아쉬었다. 화살에 맞은 가슴께의 통증이 다시 밀려와 가슴을 움켜쥐고 잠시 숨을 골랐다. 거짓으로 맞은 척하자는 말을 거부하고 정말로 화살에 몸을 내맡긴 것은 자신의 결정이었다. 설령 그로 인해 자신의 목숨이 위태로워진다 해도 충분히 감수할 수 있었다. 칙사를 그렇게 완벽하게 속이지 못했다면 유병기를 구할 수 없었을 것이고, 만일 유병기가 아직도 의금부 옥사에 갇혀 있다면 거사고 뭐고 아무 일도 되지 않을 것이다.

유병기가 의금부로 잡혀왔다는 소식을 들었을 때, 침착한 홍원범도 하늘이 무너지는 듯한 충격을 받았다. 그토록 오랫동안 준비해온 거사, 모든 것을 쏟아 부은 필생의 목표가 물거품으로 변할 위기였다. 그만큼 유병기는 반드시 필요한 존재였다. 훈련도감의 상당수 세력이 끝까지 금상을 지키겠다는 뜻을 밝힌 상황에서 비격진천뢰로 무장한 군대를 지휘할 사람이 필요했고, 그 적임자가 유병기였다. 그는 사대부의 자식이었지만 군사와 전술면에서 부족함이 없었다. 게다가 유병기는 금상을 불구대천의 원수로 생각하고 있었다. 일단 반정이 일어나면 도성에서 금상의 친위부대와 출동할 것이며, 유병기는 그런 상황에서 취할 수 있는 전술과 작전 모두를 꿰뚫고 있었다.

"그런 자를 숨기지 않았다니⋯⋯."

홍원범은 자신도 모르게 중얼거렸다. 유병기가 의금부에 포박된 것은 전혀 예상하지 못한 최대의 실수였다. 도대체 어떻게 해서 유병기의 위장이 드러나고 그의 정체가 새나갔는지 의문스러웠지만 그런 생각을 할 겨를조차 없었다. 그를 빼내올 대책을 세울 새도 없이 상황은 급박하게 흘러갔다.

유병기는 잡히자마자 예조참의 최현수와 그를 따르는 당하관들 몇 명을 굴비 두름 엮듯 역모에 같이 가담했다고 거짓 진술을 했다. 그 명단을 유병기에게 일러준 사람은 홍원범이었다. 유병기에 대한 관심, 즉 역모의 배후에 대한 조사를 혼란스럽게 하기 위해 최현수에게 누명을 씌운 것이었다. 의금부는 은밀히 최현수에 관한 조사를 시작했다. 분명한 물증이 없다면 칙사의 측근을 조사하는 것조차 쉽지 않다. 유병기의 입에서 최현수의 이름이 나오자 의금부는 당황한 눈치였다. 의금부 도제조都提調를 겸하고 있는 우의정이 퇴청할 시간이 넘었는데도 임금과 독대를 계속한다는 말이 침전에서 흘러나왔다.

그러나 의금부에서 유병기를 고신해 그들이 무고이며 유병기와 한복진이 짜고 비격진천뢰 제작 방법을 병조에서 빼냈다는 것을 알아내기라도 한다면……. 무슨 일이 있더라도 유병기가 심하게 망가지기 전에 빼내야 했다. 그 와중에 칙사가 직접 의금부 옥사로 찾아가 유병기를 취조했다는 말을 들었을 때 홍원범의 등에는 식은땀이 흘렀다. 칙사가 역모의 배후에 의문을 가지고 그것을 파헤친다면 어떤 일이 몰아칠지 생각만 해도 아찔했다.

그때 칙사를 납치해 두 사람을 교환하는 방법이 머리를 스쳤다. 하지만 칙사를 아무도 몰래 납치한다는 건 결코 쉬운 일이 아니었다. 묘책을 제시한 이는 한복진이었는데, 칙사를 도성 밖이나 혹은 한적한 곳으로 불러내 솔개가 쥐를 낚아채듯 납치하자는 것이었다. 칙사를 유인하기 위해 미끼를 던지기로 했다. 칙사가 품은 의문을 이용하자는 것이었다.

그후 모든 것은 일사천리로 결정되었다. 홍원범이 피습을 당했고, 만약 칙사가 오지 않으면 직접 사람을 보내 방문을 청하기로 했다. 낮보다는 밤이 안전하니 낮에 찾아온 칙사를 일부러 돌려보냈다. 더구나 칙사는 뭔가 서두르는 듯했고, 여느 사신들과 달리 호위무사들을 달고 다니질 않아 작전이 용이했다. 유생들을 자극해 피습사건을 일으킨 것은 칙사의 실종에 대한 혐의를 피하기 위한 위장이었다. 한복진이 성균관 유생들을 움직였다. 그들은 이미 반정 후 새 왕조를 지지하고 나서도록 포섭되어 있는 상황이었다. 〈동몽선습〉 사건 때문에 그들을 충동질해 칙사를 피습하는 것은 비교적 쉬웠다.

이제 조만간 시역弑逆이 있을 것이고, 대궐을 점령하기 위해 군대가 일어날 것이다. 정변이 성공해 반정이 되는 것은 짧은 순간의 일이다. 그는 계해년에 군사를 끌고 대궐에 진입해봤기 때문에 그것을 누구보다도 잘 알고 있었다. 그리고 정변이 발각되어 역모를 도모한 자들이 주살 당하거나 역적이 되는 일은 그보다 더 짧은 순간이다. 홍원범은 반정 이후 많은 역모 사건을 경험했고, 그때마다 사대부들은 떼로 죽어나갔다. 만약 홍원범이 한순간 판단착오를 했거나 발 빠른 행동을 하지 않았다면 거사는 물거품으로 변했을 것이다.

하늘의 도움이 없으면 성공하기 힘든 일이었지만 결과는 홍원범의 바람과 달랐다. 홍원범은 칙사가 죽기를 바랐다. 그래야 청의 황제가 임금에게 진노할 것이고, 그래야 반정이 더 순탄할 것이기 때문이었다. 그러나 칙사는 그들의 손을 빠져나가버렸고 끝내 종적을 감추었다. 홍원범은 칙사가 살아 있다고 믿었다. 어디에 있는지, 무슨 일을 꾸미고 있는지는 알 수 없으나 살아 있는 것만은 확실했다. 자신이 알지 못하고 통제할 수 없는 변수가 있다는 것은 찜찜했지만 시간을 지체할 수는 없었다. 일은 이미 시작되었다. 서둘러야 했다.

인적이 드문 골목인데도 그의 옆으로 변발한 자들이 몇몇 스치고 지나갔다. 홍원범은 역관 정명수로 착각하고 흠칫 놀라 침을 삼켰다.

죽일 놈들……. 병자년 전에는 상상도 할 수 없던 일이다. 정묘호란 때도 청나라에 굴복하긴 했으나 그들의 오만방자함이 지금에 비할 바가 못 되었다. 지금 한양에는 변발한 자가 한둘이 아니었다. 저런 오랑캐 놈이 아무런 제지를 받지 않고 종로를 활보하다니, 그는 떨리는 몸을 진정시키기 위해 호흡을 가다듬었다. 절로 한숨이 나왔고, 이러다가 깊은 마음의 병을 얻을 지경이었다. 하긴 병자년 그 난리를 겪고 제정신으로 살아 있다는 것 자체가 기적에 가까운 일이다.

그러나 홍원범의 심장을 갉아먹은 것은 난리가 아니라 난리 이후의 일이었다. 강화도 앞바다에 몸을 던져 정절을 지킨 줄 알았던 아내와 여식이 심양에서 살아온 것이다. 홍원범에겐 다른 어떤 일보다 더 큰 환멸이었다. 그 충격에 비하면 노비 출신 역관이 백주에 사대부의 목을 참하는 정도는 그저 잡사에 불과했다.

그 일을 떠올리면 지금도 태양이 사라지듯 시야가 깜깜해졌다.

"마님!"

처음 계집종의 목소리를 들었을 때 홍원범은 잘못 들었다고 생각했다.

"대감 마님!"

노복이 소리를 질렀다. 그는 부인이 시집올 때 데려온 노비였는데, 좀처럼 놀라거나 서두르는 법이 없었다. 다급한 그의 목소리에 더욱 놀란 홍원범이 마루로 나갔을 때, 그제야 무슨 일이 일어났는지 알 수 있었다.

"마님과 아가씨가 돌아오셨습니다."

또 다른 노비가 말을 했지만 홍원범의 귀에는 아무것도 들리지 않았다. 그는 멍하니 서서 아내와 딸의 모습을 보았다. 눈앞의 모녀가 귀신이 아니라는 것을 깨닫자 눈앞이 아득해졌다.

"부인."

홍원범은 멍한 표정으로 아내 앞으로 다가갔다.

"아버지, 죽지 못하고 살아왔습니다."

윤이가 울먹였다.

"유, 윤이야!"

딸의 이름을 부르는 그의 목청이 심하게 흔들렸다.

"아버지, 절 받으십시오."

윤이가 마당에서 절을 하려고 했다.

"아니다. 이 못난 애비가 무슨 절을 받는단 말이야."

그는 딸을 일으켜 세웠다. 딸과 아내를 사지로 몰아넣은 조정의 녹을 먹는 신료가 배례까지 받을 수는 없었다.

"여보, 미안하오."

그는 아내의 손을 잡고 말했다. 물론 진심이었다. 그러나 심연에는 모순된 마음이 함께 존재했다. 아내와 딸에게 미안한 것은 사실이었지만, 그들이 더러운 오랑캐 땅에서 살아 돌아왔다는 것, 사대부의 정부인과 그 딸이 능욕을 당하고도 죽지 않고 살아 있었다는 사실에 대한 충격 또한 진심이었다.

선비의 혼이라는 것이 존재하는가? 그는 모녀가 돌아오자 회의감에 빠져들었다. 선비라는 정체성은 홍원범의 삶을 지탱하던 버팀목이었으나 이제 그 기둥이 송두리째 흔들리고 있었다. 말로 표현할 수 없는 혼란이었다. 몸을 더럽힌 정부인이 뻔뻔하게 얼굴을 들고 나타났다. 살아남을 수는 있다. 스스로 목숨을 끊는 것은 결기 있는 선비도 실행하기 힘든 일이다. 죽는 것이 그렇게 힘들고 고통스러운 선택이었다면 최소한 조선으로 돌아오지 말았어야 했다.

홍원범은 스스로 희생할 수 있느냐, 없느냐가 사람과 짐승을 가르는 기준이라 여겼다. 노비들은 그보다 더한 치욕 속에서도 부끄러움 없이 잘 살아가지 않는가? 그렇기에 그들은 짐승과 별반 다르지 않은 존재였고, 그 때문에 노비란 언제든지 버릴 수도, 마음대로 취할 수도 있는 존재였다. 사대부가 성정을 못 이겨 계집종을 범한다고 해도 지탄받을 일이 아닌 것은 그 때문이다. 칠정 중하나로 몸속에서 자연스럽게 일어나는 욕慾을 어떤 식으로라도 해결해야 한다면 그 행위는 오히려 정당한 일이다.

하지만 사대부의 여식을 겁탈할 수는 없다. 왜 계집종과 달리 사대부 여식들의 정절은 고귀한 것인가? 그들이 비록 아녀자라고는 하나 사대부와 같이 절의를 가지고 있기 때문이다. 그런데 사대부의 정부인과 딸이 능욕을 당하고도 부끄러움을 모른다면, 계집종과 다르게 그들이 특별히 보호를 받아야 하는 이유가 무엇인가. 사대부와 노비가 무엇이 다르며, 사대부와 짐승은 무엇이 다르단 말인가.

그는 아내를 각별히 아끼고 존경하기까지 했다. 김환의 여동생인 아내는 아주 영민한 여자였다. 이토록 다방면에 학식과 견문이 충만한 여자가 어떻게 총기라고는 눈곱만큼도 찾아볼 수 없는 김환의 여동생일까 싶을 정도였다. 아내는 여러 분야에 능했지만 특히 정치 현안에 대한 식견이 탁월했다. 안채에 틀어박혀 책만 읽는 아낙이 어떻게 조정에서 일어나는 일을 자기 손금을 보듯이 환하게 알고 있을까 하는 생각이 들 때가 한두 번이 아니었다. 계해년 반정 때도 아내의 지혜는 반짝였다.

"소첩의 오라비를 믿으시면 아니 되옵니다. 오라버니는 자기 목숨을 걸고 반정을 할 위인이 못됩니다."

하지만 그때는 거사 날짜까지 모두 받아둔 상태라 일을 돌이킬 수도 없었다.

"그럼 어떻게 하라는 거요?"

"오라비가 본분을 다하지 못할 가능성을 염두에 두고 거의를 도모하셔야 하옵니다. 지금의 주상에게는 이미 천기가 떠났으니 큰 실수만 하지 않으면 세상은 인으로 예를 세우려는 선비들의 손에 넘어올 것입니다. 오히려 정변 후가 문제이지요."

아내의 예측은 정확하게 들어맞았다. 거사 당일 군사를 지휘해야 할 김환은 역모가 발각된 줄 알고 방에 박혀 이불을 뒤집어쓴 채 오들오들 떨고 있었다. 결국 공신들이 집으로 찾아가 불러냈다. 만약 김환만 믿고 병사들을 서둘러 움직이지 않았다면 광해를 지키려는 세력에게 속수무책으로 당해 모두들 반정공신이 아닌 역적으로 몰려 멸문의 화를 입을 뻔했다.

아내가 탁견을 보였던 것은 비단 그때만이 아니었다. 병자년의 난이 일어나기 전, 아내는 임금을 찾아가서 독대하라고 권했다. 만약 아내의 충고를 따르지 않았다면 그 역시 척화를 앵무새처럼 외치는 미련한 신하가 되었을 것이다.

"전하, 백성이 으뜸이니 그들을 지켜야 한다는 최명길의 말은 잘못이옵니다."

홍원범은 그날 침전에 울려퍼지던 자신의 목소리가 지금도 생생했다. 최명길은 상참에서 '백성은 으뜸이고, 사직이 두 번째이고, 임금은 맨 마지막이다'라는 맹자의 문구를 인용해 으뜸인 백성을 지켜야 하니, 임금이 당초의 약속대로 서북지방으로 가야 한다고 했다. 홍원범은 최명길의 논리를 반박했다.

"어찌 백성이 사직보다, 임금보다 먼저일 수 있사옵니까. 맹자가 말한 백성은 농, 공, 상 삼민이나 노비를 두고 하는 말이 아니라 사대부를 이르는 말이옵니다. 그것을 만백성으로 이해한 것은 최명길의 무지와 경박의 소치이옵니다. 임금은 삼민과 노비의 봉양을 받아 연명하고, 임금은 그들을 봉양하지도 못할뿐더러 스스로 봉양하지도 못하옵니다. 그들은 농사를 지어 임금에게 쌀을 올리고, 노동력을 제공하고, 돈을 내어 사목司牧의 녹봉을 충당하는 것이옵니다. 농, 공, 상이나 노비가 임금을 먹여 살린다고 하나, 그들의 주인인 임금이 그들을 사목에게 맡겨 다스리지 않으면, 고상한 뜻도, 어진 마음도, 부모를 공경하는 예도, 서로 어울려 사는 방법도 몰라 금수처럼 살아야 할 것이옵니다. 그런 마당에 그들이 세상의 주인이라는 주장은 도저히 이해할 수 없는 실언이옵니다.

하오나 전하, 임금은 다른 이유로 백성을 구해야 하옵니다. 백성은 그냥 두어도 자라나서 숲을 이루는 나무와 같고, 또한 짐승을 먹일 수 있는 풀과 같아, 굳이 임금이 나서서 그들을 구할 필요는 없사옵니다. 허나 임금이 그들을 버리면 그들은 임금을 따르지 않기 때문에 구해야 하는 것이옵니다. 백성은 짐승과 다를 바가 없어 의義에 움직이지 않고 이利에 움직입니다. 그들은 이익이 없으면 무엇도 하지 않는 존재이옵니다. 동물이 제 먹이가 있는 곳을 오감으로 아는 것처럼, 그들은 자기에게 이가 되는 것은 직감으로 느끼고 자기에게 이를 주는 존재도 본능적으로 알아차립니다. 그러므로 전하가 이들을 버리기로 마음먹으면 그들은 먼저 전하를 버릴 것이옵니다.

하여 전하, 사직은, 임금은, 미물인 백성 없이는 존재할 수 없는 것이옵니다. 사목들만으로, 사대부들만으로 어찌 사직을 보존하고 나라를 다스리려 하시옵니까? 임금은 백성을 위해 그들을 구하는 것이 아니라 임금과 사직을 위해, 그들이 필요하기 때문에 그들을 구해야 하옵니다. 전하께서 강화도로 몽진하시면 안 되는 까닭은 이것이옵니다.

전하께서는 당초에 약속한 서북지방이 아니라 압록강으로 가셔야 합니다. 그곳에는 불세출의 지략가 임경업 장군이 있사옵니다. 그는 이미 청나라 침입을 대비해 전쟁을 치를 장계도 올리지 않았사옵니까. 그와 함께 청나라 군대를 맞아 싸운다면 승산이 있을 뿐 아니라, 설사 압록강에서 오랑캐에 패한다고 해도 그곳에서 적과 협상하면 백성들은 구할 수 있을 것입니다. 그리되면 백성들은 전하를 절대적으로 믿을 것이며, 전하가 공신들과 함께 폐주 광해를 몰아낸 뜻을 진정으로 이해할 것입니다. 전하, 압록강으로 가신다면 전쟁의 승패와 관계없이 전하의 조선이 펼쳐질 것이옵니다."

홍원범은 그날의 독대 덕에 병자년 전쟁이 끝나고도 여전히 왕의 신료로 남을 수 있었다. 뿐만 아니라 반정공신이 된 후에도 지방관으로 떠돌았던 그가 조정에 자리를 잡을 수 있었다. 삼전도의 치욕을 겪고 대궐로 돌아온 임금은 홍원범을 침전으로 따로 불렀다.

"청풍군……."

그러나 임금은 직접 하사한 홍원범의 군호만 한번 읊조렸을 뿐 결국 한마디도 하지 않고 독대를 끝냈다.

"전하, 황공하여이다……."

홍원범은 바닥에 머리를 찧었다. 임금은 하염없이 눈물을 흘렸다. 그는 이제 유일지존의 임금이 아닌 한 사내, 범부일 뿐이었다. 그가 백성과 공신들에 대해 최소한의 양심이라도 있는 치자治者였다면 패전을 불러온 신료들에게 단호한 책임을 물은 후, 양위讓位

를 하는 것이 올바른 일이었다. 그러나 임금은 홍원범의 충고를 받아들일 기회를 놓쳤듯 양위를 할 수 있는 기회 또한 놓쳤다.

아내 역시 그런 것일까. 어찌하여 대신大臣의 정부인으로 죽을 기회를 놓쳤단 말인가. 홍원범은 아내에 대한 생각으로 가슴이 미어지는 듯했다.

아들을 낳지 못한 아내는 대를 이어야 한다는 생각에 몇 번이나 첩을 들였다. 홍원범이 그들을 모두 거부하고 돈을 쥐여 돌려보낸 것은 대를 잇고 싶은 마음이 없어서가 아니라 아내에 대한 순수한 사랑 때문이었다. 아내에 대한 홍원범의 애정과 존경의 저변에는, 사대부의 예의와 절개가 깔려 있었다. 홍원범에게 아내는 단순히 아녀자가 아니었기에 다른 여자에게서 아들을 보느니 차라리 양자를 입적하고, 그 절개를 스스로 지키고 싶었다. 그것이 아내에 대한 예라고 생각했다.

하지만 아내와 딸이 돌아온 후 홍원범은 자신의 믿음 체계가 송두리째 흔들리는 강한 회의감에 시달렸다. 공자의 인은 무엇인가. 맹자의 인의예지는 무엇이란 말인가. 〈맹자〉에 의하면 사덕四德은 밖으로부터 우리를 녹여 들어오는 것이 아니라 우리가 본래 마음에 지니고 있는 것이라, 구하면 누구나 얻을 수 있다고 하지 않았는가. 아내가 그것을 구하지 않았단 말인가. 아내는 홍원범이 알고 있는 그 사람이 아닌 것인가. 세상의 진리를 너무나 잘 알고 있는 아내가 아닌가.

만일 사대부가 인을 구하지 않는다면 조선의 역사란 무엇인가. 천조의 역사는 또 무엇이란 말인가. 홍원범은 그동안 그것을 허상이라고 여긴 적이 단 한 번도 없었다. 비록 머릿속에서 존재하는 개념이긴 하나 위기 때마다 현실과 역사에 현현해 선비의 삶을 밝혀주지 않았는가. 예를 실현하기 위해 죽어간 조선의 선비들을 보라.

그가 모든 것을 걸고 참여했던 계해년 거의도 마찬가지였다. 사변思辨으로 존재할 것으로만 믿었던 예에 의한 다스림을 현실의 역사 속에서 실현하려 했던 것이다. 사람이 금수와 무엇이 다르며, 오랑캐의 삶과 선비의 삶은 어떻게 구별하는가. 그것은 인간의 본성인 인仁을, 자기를 희생해서라도 구하느냐, 마느냐에 달렸다. 〈맹자〉는 '사람에게 사단이 있는 것은 몸뚱이에 사지가 있는 것과 같다'고 말하지 않았는가? 만일 사덕이나 사단이 선비의 머릿속에서만 갇혀 있는 헛것이라면 역관 정명수의 만행은 아무것도 아닌 것이 된다. 그렇다면 그를 손가락질하고 나무랄 아무런 이유도 없는 것이다.

홍원범은 아내가 돌아옴으로써 인생이 뒤흔들리는 환란 속으로 빠져들었다. 자학과 자괴도 뒤를 따랐다. 그가 아내와 함께 살아야 한다면 성현의 가르침은 무엇인가. 주자는 사단인, 측은惻隱, 수오羞惡, 사양辭讓, 시비是非는 정情이고, 사덕인 인의예지仁義禮智는 성性이라고 했다. 그 정이 발함으로써 성의 본연을 보는 것은 마치 어떤 물건이 안에 있으면 단서가 밖으로 드러나는 것 같다고 하지 않았는가. 사덕이라는 성이 안에 있고 사단이라는 정이 바깥으로 나타나는 것으로 보아, 정이 발하므로 성을 볼 수 있다고 한 것이다. 그런데 아내의 행동은 홍원범에게 성현들이 규정한 인간 본성에 대한 깊은 회의를 품게 만들기에 충분했다. 아내의 마음속에는 성이 존재하지도 않았단 말인가. 만약 있었다면 수오羞惡로 발현됐을 것인데, 스스로의 옳지 못함을 부끄럽게 여겨 결단을 보여야 했다. 사단인 정은 언어의 유희가 아니라 행동 규범이 아닌가.

이것이 조선의 선비이자 사대부인 홍원범이 당면한 문제였다. 그런 아내와 함께 살면서 다시 반정을 일으켜 역사를 정正으로 돌리려는 것도 자신으로서는 견딜 수 없는 모순이었으며 스스로 납득할 수 없는 일이었다. 그런 모순 속에서 살아갈 수는 없는 일이다. 그에게 환향녀인 아내와 반정 문제는 둘이 아니라 하나였다.

그의 삶을 송두리째 흔든 이 일은 기실 처남 김환 때문이었다. 그는 강화도에서 포로로 잡혀간 본인의 첩실과 딸이 귀환할 수 있도록 도와달라고 관노 출신의 정명수에게 갖은 아첨을 다 했다. 명색이 일국의 영상이 사적인 목적을 위해, 역관에게 아첨하는 꼴이란 옆에서 보기도 민망한 지경이었다. 더욱이 황당한 것은 김환이 속환가로 1천 냥을 주겠다고 제안했다는 것이다. 농촌의 하루 품삯이 한 냥이고, 1천 냥이면 웬만한 중농의 한해 소출보다 많은 돈이니, 김환은 스스로 재상이 아니라 뇌물을 챙겨 먹는 도적이라고 실토한 꼴이 되었다. 더구나 김환 자신과 그 아들 김홍진이야말로 그 많은 포로를 만든 장본인이 아닌가.

병자년 전쟁이 끝난 후, 청나라 사람들은 열 냥으로 가족을 집으로 데려갈 수 있었던 반면, 조선인의 속환 비용은 터무니없이 비쌌다. 조선의 양반들이 마구 줄을 대 속환가에 웃돈을 얹어주었기 때문이었다. 그 바람에 속환 비용이 치솟아 백성들은 가족의 속환을 엄두조차 낼 수 없는 처지가 되었다. 그런 상황에서 영의정이라는 자가 자신의 가족은 물론 처남의 가족까지 청나라에서 빼내 집으로 돌려보낸 것이다.

홍원범은 피곤한 몸을 이끌고 천천히 걸음을 옮겼다. 유병기 문제가 원하는 대로 마무리 되었다는 안도감에 피로가 밀려든 것이다. 문제는 칙사였다. 칙사가 죽지 않고 유병기와 헤어졌다는 것,

그후로 칙사를 본 사람이 없다는 사실이 계속 찜찜했다. 하지만 칙사가 살아 돌아온다 한들 반정을 저지할 수는 없을 것이다.

유병기는 이쪽에서 연통만 넣으면 비격진천뢰로 무장한 병사들을 이끌고 도성으로 진격해, 금상을 지키는 훈련도감의 병력을 척살하기로 했다. 계해년 참수 위기에 처했던 유병기를 홍원범이 구해주었지만 잊고 지낸 역적의 아들일 뿐이었다. 홍원범이 그를 구한 것은 특별히 유성목이나 유병기에게 사사로운 감정이 있었기 때문은 아니었다. 임금이나 공신들이 어떤 기준도 없이 마구잡이로 사대부들을 죽이는 것을 막고자 한 것뿐이었다.

유병기는 유배지에서 도망쳐 낭인으로 살면서 병술뿐 아니라 화약 무기까지 손수 만들면서 절치부심하고 있었다. 하지만 조정은 그의 존재를 까마득히 잊었다. 두 번의 전쟁이 그를 죽은 사람으로 만들어 놓았기 때문이다. 홍원범은 그를 만나자 천군만마를 얻은 것처럼 감격해 당장 북촌에 있는 집 두 채와 전답을 팔아 그중 상당 부분을 그에게 내밀었다. 그 과정에서 청나라에서 돌아온 피로인을 위해 그 돈을 쓰겠다는 변명을 했다.

홍원범은 반정이 성공하면 곧바로 청나라와 기존의 조약을 준수한다고 선언할 것이다. 그리고 청나라의 반응을 기다리지 않고 새 임금과 함께 군대를 이끌고 의주로 떠날 것이다. 필요하면 청나라와 다시 일전을 할 생각이며, 왕과 함께 압록강에서 전쟁을 진두지휘할 것이다. 이미 청나라와 두 번의 전쟁 경험이 있는 그다. 선조대왕의 피를 받은 여럿들 중 새로운 왕을 고를 때, 그것이 첫 번째 조건이었다. 조선의 임금을 천자에 버금가는 존재로 만들 것이다. 그것으로 그에게 부연된 사목의 도는 완성되는 것이리라. 자신이 압록강 전투에서 죽는다고 한들 그 무슨 아쉬움이 있겠는가.

그는 지방관으로 쫓겨갈 때 임금에게 서북지방으로 보내달라고
자청했다. 압록강 근처의 지형을 둘러보고 청나라와의 전쟁에 대
비하기 위해서였다. 아군을 적합하게 배치할 방법이나, 초원에서
의 싸움에 능숙한 기마병을 산속으로 유인해 무력화시킬 방법에
관해 충분한 연구를 해두었다. 정묘호란을 겪은 후, 청나라가 다
시 침공할 것에 대비한 방어 계획이었다. 호란이 일어나기 얼마
전 오랑캐가 조선으로 들어오는 길목을 지키고 있던 의주 부윤 임
경업 장군이 청나라의 침략을 대비해 장계를 올렸다. 자신에게 병
력을 주면, 적의 군대는 물론 적의 심장부인 심양을 쑥대밭으로
만들어 청나라를 섬멸할 수 있다는 내용이었다. 실상 그것은 홍원
범의 충고로 작성된 것이었다. 하지만 아쉽게도 그 비책은 조정
대신들의 반대로 무산되었다.

나랏일이 해결되면 혼란은 사라질 것이다. 나라를 바로잡아 새
로운 조선, 진정한 반정의 역사를 펼칠 것이다. 그에게 반정이란
머릿속을 정리하는 일이자, 위기 때마다 나타나 사직을 구한 조선
선비의 혼을 불러내는 일이다.

홍원범은 사직에 한 점 부끄러움 없는 스스로가 뿌듯했다. 치욕
과 환멸, 자학과 자괴의 세월을 끝내야 한다. 한때 홍원범은 조정
에서 밀려나 한직인 지방관으로 떠돌아야 하는 처지가 너무 힘들
어 충역과 시비에 초연한 대부분의 공신들처럼 간도 쓸개도 없이
지낼까 고민한 적이 있다. 하지만 그는 결코 그렇게 살 수 있는 인
간이 아니었다.

삶의 어려운 고비를 넘기며 여기까지 왔다는 것은 스스로 생각
해도 대견한 일이었다. 벅찬 감정이 가슴에서 요동치며 눈물이 흘

렀다. 아내 생각에 이르자 더 많은 눈물이 쏟아졌다. 홍원범은 흐르는 눈물을 참으려고 노력했으나 한번 터진 눈물은 쉬이 막을 길이 없었다.

"사대부가 아녀자 때문에 길바닥에서 눈물을 흘리다니……."

홍원범은 소매로 눈물을 닦으며 혼잣말로 중얼거렸다. 아내에게 굴욕과 혼란을 끝내고 평화와 자부심을 주리라. 홍원범은 속으로 되뇌었다.

운종가라고 해도 골목엔 사람들이 거의 없었다. 홍원범은 어릴 때 종들과 함께 그곳을 지나다니곤 했다.

"주인장 없소?"

금방 쓰러질 것 같은 문을 밀고 들어가 한참을 기다리자 토굴 같은 집 안에서 늙은이 하나가 나타났다. 자다 나온 얼굴이었다. 천자문이라도 제대로 알까 싶은 행색이었다.

"모필을 부탁하러 왔소이다."

그는 가능한 한 정중하게 말했다.

한복진의 말로는 이자는 한번 틀어지면 아무리 돈을 많이 주어도 일을 하지 않는다고 했다. 더구나 그가 부탁할 일은, 대필 자체가 큰 문제인 유서였다. 겁을 먹고 줄행랑을 칠 만한 일이었다. 법으로 보나 인륜으로 보나 명백한 처벌감이니 모필을 해준 사람도 크게 다칠 수 있었다. 홍원범 자신이 판관이 된다 하더라도 무죄 방면이 쉽지 않을 것이고, 특히 유서를 대필한 자에게는 엄한 벌을 물을 수밖에 없었다. 독한 판관을 만난다면 대필한 자 역시 공범으로 몰릴 수도 있었다. 하지만 홍원범은 반드시 이자에게 모필을 맡겨야 했다. 그는 늙은이 앞에 털썩 무릎을 꿇었다.

"나 좀 살려주게."

"소인 같은 천한 것에게 양반께서 어찌!"

늙은이는 당황해 어쩔 줄을 몰랐다.

"이보게, 내가 이렇게 부탁하겠네."

그는 절을 했다. 그러자 늙은이도 함께 땅바닥에 엎드리며 머리를 조아렸다.

"도대체 무엇을 가지고 오셨기에……."

홍원범은 소매에서 종이를 꺼내 늙은이에게 건넸다. 늙은이는 빛이 들어오는 쪽을 향해 종이를 비춰보았다.

"심양에서 돌아온 마님의 유서이옵니까?"

글을 훑어본 그가 말했다. 홍원범은 놀라지 않는 늙은이가 더 놀라웠다.

"공부를 많이 한 마님의 글 같은데요."

"자네가 그것을 어떻게 아는가?"

"이런 유서를 이미 여러 번 모필하였지요."

"안사람의 유서를 내가 받아적었네."

홍원범은 차마 부인에게 독을 먹인 후 조작한 유서를 옆에 놓을 계획이란 말은 할 수 없었다. 하지만 모필가는 모든 것을 다 아는 듯했다.

"그러셨겠지요."

"혹 이런 일로 조사를 받은 적이 있는가?"

"정절을 지키지 못했다면 더 이상 사대부의 아낙이 아니지요. 더구나 나랏님이 이혼을 못하게 하니 환향녀가 할 일은 자결밖에 더 있겠사옵니까. 환향녀가 고향에 돌아와서라도 정절을 지키지 못한 잘못을 뉘우치고 자결을 했다면 나라에서 상을 내려야 할 일이지, 조사를 왜 하겠사옵니까. 아직까지 저한테 글을 받아간 사람들 중에 관에서 조사를 받았다는 소리를 듣지 못했사옵니다. 하지만 사람 일은 모르는 법이니 조심해야 하옵니다."

"부탁하네."

"제가 귀신도 몰라보게 써드리지요."

"고맙네."

"아닙니다요. 제가 나리들의 난처한 입장을 어찌 모르겠사옵니까. 당연히 도와드려야지요."

"그럼 오늘 안으로 되겠나? 사례는 원하는 대로 주겠네."

"급하신 모양이군요."

"그렇네. 집안에 다른 일도 있고 해서 더는 미룰 수 없네."

"알겠사옵니다. 양반으로 산다는 게 어디 쉬운 일이옵니까? 마님의 글을 주십시오."

홍원범은 아내가 쓴 서찰을 꺼냈다. 늙은이는 천천히 등을 켰다. 지방관 시절 함께 발령지로 내려가지 못할 때 아내가 자신에게 보낸 편지들이었다. 등불 빛에 비친 모필가의 이마에는 굵은 주름이 곧은 일자형으로 깊게 패여 기괴해 보였다. 마름모꼴 윤곽에 광대뼈가 높고 하관이 홀쭉해 고집이 세 보였다. 위로 치켜 올라간 눈썹에는 꼬장꼬장한 성미가 서려 있었다. 홍원범은 늙은이의 얼굴에 비친 자신의 모습을 보고 흠칫 놀랐지만 오히려 강한 친근감을 느끼기도 했다. 외양만으로도 충분히 믿음이 가는 늙은이였다. 그는 불빛 아래 서찰을 찬찬히 비춰보더니 붓을 들어 몇 번 획을 연습했다.

이어 종이에 붓을 대자 먹물에서 점복卜이 흘러나왔다. 붓끝은 쉬지 않고 조개 패貝를 휘갈겨 정貞을 만들었다. 홍원범은 늙은이의 손끝에서 흘러내린 글자를 보고 숨을 깊게 들이마셨다. 이어 붓은 춤추듯 천천히 먹물을 토해냈다. 절衛. 홍원범은 숨이 막혔다. 자신도 모르게 손까지 떨고 있었다. 영락없는 아내의 글씨였다. 아내의 필체는 좀 묘한 데가 있어 흉내 내기 힘들 줄 알았는데, 모필가는 놀라운 눈썰미와 감쪽같은 손놀림으로 글씨를 탁본한 것처럼 옮겼다. 연습도 없이 어떻게 금방 이런 수준의 모필이 가능한 것인지 놀랍기만 했다. 홍원범은 놀란 가슴을 진정시키려고 호흡을 가다듬고 침을 삼켰다. 그리고 소매 안에 넣어온 명나라 엽전 주머니를 내려놓았다.

"날이 어두워지면 오십시오. 선심을 다해 써놓겠습니다."

"고맙소."

골목을 나온 홍원범은 종로 쪽으로 걸었다. 한동안 꼼짝도 못하고 누워 있었던 탓인지 속이 울렁거렸다. 너무 긴장해서였는지도 모른다. 얼마나 걸었을까. 깔끔하게 정돈된 가게들이 보였다.

어린 시절, 홍원범은 지금은 죽고 없는 손위 누이와 이곳을 참 많이도 들락거렸다. 그 때문에 아버지에게 벼슬길에 나가지 않고 장사치가 될 셈이냐며 혼이 난 적도 한두 번이 아니었다. 하지만 누이가 병으로 죽은 이후 발길을 끊었다. 사실 종로를 누빈 것은 새로운 물건에 대한 호기심보다는 누이를 따라다니는 즐거움 때문이었다. 그에게 누이는 어머니이자 친구였다.

그리고 다섯 살 연상인 아내는 홍원범에게 누나 같은 존재였다. 그렇기에 더더욱 저렇게 비루하게 살도록 팽개쳐둘 수 없었다. 사대부가 자신이 가장 사랑하는 여인이 노비처럼 된 것을 보고 가만히 있는다면 그것은 죄악이다. 명문가의 종손이고 반정공신이며 일국의 대신이 환향녀를 정부인으로 데리고 산다며 비난을 받았다. 담 너머로 돌멩이가 날아와 독이 깨지고, 대문 앞에 오물이 버려졌다. 아내에게 자진하라는 서신과 함께 칼까지 날아들었지만 홍원범은 아무런 대꾸를 하지 않았다. 집안의 다른 하인들에게 어떤 응대도 하면 안 된다고 단단히 일러두었다. 그나마 다행인 것은 그의 집이 내로라하는 사대부들이 모여 사는 북촌이 아니기에, 그 모진 봉욕을 이웃들이 볼까 봐 마음 졸이는 일을 덜해도 된다는 것이다. 물론 그곳이었더라도 겉으로 드러난 홍원범의 행동이 달라지지는 않았을 것이다. 세상은 그를, 세간의 눈초리를 무시하고 자신의 뜻대로 사는 심지 굳은 사대부로 보았다. 홍원범도 스스로 그렇게 믿었다. 하지만 아내와 딸은 달랐다. 북촌이었다면 모녀가 더욱 견디기 힘들었을 것이다. 또다시 눈물이 울컥 쏟아졌다. 그는 아무도 몰래 소매로 눈물을 훔쳤다.

"여기 봐, 이거 예쁘다!"

윤이 나이쯤 되어 보이는 처녀애가 노리개를 파는 가게 앞에서 소리를 질렀다.

"아씨, 그것은 천것들이 하는 것이옵니다."

뒤따르던 계집종이 처녀의 손에서 노리개를 빼앗았다. 홍원범은 가게 앞으로 다가갔다.

"주인장, 이 노리개 주시오."

홍원범은 가게에서 노리개를 샀다. 윤이가 좋아할 것 같았다.

"안쪽에 서책도 있는 것 같구려."

"그러하옵니다. 동몽들이 읽을 책 몇 권을 가져다 놓았습니다."

"〈동몽선습〉도 있소?"

"이, 있긴 합니다만…… 그건 팔면 안 되는 거라……."

"주시오."

홍원범은 망설이는 주인을 설득하여 〈동몽선습〉을 가져오게 했다. 주인은 꽁꽁 숨겨둔 책을 조심스럽게 종이에 싸서 건넸다.

"저희 가게에서 샀다고 하시면 아니 되옵니다요."

"걱정 말고 이리 주시오. 〈내훈內訓〉과 〈삼강행실도〉도 함께."

"지난번처럼 군졸들이 와서 〈동몽선습〉이며 책들을 모두 가져가는 건 아니겠지요?"

주인은 그래도 불안한지 재차 다짐을 받았다.

"청나라 칙사가 나불댄다고 선비의 나라 조선에서 책을 팔지 못한다면 말이 되겠소."

"그렇긴 하옵니다만……."

홍원범은 책과 노리개를 싸 들고 가게를 떠났다. 반정 후 칙사가 협조하지 않으면 그를 죽이거나 청으로 돌려보낼 것이니 〈동몽선습〉을 태울 사람도 없어질 것이다. 만약 그가 반정 세력에게 협조한다고 해도 책을 태우는 만행은 용납할 수는 없다. 아내 일이 마무리 되고, 거사가 끝나면 자신이 딸 윤이를 직접 가르쳐 볼 생각이었다. 딸 역시 아내처럼 총기가 넘쳤고, 시화에도 능했다. 이제 그의 피붙이는 딸뿐이며 그 아이는 시집도 갈 수 없으니 세상을 등지고 살아야 할 것이다. 하지만 딸의 곁에는 항상 아버지가 있어줄 것이다.

다시 돌아온 찻집엔 손님이 없어 정적만 감돌았다. 홍원범이 구석방에 앉자 주인은 다시 더운 차를 내왔다. 그는 한 모금을 마셨다. 따뜻한 기운이 퍼져 몸이 한결 가벼워졌다. 잠시 후 한복진이 문을 열고 들어왔다.

"내가 여기 있는 걸 어떻게 알았나?"

홍원범은 놀라 물었다.

"집사에게 물어보았더니 이곳을 가르쳐주었습니다. 급히 아뢸 일이 생겼습니다."

한복진이 앞에 앉으면서 말했다.

"무엇인가?"

"주상이 내일 종로로 미행을 나온다 합니다. 윤내관이 동선까지 대충 일러주었습니다. 내일이 좋을 것 같습니다. 더는 미룰 수 없습니다."

"내일이라……."

"그러합니다."

"준비는?"

"일단 일진으로 최고의 칼잡이들이 이미 도성 안에 들어와 있고, 비격진천뢰 부대도 도성 바깥에서 대기 중입니다."

"……."

"조금 전 유병기에게서도 연통이 왔습니다. 병력을 정비하고 우리의 전갈을 기다린다고 합니다. 지금 도성 근처에 있는데 신호만 주면 들어올 수 있다 합니다."

홍원범은 고개를 끄덕일 뿐 아무 말도 하지 않았다.

"대감, 무엇을 망설이시는 것입니까?"

"망설이는 것이 아니야. 단지 칙사의 행방이 마음에 걸려……. 도대체 어디에 있기에 나타나지 않는 것일까. 대체 왜?"

"죽었거나 무슨 사연이 있겠지요. 하지만 칙사가 유병기를 살려준 것은 분명합니다. 유병기는 함구하라 했다고 하나, 칙사가 유병기를 탈출시키는 것을 본 병사가 한 둘이 아니라고 합니다."

"칙사가 이익수의 아들이니 둘이 어릴 적부터 가까웠겠지. 하지만 그는 반정에 협조해달라는 우리 측 제의를 일언지하에 거절했어. 혹 다른 꿍꿍이가 있는 것이 아닐까?"

"다른 꿍꿍이라면?"

"주상과 모종의 밀약이 있다면……."

"괜한 심려이십니다. 오히려 주상이 칙사의 일거수일투족을 감시하고 있다는 이야기를 들었습니다."

"워낙 의심이 많은 주상이 아니신가."

"뿐만 아닙니다. 김홍진을 죽인 것이 칙사라 합니다."

"흠……."

"김홍진이 죽던 날 칙사가 그 집에 갔었다는 건 단순한 소문이 아닙니다. 그 집 노복에게 직접 확인하였습니다. 게다가 그후에 일어난 일을 보십시오. 김홍진을 자진 처리한 것은 아마도 주상일 것입니다. 장신의 경우처럼 반정공신의 체면을 지켜주려는 것이지요. 하지만 검안했던 내의원이 살해당했고, 내의원을 죽인 병조 관원 소막식은 종적을 감추었는데, 칙사는 소막식을 추적하고 있습니다. 김홍진을 죽이지 않았다면 소막식을 왜 찾아다니겠습니까? 먼저 찾아내서 후한을 없애려는 것이지요."

"그럼, 김진수도 칙사의 짓일까?"

"칙사가 한양에 왔다면 김진수를 죽였을 수도 있지요. 하지만 우리에게 중요한 것은 그게 아니지 않습니까? 칙사가 범인인 것이 거사에 유리하다면 그렇게 만들면 되는 것이지요. 그래서 사람들을 풀어 달아난 소막식을 찾고 있습니다. 소막식은 병조 관원 출신이라 제가 먼저 찾을 것 같습니다. 그럼 우리는 칙사의 약점 하나를 쥐게 되는 셈이고, 거사 후 청과 싸우든 화의를 하든 칙사를 이용할 수 있지요."

홍원범의 얼굴은 여전히 밝지 않으나 실체 없는 불안 때문에 결정을 미룰 수도 없었다. 주상이 미행을 나온다 하니 놓칠 수 없는 기회였다. 홍원범은 옆에 놓인 붓과 먹을 당겨 서찰을 작성했다. 한복진은 서찰을 받아 소매 안에 밀어넣고 서둘러 방을 나섰다.

화살은 시위를 떠났다. 불안했던 침묵과 충성을 가장한 모반은 끝나고 전쟁이 시작되었다. 홍원범은 벅차게 가슴이 뛰었다. 그러나 이 흥분을 짓누르는 불안 또한 어쩔 수 없었다. 아직 회복되지 못한 건강 때문일까. 아니면 모필가에게 맡긴 유서가 걱정돼서일까. 홍원범은 낮게 한숨을 쉬었다. 밖에서 집사가 기척을 보냈다.

"대감, 소인이옵니다."

"들어오게."

집사가 들어와 앉자 홍원범이 먼저 입을 열었다.

"독은 구했나?"

"예, 구했사옵니다. 명나라에서 들여온 것인데, 한번 먹으면 절대로 돌이킬 수 없다고 하였사옵니다."

"잘 했네."

"모필하는 자는 어떻게 할까요?"

"오늘 저녁에 처리하게. 절대로 밤을 넘겨서는 안 되네. 나머지 일은 자네가 알아서 하게. 난 한동안 정신이 없을 테니."

"예."

"그리고 이 물건을 가져가 사랑채 마루에 올려두게."

홍원범은 노리개와 서책을 집사에게 맡겼다. 집사는 물건을 챙겨 방을 나갔다.

다시 정적이 찾아들었다. 해가 기울자 방안이 어두워지기 시작했다. 오늘 밤은 얼마나 길고 길 것인가. 아내의 죽음은 반드시 한 점 의혹이 없는 자결로 처리되어야 한다. 그것은 자신이 아니라 아내를 위한 일이었다. 남편에게 독살당한 여인이 정절부인으로 추앙받을 수 있겠는가?

곧 모든 일이 정正으로 돌아올 것이다. 그것이 아내를 위한 옳은 길이다. 아내는 강화도에서 바다에 뛰어내리기 전에 딸과 함께 청나라 군사들에게 포박되었다. 그리고 청나라에서 죽지 못한 것은 죽음이 두려워서 아니라 자신의 몸을 더러운 오랑캐의 땅에 묻을 수 없어서였다. 천신만고 끝에 고향에 돌아왔으나 왕명으로 이혼을 허락하지 않으니 이 길 외에 다른 선택이 있을 수 없었다. 이것이 유서의 핵심 내용이었다. 그는 아내의 유서를 쓰느라 며칠 밤을 지새웠다. 아내의 죽음이 가진 명분과 심중의 바른 의지를 드러내기 위함이었다.

딸도 어미와 함께 그렇게 보내야 한다. 그것이 인과 예를 쫓는 선비의 정당한 도리일 것이나, 딸을 죽이려니 마치 짐승처럼 고통스러웠다. 딸만은 살려두고 싶었다. 모순이긴 하나 홍원범은 그 모순을, 그 죄를 부둥켜안고 살아가리라 결심했다. 아내를 이런 식으로 보내는 대신 앞으로 새 장가를 들 마음도, 자식을 볼 생각도 없었다. 그것이 아내에게 바치는 진심이자 최소한의 예의였다. 이제 그는 살아 정부인이었고, 죽어 정절부인이 된 아내를 생각하면서 평생을 살아갈 것이다. 흉중생진胸中生塵. 앞으로 자신의 삶은 비애, 연민과 그리움으로 가슴에 티끌이 만 섬이 넘게 쌓여가는 고통 속에서 살아야 할지 모른다. 하지만 어찌하리. 감당해야 할 업보인 것을. 홍원범은 이미 죄인이 된 딸을 평생 자신의 곁에 두고 살리라 결심했다. 모순을 자기 삶으로 끌어안기로 한 것이다.

시간이 얼마나 지났을까. 홍원범은 천천히 일어나 어둠이 내린 거리로 나갔다. 모필가에게 글을 받아와야 할 시간이었다.

◎

김씨 부인의 얼굴 위로 하염없이 눈물이 쏟아졌다.

강화도에서 청나라 군대에서 잡혔을 때도, 북쪽으로 끌려가면서 짐승 같은 군인들에게 밤마다 능욕을 당할 때도, 심양에서 청나라 장수의 첩살이를 할 때도 나오지 않던 눈물이 장맛비처럼 줄줄 흘러내렸다.

이럴 줄 알았으면 딸과 함께 강화도 앞바다에 몸을 던질 것을. 김씨 부인은 한양으로 돌아온 후 종종 회한에 시달렸다. 김씨 부인은 더 이상 정부인도 정절부인도 아니었다. 스스로 목숨을 끊어야겠다는 생각을 수없이 했지만 자신이 자결을 하면 딸도 목을 맨다는 것을 그녀는 잘 알고 있었다. 얼마 전 딸아이 윤이는 아버지가 별당을 피해 다닌다면서 울음을 터뜨렸다. 그럼에도 아버지의 체취가 그리웠던 듯, 아버지가 출타하면 자청하여 계집종 대신 아버지 방을 청소했다. 그렇게밖에 아버지에게 다가갈 수 없는 자신의 처지가 못내 서러웠던지 며칠 전에는 사랑채에서 돌아와 넋을 놓고 앉아 있었다.

"왜 그러느냐?"

"……."

"윤이야, 말해보아라. 무슨 일이냐?"

"어머니……."

"왜?"

"저는…… 그냥 청에서 죽었어야 했나 봐요……."

김씨 부인은 억장이 무너지는 것 같았다.

"네가 왜 죽는다는 말이냐? 네가 무엇을 잘못했기에! 도대체 무슨 말을 들은 거냐? 말해보아라!"

그러나 딸아이는 아무 말도 하지 않았다. 김씨 부인은 짚이는 데가 있었다. 아버지의 방을 청소하다 무언가를 알게 된 것이 분명했다. 홍원범이 사실은 아내와 딸아이의 존재를 당혹스러워한다는 것을, 어쩌면 그보다 더한 증오와 경멸을 감추고 있다는 것을 알게 된 것이다.

김씨 부인은 분노로 손이 부르르 떨렸지만 이를 악물고 삼켰다. 딸을 지켜야했다. 딸마저 죽게 만들 수는 없었다.

청나라에서 자살하는 아낙네들을 너무 많이 봐왔기에 죽음은 조금도 두렵지 않았다. 그럼에도 김씨 부인이 꼭 살아야겠다고 마음을 바꾼 것은, 한양으로 돌아와 맞닥뜨린 남편이나 조선 사대부들의 추태 때문이었다. 그것은 분명 추태였다. 아녀자들이 전쟁을 벌인 것도 아니고, 전쟁에 진 것도 아녀자들의 잘못은 아니건만 전쟁으로 인한 단죄는 아녀자들의 몫이었다. 임금은 교지를 내려 한강, 소양강, 금강, 예성강, 대동강 등을 회절강回節江이라 칭하고 고향으로 돌아온 아녀자들에게 그곳에서 회절하는 정성으로 몸과 마음을 깨끗이 씻고 집으로 돌아가라고 했다. 김씨 부인은 콧방귀를 끼면서 강에서 몸 씻기를 거부하고 되레 침을 뱉고 돌아갔다.

도대체 누가 누구더러 절개를 다시 회복하라고 하는가? 김씨 부인이 그동안 공부한 바로는 조선의 그 누구도 청나라에서 돌아오는 아녀자들에게 손가락질 하거나 정절을 지키지 못했다고 시비할 자격이 없었다. 혹시 그런 말을 할 선비가 있다면 그는 이미 죽은 사람들일 거라고 김씨 부인은 믿었다. 그들이 무슨 권리로 회절강을 만들어, 그렇잖아도 끔찍한 삶을 경험한 여인들에게 또 다른 멍에를 지우는 촌극을 벌인다는 말인가? 또 한번 버린 정절이 물로 씻는다고 회복될 수 있단 말인가? 만일 회절강이 있다면 그 강물에 가장 먼저 몸과 마음을 씻어야 할 사람은 다름 아닌 교지를 내린 오랑캐의 주구, 즉 임금이었다. 하지만 그보다 더한 시련이 환향녀들을 기다리고 있었다.

사대부들은 심양에서 돌아온 환향녀들과 재결합을 거부했다. 심지어 이혼하고 새 장가를 들 수 있도록 해달라고 왕에게 주청을 올렸다. 더러운 몸으로 조상의 제사를 받들 수 없다는 핑계였다. 그런 주장을 한 대표적인 사대부가 척화를 외쳐 오랑캐를 한양으로 불러들인 책임자 중 한 사람인 장유였다. 그는 정사공신으로 임금과는 사돈지간이다. 그리고 강화도를 지키는 책임자였다가 청나라 군대가 섬으로 들어오자 피란민뿐만 아니라 왕실과 노모도 버리고 도망간 장신의 형이었다.

수많은 사대부가의 환향녀들이 쫓겨나거나 자결을 강요받았다. 그에 불응할 경우 은밀히 살해되는 경우도 드문 일이 아니었다. 승지를 지낸 한이겸은 사위가 청에서 돌아온 자신의 딸을 내쫓고 새 장가를 들려고 하니 막아달라는 상소를 올렸으나 정작 본인은 자신의 아내를 친정으로 내쳤다. 염치 같은 것은 애초에 없는 망종들이었다. 자연히 환향녀들의 자살이 끊이지 않았다.

홍원범은 달랐다. 그는 침묵했다. 그 침묵을 김씨 부인은 견딜 수가 없었다. 자신과 딸에게 지나치게 예를 차리는 것도 부담스러웠다. 병자년 전에 남편은 남 앞에서는 조용하고 과묵한 사람이었으나 아내에게는 다정하고 살가웠으며 잠자리도 잦았다. 무슨 말을 하든지 항상 그녀의 말을 경청해 듣고 자기의 의견과 다를 때는 왜 그런 생각을 하는지 꼭 물어보았다. 하지만 이제 남편은 그녀에게 말을 걸지 않았다. 밤은 어김없이 돌아왔지만 단 한 번도 김씨 부인을 찾아오지 않았다. 집으로 돌을 던져 독을 깬 자, 대문 앞에 오물을 버린 자, 자진하라고 칼을 보낸 자, 그들을 보고도 남편은 침묵했다. 범인을 잡아달라고 의금부에 청하지도 않았다. 그 침묵이 김씨 부인에게는 무엇보다 깊은 치욕이며 상처였다. 남편은 자신과 딸을 말없이 받아들였지만, 실상은 환향녀에 대한 생각이 여느 사대부와 별반 다르지 않다는 것을 김씨 부인은 깨달았다. 그는 자신의 전 재산에 가까운 돈을 청에서 돌아온 피로인을 위해 내놓겠다고 공언하기까지 했으나 김씨 부인의 눈으로 보기에 위선, 그 이상도 그 이하도 아니었다.

"조선에 돌아가거든 내 얘기는 절대로 하지 말아줘요. 부탁이에요."

최씨 부인의 목소리였다. 김씨 부인은 깜빡 잠이 들었다가 놀라 눈을 떴다.

먼 친척이자 어릴 적 친구였던 최씨 부인이 심양에서 자신에게 한 마지막 말이 꿈결에 들려왔다. 그녀에게 무슨 일이 생기기라도 했을까? 그곳에서 낳은 자식과 함께 자진이라도 한 것일까?

최씨 부인은 어릴 적부터 빼어나게 아름다웠다. 그녀의 미모 때문에 강화도에서 포로로 잡혔을 때도 여진족 장수의 눈에 들어 가마를 타고 청나라까지 가게 됐다. 또한 여진족 장수의 첩이라 다른 장수나 병사들의 몸시중을 들지 않아도 되었다. 그만하면 운이 좋은 편이었다.

김씨 부인은 그녀를 심양에서 우연히 다시 만났다. 서로를 알아본 두 사람은 부둥켜안고 얼마나 울었는지 모른다. 최씨 부인은 친구의 사정을 진작 알았다면 자신이 도와주었을 것이라며 안타까워했다. 최씨 부인은 그녀를 첩으로 데리고 간 청나라 장수의 사랑을 듬뿍 받아 편안한 처지였다. 하지만 조선의 남편을 생각하며 최씨 부인은 눈물을 흘렸다. 몇 번이나 죽으려 했으나 아이가 생겨서 죽을 수 없었노라며 울먹였다.

"우리 윤이 좀 챙겨줘요. 그 은혜는 잊지 않을 테니……."

윤이는 종노릇을 하고 있었다. 당시 심양에는 집집마다 조선인 노비로 넘쳐났다. 최씨 부인은 남편에게 청해 윤이를 자신의 종으로 데려갔다. 그 집에서 윤이가 편하게 지낼 수 있었으니 김씨 부인에게는 그보다 더한 은인이 없었다. 그후로도 최씨 부인은 몸종을 시켜 김씨 부인에게 옷감이며 먹을 것을 보내주기도 하고, 가끔은 김씨 부인을 찾아와 이야기를 나누고 갔다. 그녀가 아니었다면 김씨 부인은 심양에서 버틸 수 없었을 것이다.

하지만 최씨 부인에게 가혹한 시련이 시작되었다. 청나라로 끌려간 조선인 아녀자에 대한 학대는 말로 형언할 수 없었다. 조선 여인에 대한 청나라 여자들의 증오와 질투가 상상을 초월하여, 급기야는 청나라 황제가 조선 여인을 괴롭히는 본부인은 엄하게 다스린다는 포고령을 내릴 정도였다. 최씨 부인의 경우도 예외가 아니었다. 그녀에게 남편을 빼앗겼다고 생각한 본처가 첩년을 죽이겠다며 얼굴에다 끓는 물을 끼얹어버린 것이다. 처음에 김씨 부인은 최씨 부인이 죽은 줄 알았다. 그러나 질긴 게 목숨이라 그녀는 문둥이처럼 변한 몰골로도 죽지 않고 살았다. 뱃속의 아이도 끈질기게 살아남았다. 노발대발한 여진족 장수는 본처를 내쫓아버렸지만 그 곱던 얼굴은 예전으로 돌아오지 않았다.

"조선 사람들은 오랑캐라고 욕하겠지만 남편이 아니었다면 저는 벌써 죽었을 거예요. 얼굴이 이렇게 됐으니 내쫓을 줄 알았는데 예전과 똑같이 대해줘요. 얼마나 고마운지……."

최씨 부인은 울지 않았지만 오히려 그녀의 얼굴을 보고 눈물을 흘린 것은 김씨 부인이었다. 강보에 싸인 아이가 칭얼거렸다. 최씨 부인은 아이를 안았다.

"아비가 조선의 사대부든 오랑캐든 나한테는 똑같은 자식이에요."

그녀는 아이에게 젖을 물리면서 말했다.

조선으로 돌아온 김씨 부인은 친구의 이야기를 그 가족에게 전할 마음은 없었다. 최씨 부인의 남편은, 남한산성에서 줄곧 청나라와 화의를 하는 것은 아버지 나라, 대명천조에 대한 예의가 아니라고 주장한 당상관이었다. 병자년의 치욕을 당한 후 조정에서 척화파들은 대부분 물러났음에도 그는 무슨 대단한 뒷배가 있었는지 용케 자리를 유지하고 있었다. 그 집에서는 최씨 부인이 죽은 걸로 알고 제사를 지낸다고 했다. 김씨 부인은 친구의 상황을 알려야겠다고 다짐했다. 최씨 부인이 심양에서 그런 일을 겪으며 살고 있다는 것을 가족들이 아는 것이 도리라는 생각에서였다.

"어머니를 모시러 심양으로 가야 하지 않을까요?"

최씨 부인의 아들은 김씨 부인의 말을 듣고 울음부터 터트렸다. 아들을 만나기 전, 김씨 부인이 참의를 두 번이나 찾아갔지만 그를 만나지 못해 아들을 찾은 것이다. 김씨 부인이 굳이 아들에게 그 얘기를 해준 것은 참의가 자신을 피하는 것을 알았기 때문에 부아가 치밀어서였다.

"아니다. 그것은 네 엄마가 원하지 않는다. 나는 다만 친구로서 그 소식을 전해주는 것뿐이야."

김씨 부인은 울음을 터트린 아들의 손을 잡고 같이 눈물을 흘리며 말했다. 그때 갑자기 문이 벌컥 열리며 참의가 뛰어 들어왔다.

"부인, 제 아들에게 무슨 말을 하신 겁니까?"

참의는 막 퇴청하는 길인지 사모에 관복을 입은 채였다.

"심양에 있는 애들 어미가……."

"아들의 어미는 강화도 앞바다에 몸을 던져 정절을 지켰습니다. 심양에서 누구를 봤는지 몰라도 그 여자는 제 부인이 아니올시다. 필시 사람을 잘못 본 것입니다."

"사람을 잘못 보다니요? 최씨 부인과 저는 어릴 적부터 친하게 지낸 친구입니다."

"친구가 아니라 자매라 해도 마찬가집니다."

"그래서 심양으로 사람을 보내지 않으셨습니까? 모른 척하신 겁니까?"

"모른 척하다니요! 저의 안사람은 강화도 앞바다에 몸을 던졌는데, 그녀를 심양에서 왜 찾겠습니까? 이제 돌아가십시오. 그리고 앞으로 다시는 제 집에 오지 마십시오. 영의정 대감과 병조판서의 얼굴을 봐서 그냥 돌려보내는 것입니다."

"그냥 돌려보내다니요?"

"당장 부인을 의금부에 고해 곤장을 맞도록 할 수도 있다는 것입니다. 그런 몸으로 살아 있는 것도 치욕스러워야 하거늘 어떻게 남의 집 출입을 할 생각을 하셨습니까? 병조판서 영감의 얼굴을 생각하셔야지요!"

참의는 말을 하고 아들의 손을 끌고 방을 나가버렸다. 김씨 부인은 텅 빈 방에 혼자 앉아 부들부들 떨며 모욕감을 느꼈다. 참의에게 그녀는 살아 있어선 안 될 존재였다.

그날 김씨 부인은 자신이 타고 간 가마도 버리고 쓰개치마도 쓰지 않고 밤길을 혼자 걸어 집으로 돌아왔다. 정부인도 정절부인도

아닌 마당에 가마는 격에 맞지 않았고, 환향녀라는 치욕을 이고
있으면서 쓰개치마도 우스웠다. 그녀를 맞아준 하인도 그녀가 어
디에 다녀왔는지, 왜 이렇게 늦게 왔는지 묻지도 않았다. 아무도
그녀가 들어오지 않았다는 것도 몰랐다. 윤이만이 어머니를 눈이
빠지게 기다리고 있었다.

김씨 부인은 그날 밤 자다가 문득 눈을 떴다. 자면서 눈물을 흘
렸는지 베개가 흥건히 젖어 있었다. 죽지 않으리라……. 김씨 부
인은 생각했다. 그녀가 죽으면 청나라에서 당한 치욕 때문에 죽었
다고 할 것이다. 그것은 절대 사실이 아니었다. 그 치욕보다 더한
분노가 부인의 몸을 휩싸고 돌았다. 죽지 않을 것이다. 숨지도 않
을 것이다. 고개를 쳐들고 다닐 것이다, 그녀는 중얼거렸다.

홍원범은 술에 잔뜩 취해 가마에 올랐다. 평소에 전혀 입에 대
지 않던 술을, 가슴의 통증이 여전함에도 벌컥벌컥 마셨다. 모필
가의 집을 다녀온 뒤 왠지 모를 공허감과 절망감에 찻집 주인에게
술을 사오라고 시켰던 것이다. 술이 들어가자 금방 취기가 돌았
고, 정신도 혼몽해졌다.

내일이면 홍원범 자신이 세운 임금이 시역으로 생을 마감할 것이
다. 주상은 삼전도에서 이미 죽은 임금이었다. 훈련도감의 상당
수 부대장들은 주상을 끝까지 지키겠다고 결의를 다졌지만 내일
이 되면 모든 것이 달라질 것이다. 그들만 왕의 죽음을 받아들인
다면 내일 당장, 자신이 손수 고른 선조대왕의 손자 중 하나가 용
좌에 올라 세상을 호령할 것이다. 혼자 잔을 기울이는데 집사가
찾아왔다. 그는 모필가에게 내밀었던 명나라 엽전을 들고 왔다.

"이건 왜 가져온 것이냐?"

"명나라 돈, 더욱이 거액이라 포도청에서 무슨 냄새를 맡을까 걱정되어 소인이 들고 왔사옵니다."

홍원범은 고개를 끄덕였다. 홍원범은 그 돈을 집사에게 쓰라고 주었다. 집사는 허리를 굽혀 인사를 하고는 자리를 떴다. 집사가 나간 후 홍원범은 모필가의 글을 펼쳐보았다. 숨이 턱 막혔다. 그것은 한 치의 틀림도 없는 아내의 필체였다. 그녀의 목소리가 손끝을 타고 먹물로 전해져 종이 위에 흘러내렸다. 누구도 이것을 두고 아내의 필체가 아니라고 하지 못할 것이다. 아내는 스스로 죽을 수밖에 없는 이유를 절절이 말하고 있었다. 문장 곳곳에 결기가 느껴졌고 떨리는 붓놀림이 흐느낌마저 전했다. 그는 유서를 잘 접어 소매 안에 집어넣었다.

홍원범은 다시 관복으로 갈아입고 찻집 주인이 대기시켜둔 가마를 불렀다. 그가 가마에 올랐을 때는 이미 늦은 시각이었다. 인적은 드물었고 가마꾼들의 발소리만 들렸다. 그는 갑자기 나른함을 느꼈다. 노련한 가마꾼들이라 가마는 큰 흔들림 없이, 마치 잔잔한 바다 위에 뜬 배처럼 앞으로 나아갔다. 눈꺼풀이 저절로 감겼다. 꿈에서 홍원범은 반정에 성공하고 궁궐로 입성하는 자신의 모습을 보았다. 계해년의 모습일까, 미래의 모습일까. 알 수 없었다.

반정이 성공하면 대량의 환향녀를 만든 전쟁의 책임을 영의정 김환에게 냉혹하게 물을 생각이었다. 그가 아내의 오라비라고 봐줄 생각은 추호도 없었다. 아내 역시 그것을 원치 않을 것이다. 그녀가 심양에서 돌아온 후 그동안 고생했다며 친정에서 이런저런 음식과 약재들을 보냈음에도 모두 거절했다. 그뿐이 아니라 김환 대감을 찾아가 자신들을 구해준 것에 대해 감사 인사조차 하지 않았다. 조카인 김홍진의 초상에는 하인을 시켜 조문을 보냈고, 그의 아들이 죽었을 때는 그마저 하지 않았다.

김환은 망나니 아들과 손자를 잃었으니 누구에게든 앙갚음을 하려고 겨울잠을 들기 전의 뱀처럼 독이 올라 있을 것이다. 하나밖에 없는 손자를 잃어 대가 끊어졌으니 조상을 뵐 면목도 없고, 세상을 떠난 후 제삿밥도 얻어먹을 수 없는 귀신이 될 테니 충분히 그럴 만했다. 조정 안에서는 충격을 받은 영상이 자리에서 물러날 것이라는 소문이 돌았지만 홍원범은 그 소문을 믿지 않았다. 그는 그럴 위인이 아니었다. 그를 모르는 사람들의 근거 없는 추측일 뿐이었다. 김환은 자리에서 쫓겨날지언정 스스로 자리를 내놓을 인물이 못 되었다.

김환은 사실상 그 무엇이 될 수도 없고, 되어서도 안 되는 인물이었다. 모든 비극이 김환 때문에 생겼다 해도 과언이 아니었다. 그는 강화도를 가리켜 오랑캐가 도저히 접근할 수 없는 천혜의 요지라고 떠벌리며 그곳으로 파천을 주장했다. 그의 주장이 아니었다면 아내와 딸은 진작 남쪽으로 피란을 떠나 심양으로 끌려가지 않았을 것이고, 그랬다면 홍원범의 집안에도 아무런 문제가 없었을 것이다. 자신의 손에 자기 몸처럼 아꼈던 아내의 피를 묻히지도 않았을 것이다. 그 생각에 이르자 분노와 취기가 위장을 타고 올라왔다.

"멈춰라!"

홍원범은 급히 가마를 세웠다. 가마가 어둠 속에 내려앉았다. 그는 가마에서 내려 허리를 숙이고 먹은 것을 모두 게워냈다. 술을 너무 마신 탓이었다. 몸도 낫지 않았는데 아무래도 무리를 한 것이다. 홍원범이 입을 닦으며 겨우 고개를 들었을 때 저만치 서 있는 낯선 그림자를 보았다.

"웬 놈이냐?"

홍원범은 시커먼 물체를 보고 놀라 소리를 질렀다. 뒤쪽에 있던 호위무사가 달려왔다.

"대감마님, 괜찮으십니까?"

"앞을 봐라. 저, 저놈이 누구냐?"

"대감마님, 저건 나뭇가지이옵니다."

호위무사가 다가가 확인하고는 말했다.

"정말이냐?"

호위무사는 대답 대신 아래로 쳐진 나뭇가지를 손으로 꺾어버렸다.

홍원범은 다시 가마 쪽으로 걸어가다 뒤를 돌아보았다. 가지가 잘린 나무는 더욱 을씨년스럽게 어둠 속에 서 있었다. 홍원범은 이유를 알 수 없는 공포감을 느끼며 서둘러 가마에 올랐다.

생각해보면 단지 드러내지 않을 뿐 모두가 가슴속에 공포를 숨기고 사는 세상이었다. 전쟁이 끝나자 장안은 공포에 휩싸였다. 치욕과 분노, 감당할 수 없는 자기 비하가 가져온 공포였다. 다시 전쟁이 일어날지도 모른다는 공포, 병자년처럼 아무도 자신들을 지켜주지 못할 거라는 공포, 누구도 믿을 수 없고 의지할 사람이 없다는 공포가 구린내처럼 팽배해 있었다.

누구를 원망하겠는가. 임금은 권좌에 오르자마자, 오랑캐를 무찌르기 전까지는 음악도 가까이하지 않겠다고 선언했다. 아버지 정원군이 원종으로 추숭된 후에는 오랑캐가 쳐내려오면 자신이 서북지방으로 가서 친히 백성을 독려하겠다고 큰소리를 쳐댔다. 하지만 막상 전쟁이 나자 할아버지 선조대왕이 했던 대로 자신의 안위를 위해 강화도로 몽진하려 했다가 반정공신인 유도대장 심기원의 실책으로 도망갈 시간마저 놓쳐 남한산성에 갇혀버렸다.

임금은 진작 청나라와 싸울 태세를 갖추었어야 했다. 홍원범은 반정 후 기회가 있을 때마다 무장을 해야 한다고 노래를 불렀으나 돌아오는 것은 지방관으로 쫓겨나는 냉대였다. 만일 나라의 위기가 없었다면 홍원범은 아직도 한직을 전전하고 있었을 것이다. 폐주 광해가 몰래 개량한 무기들을 다시 손보고, 그가 비변사에 내린 지시 사항에만 귀를 기울였다면 그렇게 무지막지하게 당하지는 않았을 것이다. 광해는 청나라 군대가 왜구들과 달리 성을 하나씩 함락시키지 않고 대군을 이끌고 곧장 한양으로 내려올 수도 있으니 그때를 대비해 묘책을 마련하라고 지시했다. 그가 비록 패륜을 저지른 임금이었다고는 하나 왜구와 직접 싸움을 해본 경험이 있는 군주라 전략전술에는 나름 일가견이 있었다. 하지만 비변사는 병자년 오랑캐가 한양에 입성할 때까지 아무런 준비도 하지 않았다.

칙사가 이익수의 아들이라……. 이익수의 아들이라면 김홍진 부자를 죽일 만했다. 김환과 그의 아들 김홍진은 이익수와 칙사의 이복형을 주살하는 데 앞장선 사람들이다. 특히 끝까지 광해를 지키려다 난자당해 죽어간 이익수의 시신을 아무도 수습하지 않아 개가 그의 사지를 물고 다녔다고 했다. 예를 지키기 위해 반정을 일으킨 자들이 그런 무례를 범하다니, 홍원범은 이해할 수 없었다. 나쁜 주인을 만났을 뿐 이익수는 충신임이 분명했다. 그러니 칙사의 칼이 김환을 겨냥하고 있음은 자명했다. 사직을 더럽힌 죄로 가장 먼저 처단해야 할 자는 바로 김환이라고 홍원범은 생각했다. 이신이 그를 죽여준다면 그저 고마울 따름이었다.

"대감마님, 도착했사옵니다."

홍원범은 찬바람 때문에 술을 거의 깬 것 같았다.

"이리 오너라."

호위무사가 대문을 향해 소리쳤다.

"큰소리 내지 말고 모두들 물러가라. 내 조용히 집으로 들어갈
테니."

홍원범은 가마에서 내렸다. 그는 대문 앞에서 휘영청 밝은 달을
올려다보았다. 노복이 나와 허리를 굽혀 절을 했다. 그는 노복을
향해 소리를 죽이라는 표시로 손가락을 입으로 가져갔다. 노비
는 금방 상전의 뜻을 알아채고 소리 나지 않게 대문을 닫았다.
아내와 딸아이가 있는 별채는 한참 떨어진 곳이지만 그는 자신
의 기척조차 닿게 하고 싶지 않았다. 마치 스스로 죄인이 된 듯
발소리가 나지 않게 천천히 걸었다. 얼마나 조심했는지 사랑채
앞에 당도하자 한숨이 절로 나왔다. 사랑채 마루에는 집사가 가
져다둔 노리개와 책이 있었다. 그는 〈동몽선습〉, 〈내훈〉, 〈삼강행
실도〉를 손으로 어루만졌다. 노리개와 책들을 한쪽에다 가지런
히 내려놓으며 윤이가 이것들을 받아들고 환하게 웃어주었으면
좋겠다고 생각했다.

하지만 감상은 거기까지였다. 그는 옷소매에 넣어온 유서를 빼
서 조심스레 서책 속에 숨겼다. 오늘 밤에 모든 것을 해결해야 한
다고 생각하니 갑자기 목이 말랐다. 하인을 부를까 하다 홍원범은
뒷마당의 우물가로 갔다. 뒷마당에서 보이는 별채에는 모두 잠든
듯 불이 꺼져 있었다. 다행이라 생각하며 홍원범은 직접 두레박으
로 물을 길어 올렸다. 얼음처럼 차가운 물이 그의 목을 타고 내려
갔다. 가슴뿐만 아니라 머릿속까지 개운해지는 듯했다. 그때 저만

치 서 있는 대추나무에 낯선 그림자가 어른거리는 것이 보였다.

"누구냐?"

그는 길에서 보았던 것처럼 나뭇가지에 불과할 거라고 생각했지만 예감이 안 좋았다. 홍원범은 두레박을 던져놓고 대추나무로 다가갔다. 부러진 나뭇가지가 아니었다. 축 늘어진 그림자. 하얗게 삐져나온 버선발.

"윤이야."

홍원범의 입에서 단말마의 탄식이 터졌다. 어스름한 달빛 아래 나뭇가지에 그의 딸이 매달려 있었다. 윤이가 목을 매단 것이다.

"윤이야, 이게 무슨 짓이냐?"

홍원범은 놀라 딸의 발을 잡아당기며 울음을 터트렸다. 네가 죽다니, 내 평생 너와 함께 내 죄를 참회하며 살려 했거늘, 어찌하여 네가 죽는단 말이냐……. 왜 하필 너냐, 죽어야 할 사람은 네 어미인데. 홍원범의 입에서 오열이 흘러나왔다. 그때 다시 나뭇가지가 흔들거렸다. 홍원범은 고개를 들었다. 윤이와 나뭇가지에 가려 보이지 않던 그림자가 꿈틀거리며 다가왔다.

"누구냐?"

상대방은 말이 없었다. 단지 손에 들고 있던 작은 칼을 들어올렸다. 홍원범은 어둠 속에서 파르스름하게 빛나는 칼날을 바라보았다. 그림자가 한 걸음 더 다가왔다. 아내의 얼굴이었다. 눈물조차 나오지 않는지 바싹 마른 얼굴에 눈동자만 칼날처럼 반짝였다.

"부, 부인……."

홍원범은 뒷걸음치며 신음을 내뱉었다. 우물이 그의 등 뒤에 있었다. 홍원범은 우물에 기대며 아내의 손에 들려진 칼을 보았다. 저것으로 나를 죽이겠다는 말인가. 홍원범은 손을 뻗어 아내 아내의 치명적인 실수를 저지하려 했다. 그러나 김씨 부인은 단호하게 칼을 쥐고 허공을 갈랐다. 홍원범은 초승달처럼 빛나는 칼날을 우두커니 바라보기만 했다.

九
허수아비 춤

종로 쪽에서 끝없이 흙먼지가 날아왔다. 운종가에는 사람들이 흙먼지를 피해 가늘게 눈을 뜨고 분주하게 오갔다. 먹고사는 것은 다른 무엇보다 중요한 일이라 먼지가 아니라 비바람이 몰아친다 해도 분주히 움직일 수밖에 없었다.

오래된 주막의 늙은 주모는 연신 부엌과 방과 마당을 오가며 장 국과 술을 내오느라 바빴다. 이렇게 바쁜 날이 자주 있는 것도 아 닌지라 늙은 주모는 불평할 새가 없었다. 사람들이 구름처럼 모여 든다는 운종가가 코앞에 위치한 목 좋은 주막인데도 술은커녕 장 국 한 그릇 못 파는 날이 최근까지 이어졌다. 거리에 사람들이 많 아도 사정은 별반 다르지 않았다. 그러나 오늘은 웬일인지 추레한 양반이 하나 들어와 개장국과 술을 시키더니, 이어 양반 서넛이 들어와 자리를 잡고는 인심 좋게 이것저것 주문했다. 사람이 사람 을 부른다고 지나가던 행인 두어 명이 몇 사발의 술을 들이키자 거지 아이들까지 가게로 다가와 술지게미를 달라고 사정하였다. 주모는 손사레를 치며 아이들을 내쫓으려 했지만 추레한 양반이 술지게미도 돈을 쳐줄 테니 아이들에게 좀 나눠주라고 말했다. 주모는 술지게미도 돈을 쳐서 파는 셈이어서 아주 신이 났다.

아이들은 주막 입구에서 술지게미를 집어 먹으며 양반을 힐끔거렸다. 그는 게걸스럽게 개장국을 삼켰다. 달포 전에도 그는 이곳에 들러 개장국을 먹고 갔다. 눈썰미 좋은 주모는 그의 얼굴을 기억했다. 생각해보면 그때도 양반 몇 명과 함께 들어온 것 같은데, 일행은 아닌 것 같았다. 왜냐하면 저편으로 앉은 양반들이 게걸스럽게 개장국을 먹는 그를 딱하다는 듯, 혹은 민망하다는 듯 보고 있었기 때문이다.

"주모, 여기 술 한 사발 주오."

허리에 전대를 두르고 봇짐을 진 장정 하나가 마당으로 들어와 평상에 걸터앉으면서 말했다. 다른 곳에서 물건을 떼러 온 장사치인 듯했다. 그는 양반을 힐끗하더니 주모에게 다시 물었다.

"주모, 저 양반이 먹고 있는 게 개장국이오?"

"예. 한 그릇 드릴까?"

"그러슈."

양반은 국그릇을 내려놓으며 장사치에게 말을 건넸다.

"보아 하니 장사를 하는 모양인데, 요즘 먹고살기는 어떻소?"

양반의 말투는 어딘가 어눌했다. 장사치는 그의 차림새를 훑어보며 대꾸했다.

"안 죽었으니 살아 있는 거고, 살아 있으니 풀칠은 하고 있나보다 하는 거지, 어떻다고 할 것도 없수다. 심양으로 끌려가지 않은 것만 해도 어디요."

"하긴 나도 그놈의 전쟁 때문에 다 잃었소."

양반은 그 말을 마치고 실없이 껄껄 웃었다.

"양반이 잃을 게 뭐가 있소? 땅도 그대로고, 집도 있을 것 아니오."

"식솔은 죄다 오랑캐에게 끌려가고 전답은 투전판에서 다 날렸다니까!"

"그래도 종종 들러 개장국을 먹는 걸 보니 아직 살 만하신가 보오."

장사치에게 주려고 술 한 사발과 개장국을 들고 나오던 주모가 말했다.

"투전판에서 구전을 좀 뜯었지."

그 말을 하며 양반은 다시 껄껄 웃었다.

"너무 좋아서 실성이라도 하려나 보오. 그렇게 웃어 제치는 걸 보니."

장사치는 별 실없는 사람 다 본다는 듯 고개를 돌렸다. 양반은 뭐가 그리 우스운지 혼자 계속 웃다가 꺼억 트림을 하고는 과장된 몸짓으로 소리도 요란하게 방귀까지 푹 뀌었다. 장사치는 그 체신머리 없는 동작에 눈살을 찌푸리며 아예 돌아앉았다.

"여보시오. 그 술, 한 모금만 얻어 마십시다."

장사치는 무슨 되지도 않은 소리냐는 듯 힐끔 돌아보고는 대꾸도 않고 자신의 술을 들이켰다.

"이보시오, 이봐."

양반은 장사치에게 다가가 그의 팔을 잡았다.

"아, 왜 이러쇼! 양반 나리가!"

장사치는 짜증을 내며 팔을 뿌리쳤다. 거지꼴이 된 양반은 익히 봐오던 터라 장사치는 거리낌 없이 타박을 주며 노려보았다. 그 풀에 양반은 비틀거리다 평상에 주저앉았다. 그 뒤에 앉아 지켜보던 서너 명의 사내들이 움찔했다. 그들은 아까부터 양반의 몸짓

하나하나에 시선을 떼지 않았다. 그들 중 하나가 벌떡 일어나려는 것을 다른 이가 조용히 팔로 막았다. 내금위장 김창렬이었다.

임금은 궁 밖으로 나오면 어떠한 경우에도 아는 체하지 말라고 단단히 엄명을 내렸다. 이번이 처음 있는 미행도 아니었을 뿐더러 임금이 미행에서 기이한 행동을 하는 것을 내금위장 김창렬은 이미 여러 번 봤던 터였다.

처음 임금이 미행을 나올 때는 당연히 민심을 살피려는 것이라 생각했다. 그러나 그의 예상은 이내 깨졌다. 임금은 미행보다는 다른 것에 더 관심이 많았다. 술을 마시고 정신이 나간 양반인 척하는 것도 그중 하나였다. 눈에 띄지 않게 백성들의 소리를 들으려 하기보다는 임금은 백성들 틈에 들어가 일부러 조롱받을 짓거리를 하며 킬킬거렸다. 궁으로 돌아오면 임금은 김창렬을 불러놓고 묻기도 하였다.

"오늘은 어떻더냐? 아무도 내가 임금인지 몰랐겠지? 내가 정말 실성한 양반 같지 않더냐?"

"전하, 저는 혹 불미스러운 일이 생길까, 그것이 걱정될 뿐이옵니다."

"예끼, 내 말에 대답이나 하렸다!"

"그게 저……."

"어서! 내가 실성한 양반, 상갓집 개 같지 않았냐 말이다!"

"소인은……."

차마 대답을 못해 김창렬이 망설이면 임금은 몇 번이고 고함을 질러 김창렬에게 대답을 강요했고, 그의 입에서 원하던 대답이 나오면 손뼉을 치며 좋아했다.

김창렬은 철저하게 임금의 미행 사실을 비밀에 부쳤으나 궁에는 벽에도 눈이 있고 귀가 있는 법이라 은밀하게 소문이 퍼져나갔다. 또한 소문이란 발이 있어 제멋대로 달려가고, 몸집이 있어 스스로 부푸는 것이라 궁에는 주상이 술에 취해 칼로 내관을 찔러 죽였다는 이야기가 떠돌았다.

모두 주상전하를 몰라서 하는 소리이지, 김창렬은 속으로 중얼거렸다. 그가 아는 임금은 마방진 같은 사람이었다. 겉으로 보면 아주 단순하지만 무엇을 말하고 있는지는 결코 알 수 없었다. 이리저리 맞춰봐도 언제나 틀린 답만 나오는 사람. 임금은 입을 다문 채 모든 이야기를 들었고, 눈을 감고 모든 것을 보았다.

"광해는 폐주로 기록될 것이다. 신하들에게 쫓겨났으니……. 왜인 줄 아느냐? 광해가 신하들을 이기려 들었기 때문이지."

임금의 눈에는 어둡고 깊은 빛이 촉수처럼 꿈틀거렸다. 그때 김창렬은 알 수 없는 오한을 느꼈다.

술지게미를 얻어먹던 아이들이 고기도 한 점 얻어먹겠다는 야무진 꿈을 품고 장사치의 평상으로 슬금슬금 다가왔다. 그러자 주모가 손을 내저으며 소리를 빽 질렀다.

"이놈들, 나가지 못해!"

주모가 아이들의 등짝을 때려 밖으로 몰아냈다. 술지게미를 입 주변에 묻힌 아이들은 밖으로 몇 발자국 물러나 여전히 주막 안을 들여다보며 얼쩡거렸다.

"양반집 자식들이 구걸이나 하고 있으니! 차라리 오랑캐에게 끌려갔으면 종노릇을 해도 밥은 먹었을 거구먼."

"저 애들이 양반집 자제들이오?"

추레한 양반 행세를 하는 임금이 주모에게 물었다.

"그렇답니다요. 받아주는 친척도 없고, 종노릇도 할 수 없으니 비렁뱅이가 될 밖에요."

"체, 오랑캐 앞에서 머리를 찧어도 나랏님은 잘만 사는데 애들이 고생이구나!"

개장국을 퍼먹던 장사치가 중얼거렸다. 그 말에 김창렬이 불끈해서 쏘아붙였다.

"네 이놈! 말조심 해라."

장사치는 고개를 돌려 김창렬을 보더니 다시 구시렁거렸다.

"꼴에 같은 양반이라고. 아무리 양반이라도 이토록 참혹한 잘못을 저질렀다면 책임을 져야지. 나랏님은 왜 심기원이나 김자점의 목을 따지 않는 것이오?"

"대신 김환 대감의 아들과 손자가 죽었잖아요? 손자 김진수는 시신에 글자까지 새겼대요. 그래서 문상객도 받지 않고 몰래 초상을 치렀다더구먼."

주모도 거들었다. 소문이란 항상 과장되기 마련인지라 김진수의 주검은 불태워진 것으로 와전되어 백성들의 입에 오르내렸다. 실상 강상죄를 범한 김환의 손자를 그렇게 죽이고 싶기 때문일 것이다. 죽은 훈신들 때문에 장안에서 뒷말이 무성하다는 것은 임금도 미행을 통해 확인한 사실이었다. 임금은 그 이유를 대충 짐작하고 있지만 다시 확인하고 싶었다.

"도대체 김홍진 부자의 죽음에 왜 그렇게 관심이 많소?"

"영의정은 패전의 진짜 책임자이고, 그 아들 강화도 검찰사 김홍진이 포로를 만든 장본이잖소. 그런데 김환이 그 자리에 그대로 앉아 있으니 아들에 손자라도 죽어야죠. 게다가 손자 김진수는 패륜까지 저질렀으니 죽어 마땅할 밖에요."

"그 집안의 아들과 손자까지 죽었다니 묵은 똥이 빠져나가는 기분입디다."

"묵은 똥!"

임금은 소리를 치면서 웃음을 터트렸다.

"맞아요. 장신도 죽고, 강진혼과 변이척도 죽었다는 소식이 들려오니 다들 운종가로 나서 춤이라도 한판 흐드러지게 추고 싶다고 떠든다니까요."

그러자 장사치가 마시던 탁주잔을 소리 나게 내려놓으며 말했다.

"체, 임금은 죄가 없다는 말이오? 다들 임금도 천벌을 받을 거라고 합디다."

"임금이 천벌을?"

임금이 물었다.

"광해군을 몰아낼 때 그러지 않았소? 천벌을 내리는 거라고. 그러니 임금이나 상놈이나 잘못하면 천벌받는 건 똑같은 거 아니오?"

도저히 참지 못한 김창렬이 벌떡 일어섰다.

"닥쳐라, 이놈! 네가 당장에 의금부로 끌려가 죽고 싶은 게냐? 듣자듣자 하니 말마다 방자하기가 이를 데 없는 놈이 아니냐!"

"들은 말을 전했을 뿐인데 뭘 그러쇼?"

장사치는 뜨끔했는지 그렇게 말하며 서둘러 일어나 주모에게 두어 푼 던져주고는 주막을 빠져나갔다. 아이들이 장사치에게 손을 내밀며 구걸했지만 그는 야멸차게 뿌리쳤다. 양반의 자식이라는 아이의 입에서 어른도 하기 힘든 욕설이 튀어나왔다. 다른 아이들도 같이 욕지거리를 쏟아냈다. 육씨럴 놈, 자지를 뽑아다 돼지우리에 처넣을 놈, 애미 씹통을 삶아먹을 놈, 딸년 오장을 후벼내야 할 놈……. 어디서 주워들은 것인지 가늠할 수 없는 욕설이 낭랑한 목소리로 어지럽게 울려 퍼졌다. 김창렬은 아이들의 욕설에 기가 막혔으나 임금은 아이들의 욕설에 손뼉을 치며 싱글벙글 웃었다. 나중에는 아이들도 실성한 사람으로 여기고 임금에게 오물을 던지듯 욕을 내뱉고 사라졌다. 김창렬은 아이들이 자신의 얼굴에 침이라도 뱉은 것처럼 심한 모욕을 느껴 뱃속이 뒤틀렸지만 꾹 참았다.

"그래 그래, 맞다. 양반이 별거고, 임금이 별거냐? 양반도 굶으면 구걸하고, 수 틀리면 욕질하고, 임금도 잘못하면 천벌 받는 거지. 사대부들은 임금이 자기들과 똑같다 하고, 백성들도 임금이 자기들과 다르지 않다하니, 우수마발에게 물어보면 그놈들도 임금이 자기들과 똑같다 하지 않겠느냐. 하하하."

임금은 눈물까지 흘리며 주모에게 돈을 주고는 거리로 나섰다. 김창렬과 그의 부하들은 몇 발자국 떨어져 임금의 뒤를 쫓았다. 임금은 계속 킬킬거리며 걸어가다 속이 거북한지 나무를 붙잡고 먹었던 것을 게워냈다. 노래진 임금의 얼굴을 보고 김창렬이 놀라 다가갔다.

"전하, 괜찮으십니까? 오늘 일을 뒤로 미루고 궁으로 돌아가심이 좋을 것 같사옵니다."

"물러서라!"

임금은 현기증에 울렁거리는 속을 진정시켰다. 땅이 자신을 향해 달려드는 것 같았다.

"전하, 패는 이미 우리 쪽에서 쥐었으니 기회는 새로 만들 수 있사옵니다. 그러니 옥체를……."

김창렬이 옆으로 바짝 다가서며 중얼거렸다.

"입을 닫아라. 어명이다."

임금은 단호하게 말했다. 술 때문에 풀려 있던 금상의 눈동자가 갑자기 광기로 번득였다. 김창렬이 움찔 놀라 고개를 숙이고 뒤로 물러섰다. 그 일은 뒤로 미룰 수 없었다. 시역을 당하더라도 오늘 해가 떨어지기 전에 끝을 봐야 한다. 죽을 팔자라면 여기가 아니라 궁에서 죽는다. 광해를 봐라. 두 눈 멀쩡히 뜨고 궁에 앉아 용좌에서 쫓겨나지 않았는가. 살아날 팔자라면 적당의 소굴에서도 목숨을 부지하는 법이다. 칙사를 보면 알 것이다. 임금은 칙사가 죽었다는 소문을 믿지 않았다. 그자는 반드시 나타날 터였다.

다시 머리가 어지러웠다. 언제였던가, 청나라 관리와 협상할 때도 현기증 때문에 제대로 앉아 있을 수도 없었다.

"너는 뭐하는 자인데 토우土偶 같은 모습을 하고 있느냐?"

그때 청나라 관리가 했던 말이 머리를 스쳤다.

정묘년 호란 때, 청나라의 협상 차사로 나타난 자는 여진족이 아니라 엉뚱하게 명나라 사람이었다. 나중에 알아보니 청나라로 귀화한 이신貳臣이었다. 현기증을 가누느라 겨우 버티고 서 있는 임금을 향해 그는 명나라 말로 나불댔다. 임금은 너무나 불쾌해 다음 날 역관을 조용히 불러 의미를 물었다. 역관은 민망한지 입을 다물었으나 임금은 그를 추달해 기어이 뜻을 알아냈다. 토우. 야만인. 잊기 힘든 모멸감이었다. 임금은 그 모멸감의 근원을 정확하게 알았다. 그것은 힘 없는 자의 것이었다.

임금은 힘이 어떤 것인가를 어릴 때부터 잘 알았다. 그는 왕손으로 태어났으나 궁궐에서 살지 못했다. 적통이 아니기 때문이었다. 그의 아버지 정원군은 방탕하기 이를 데가 없어 백성의 등을 쳐서 자기 술값으로 썼다. 그에게 왕통이라는 신분은, 도적질을 하기 위한 수단이었다. 저잣거리에 나서면 아버지 정원군을 욕하는 소리가 들렸다.

"나를 욕해? 임금의 자손인 나를? 하늘 아래 모든 것이 임금의 것이야. 내가 적통이고 왕위를 물려받을 처지였다면 그것들은 아무 말도 못할 테지!"

정원군의 말이 틀린 것도 아니어서 정원군의 방탕을 이유로 조정 대신들의 탄핵에도 선조대왕은 벌을 내리지 않았다. 선조대왕은 그 많은 자식들이 허구한 날 백성을 상대로 저지르는 만행에 대해서 한결같이 너그러웠다. 자식이 많았으니 용서할 일도 그만큼 잦았다. 광해군의 친형인 임해군은 재상인 유희서의 애첩 애생과 간통한 일이 들통나자 도적을 시켜 유희서를 살해했다. 하지만 아무런 처벌을 받지 않았다. 도리어 아버지의 억울한 죽음을 밝혀달라던 재상의 가족이 고초를 겪었다.

임금에게는 죄도 벌도 없었다. 그런 것은 필부에게만 적용되는 것이었다. 그리고 그 광휘는 적통으로 이어진다. 자신이 곧 사직이라고 믿었던 선조대왕도 자신이 적통이 아니라는 사실 때문에 평생을 고통 속에서 살았다. 할아버지 선조가 어린 능양군을 앞에 두고 글을 가르칠 때, 그는 적통이 아니면 왕이 될 수 없고, 되어서도 안 된다고 입이 닳도록 되뇌었다. 선조대왕이 딸보다 훨씬 어린 여자를 왕후로 삼은 것, 그를 통해 적자인 영창대군을 얻고 그토록 좋아한 것은 적통에 대한 그의 끈질긴 바람 때문이었다.

어린 능양군의 눈에도 적통이란 곧 힘이었고 모든 것의 근원이었다. 궁궐에서 집으로 돌아올 때마다, 아버지를 천하에 더러운 협잡꾼이라고 쑥덕거리는 양반들을 볼 때마다 적통이 되기를, 유일무이한 왕이 되기를 얼마나 꿈꾸었는지 모른다. 그 어마어마한 힘과 지존의 자리에 대한 갈망이 어린 능양군의 피와 심장을 만들었다. 적통이라는 존재의 증명은 동전의 앞뒷면처럼 임금의 의식을 쫓아다녔다. 왕이 되려면 적통이어야 했고, 왕이 된 후에도 적통은 힘의 상징이었다.

임금이 추숭도감을 설치해 아버지 정원군을 왕으로 세워 입승대통의 딱지를 떼려고 몸부림친 것도 실은 그 때문이었다. 그는 아버지가 명나라로부터 원종元宗의 종호를 받아 종묘로 들어가자, 흥분한 나머지 오랑캐가 쳐내려오면 자신이 서북지방으로 가서 친히 백성을 독려하겠다고 신하들에게 큰소리쳤다. 천조가 자신을 적통으로 인정했으니 뭐든지 마음만 먹으면 할 수 있을 것 같았다. 그때 임금은 운종가로 달려나가 자신은 반정으로 추대된 허수아비 왕이 아니라 상국이 인정한 제왕이 되었다고 외치고 싶었다. 백성들은 이제 적통 임금을 두었으니 오랑캐의 침입 따위로 고통당하는 일은 절대로 없을 것이라고 말해주고 싶었다.

임금의 귀에는 백성들의 환호가 들리는 듯했다. 당당하고 힘을 가진 제왕. 적통의 피를 받은 임금. 명은 조선의 하늘이니 그 하늘이 점지한, 다른 근본을 가진 단 하나의 존재. 임금은 그 시절 그런 꿈을 꾸었다.

그러나 임금은 청나라 관리의 말처럼 여전히 토우였고, 그것이 힘의 부재에서 비롯되었음을 뼈아프게 깨달았다. 그러나 해결책은 자신을 적통으로 인정해준 명나라에 다시 매달리는 것 뿐이었다. 실상 그들은 왕에게도 조선에게도 아무것도 해줄 수 없는 허수아비에 불과했지만 임금은 모순된 현실을 깨닫지 못했다. 적통이 아니라는 열등감에 그는 판단력을 잃었다. 대명천조의 발꿈치를 잡고 황제의 고명에 매달리는 사이 허수아비 천조가 아니라 진짜 힘을 가진 천조가 나타났다. 임금은 신하들과 장단을 맞춰 그놈은 오랑캐라고 욕만 했지 그들이 자신들의 코앞에 올 때까지 그들의 실체를 모르고 있었다. 병자호란과 남한산성에서의 치욕을 거치면서 임금은 자신이 누구인지 알게 되었다. 모든 것이 정확해졌다. 자신이 허상에 매달렸다는 것을 분명히 깨달았다. 임금은 자신에게 말할 수 없는 환멸과 수치를 느꼈고, 그것은 서서히 분노로 변해갔다.

그날은 눈이 왔다. 먹을 게 없어 병사들은 쥐를 잡았고, 쥐마저 사라진 남한산성에 눈이 쌓여 세상은 반짝거렸다. 임금은 죄인이라 하여 곤룡포를 벗었고, 정문을 쓸 수 없다고 하여 남문을 통해 남한산성을 나섰다. 소현세자와 삼정승 오판서가 뒤를 따랐다. 임금은 산성 안에서 항복하겠다고 버텼으며, 신하들도 산성에서 황제를 향해 절을 하는 정도로 사태를 마무리하려고 온갖 애를 다 썼으나 황제가 받아들이지 않았다. 임금이 성을 나가지 않으려고 고집을 피운 것은 그들이 임금인 자신을 심양으로 끌고갈까 두려워서였다. 임금의 두려움은 아랑곳없이 신료들은 두 패로 나뉘어 격렬하게 다투었다.

"전하, 최명길에게 매국의 죄를 물어 목을 베시고 그 목을 성 앞에 매달아 군사들이 보도록 하시옵소서. 명길은 우리나라와 명나라 사이에 부자의 은혜와 군신의 도리가 있는 줄 모르지 않을 것인데, 감히 배반을 이야기하고 있사옵니다."

병조참의 한복진이었다.

"전하, 신 최명길 아뢰옵니다. 우리가 청나라와 화의를 한다고 명나라와 군신의 관계를 저버리는 것은 아니옵니다. 명도 사직이 백척간두에 서 있는 작금 조선의 상황을 안다면 어찌 용렬하게 자기만을 섬기라 하겠사옵니다. 이는 올바른 아비의 도리가 아닐 것이옵니다."

"전하, 무엇보다 사직이 오늘 여기 남한산성 안에서 사달이 난다면 우리가 명에 대해 부모의 도리와 군신의 도리를 지키고 싶어도 그럴 수 없게 되옵니다. 그것이야말로 진정 군신의 도리를 저버리는 길이 아니고 무엇이옵니까? 와신상담, 권토중래하기 위해서라도 일단 나라가 있어야 하옵니다."

홍원범이 최명길을 두둔하고 나섰다.

"전하, 명길과 원범의 말은 대꾸할 가치조차 없는 망발이옵니다. 예로부터 천하의 국가 중 망하지 않은 나라가 어디 있었사옵니까? 의리를 저버리고 망하는 것보다 정도를 지키면서 하늘의 명을 기다리는 것이 차라리 나을 것이옵니다. 항복이라 함은 천부당만부당한 말이옵니다, 전하."

이조참판 정온이었다. 말은 끝이 없었고, 임금은 듣고 있었으나 듣지 않았다. 구부린 신하들의 등 뒤로 홍타이지의 모습이 어른거렸다. 오랑캐의 우두머리는 임금을 심양으로 끌고가는 대신 그 자리에서 목을 벨 수도 있었다. 대신들은 그에 대해선 아무 말도 하지 않았다. 왕의 운명에는 관심이 없는지 목이 쉬도록 같은 말을 반복할 뿐이었다.

임금은 속으로 치를 떨면서 신료 중 하나에게 왕의 옷을 입혀 대신 보내는 방법을 떠올렸다. 그럴듯했다. 하지만 가짜 왕제와 대신을 보냈다가 혼쭐이 난 적이 있지 않은가? 더구나 저들 중 용안을 아는 자가 분명 있을 것이다.

다른 방법은 모든 신료들이 목숨을 끊어 오랑캐에게 결기를 보여주는 것이었다. 그렇다면 황제도 조선 사대부들의 굳은 심지에 탄복해 뒤로 물러서지 않을까? 임금은 신하들이 왜 그런 충절을 보이지 않는지 답답했다.

정온은 만일 항복례를 위해 임금이 산성 밖으로 나간다면 할복해 자신의 절개를 지키겠다고 선언한 상태였다. 김상헌도 목을 매겠다고 했다. 그러나 말뿐이었다. 임금은 속이 탔다. 죽으려면 지금 죽어 오랑캐의 우두머리에게 결의를 보여야 하지 않겠는가. 그러나 그런 일은 일어나지 않았다. 후일 정온은 실제로 할복을 시도했으나 약간의 상처만 입었을 뿐, 죽지 않았다. 김상헌도 애초에 죽을 마음이 없어 자식들이 지켜보는 앞에서 목을 매달았다. 그들의 행동은 그저 상징적 몸짓에 지나지 않았다. 임금의 항복은 실재인데, 신하들의 저항은 상징이었다.

"전하, 예로부터 군사가 성 밑에까지 이르고서 임금과 신하를 대접한 예가 없었습니다. 그런데 어찌 저들을 믿고 성 밖으로 나가시려 하옵니까?"

척화신 김상헌이었다. 그 말에 임금은 피가 굳는 듯한 공포를 느꼈다. 임금은 시간을 끌면서 성에서 나가지 않으려고 온갖 구차한 구실을 만들었다. 스스로 자신을 신하라고 낮춘 항복문서를 올렸고, 척화파 신료들을 인질로 보냈고, 세자까지 나섰다. 그러나 돌아오는 대답은 한결같았다. 그러는 사이 김환이나 신하들이 금성탕지라고 했던 강화도가 제대로 저항 한번 해보지 못하고 함락됐다는 소식을 들었다. 임금은 충격을 받았고, 더더욱 생명의 위협을 느꼈다. 저들은 홍이포라는 신무기를 끌고 나타나 산성을 향해 거위 알만 한 포탄을 쏘아댔다. 임금을 죽이려고 작정하지 않은 한 그럴 수는 없었다.

결국 임금은 남한산성에서 나가기로 결정했다. 더 이상 버틸 수가 없었다. 임금은 곤룡포 대신 청의를 입었다. 황제 앞으로 나갈 준비를 하면서 자신이 죄인이란 사실을 알았다. 이제 조선의 지배자는 황제이고, 그는 임금이 아니라 제후 이종李倧이었다. 반정으로 오랫동안 자신의 이름을 잊고 살았는데, 비로소 광해 시절의 이름을 되찾았다. 그것도 삼전도에서 살아 무사히 궁궐로 돌아갈 때 얘기였다. 임금은 공포로 온몸이 굳어 시중드는 내관들이 옷을 제대로 입히기가 힘들 정도였다.

대신들을 꼬리처럼 뒤에 붙이고 임금은 청의 군사들 사이를 걸어갔다. 황제가 있다는 막사는 저 끝 아득한 곳에서 깃발을 펄럭이고 있었다. 임금은 시선을 깃발에 꽂은 채 기계적으로 걸어가면서 자신이 그곳에서 사라졌으면 좋겠다고 생각했다. 이미 자신은 사라지고 없으며, 지금 걸어가는 존재는 허수아비일 뿐, 자신은 그 허수아비로부터 이탈하여 모든 것을 내려다보고 있다는 상상. 움직이는 허수아비……. 지금 걷고 있는 것은 내가 아니다, 임금은 중얼거렸다. 그러자 모든 사고가 증발하고 근육의 움직임만이 느껴졌다.

이윽고 황제의 막사에 도착했다. 항복을 하러 간 임금의 앞에는 복잡하고 긴 절차가 놓여 있었다. 그 절차를 마친 후에야 임금은 황제라고 불리는 홍타이지 앞에 설 수 있었다. 그의 상상처럼 현실에서 역시 몸도 마음도 사라질 위기에 처했고, 그 공포는 예상했던 것보다 더욱 강렬했다.

"전하, 신이 저들로부터 확답을 받았사옵니다. 항복례는 분명히 제이등급 절목으로 결정했사옵니다. 전하가 구슬을 입에 물고 어깨에 관을 짊어지는 일은 없을 것이옵니다."*

---

* 함벽여츤(銜璧輿櫬)이란 제일등급인 절목(節目)이다. 항복한 군주가 손을 뒤로 결박 짓고 구슬을 입에 물며 관(棺)을 짊어지고 가는 항복 의식이다. 구슬은 진공(進貢)을 뜻하고, 관(棺)을 짊어지고 가는 것은 황제가 죽여도 이의 없다는 뜻이다.

임금의 뒤를 따라오던 홍원범이 말했다.

"정말이냐?"

임금의 목소리가 떨렸다.

"확답을 분명히 받았사옵니다."

"하지만 저들은 오랑캐가 아니냐? 그 말을 믿을 수 있느냐?"

임금은 재차 물어 확답을 듣고자 했다. 홍원범도 재차 대답하여 두려움을 달래려 했으나 임금은 묻고 또 물었다. 그러면서도 임금은 혹시 자신의 어깨 위에 지울 관이 준비되어 있는지 주위를 두리번거렸다.

"전하, 마음을 놓으십시오."

뒤따르던 최명길이 속삭이듯 말했다. 주위 어디에도 관이 보이지 않았다. 만일 관을 준비했다면 눈에 띄는 곳에 놓았을 것이다. 임금은 그나마 안심했다.

임금은 황제의 앞에 섰다. 황제 주변에는 큰 개들이 여러 마리 같이 서 있었다.

"지난날의 일을 말하려 하면 길다. 이제 용단을 내려 내 앞에 왔으니 매우 다행스럽고 기쁘다."

"천은이 망극하옵니다."

절이 시작되었다. 임금은 다시금 정신을 가다듬고 지금 절하는 자는 자신이 아닌 살아 움직이는 허수아비일 뿐이라고 생각하려고 애썼다. 임금은 오로지 근육에만 정신을 집중했다. 허공에서 손을 모으고 다리를 접어 무릎을 꿇은 뒤 고개를 땅에 찧었다. 아팠다. 아픔은 애써 몸에서 분리해내려던 의식에 기어코 또렷한 현실감을 주었다. 오랑캐에게 절을 한다, 절을 한다. 절을 한다…….

절은 해도 해도 끝이 나지 않았다. 겨울인데도 땀이 등줄기를 타고 흘러내렸다. 더구나 머리를 땅바닥에 찧을 때 소리가 나지 않으면 다시 하라는 주문이 이어졌다. 그때마다 황제 주변을 얼쩡거리는 개들이 임금을 향해 짖었다. 엉뚱하게도 저놈들을 잡아먹으면 절을 더 잘할 수 있겠다는 생각이 들었다. 사제에 있을 적에 먹었던 개장국이 떠올랐다. 까마득한 예전의 일이었으나 맛과 육질이 혀끝에 고스란히 남아 있었다. 땀과 침이 동시에 흘러내렸다.

이윽고 항복례가 끝나자 황제는 잔치를 벌였다. 술잔이 돌고 풍악이 울리고 청나라 군대의 활쏘기 시합이 시작되었다. 황제가 말했다.

"이제 두 나라가 한 집안이 되었다. 활 쏘는 솜씨를 보고 싶으니 각기 재주를 다하도록 하라."

땀으로 젖은 임금의 귀에도 그 소리가 들렸다. 처음에 임금은 황제가 고두례를 다시 하란 말로 알아듣고 소스라치게 놀랐다. 잠시 후, 역관의 목소리가 들렸다.

"이곳에 온 자들은 모두 문관이기 때문에 활을 잘 쏘지 못합니다."

조선의 신료가 대답했다. 그 말은 금방 통역을 통해 황제에게 전달되었다.

"활도 쏠 수 없는 자들이 돌구멍 속에서 무슨 배짱으로 버텼단 말인가?"

조선의 신료들은 말이 없었다.

"그럼 칼을 쓸 수 있느냐?"

황제가 다시 물었다.

"……."

"활도 못 쏘고, 칼도 시원찮고, 그럼 싸움은 주둥이로 한단 말이냐?"

황제가 껄껄 웃자 그 옆에 앉은 청인들의 웃음소리가 낭자하게 울렸다. 임금은 아무 말도 하지 않고 가만히 있었다. 황제는 임금에게 갑옷을 선물로 주었고, 임금은 황제에게 다시 무릎을 꿇고 머리를 조아렸다. 다리가 후들거리고 머리가 어지러웠다. 가마를 타고 멀미를 할 때처럼 현기증이 일었다. 임금은 쓰러지지 않으려고 두 다리에 힘을 꽉 주었다. 요란한 잔치가 끝난 뒤, 임금은 다시 막사 바깥 흙바닥에 무릎 꿇고 앉아 황제의 분부를 기다렸다. 해질 무렵이 된 뒤에야 비로소 돌아가도 좋다는 명령이 떨어졌다.

그날 대궐로 돌아가는 길에서 임금은 먹은 것을 모두 게워냈다. 세상이 모두 뒤집어지는 것처럼 어지러워 임금은 황제가 자신이 먹는 음식에 독을 탄 것이 아닐까 생각했다. 굶주린 병사들이 왕이 토한 것을 주워 먹었다. 그 때문에 더한 현기증을 느꼈다. 어지러움은 아주 오랫동안 임금에게 머물렀다.

"전하, 괜찮으시옵니까?"

내금위장 김창렬이 가까스로 버티고 있는 임금에게 다가와 다시 물었다. 임금은 손등으로 입가를 닦았다. 임금은 되살아난 현기증을 누르며 아이들이 한 욕을 떠올려보았다. 제 애미 씹통을 삶아먹을 놈. 낄낄낄. 임금은 다시 웃었다. 그러나 그 입 끝은 파르르 떨렸고, 그 떨림이 몸 전체로 번져 한기가 느껴졌다.

'임금으로 태어나지 못했다면 죽을 때는 임금으로 죽어야지.'

한기 속에서 임금은 중얼거렸다. 그러나 그 말은 아무도 듣지 못했다. 언제나 속으로 되뇌던 말이었기 때문이었다.

임금은 종로로 걸어갔다. 마치 자신이 갈 곳을 미리 알고 있다는 듯 임금의 발걸음은 단호했다.

오늘은 종로가 낯설게 느껴졌다. 여러 번의 미행을 통해 눈에 익은 거리들인데도 새삼 오랜만에 보는 공간 같았다. 임금은 자신의 행동이 어떤 식으로 부풀려 전해지는지를 잘 알고 있었다. 달밤의 개처럼 짖었다는 풍문은, 실상 낮에 종로의 가축시장에 들러 개들을 보며 장난을 친 일이 그렇게 왜곡된 것이다. 혹은 임금이 달밤에 술을 마시고 시정잡배들과 어울려 노래를 부르고 춤을 춘 일을 그렇게 곡해했는지도 모른다. 모두가 임금에게는 흐뭇한 추억이었다.

임금은 이제 더 이상 미행을 하지 않을 생각이었다. 그러니 오늘 원 없이 놀고 추태를 부릴 것이다. 미치광이 바보 왕도 오늘로 끝이 날 것이다. 이처럼 재미있는 일을 끝내야 하다니. 아쉽지만 어쩔 수 없었다. 임금이 평생을 이러고 살 수 없는 노릇이었다. 죽든 살든 오늘 끝장을 보리라.

백성들의 얘기는 충분히 들었고, 양반들의 거침없는 불만도 알았다. 민심은 이미 충분히 들었다고 했던 내금위장 김창렬의 말은 옳았다. 하지만 임금은 백성들이 무엇이라 말하는지 그게 궁금한 것이 아니었다.

백성들의 원망과 양반들의 욕설을 들으며 임금은 마치 상처 위에 소금을 뿌리는 듯한 아찔한 아픔과 동시에 그 아픔이 주는 묘한 쾌감을 느꼈다. 어린 시절 종기가 나면 일부러 환부를 꼭 눌러 통증과 함께 짜릿함을 느끼던 것처럼. 그러면 종기는 손독이 올라 열을 내며 부풀어 오르다 이내 노랗게 익는다. 그때 종기 끝을 바늘로 찌르면 몸이 둘로 짝 갈라지는 듯한 아픔과 함께 고름이 흘러내렸다. 그 고름을 손으로 꽉 눌러서 짜면 콧등에 송글송글 땀이 맺힐 정도로 통증이 온몸을 휩싼다. 고름이 피고름이 되고, 끝내는 맑은 진물이 흐를 때까지 짜내면 종기가 있던 자리는 입을 뻐끔 벌린 작은 웅덩이가 남는다. 그러면 아픔도, 종기도 모두 끝이다.

많은 신료들이 임금의 판단력을 의심하고 있었지만 그것은 오해였다. 영의정 김환을 두둔하고, 장신의 죽음에 대해 명확한 입장을 내지 않고 미적거리는 것이 스스로 종기를 키우는 것임을 임금은 잘 알고 있었다. 하지만 종기를 키우는 것은 곧 종기를 물리치는 일이다. 임금은 그렇게 믿었다. 이왕 자라기 시작한 종기라면 부풀 대로 부풀어 올라야 한다. 그리고 그 정점에서 터져야 한다.

곰곰이 따져보면 황제가 보낸 칙사 이신의 존재가 임금에게는 가장 큰 장애물이자 기회였다. 칙사는 엄정한 중립을 표방했지만 그의 임무는 조정을 감시하는 일이었고, 그것은 곧 황제의 마음에 들지 않으면 왕을 갈아치울 수 있다는 전언이었다. 황제는 조선의 제후를 교체할 마음이 없다고 말했다지만 칙사의 존재가 던지는 의미는 분명했다. 만약 임금을 권좌에서 물러나게 하려는 자들이 있다면 그들은 가장 먼저 이신과 손잡으려 할 것이 틀림없었다. 칙사 이신을 통한다면 언제든 왕을 폐위시키고 심양에 가 있는 세자 소현을 데려다 왕의 자리에 앉히거나 혹은 선조대왕의 그 많은 자식들 중 하나를 권좌에 올릴 수 있었다.

임금은 아주 오랫동안 칙사 이신을 놓고 고민했다. 차라리 짐승만도 못한 역관 정명수라면 얼마든지 어르고 구스를 수 있지만 이신은 정명수와는 달랐다. 속을 알 수 없는 그의 언행은 언제나 임금을 불안하게 만들었다. 들리는 소문에 의하면 이신의 칼 솜씨는 김창렬과 대적할 만한 수준이라고 했다. 임금은 헛소문이라고 코웃음을 쳤지만 보통 수준이 아닌 것은 분명했다. 게다가 내금위장 김창렬을 시켜 은밀히 알아본 바에 의하면, 칙사가 한양의 도처를 돌아다니며 이런저런 이야기를 듣고 다닌다는 것이었다.

무엇보다 그는 광해를 모시던 내금위장의 아들이었다. 그 사실은 임금에게 결정적이었다. 내금위장 이익수는 반정이 일어나던 때 내관과 함께 광해를 마지막까지 지킨 자였다. 이익수는 광해를 사가로 도피시켰고 그곳에서 광해를 잡으러 간 군사들과 싸우다 죽었다. 의금부에서는 지금도 이익수의 이야기를 하며, 역도임에도 불구하고 그의 충절을 칭찬하는 자들이 수두룩하다는 이야기도 들었다. 임금은 처음부터 이신이 자신을 노리고 있다고 의심했다. 단지 증거를 잡지 못했을 뿐이다. 이신이 황제의 칙사가 되어 조선으로 돌아온 데에는 그만한 이유가 있을 것이고, 그 이유란 다름 아닌 아버지의 원한을 갚는 것이라고 임금은 생각했다.

임금은 비틀거리며 종로를 걸었다. 조정 신료들은 임금이 어떤 말을 해도 반응을 보이지 않는다고 늘 불평이었다. 어떤 이들은 임금의 학식이 낮아 대답을 안 하는 것이라고 비아냥대기도 했고, 어떤 이들은 삼전도의 치욕으로 말을 잃었다며 혀를 차기도 했다.

킬킬킬. 임금은 신맛이 나는 침을 삼키며 다시 웃었다. 그 웃음은 곤룡포를 벗고 때 묻은 도포를 입었을 때만 나오는 임금의 민낯이었다. 뒤를 따르는 내금위장 김창렬도 그 얼굴은 보지 못했다. 임금은 팔을 휘적휘적 저으며 걷다가 짐승의 울음소리를 들었다. 그는 마치 신호라도 들은 듯 소리가 나는 쪽으로 방향을 틀어

성큼성큼 걸어갔다.

궁에서 임금은 입을 닫았다. 할 말은 산처럼 쌓였지만 입 밖으로 내지 않았다. 스스로 아무것도 모르는 얼굴, 판단력이 작동하지 않는 모습을 신료들에게 보여주려 했다. 언제나 두려운 듯 눈동자는 불안하게 움직였고, 신료들의 주청대로 결정했다. 가능한 한 만만하게 보이려고 작정했다. 궁궐 안에는 임금의 정신이 혼미하다는 소문이 돌았다. 신료들은 모이기만 하면 그 이야기를 떠들었다. 임금은 종기를 쓰다듬듯 의심과 불안, 환멸과 조소를 부추겼다. 그 모든 것은 역모라는 실체가 되어 임금 앞에 모습을 드러냈다. 마침내 종기가 익은 것이다.

임금은 촛불에 끝을 달군 바늘로 그 종기를 찌를 순간을 끈기 있게 기다렸다. 온몸이 쪼개지는 듯한 아픔과 이어 닥쳐올 피고름이 쏟아지는 환영이 눈에 보이는 듯했다. 종기와의 싸움은 언제나 자신이 있었다. 찌를 때의 쾌감을 알기 때문이었다. 그날이 왔다. 오늘 종기를 터트릴 생각이다. 더 이상은 미룰 수 없다.

저만치 거리 한쪽 넓은 공터에서 백성들이 온갖 종류의 짐승을 끌고 나와 장바닥에 놓고 사람들과 흥정을 하고 있다. 임금은 이곳이 벌써 세 번째 방문이다. 닭이며 병아리, 염소, 돼지 등을 보고 만지는 것이 즐거웠다. 임금은 공터 한쪽에 묶인 개들에게 다가갔다. 개 한 마리가 다가오는 임금을 보자 흰 이빨을 드러내고 으르렁거리기 시작했다. 덩치가 송아지만 한 놈이었다. 기운도 얼마나 좋은지 모가지를 묶어둔 새끼줄이 놈이 힘을 쓸 때마다 끊어질 듯 출렁거렸다.

임금은 개 앞에 쪼그리고 앉았다. 그리고는 개를 노려보며 같이 으르렁대기 시작했다. 개는 당장 새끼줄을 끊을 듯 사납게 펄떡거렸다. 김창렬이 놀란 얼굴로 다가와 막고 나섰지만 임금은 그를 밀어냈다. 그러자 개장수로 보이는 사내 둘이 달려와 임금을 밀어냈다. 임금은 아랑곳 않고 두 손으로 땅바닥을 짚고 개와 같은 자세를 취하더니 개를 노려보며 잔뜩 찌푸린 얼굴로 왈! 왈! 하고 짖기 시작했다. 임금의 눈동자는 돌아가 흰자위만 희번덕거렸고 입가에는 침이 흘러내렸다. 얼마나 크게 개 짖는 소리를 내는지 개가 꼬리를 내리며 머리를 다리 사이에 처박았다.

"왈, 왈, 감히 내가 누군 줄 알고 이빨을 드러내다니! 무엄한 놈 같으니!"

임금은 큰소리로 웃었다. 내금위장도, 개주인도 놀라 입을 딱 벌리고 섰다.

임금은 다시 서둘러 걷기 시작했다. 사납고 큰 개를 이기고 나니 용기가 불끈 솟아 세상 무엇도 두렵지 않았다. 역도가 아니라 누구도 이길 수 있을 것 같았다.

종로 거리 한쪽에 사람들이 모여 있었다. 대부분 도포자락을 휘날리는 양반들이었고 상민들도 더러 섞였다. 그들은 거리에 붙은 방을 보며 간간이 탄성을 질렀다. 안쪽에서 누군가가 말을 하고 있었지만 잘 들리지 않았다.

먼저 가서 사람들의 동정을 살핀 내금위장이 다가왔다.

"무엇이 적혔느냐?"

"정온 대감의 글이온데……."

"비켜라. 직접 보겠다."

"전하! 이곳은 위험하옵니다."

"쉿! 조용히 해라!"

임금은 김창렬을 물리치고 사람들을 헤치고 벽보를 향해 걸어갔다.

군주의 치욕 극에 달했는데
신하의 죽음 어찌 더디나
이익을 버리고 의리를 취하려면
지금이 바로 그때로다
대가大駕(임금)를 따라가 항복하는 것
나는 실로 부끄럽게 여긴다
한 자루의 칼이 인을 이루나니
죽음 보기를 고향에 돌아가듯
主辱已極,
臣死何遲?
舍魚取熊,
此正其時°
陪輦出降,
余實恥之°
一劒得仁,
視死如歸° *

벽보를 읽은 누군가가 주변의 사람들에게 설명을 해주었다.
　"이것은 이조참판 정온 대감이 남한산성에서 자결하면서 남긴
시입니다. 정온 대감이 누구입니까? 그는 광해군이 임금으로 있
을 때 영창대군을 살해한 강화 부사 정항을 참수하라고 상소를 올

* 〈조선왕조실록〉仁祖 34卷, 15年(1637 丁丑 / 명 숭정(崇禎) 10年) 1月 28日(戊辰)

렸다가 제주도에서 10년 동안 유배생활을 한 충신이 아닙니까?
정온 대감이 남한산성에서 우국시를 짓고 돌아가시면서……."

"정온 대감이 죽은 게 맞소?"

무리 중 하나가 물었다.

"그렇소. 항복할 수 없다고 죽음을 선택했소이다!"

그러자 웅성거림이 퍼졌다. 임금은 쓴웃음을 지었다. 정온은 죽
지 않았다. 할복하는 시늉만 냈을 뿐 변함없이 잘 살고 있었다. 김
상헌도 마찬가지였다. 그 사실을 모르는 것인지, 아니면 알면서도
선동하는 것인지 알 수 없지만 벽보 앞에 선 자들은 모두 정온을
충신이라며 탄복했다.

백성들은 모른다, 임금은 중얼거렸다. 정묘년 호란이라는 치욕
을 겪고도 누구 하나 나서서 군사력을 키워 오랑캐의 침략을 준비
해야 한다고 말한 신하가 없었다. 혹시 말을 한다고 해도 뜬구름
잡는 잡설뿐이었다. 그런 훈신들의 무능을 질타하는 홍원범, 남백
중 같은 신료들은 대궐에서 쫓겨났다. 함께 반정을 한 정사공신인
데도 바른 말을 했다는 이유로 한직으로 밀려났다. 병자년에는 청
나라의 동태를 심상치 않게 여긴 임경업 장군이 압록강을 지키겠
다고 2만 병력을 달라고 하자 대신 하나가 그 군대를 돌려 한양으
로 내려오면 어쩔 거냐고 따져 물었다.

그뿐이 아니었다. 척화라는 명분으로 당장 목숨을 내놓을 것처
럼 하면서도 청과 싸울 생각을 하지 않았다. 오랑캐가 압록강을
건너오기 얼마 전에 임금은 척화를 극렬하게 주장하는 교리 하나
를 평안도 도사로 임명했다. 그랬더니 신료들이 들고 일어났다.
문신을 오랑캐가 내려올 길목인 평안도에 두면 위험하다는 것이
었다. 그래서 다시 충청도 도사로 옮겨주었다. 그 결과 평안도에

서는 오랑캐와 싸울 군대도 변변한 장수도 없었다.

처음 얼마간 임금은 그들을 저지하려 했다. 그러나 신료들은 임금의 권위를 끝없이 짓밟으며 임금에게 열패감을 일깨워주었다.

"충신의 말을 들어야만 성군이 되는 것이옵니다. 왜란 때 백성을 구한 광해가 어느 날 갑자기 폐주가 된 까닭은 무엇입니까?"

일등공신들은 독대에서 천연덕스럽게 말했다. 임금이 못마땅한 표정을 짓자 공신은 더욱 목청을 높였다.

"반정공신의 말을 듣지 않으려면 계해년 거의 때 왜 저희를 따라 대궐로 들어오신 겁니까?"

정온도 크게 다르지 않았다. 그런 지경이었음에도 사대부들은 척화신 정온의 글을 읽으며 임금을 욕했다.

인간이란 본래 자신들의 감정을 보호하기 위해 사력을 다하는 존재다. 사대부들은 명분을 내세우지만 결국 명분이란 백성들의 감정을 모으는 도구에 불과하다는 것을 임금은 뼈저리게 느꼈다. 그는 백성의 마음을 얻지 못했다. 백성의 마음을 얻으려고 노력하는 신하 하나 가지지 못했다. 임금은 그 사실을 잘 알고 있었다.

그렇기에 임금은 자신이 왕위를 유지하기 위해 무엇을 해야 하는지도 정확하게 알고 있었다. 옳은 것이 이기는 것이 아니다. 임금은 공맹이 가르쳐주지 않은 것을 알고 있었다. 바로 선조대왕과 광해를 통해 배운 사실들이다. 옳아서 이기는 것이 아니라 상대방을 지게 만들면 이기는 것이다.

그때 벽보 앞에 서 있던 무리들이 웅성이기 시작했다.

"주상께서 미행을 나오셨다네."

"뭐? 주상 전하가?"

갑자기 주변에 있던 자들이 서둘러 대오를 이탈하여 황급히 사라지기 시작했다. 임금은 모른 척 주변을 둘러보았다. 몇몇은 임금과 눈이 마주치자 깜짝 놀라 고개를 돌리며 아예 대놓고 달아났다. 임금은 아직 영문을 모르는 백성들을 둘러보았다. 그중 한 사람과 눈이 마주쳤다. 군중 속에서 그 눈이 교활하게 반짝이더니 갑자기 땅바닥에 엎드렸다.

"주상 전하."

놀란 백성들이 우왕좌왕했다. 임금이 당황하자 김창렬이 재빠르게 다가왔다.

"피하셔야 합니다. 이리로 오십시오, 전하!"

임금은 김창렬의 손에 이끌려 인적 드문 골목으로 갔다. 어느새 어둠이 내리고 있었다. 몇 걸음 가지 않아 숨이 찼지만 김창렬은 힘주어 임금을 끌었고 그 바람에 임금은 발을 헛디뎌 비틀거렸다. 김창렬이 임금을 붙잡았다. 대궐은 아직 멀었다.

그때 길 끝에서 어두운 그림자들이 모습을 드러냈다.

"누구냐!"

김창렬이 외쳤다.

"천조를 버린 자는 왕이 아니다!"

단호한 목소리. 드디어 올 것이 왔다.

"조선의 진짜 임금은 명의 황제다. 그를 버리고 어찌 권좌에 앉아 있으려 하느냐!"

뒤쪽에서 다시 큰소리로 외쳤다.

"백성은 안중에 없고, 훈신만 생각한 자는 왕이 아니다. 어떻게 오랑캐와 내통한 자를 임금으로 섬길 수 있단 말이냐!"

이어 칼 뽑는 소리가 요란하게 들렸다. 임금의 표정은 담담했다. 그림자들이 다가왔다. 김창렬과 나머지 호위무사 둘이 옷 안에 감추었던 칼을 꺼내들었다. 김창렬은 하늘로 날아오르며 그림자를 향해 달려들었다. 동시에 호위무사 둘도 그 속으로 달려갔다. 내금위장 김창렬은 임진왜란 당시 조선에 눌러앉은 항왜降倭로부터 칼을 배운 자였고, 그가 특별히 훈련시킨 무사들도 최고 수준이었다. 그림자의 숫자는 많았고, 그들 역시 칼을 다루는 솜씨가 예사롭지 않았다. 그러나 내금위장을 대적할 순 없을 것이다. 김창렬의 칼이 허공을 가르면 서너 명이 동시에 나가떨어졌고, 김창렬의 부하들에 의해 대오는 단숨에 흔들렸다.

임금은 두어 발자국 물러나 그들의 싸움을 지켜보았다. 역도들이 임금의 면전에서 칼을 휘둘렀다. 그들은 임금의 미행을 알고 있었다. 실상 그것은 임금이 역적들과 손을 잡고 있는 내관을 통해 미리 흘린 정보였다. 이미 역모의 움직임을 간파한 김창렬은 수상한 움직임을 보이는 신료들 중 당상관 하나를 포섭해두었고, 그를 통해 역도들이 임금의 미행을 틈타 시역을 꾀하고 있다는 정보를 미리 입수했다. 그러니까 저잣거리 한복판에서 벌어진 이 칼춤은 서로가 서로를 예상하고 맞붙은 승부였다.

임금은 뒤로 조금씩 물러나 어느 집 헛간 문 뒤로 몸을 숨겼다. 사방은 완전히 어두워졌다. 역도들은 김창렬과 부하들의 칼에 밀려 조금도 전진하지 못하고 있었다. 초조한 임금의 얼굴은 하얗게 변했다. 지금쯤 관군들이 도착해야 한다.

처음 미행은 임금이 백성들과 사대부들이 패전 후 무슨 생각을 하는지 궁금해 직접 그들 속내를 들여다보는 일이었지만, 이후의 잦은 미행은 그 자체가 하나의 음모였다. 마치 어둠 속에서 자라는 곰팡이처럼 임금을 향한 역모가 슬금슬금 자라고 있다면 그것을 드러나게 해야 했다.

광해는 그것을 하지 못했다. 바보 같은 광해. 임금은 광해를 생각하며 속으로 낄낄거렸다. 신하들은 광해에게 역모의 낌새가 있다고 여러 번 경고했다. 그러나 그는 주의 깊게 듣지 않았다. 광해는 임진왜란 당시 전국을 누비며 의병을 조직하고 민심을 추스른 공이 있었기에 자신이 권좌에서 밀려나리라고는 생각하지 못했을 터였다. 광해가 폐주가 된 것은 역모가 명분이 없다고 생각했기 때문이었다.

명분. 킬킬킬. 임금은 속으로 다시 웃었다. 명분은 이긴 후에 만들면 그만이다. 자신은 결코 역사에 군#으로 기록되지 않을 것이다. 그러기 위해서는 음지의 곰팡이를 모두 말려죽여야 한다. 배후가 누구인지 임금은 궁금하지 않았다. 모두를 배후로 만들 수 있기 때문이었다.

내금위장 김창렬이 칼 한 자루로 여러 놈을 한꺼번에 막았다. 칼날 부딪치는 소리가 요란하게 귀청을 때렸다. 김창렬이 칼을 휘젓자, 내금위장 앞으로 두 놈이 쓰러져 굴렀다.

"얏!"

"이야 합!"

갑자기 문이 부서지는 소리와 함께 임금의 앞으로 협도를 든 역도가 나타났다. 그가 땅바닥에 발을 디디자마자 협도가 임금의 가슴을 겨눴다. 임금이 놀라 뒤로 물러서자 김창렬이 칼을 세우고 달려왔다. 협도를 쥔 역도는 임금을 향해 칼날을 들어올렸다.

그 순간, 어디선가 요란한 폭음과 함께 거리 반대편에서 포탄이 터졌다. 김창렬이 임금을 껴안고 땅바닥으로 주저앉았다. 조금만 가까웠으면 임금의 몸이 찢어졌을지도 모른다. 협도를 든 역도가 파편을 맞고 쓰러졌다.

"전하, 어서 피하십시오."

김창렬은 임금의 손을 잡고 뛰었다.

"여기서 벗어나야 합니다."

"관군들은?"

"곧 당도할 것이옵니다."

임금은 미행을 나오기 전 곳곳에 은밀하게 관군을 배치해두었다. 그들이 적당들을 모두 잡아들일 것이다. 임금은 김창렬의 부축을 받으며 달렸다. 뒤에서 다시 포탄이 터지는 소리가 들렸다. 비격진천뢰였다.

그때 멀리서 요란한 함성과 함께 관군들이 달려오는 모습이 보였다. 임금은 뒤를 돌아보았다. 포탄 때문에 종로는 불바다가 되었다. 사람들이 모두 거리로 뛰어나왔다. 그들은 포탄과 칼을 보고 놀라 우왕좌왕하고 있었다.

"전하, 여기 오르십시오."

관군들이 지나간 자리에 가마가 있었다. 임금은 서둘러 가마를 향해 뛰어들다가 머리를 찧었다. 그 때문에 잠시 정신이 몽롱해졌다. 흔들리는 가마 안에서 백성들이 부르는 노랫소리가 들렸다.

아, 너희 훈신들아

스스로 뽐내지 말라

그의 집에 살면서

그의 전토를 점유하고

그의 말을 타며

그의 일을 행한다면

너희와 그 사람이

다를 게 무엇인가.

嗟爾勳臣,

毋庸自誇°

爰處其室,

乃占其田°

且乘其馬,

又行其事°

爾與其人,

顧何異哉!*

　임금도 반정이 끝난 후 백성들이 상시가傷時歌를 부른다는 것을 알고 있었다. 임금은 희미한 의식 속에서도 그 노래가 거슬렸다. 마치 광해의 집에 살고, 광해의 땅을 차지한 자신에게 들으라는 것 같았다. 아니다, 저것은 훈신들을 비웃는 노랫소리이다. 그 소리는 삼전도에서 창경궁으로 돌아오는 길에서 들었던 백성들의 울음소리로 변했다.

　"우리 임금이시여. 우리 임금이시여. 우리를 버리고 어디로 가십니까."

　만여 명의 백성들이 땅바닥에 엎드려 울부짖었다. 마치 땅 끝에서 울려오는 소리처럼 호곡이 천지를 진동했다.

　임금은 정신을 가누려고 애썼다. 오늘은 모든 것이 계획대로 잘되지 않았느냐. 미행의 정보를 흘려 덫을 놓고 역도들을 꼼짝 못하게 사로잡았다. 이제 그들을 고신해 내가 지목한 신료들의 이

* 〈조선왕조실록〉 仁祖 9卷, 3年(1625 乙丑 / 명 천계(天啓) 5年) 6月 19日(乙未)

름, 무엇보다 칙사의 이름을 대게 하는 일만 남았다. 그러나 또다시 찾아온 현기증에 임금은 머리를 싸쥐었다.

"이종."

어디선가 광해의 목소리가 들려왔다. 임금은 놀라 고개를 들었다.

오래전, 엉망으로 취한 임금이 평소 점찍어두었던 궁녀를 품은 날이었다. 조금만 더 힘을 쓰면 끝날 것 같은데 술기운 탓인지 임금은 한참을 끙끙댔다. 당시 그는 술에 취해 지칠 때까지 궁녀를 품는 일이 허다했다. 그러지 않고서는 삼전도의 치욕이 떠올라 잠을 이룰 수 없었다.

"전하, 옥체가 상할까 저어되옵니다."

밤새 시달린 궁녀가 지친 목소리로 속삭였다.

"임금의 몸이 걱정 되거든 자세나 바로 해라!"

핀잔을 들은 궁녀는 눈을 부릅뜨고, 이를 악물었다. 어둠 속에서 그 얼굴은 삼전도에서 보았던 아낙의 눈빛을 떠올리게 했다. 공포와 굴종, 체념이 엇갈린 표정이었다. 살려달라…… 그 눈은 그렇게 말하고 있었다.

임금은 주변에 도열한 신료들을 보았다. 신료들은 하나같이 허공에 시선을 던졌다. 임금은 어이가 없었다. 너희는 무엇이냐. 녹을 먹는 신하가 아니냐. 그럼 뭔가를 해야 하지 않으냐. 나를 위해, 임금을 위해 무슨 행동이라도 보여야 하는 것 아니냐. 그러나 임금은 아무 말도 하지 못했고, 신하들은 아무것도 듣지 못했다. 말과 행동, 대응과 결과, 모든 것이 부재했다. 공포와 체념만이 먹구름처럼 천지를 메웠다.

"네 이놈! 이종!"

그후로 종종 광해가 꿈에 나타났다. 그는 임금의 이름을 아무렇지도 않게 불렀다.

"네 이놈! 그 많은 백성을 오랑캐의 노비로 만들고도 네놈이 왕이냐!"

그는 임금을 향해 소리를 질렀다. 어둠 속에서 광해가 성큼성큼 다가왔다. 광해는 붉은 곤룡포를 입고 있었다.

"과, 광해, 너는 임금이 아니야. 임금이 아니라고……."

임금은 자신의 목소리가 왠지 질려 있다는 걸 깨달았다. 광해가 희미하게 미소를 지었다.

"그럼 네가 왕이란 말이냐? 백성들을 노비로 만들고, 이마를 땅에 찧으며 오랑캐에게 항복한 네가 왕이란 말이냐?"

"전쟁은 내 탓이 아니다! 나는 전쟁을 원하지 않았다."

"변명하지 마라. 내가 왕이었다면 그런 전쟁은 하지 않았을 것이다! 나는 그들을 살릴 수 있었다!"

"네가 정말 잘했다면 왜 신하들이 널 몰아냈지? 너는 싸움에서 졌다. 패자는 할 말이 없어. 왜 자리를 지키지 못했느냔 말이다!"

"나는 너에게 지지 않았다. 너는 꼭두각시일 뿐이다. 허수아비. 너는 왕이 아니야! 이종, 너는 임금이 아니야!"

광해의 목소리가 침전 가득히 울려퍼졌다. 임금은 놀라 벌떡 몸을 일으켰다.

"전하! 전하!"

궁녀가 소리쳤다.

"내금위장! 내금위장 없느냐!"

임금은 소리를 지르면서 문을 열고 바깥으로 달려나갔다. 문밖에 앉아있던 내관은 벌거벗은 임금을 보고 놀라 달려왔다.

"전하, 의관을……."

임금은 그를 향해 고개를 돌렸다. 그 순간 내관의 얼굴이 폐주 광해의 얼굴로 보였다. 임금은 놀라 뒤로 물러섰지만 내관이 다시 다가섰고 임금은 광해를 발로 차버렸다. 폐주는 굴러떨어지면서 뭐라고 중얼댔다.

이어 내금위장이 달려왔다. 임금은 내금위장의 옆구리에서 칼을 뽑아들었다. 뒤쫓아 나온 궁녀가 비명을 지르며 달아났다.

"전하, 무슨 일이옵니까?"

내금위장이 물었다.

"저 소리! 저 소리가 들리지 않느냐?"

"무슨 소리 말씀이옵니까?"

임금의 귀에는 계속 광해의 목소리가 들렸다. 너는 임금이 아니야. 내가 임금이었다면 백성들을 노비로 만들지 않았어. 너는 나보다 무능해. 너를 왕으로 만든 것은 역사의 실수야.

내관이 다시 용포를 들고 임금에게 다가왔다.

"전하, 어서 의관을 갖춰……."

"이놈이!"

임금은 손에 들고 있던 칼로 내관의 배를 찔렀다. 주변이 일순간 정지되었다.

"전하, 용포를……."

내관이 용포를 든 채 배에 꽂힌 칼을 보며 중얼거렸다.

"이놈이 그래도!"

임금은 내관의 뱃속에 꽂힌 칼에 힘을 주어 비틀며 뱃속 깊숙이 밀어넣었다.

"전하……."

내관은 말을 잇지 못하고 입에서 피를 쏟았다. 어둠 속에서도 피가 선명했다. 임금은 그제야 자신이 알몸으로 서 있다는 것을 알았다. 하지만 부끄럽지 않았다. 내관이 피를 토하다가 앞으로 고꾸라졌다. 임금은 여전히 숨을 헐떡거렸다. 광해의 목소리가 계속 귓가를 울렸던 것이다.

"이종. 이것이 너의 이름이다. 역사에 너는 이종으로 기록될 것이야!"

임금은 머리를 싸쥐고 신음했다. 가마가 마구 흔들렸다. 조금 전 자신의 가슴을 향하던 협도의 끝이 뱃속을 휘젓는 듯 온몸이 울렁거렸다. 호위무사들은 어디로 갔느냐. 내금위장은 도대체 무엇을 하느냐.

"내금위장!"

임금은 소리를 질렀다.

"내금위장 어디 있느냐!"

"전하, 내금위장 여기 있사옵니다."

바깥에서 김창렬의 목소리가 들리자 백성들이 부르던 상시가가 사라졌다. 그들의 절규도 들리지 않았다. 안도한 임금은 깊은 한숨을 내쉬었다. 그리고는 중얼거렸다.

"광해, 너는 옳았고 나는 이겼어."

✝
흘러가는 상처

종로에서 시작된 불은 밤새 계속되었다. 종로 부근은 밤이 사라진 듯 훤했고, 모든 이들이 물을 져 나르느라 대낮처럼 분주했다. 새벽녘이 되자 겨우 불길이 잡혔고, 타버린 가옥과 사망자가 드러나면서 종로 거리는 비탄에 찬 울음소리로 가득했다.

돌이는 한 차례 종로로 나가 불길이 어떤지를 살펴보았을 뿐 큰 관심을 두지 않았다. 사실 아무것도 관심없었다. 주인이 돌아오지 않은 지 벌써 한참이었다. 칙사가 죽었다는 소문은 퍼질 대로 퍼져서 어제는 이웃사람 하나가 다가와 행패를 부렸다. 칙사 때문에 자신의 집에서 기르던 닭을 빼앗겼다는 것이다.

"조선 놈들이 하나는 오랑캐 대장한테 붙어먹고, 다른 하나는 붙어먹은 놈한테 또 붙어먹어. 청나라로 꺼져, 이 되놈아!"

그는 당장에 돌이를 향해 주먹이라도 휘두를 기세였고, 옆에서 구경하던 다른 이웃들은 가세하여 칙사의 집이라도 두들겨 부술 듯했다. 돌이는 안으로 들어와 굳게 문을 잠갔다. 주인은 이웃의 가축을 모두 없애는 대신 후하게 값을 쳐주었다. 그때는 고맙다며 머리를 조아린 자들이 아닌가. 아직도 날것처럼 퍼덕거리는 돌이의 심장에서는 분노가 끓어올랐다. 주인이 돌아오기만 해봐라……

그러나 막상 주인을 보자 돌이는 아무 말도 하지 못했다. 주인이 돌아온 것은 새벽이었다. 누군가 문을 두드려 일어나 나가보니 마치 근처에 출타라도 했다가 돌아온 사람처럼 아무렇지도 않은 얼굴로 주인이 서 있었다.

"왜 그러고 섰느냐."

주인은 놀란 돌이에게 그렇게 한 마디를 던지고는 성큼성큼 마당으로 들어갔다.

"어디서, 어떻게 오셨습니까? 어찌되셨는지, 김진수 이야기는 들으셨습니까? 아니, 종로에서 역도들이……."

"다 알고 있다."

"어떻게 아셨습니까? 누가 뭐라고 전하던가요?"

"거참. 너는 주인이 살아 돌아왔는데 김진수의 이야기가 더 급한 것이냐?"

"송구합니다요. 괜찮으십니까? 다치진 않으셨습니까?"

방으로 들어간 칙사는 말없이 옷을 갈아입었다. 돌이는 급하게 말을 쏟아냈다.

"김진수가 대로에서 죽은 채 발견되었습니다요. 하지만 더 놀랄 일은 홍원범 대감께서 돌아가신 일이지요."

"그 일도 듣긴 했다. 자진이라고?"

"그렇다고 합니다만 김홍진도 자진이라 하지 않았습니까? 홍대감이 죽었다는 소식을 듣고 운종가에 나갔다가 들은 얘기인데, 모필가 한 사람이 죽은 채 발견되었다 하더이다."

"모필가?"

"예. 환향녀 아내를 죽이려는 양반들의 유서를 대신 써주던 자랍니다요."

이신은 잠시 생각에 잠겼다. 홍원범이 정말 그랬다는 말인가. 여느 사대부들과 다르게 청에서 돌아온 아내를 내치지 않고 잘 산다고 하기에 홍원범의 사람됨에 깊은 존경을 표한 적이 있었다. 이신만이 아니었다. 홍원범의 태도는 기구한 환향녀들의 삶을 안쓰럽게 여긴 선비들에게도 존경의 대상이었다. 그런데 드러낼 수 없는 갈등으로 곪아가고 있었다는 말인가.

돌이는 그제야 주인이 전에 없이 수척해진 것을 알았다.

"어디서 오셨습니까?"

"과천에서 왔다."

"거긴 왜요?"

"사람 하나를 찾아다녔다. 병조 관원으로 일하는 끝동이. 그놈을 찾아 과천 주변을 다 돌아다녔다."

돌이는 어이가 없어 다시 칙사의 얼굴을 보았다. 온 장안이 칙사의 행방을 두고 소란한데 칙사는 고작 사람 하나를 찾기 위해 과천 인근을 헤매고 있었다는 말인가. 그러나 이내 칙사가 소용없이 무모한 짓을 할 사람이 아니라는 걸 상기했다. 분명 연유가 있을 것이다.

"그자를 왜요?"

"내가 꼭 찾아야 하는 자이니라."

"병조 관원이라면 왜 병조에 알리지 않으셨습니까? 그럼 당장에 찾을 터인데……."

칙사는 낮은 한숨과 함께 눈을 감았다. 그의 관자놀이가 파르르 떨렸다. 움켜쥔 주먹 위로 핏줄이 돋았다. 그 도드라진 핏줄은 하지 못한 많은 말들을 대신하고 있었다. 드러내고 찾아서는 안 되는 사람. 그렇다면 칙사의 여동생일 것이다. 주인이 여동생이라 부르는 여인이 실은 여동생이 아닐 거라는 짐작은 이전부터 했었다.

"그러니 지금 당장 너는 과천으로 가서 끝동이라는 자를 찾아보아라. 과천은 좁은 동네이니 인근 마을도 다 뒤져야 할 것이다."

"예."

"나에게 함구하는 자들도 너라면 대답할 것이다."

"과천 근방에 사는 병조 관원 끝동이라 하셨습니까? 아명이니 다른 이름이 있을지도 모르겠습니다. 과천 근방의 모든 집을 뒤져서라도 병조 관원 끝동이를 찾아올 테니 그만 쉬십시오."

"네가 찾는다는 걸 그쪽에서 모르게 해야 하느니라. 알겠느냐?"

"예."

"어서 가보거라."

돌이는 주인에게 묻고 싶고 듣고 싶은 것도 많았지만 조용히 물러날 수밖에 없었다. 주인이 무사히 돌아왔으니 다른 것은 어찌되어도 상관없다. 돌이는 집을 나서면서 늙은 노비에게 몹시 피곤한 주인의 잠이 방해되지 않도록 아침나절까지 어떤 소리도 내서는 안 된다고 신신당부를 해두었다.

하지만 이신은 밤새도록 잠을 이루지 못했다. 설핏 잠이 들 때마다 안개 속에서 마주친 선화의 얼굴, 죽어 있던 김홍진의 모습이 마치 꿈처럼 나타났고, 그러면 자연스레 배에 글자까지 새겨진 채 시체로 발견되었다는 김진수와 우물에 빠져 자진했다는 홍원범의 죽음까지 차례대로 떠올라 의식은 다시 또렷해지곤 했다.

홍원범의 죽음은 과천 장바닥에서 들었다. 그의 죽음은 백성들에게도 충격적이어서 지나치는 사람들 모두가 그의 예상치 못한 자진에 대해 떠들었다. 홍원범이 자진할 리가 없다고 이신은 생각했다. 그는 반정을 도모하고 있었다. 한복진 혼자 꾸민 역모가 아니라고는 짐작했으나 그 배후가 홍원범이라는 사실은 납치된 후에야 깨달았다. 이신은 홍원범이 파놓은 함정에 그대로 걸려들었다. 그만큼 홍원범은 유병기가, 아니 역모가 절박했던 것이다.

그랬던 그가 자살할 이유가 없다. 장신도, 김홍진도 자살로 처리되었다. 어쩌면 장신도 타살이었는지 모른다. 염장이를 불러 장신의 묘를 파볼 수도 있었지만 그럴 필요조차 없었다.

모든 사건은 김홍진의 죽음에서 시작되었다. 김홍진이 죽던 날 이신은 대밭에서 두 사람의 자객을 만났다. 한 사람은 김홍진을 죽인 자였고, 또 한 사람은 그자를 죽였다. 처음 이신은 두 자객이 같은 패라고 생각했고, 한 사람이 다른 하나를 엄호 중이라고 생각했다. 세 사람의 자객이 한 자리에서 우연히 만날 수는 없기 때문이다. 그래서 줄곧 제삼의 자객이 왜 범인을 죽였는지가 의문이었다. 또한 왜 그자는 이신을 죽이지 않았을까.

그 의문은 제삼의 자객이 자신의 뒤를 줄곧 밟고 있다는 사실을 알았을 때 비로소 풀렸다. 그는 심지어 이신이 납치되는 그 순간까지도 이신의 뒤를 미행하고 있었다. 제삼의 자객이 이신의 뒤를 밟고 있다 해도 그자가 반드시 김홍진을 죽인 범인을 죽여야 할 이유는 없었다. 하지만 만약 두 자객이 같은 패거리이고, 그중 한 명이 이신을 뒤쫓고 다른 한 명은 김홍진을 죽이러 갔다면, 그날 밤의 일이 설명 가능했다. 이신이 김홍진의 집으로 향하리란 것은 자객들로서는 전혀 예측할 수 없는 일이었다. 이신이 김홍진을 죽인 자객을 뒤쫓으리라는 것 역시 더더욱 예측할 수 없는 일이었다. 김홍진을 죽인 자가 이신에 의해 붙잡히거나 그에게 뭔가를 말해서는 안 된다. 그래서 몰래 훔쳐보고만 있던 제삼의 자객이 자신을 드러내는 위험을 감수하면서까지 그를 죽인 것이다.

원래 김홍진을 죽인 자들은 자진으로 대충 둔갑시키려 했을 것이다. 하지만 이제 그 죽음의 진상을 알고 있는 자가 있다. 칙사였다. 칙사는 매수할 수도, 겁을 줘서 입을 막을 수도 없다. 내버려두면 당장 김홍진이 죽는 것을 보았다고 떠들고 다닐지도 몰랐다. 무조건 입을 막아야 했다.

김홍진이 죽은 다음 날 자신을 침전으로 은밀히 불러 김홍진의 죽음에 대해 조사할 것을 요구하던 임금의 얼굴이 떠올랐다. 임금은 이신에게 역도들의 짓임을 암시하였다. 그때 이미 임금은 이신을 역모의 가담자로 만들 계획이었을까. 이신은 일련의 죽음을 기획한 자, 그 배후를 이제는 알 것 같았다.

모든 것은 임금이 계획한 일이다. 임금 외에 누구도 가능한 일이 아니었다. 정예의 자객을 부리는 일, 내의원 출신의 의관과 병조의 관원까지 포섭하는 일, 감히 영상의 아들과 손자를 죽인 일까지, 오직 임금만이 가능한 기획이었다. 당장 김홍진의 집 뒤꼍에 자객의 시체가 널브러져 있는데 그것을 어찌 쥐도 새도 모르게 치웠다는 말인가. 누가 그 입들을 틀어막을 수 있는가.

이신은 이 가능성을 오래전부터 염두에 두었다. 용좌가 불안한 임금은 역모가 진행 중인 것을 알고 그것을 역으로 이용하기로 한 것이다. 잦은 미행과 기행을 일삼아 공격할 빌미를 주고 그것을 통해 반정세력을 드러나게 만들어 깨끗하게 도려내는 일.

이신은 모든 것을 다시 보았다. 임금의 입장에서 이 계획의 가장 큰 걸림돌은 칙사 이신의 존재였다. 아니 그 뒤에 있는 황제의 존재였다. 모든 신료들은 황제의 신하라는 논리를 들어 칙사가 신료들의 편에 서서 황제에게 그렇게 보고한다면 모든 계획은 헛것이었다. 황제의 입장에서 임금은 일개 제후일 뿐이었고, 제후 하나를 갈아치우는 일은 너무나 간단하고 사소한 것이다. 가뜩이나 황제는 언제든 임금을 입조시킬 수 있다고 공공연히 암시하는 판국이었다. 칙사가 임금의 처사에 불만을 품고 황제에게 입조를 요청한다면, 생각만 해도 소름이 끼칠 일이다. 굳이 칙사가 입조를 요청하지 않더라도, 입조의 가능성 자체를 지우고 싶은 것이 임금의 간절한 바람이었다. 만약 칙사를 역도들과 함께 엮을 수만 있다면 그것은 오히려 임금에게 큰 기회가 될 터였다. 더군다나 이신이 유병기를 데리고 달아나지 않았는가. 임금에게는 더할 나위 없이 좋은, 결정적인 빌미가 된 것이다.

이신은 이제 임금의 입장이 아니라 자신의 입장에서 사태를 보았다. 이 모든 것이 그에게 무슨 의미가 있다는 말인가. 그가 조선으로 온 것은 황제의 사소한 변심 때문이었고, 그에게는 선화를 찾겠다는 일념뿐이었다. 선화를 찾을 수 있다면 다른 것은 어떻게 되어도 좋았다. 김홍진이 죽던 날 새벽, 이신은 선화를 보았다. 그녀는 손만 뻗으면 닿을 수 있는 거리에 있었다. 그날 끝까지 선화를 쫓았더라면…….

이신은 벌떡 일어나 후원의 연못가로 나갔다. 후원에는 개 짖는 소리 하나 들리지 않고 오직 적막만이 가득했다. 반달이 나뭇가지에 걸렸다. 새벽이 되려면 아직 먼 시간. 긴 밤은 다 읽지 못하고 던져둔 지루한 책처럼 펼쳐져 있다. 어떤 책들은 아무리 많은 내용을 담고 있어도 단 한 구절, 단 하나의 글자로 요약할 수 있다. 이신의 삶에서 그 단 하나의 글자는 선화였다. 그랬기에 유병기를 풀어준 것을 후회하지 않았다. 자신에게 어떤 불리한 결과가 닥친다 해도 마찬가지였다. 어떤 결과도 상관없었다.

그러나 어딘가에, 그것도 가까운 과천 어딘가에 선화가 있다면, 그녀를 찾아 함께 떠날 수 있을 때까지 시간이 필요했다. 임금은 모든 것을 서두를 게 분명했다. 그 칼끝은 이신을 향하고 있을 것이다.

이신은 연못가의 정자 계단에 앉아 어두워 보이지도 않는 물을 오래도록 바라보고 있었다. 밤은 더디게 흘렀다. 새소리조차 들리지 않는 밤이었다.

다음날 아침, 의금부 뜰 안에서 친국親鞫이 열렸다. 임금을 비롯해 정승들이 모두 나와 앉았다. 그 뒤로 상참에 참가할 신료들뿐만 아니라 당하관들까지 죄다 도열해 의금부는 발 디딜 틈이 없었다. 임금은 침착하고 근엄했다. 유일지존唯一至尊은 커녕 황제의 대리자인 힘없는 제후로만 보이던 임금이었다. 하지만 특유의 무표정이 오늘 아침에는 냉정한 절제로 변했고, 눈빛은 뱀처럼 날카롭게 제왕으로서의 풍모를 유감없이 풍겼다. 임금의 몸에서 발산되는 기운을 느낀 신료들도 어제와는 다른 모습이었다. 임금의 변모에 박자라도 맞추듯 순종적이고 두려운 표정으로 임금의 입만 바라보았다.

마당 한가운데서 한복진이 고신을 받고 있었다. 살점은 이미 다 터지고 불에 타 성한 부분이 없었다. 살에서 흘러내린 피가 굳기도 전에 다시 흘러내렸다. 의금부 옥사에 걸려 있던 고신의 기구들이 모두 동원된 터라 친국장 가득히 피 냄새가 진동했다.

"죄인은 이실직고하라. 정녕 역모를 모의한 적도, 전하를 시해하려 한 적도 없다는 말이냐?"

영의정 김환이 소리쳐 물었다.

"……."

한복진은 말이 없었다.

"흉측한 놈, 아직 고신을 견딜 만한 모양이구나."

옆에 앉은 우의정이 혼잣말처럼 중얼거렸다.

"명백한 증거가 있거늘 어찌 자복하지 않는가?"

최명길이 안타까운 듯 소리쳤다.

"내가 역적질을 했다는 증거가 무엇이냐!"

한복진은 그를 향해 소리를 질렀다. 이미 상대방을 노려볼 기운조차 잃은 한복진이지만 누더기처럼 변한 몸과는 달리 정신에는 아직도 결기가 남아 있었다. 이어 최명길이 김환에게 뭐라고 귓속말을 소곤거렸다. 김환이 고개를 돌려 임금을 보자 가만히 보고만 있던 임금이 고개를 끄덕였다.

남백중이 끌려나왔다. 의금부 관원들이 그를 임금 앞에 무릎을 꿇리자 신료들이 웅성거렸다.

"참의 남백중은 들어라. 네가 한복진으로부터 역모를 제의받고 같이 거사를 이루기로 했으렷다."

"아니옵니다. 거사를 이루다니요? 한복진이 역모를 암시하였으나 저는 일언지하에 거절하였나이다. 통촉하시옵소서."

"한복진이 뭐라고 말하였으냐?"

"민심이 주상에게서 떠났으니 새로운 임금이 필요하다 하였고, 주상 전하가 미행을 나간 틈을 타 시역할 것이라 하였습니다."

시역이라는 말이 튀어나오자 신료들이 다시 술렁였다. 아무리 임금에 대해 불만이 많아도 그것은 입에 담아서는 안 될 말이었다. 개국 이래 임금을 몰아낸 적은 있으나 아직 시역은 전례가 없었다. 그러자 한복진이 푸하하 웃음을 터트렸다.

"네 이놈! 너의 말이 사실이라면 내가 그 말을 했을 때 왜 당장에 달려가 고변하지 않았느냐? 그런 엄청난 이야기를 듣고만 있었던 너는 무어란 말이냐!"

"죽여주시옵소서, 전하. 소인, 너무나 두렵고 황망하여 믿을 수 없었사옵니다. 그래서 침묵을 지켰을 뿐이옵니다. 죽여주시옵소서."

우의정이 벌떡 일어나 한복진을 향해 소리쳤다.

"그래도 이실직고하지 못하겠느냐! 네놈은 역모를 꾀했고, 주상의 시역까지 모의했다. 이를 위해 병조 화기도감에 있는 신무기까지 빼돌리지 않았느냐? 이만한 계획을 너 혼자 세우지는 않았을 터. 배후가 누구냐?"

"나는 하늘과 백성들과 함께 모의했다. 이미 천기를 잃은 임금이 어떻게 임금일 수 있느냐."

한복진이 눈을 똑바로 뜨고 임금에게 말했다. 비로소 역모와 시역을 시인한 셈이었다.

"예와 정이 내 배후다. 예치에 어긋난 왕을 바로잡으려 함이 내 목적이다. 그러니 어서 나를 죽여 예와 정과 예치를 함께 순장하라! 어서!"

사력을 다해 외치는 한복진의 목소리가 의금부 마당을 쩌렁쩌렁 울렸다. 임금은 여전히 무표정했지만 신료들은 가슴을 쓸어내렸다. 영의정 김환이 외쳤다.

"저놈의 입에서 공모자들의 이름이 나오도록 압슬형을 행하라."

그러자 의금부 지사가 금부도사에게 명했다.

"사금파리와 다듬잇돌을 대령하라!"

압슬형을 위한 도구들이 대번에 등장했다. 관원들은 한복진의 무릎 위에 사금파리를 놓고 다시 그 위에 다듬잇돌을 올렸다. 사금파리가 살과 뼈를 파고들어 이미 너덜너덜해진 한복진의 몸에서 선혈이 흘러나왔다. 한복진은 어금니를 깨물고 고통을 참다가 혼절하여 고개를 떨어뜨렸다.

"물!"

금부도사가 한복진에게 물을 끼얹었다. 죄인의 정신이 돌아오지 않자 또다시 물을 한복진의 얼굴에 쏟았으나 그는 좀처럼 깨어나지 못했다. 그러자 내의원 의관이 침을 들고 달려왔다.

그때 친국장 마당이 술렁거리기 시작했다.

"칙사다."

"칙사가 살아서 돌아왔다."

임금도 고개를 들었다. 칙사가 중문을 지나 친국장 마당을 가로질러 걸어왔다. 역적 유병기를 빼돌려 달아났다, 납치된 것조차 칙사가 꾸민 연극이다 하는 소문이 파다했는데 드디어 칙사가 모습을 드러낸 것이다.

칙사는 임금에게 허리 숙여 인사했다.

"내금위장 이신, 돌아왔사옵니다."

그러자 영의정 김환이 싸늘한 눈빛을 번득이며 말했다.

"어디서 오는 길이십니까? 저희는 칙사께서 역도와 함께 사라졌다 하여 몹시 우려하던 차였습니다."

"유병기는 저의 불찰로 놓쳤으며, 이렇게 늦은 것은 저에게 각별한 사정이 있었기 때문이니 황공하오나 불문에 붙여주십시오."

"하지만 지금 유병기가 삼각산 근처에서 적당들을 규합하고 있다 하옵니다. 아무리 황제의 칙사라 하더라도 역모와 관련되었다면……."

그때 임금이 손을 들어 영의정의 말을 막았다.

"칙사를 안전하게 지키지 못한 우리의 불충이 가장 크지 않은가. 영의정은 칙사가 원하지 않는 것을 더는 따지지 말라."

임금은 다시 한복진에게로 시선을 돌렸다. 영의정도 뭔가 더 말하고 싶은 듯 했으나 꾹 참았다. 그러는 사이 의관은 침을 계속 찔러 한복진의 의식을 깨웠다. 죽지 않는 한 넋을 잃을 권리도 없었다. 좌의정 최명길이 입을 열었다.

"죄인은 어서 배후를 대라. 한복진, 너는 시종일관 척화를 외쳤던 자가 아니냐? 이번 역모는 주상은 물론 청에 대해 봉기한 것이렷다!"

한복진이 신음처럼 말을 내뱉었다.

"나는 오직 끝까지 싸워 백성을 보호하자고 주장했을 뿐이다. 명을 천조로 받들던 자들이 오늘은 내가 청에 반기를 들려한다는 죄목을 들이대느냐? 구차하니 다른 죄목을 대라!"

"어허, 어리석은 자로구나. 전쟁으로 백성들의 삶이 도탄에 빠져 있는 이때에 반정이 어떤 혼란을 가져올지 정녕 모른다는 말이냐!"

"최명길 이놈! 그렇다면 지금 조선이 정녕 네놈이 원했던 세상이냐? 네놈이 이런 세상을 바라고 계해년 거병을 했더란 말이냐! 그러고도 사대부라 할 수 있느냐! 하늘을 우러러 스스로 부끄럽지 않느냐!"

"저, 저놈이……."

최명길은 안절부절못하고 다른 신료들의 눈치만 보았다. 영의정 김환이 다시 나섰다.

"너희가 역모를 꾸며 칙사를 납치하고도 헛말을 하느냐? 이것이 청에 모반하는 것이 아니고 무엇이냐!"

"임금을 바꾼다고 청과 싸울 힘이 된다고 보느냐? 너의 아둔함이 그 지경이니 자식들도 그 모양인 게야! 아둔함은 대물림이니 너처럼 아둔한 자는 자식을 낳지 말았어야지!"

"뭐, 뭐라고!"

영의정의 가장 아픈 부분인 자식을 건드리자 분노로 얼굴이 창백해진 그는 인두를 대령하라고 소리쳤다. 의금부 뜰 안에 살 타는 냄새가 진동을 했다. 한복진은 이내 혼절했고, 연거푸 물을 끼얹어도 정신을 차리지 못했다. 차라리 그편이 나았다. 의관이 나와 다시 침을 뽑아 들었으나 한복진의 의식이 돌아오지 않자 입안으로 약까지 흘려 넣었다. 정신을 차리게 해서 다시 고신하고, 또다시 정신을 잃고, 잃은 정신을 돌아오게 하는 이 지루한 싸움을 이신은 그만 외면하고 싶었다.

한복진의 의식이 돌아오지 않자 김환은 관원에게 다른 자들을 끌고 나오라고 지시했다. 그들 역시 온몸이 누더기가 된 상태였고, 이미 저항할 의사를 잃어 그저 목숨이나마 보존하기를 바라며 한복진에게 동조한 자들의 이름을 댔다. 그동안 훈신들과 대립관계에 있던 자들의 이름이 줄줄 나왔다. 이름 하나 하나가 불릴 때마다 놀라움과 공포의 탄식이 터졌다. 죽음의 대기표가 그들 손에 쥐어졌다. 평소 그들과 가까웠던 이들도 두렵기는 마찬가지였다. 모두 당파와 혼인, 사제지간으로 얽힌 사이였다. 그러고 보면 남백중의 변절은 살기 위한 어쩔 수 없는 선택이었다. 김환이 다시 입을 열었다.

"이번 역모는 그냥 넘길 일이 아닙니다. 백주 대낮에 민생을 살피기 위해 미행을 나가신 주상 전하께 칼을 들이댔습니다. 왕조 창업 이후 이런 황망한 일이 어디 있었습니까? 모든 배후를 드러내 철저히 처단해야 합니다."

임금은 아무 말도 하지 않았으나 모두가 그 침묵을 동의로 받아들였다. 임금이 미행 나간 사실을 어떻게 알고 관원들이 대기하고 있었는지는 아무도 묻지 않았다. 공포가 지배할 때는 질문과 의심이 가장 먼저 사라진다. 공포만이 자리한 그곳에 선 이들은 앞으로 아주 오래 이어질 이 잔인한 추국의 핏방울이 어디까지 튈지, 자신에게 미치지 않을지, 그것만을 생각했다. 추국장에 들어설 때는 나라의 앞날을 걱정했던 신료들도 이제는 본인의 안위 때문에 모두들 몸을 떨었다. 겨우 한나절 만에 전혀 다른 사람으로 변해버린 것이다.

죽음의 끝에 몰린 병조 정랑의 입에서 홍원범이라는 이름이 튀어나왔다.

"한복진과 홍원범 대감이 자주 만나셨습니다. 그들의 서찰을 적당들의 산채로 전한 적도 있습니다. 저는 그것밖에 모릅니다."

홍원범이라는 이름이 나오자 영의정 김환의 얼굴이 하얘졌다. 그는 홍원범의 가장 가까운 인척이었다.

"홍원범이라니, 저, 저런 흉측한 놈이 있나? 네가 지금 누구를 무고하는 게냐? 돌아가신 분이라고 이렇게 함부로……."

"무고하는 것이 아니라……."

"그만두어라."

임금이 입을 열었다.

"홍원범은 딸의 죽음에 충격을 받아 스스로 자진하였다고 들었다. 역모를 꾀한 자가 자진할 리가 없지 않느냐."

"그러하옵니다, 전하."

"한복진을 더 추국하여 배후를 캐내고 아직 잡지 못한 나머지 역당, 그리고 주모자인 유병기를 잡아야 한다. 이 임무를 영의정에게 일임하겠다."

"지당하신 분부시옵니다."

임금이 일어나자 신하들이 모두 허리를 숙였다. 자리를 뜨다 말고 임금은 이신을 보았다. 잠시 두 사람의 시선이 허공에서 부딪쳤다.

"내금위장은 당분간 대궐 일에 신경 쓰지 말고 몸을 추스르시게. 혹 병이라도 얻으면 황제께 불충이 되지 않겠는가."

더는 대궐 출입을 말라는 의미였다. 그 말은 곧 임금이 칙사와 역모를 엮을 준비가 되어 있다는 뜻이자, 그것을 황제에게 납득시킬 준비가 되어 있다는 의미이기도 했다. 신료들은 숨을 죽이고 이신을 보았다.

이신은 다시 공손히 허리를 숙였다.

"제 몸이 불편하다고 어떻게 내금위장의 소임을 모른 척할 수 있겠사옵니까? 더욱이 심양에서 황제의 윤발이 오고 있다 하니 도착하는 대로 주상전하께 윤음 전하겠나이다."

임금의 눈에 심한 동요가 일었다. 그것은 속국의 제후인 임금의 위치를 일깨우는 말이기도 했다. 주변에 둘러선 신료들도 술렁거리기 시작했다. 임금이 감추고 있는 노림수를 찌르기 위해 이신이 작정하고 던진 말이었다. 그에겐 시간이 필요했다.

"황제께서 윤발을 보내셨다면……."

입조에 대한 불안이 다시 임금의 얼굴을 스쳤다.

"황제께서는 언제나 제후국이 평화롭고 무사하길 바라고 계시옵니다."

"그런데 이렇게 큰 역모 사건이 발생하다니……."

임금은 황제에게 신료들이 반대하는 왕으로 비춰질까 그것이 두려운 듯했다. 그것은 이신이 의도한 바이기도 했다.

"황제께 심려 마시라고 전해야 할 것일세. 큰 문제야 없지 않은가?"

"주상 전하의 뜻을 전하겠사옵니다."

임금은 다시 이신을 응시했다. 임금도 아직 다 끝나지 않았다는 사실을 인정한 셈이다.

임금이 자리를 뜨자, 안도인지 한탄인지 모를 한숨이 친국장을 가득 메웠다. 이신도 그 자리에 더 머물 이유가 없었다. 그는 영의정의 싸늘한 눈초리를 뒤로 하고 친국장을 빠져나왔다.

중문을 지나 몇 발자국 나서니 잔인한 친국의 소음은 저 세상의 일처럼 아득하게만 느껴졌다. 어디선가 꾀꼬리가 울었다. 봄이 완연하다. 의금부 화단에는 모란이 지고 있었다. 그때 누군가 이신을 불렀다.

"나리."

정명수였다. 그는 마치 이신이 나타날 것을 알고 기다리기라도 한 듯 중문 뒤 그늘에서 걸어나왔다.

"괜찮으십니까? 기별이 없으셔서 걱정이 많았습니다."

"무사히 왔으니 이제 걱정은 그만하게."

정명수는 주변을 둘러보고는 목소리를 낮췄다. 하지만 주변에는 아무도 없었다. 단지 자신의 말이 아주 중요하며, 그 말을 칙사에게 은밀하게 전달한다는 의미의 행동이었다.

"나리, 소인이 드리는 말씀을 흘려듣지 마십시오."

"무슨 말인가?"

"지금 궐 안 분위기가 매우 좋지 않습니다. 주상께서 지금 말씀은 않으시나 나리께서 의도적으로 유병기를 풀어줬다고 믿고 있는 듯합니다."

"그래서?"

"그래서라니요? 심지어 나리께서 역도들에게 납치당하신 것도 연극이었다고 말하는 자도 있는 지경입니다. 이번에 발각된 역모가 어디 보통 역모이옵니까? 주상과 가장 가까운 반정공신 김홍진과 그의 아들 김진수를 죽이고, 모르지요, 장신까지 죽였는지. 거기다 김홍진의 죽음을 감추려고 의관까지 죽이지 않았습니까? 의관을 죽인 관원이 병조 출신이니 모두 한복진의 짓 아니겠습니까? 이런 일에 나리께서 연루되었다는 것이 드러난다면……."

이신은 정명수를 노려보았다. 그는 황급히 눈을 내리깔았다.

"지금 그렇게 몰고 가고 있습니다. 제 말씀을 믿으십시오."

"그래서 자네가 하고자하는 말이 대체 무엇인가?"

"주상께서 은밀히 나리의 뒤를 밟고 있다는 사실도 모르시지요? 제가 김창렬에게서 이미 확인하였습니다. 주상의 속셈은 뻔하지 않습니까? 어떻게든 나리를 함정으로 몰아넣어 입조를 해결하려는 것이지요. 더구나 주상은 황제께 이미 표를 올렸사옵니다."

"황제께? 언제?"

"김홍진이 죽은 직후입니다."

그것은 이신도 몰랐던 사실이다. 제후국의 불미스러운 일을 미리 알리다니, 자연스러운 일은 아니다. 하지만 임금이 준비하고 기획했던 모든 과정을 보면, 만약의 경우를 대비하여 황제의 눈에 벗어나지 않기 위해 미리 선수를 쳤을 가능성도 배제할 수 없었다.

"나리, 여기 계시면 위험하옵니다. 하루 속히 심양으로 돌아가십시오. 입조 문제를 위해 돌아가신다고 하면 주상도 더는 묻지 않을 것입니다."

"자네와 그렇게 약속을 했나?"

정명수가 허를 찔린 듯 눈을 휘둥그레 떴다.

"예? 그, 그게 무슨 말씀이신지요?"

"지금 나에게 주상의 부탁을 전하려는 것이 아닌가, 이 말이야. 어찌 되었든 황제의 칙사는 황제께서 귀국을 명하기 전에는 돌아갈 수 없네. 황제께 아직 주상전하는 죄인이야."

정명수는 침착하게 고개를 숙였으나 아마 그의 얼굴은 일그러져 있을 것이다. 죽일 가치도 없는 자. 이신은 정명수를 차가운 눈으로 쏘아본 후 자리를 떴다.

무엇보다도 임금은 죄인이었다. 그의 죄는 이신이 사사로운 감정으로 벌인 간통과는 차원이 달랐다. 주변의 다른 나라들이 죄다 항복하고 스스로 제후국을 자처하는 마당에, 유독 조선만이 망해가는 명나라를 섬기겠다고 우겨 황제로 하여금 한양까지 그 먼 길을 친히 나서게 했다. 또한 지금하고 있는 일은 무엇인가. 조선의 모든 신료는 황제의 신료이며 조선의 백성 또한 황제의 백성이었다. 그런데 기껏 제후에 불과한 임금이 신료들과 백성들을 마음대로 쥐락펴락하고 있지 않은가. 임금에게는 그럴 권리가 없다.

죄를 지은 주상이 본인의 안위를 위해 황제에게 표를 올리다니. 임금은 칙사를 통해 황제에게 뜻을 알려야 함에도 불구하고 자신 몰래 표를 올렸다. 추국장에서 이신이 윤발로 위협했을 때, 임금은 괜히 놀란 것이 아니었다. 제후가 황제에게 표를 보냈다니 머지않아 정말로 윤발이 도착할 터였다.

이신은 홍원범의 집으로 말을 몰았다. 거리 곳곳에서 백성들이 삼삼오오 모여 수군거리는 모습이 눈에 들어왔다. 삼전도의 굴욕 이후 민심을 사지 못한 왕이었지만 이번 일만은 달랐다. 아무리 힘없고 용렬한 왕이라 해도 왕에게 직접, 그것도 미행을 나온 거리에서 칼을 겨눴다는 사실은 백성들에게 충격 그 자체였다. 게다가 역도들이 던진 포탄 때문에 집과 재산을 잃은 종로의 백성들은 밤낮으로 역도들을 원망하며 울고 있었다.

"역모고 훈신이고 다 지긋지긋해."

"누가 왕이 되면 달라지겠어? 왜 또 바꾼다고 난리야?"

"그래도 병자년 전쟁에 대한 책임이 있잖아."

"임금을 내몰면 일어난 전쟁이 없어져? 임금은 하늘에서 내리는 거야. 왜 사람들이 이래라 저래라 하는 거야?"

백성들의 목소리가 이신의 귀에 또렷이 들려왔다. 이신은 민심이 곧 천심이라는 말을 믿지 않았다. 가끔 민심이 비구름이나 천둥번개로 돌변해 천심으로 여겨질 때도 있지만 대부분의 경우 민심은 쉽게 속고 엉뚱한 방향으로 가버리곤 했다. 훈신들은 광해가 쫓겨날 때, 그가 명을 배반했다고 비난하는 민심이 바로 천심이라고 주장했다. 하지만 정묘년과 병자년, 두 번에 걸친 침략 끝에 망해가는 명나라를 받들어야 한다던 그 주장이 틀렸다는 반성의 목소리는 백성들 사이에서 나오지 않았다. 오히려 청나라를 더욱 미워하기만 했다. 청을 증오한다면 굴복한 임금도 증오해야 하지만 그마저도 오래 가지 않았다. 조금 더 있으면 '불쌍한 우리 주상 전하' 가 등장할 판이었다.

임금은 백주의 활극을 벌임으로써 뜬구름 같은 백성의 마음을 잡았다. 대단한 수라고 이신은 생각했다. 뿐만 아니라 그 사건을 계기로 자신에 대한 반대파를 모두 치워버릴 것이다. 이런 천재일우의 기회를 놓칠 리가 없었다. 이신이 그것을 막지 않는다면.

"나리, 칙사 나리!"

길 건너편에서 사람들을 헤치고 최현수가 다가오고 있었다. 이신은 얼른 말에서 내렸다. 그는 이신을 보고 감격해 잠시 동안 말을 잇지 못하더니 눈물을 글썽였다.

"나리, 죄송합니다. 그날 제가 모시고 왔었어야 했는데……. 무사히 빠져나오셔서 얼마나 다행인지 모릅니다."

최현수는 이신이 행방불명되었던 것이 역도들에게 다시 잡혀서라고 생각하고 있었다.

"아닐세. 자네 탓이 아니야. 어디로 가는 길인가?"

"의금부로 가는 길이옵니다."

최현수는 주변을 살핀 뒤 이신을 끌고 조용한 골목 안으로 들어갔다. 친국이 시작된 후로 이신과 마주친 이들은 주변부터 살폈다.

"어떻게 된 일인지요? 유병기에 관해서 말들이 많습니다."

"……."

이신은 대답하지 않았다. 거짓말을 둘러대고 싶지 않았기 때문이었다. 그렇다고 사실대로 말할 수도 없었다. 조만간 최현수도 고신을 받을지 모른다. 이신이 진실을 말해준다면 바로 그 이유 때문에 최현수가 더한 고초를 겪을 수도 있다. 최현수는 진중한 자여서 칙사가 말하지 않는 것을 캐묻는 실수는 범하지 않았다.

"분위기가 심상치 않습니다. 요즘은 모이면 다들 주상이 무섭다는 말들뿐입니다. 홍원범 대감이 급작스럽게 돌아가신 일도 그렇고……."

"홍판서의 죽음에 대해 들은 것은 없나?"

"홍대감께서 돌아가시던 날 운종가의 모필가 한 사람이 죽었습니다."

"그 이야기는 들었네."

"아무래도 그자는 홍원범 대감이 보낸 사람에 의해 죽은 것 같사옵니다."

"근거가 무엇인가?"

"사건을 조사한 의금부 금부도사의 말에 따르면, 죽은 모필가의 가게 구석에 명나라 엽전 한 닢이 떨어져 있었답니다. 은으로 주조한 귀한 돈이랍니다. 유통되지도 않는 그런 귀한 돈을 고관이 아니면 누가 만질 수 있겠습니까?"

"그러나 반드시 그 돈이 홍원범 대감의 것이라고는 말할 수 없지 않은가?"

"그렇지요. 하지만 금부도사가 그날 모필가의 가게 주변을 탐문한 결과, 낯선 사대부들이 출입하는 것을 본 사람이 있고, 모필가의 벼루에는 마르지 않은 먹이 남아 있었다 합니다. 일을 마치고 죽은 것이지요. 모필가는 환향녀의 유서를 대필하던 자라 하니 분명 유서를 작성하고 죽은 게 아니겠습니까. 그런데 바로 그날 밤 홍대감께서 자진하셨다니 금부도사의 의심을 사게 된 것이지요. 금부도사가 그 집 집사를 불러다 따져 물으려 하니 집사는 새파랗게 질려 벌벌 떨더랍니다. 그런데……."

"취조를 계속하지 못했는가?"

"예. 이러한 사실을 도제조 우의정 영감께 직접 보고를 드렸더니 느닷없이 시키지도 않은 일을 했다고 호통을 치시더라는 겁니다. 그래서 금부도사는 집사를 방면할 수밖에 없었지요. 그뿐이 아니옵니다."

"또 뭐가 있는가?"

"홍대감의 시신을 수습한 염장이의 말에 따르면 대감은 목이 부러져 돌아가셨다 합니다. 이 또한 금부도사가 확인한 사실입니다. 우물에 빠진 자가 목이 부러지다니, 좀 이상하지 않습니까?"

정황은 이미 충분했다. 홍원범은 환향녀인 아내를 죽이기 위해 모필가와 접촉하고 그를 살해한 것이다. 그런데 바로 그날 자진을 하다니, 뭔가 수상했다. 자진이 아니라면 누구의 짓일까.

"알았네. 내가 일전에 말한 병조관원 소막식을 빨리 찾아야 하네."

"서두르겠습니다."

"그리고……."

이신은 하려던 말을 삼켰다. 그에게 몸조심하란 말이라도 해주고 싶었으나 작금의 시국은 개인이 몸조심을 하고 싶다고 할 수 있는 상황이 아니었다. 왕이 이신을 잡기 위해 최현수를 제물로 삼을 수도 있었다. 코뚜레 풀린 망아지처럼 광분해 날뛰는 임금에게 어떻게든 다시 고삐를 채워야 한다. 그가 움켜쥐고 마구 휘둘러대는 칼자루를 빼앗아야 한다. 지금 임금은 너무 위험하다.

최현수와 헤어진 이신은 홍원범의 집으로 향했다. 역모의 바람이 몰아치는 탓인지 홍원범의 집은 상중임에도 썰렁했다. 정승의 개가 죽으면 문전성시를 이루고, 정승이 죽으면 아무도 찾아오지 않는다더니 그 말이 꼭 맞았다. 하인이 이신을 알아보고 머리를 조아렸다.

"나리께서 몸을 던지셨다는 곳을 한번 봐야겠네만."

"마님께 먼저 아뢰어야 합니다요."

잠시 후 하인이 되돌아와 칙사 어른의 명대로 하라는 분부를 받았다며 후원으로 안내했다. 여느 사대부가에 있을 법한 평범한 후원이었다. 담 옆으로 대추나무가 서 있고, 그 옆으로는 대밭이, 그리고 후원 한가운데는 우물이 자리하고 있었다. 홍원범이 사랑채를 놔두고 현소재에 머물렀듯이 그의 처와 여식도 안채를 놔두고 별당에서 기거하고 있었다. 별당은 집의 가장 뒤쪽에 위치하여 자연히 다른 식구와 마주치는 일은 드물 것이었다. 후원은 별당과 이어져 있었지만, 별당 뒤로 낮은 담을 둘러 중문을 통해 드나들도록 만들어두었다. 이런 구조이니 후원은 별당과는 분리되고 오히려 홍원범이 머무는 현소재와 바로 이어졌다.

"애기씨께서 저 나무에 목을 매신 터라……."

하인이 대추나무를 가리키며 말했다. 이신은 홍원범이 빠져 죽었다는 우물 주변을 꼼꼼히 살폈다. 수상한 흔적은 없었다. 우물은 지옥으로 들어가는 입구처럼 어두운 입을 벌리고 있었다.

"대감을 어떻게 꺼냈는가?"

"장정 둘이 허리에 밧줄을 묶고 들어갔습지요. 여간 고생이 아니었습니다요."

"다른 상처는 없었는가? 우물에 떨어지면서 목이 부러지셨다고 하던데."

하인의 얼굴에 낭패감과 분노가 지나갔다.

"그런 것까지 소문이 나다니…… 그 염장이 놈을……."

"사실대로 말하게."

"사실이 그러하긴 합니다요. 사실 우물의 물은 그다지 깊지 않습니다. 서너 해 전에 노비 하나가 우물에 빠졌던 적이 있는데, 그땐 하루 만에 건져내어 죽지 않았습지요."

"따님은 어떻게 된 건가? 목을 맸다고 들었네. 유서는 발견되었나?"

하인은 길게 한숨을 내쉬더니 대답했다.

"아닙니다. 그런 건 없었습니다. 돌아가시기 전 며칠 동안 내내 울기만 하셨지요. 그날도 대감님 방을 청소하고 돌아와서는 넋을 잃고 앉아 계셨습니다."

"대감 방을 청소해? 늘 그러셨는가?"

"예. 아무도 모르게 하라고 하셔서 대감마님께 말씀드리지는 않았지만 늘 애기씨께서 방을 청소하셨지요."

짚이는 것이 있었다. 청소를 하던 딸이 홍원범의 방에서 뭔가를 본 것이다.

우물가를 둘러본 이신은 고인에게 절을 올리러 갔다. 제상 앞에는 상주 자리에 먼 친척 하나만이 앉아 있었다. 홍원범은 딸 하나만을 둔 처지라 그 아이를 양자로 입적하려 했다는데 그럴 새도 없이 가버린 것이었다. 이신이 김씨 부인을 뵙자고 청하자 하인이 그를 별당으로 안내했다. 별당은 견고한 담으로 둘러쳐졌을 뿐만 아니라 담 주변으로 대나무가 둘러서 있어 바깥과는 분리된 느낌을 주었다. 유일한 통로인 작은 중문을 넘어가니 기쁠 희, 숨길 은, 희은당喜隱堂이라고 써 붙인 현판이 눈에 들어왔다. 기쁨을 감추고 있는 아름다운 곳이라는 의미로 작명한 것이겠으나, 그곳에 머무는 사람이 환향녀라 핍박받는 처지라고 생각하니 마치 기쁨을 감추고 살라는 의미처럼 보였다.

하인은 김씨 부인의 몸이 불편하다 했지만 그녀는 자리에 꼿꼿이 앉아 있었다. 부인은 방문에 발을 쳐두어 이신이 들어오는 것을 막았다. 이신이 주렴을 사이에 두고 절을 하자 부인도 같이 허리를 숙여 절을 받았다.

"변고를 듣고 찾아뵈었습니다."

"감사합니다."

"어떻게 된 일인지요?"

"딸아이의 죽음을 보고 충격을 받으신 듯합니다. 딸아이가 우물가에서 목을 매었던 터라……"

이신은 지난 번 홍원범을 문병할 때 방안 구석에 앉아 있던 김씨 부인과 그 딸의 모습을 떠올렸다. 그때 두 사람은 마치 모습을 보이고 싶지 않은 듯 어두운 방구석에 앉아 있었다. 그리고 지나칠 정도로 조용했다. 이신은 그 침묵을 이제야 이해했다. 그 침묵은 홍원범의 거부가 만들어낸 한이었다. 유난히 금슬이 좋은 것으로 소문이 났던 부부, 한사코 환향녀의 이혼에 반대하며 명분을 쌓았던 홍원범은 정작 자신의 아내와 딸은 받아들이지 못했다. 그 한은 누구에게도 하소연하지 못한 채 침묵으로만 쌓여가고 있던 것이다.

"혹 그날 대감과 말씀을 나누진 않으셨는지요. 유언이나 남기신 글은 없는지 여쭤보는 것입니다."

"나리는 늦게 퇴청하셨고 저는 뵙지를 못했습니다."

"그 말씀은?"

"아무것도 없습니다. 남기신 말씀도, 제가 본 것도……"

부인이 대답하며 치맛자락을 꽉 움켜쥐는 소리가 들렸다. 이신은 대답 대신 김씨 부인을 바라보았다. 이신이 뭔가 보거나 들은

것이 없냐고 물은 것도 아닌데 대답이 너무 빨랐다. 그것은 부인
이 뭔가를 보았다는 말처럼 들렸다.

"청에서 오셨다고요?"

"예."

"청에서 부인을 잃으셨다고 들었습니다."

"제 아내는 살아 있습니다. 지금 찾고 있는 중이지요."

"그럼, 찾고 계신 분이 여동생이 아니라……."

"맞습니다. 아내를 찾고 있습니다. 제 아내는 부인처럼 반듯하
고 영민한 사대부의 규수였습니다."

이신은 조선에 와서 처음으로 아내에 대한 이야기를 꺼냈다. 자
신의 입에서 왜 그 말이 나왔는지 스스로도 놀라웠다. 할 수만 있
다면 선화와 처음 만나던 순간부터, 가슴 속에 들끓는 초조함까지
다 뱉어내고 싶었지만 혀를 깨물고 말을 삼켰다. 하지 않은 말을
다 듣기라도 한 듯 김씨 부인도 침묵했다.

"자제분도 있으시겠지요."

"여식이 하나 있습니다. 그 아이는 제 얼굴도 모르겠지만……."

"저에게도 여식이 있었지요."

주렴 너머 김씨 부인의 얼굴에 한 차례 경련이 지나갔다.

"청에서 돌아와 꿋꿋이 잘 버텼는데……."

아마 딸은 홍원범의 방에서 아버지가 밤마다 끙끙대며 작성한
어머니의 유서를 보았을 것이다. 노비들은 글을 모르니 조심해야
할 이유가 없다. 그러나 홍원범은 딸아이가 자기 방에 출입한다는
것을 몰랐다. 딸은 아버지가 어머니를 죽이려 한다는 사실을 알
고, 자신이 죽으면 아버지가 살해를 중단할지도 모른다고 생각했
을 것이다.

"나리께서는 딸아이를 귀여워하셨지요. 청나라에 끌려갔다 온 걸 몹시 마음 아파하셨는데……. 그날도 딸아이에게 줄 노리개를 사가지고 오셨습니다. 아무 소용 없게 된 줄도 모르고……."

김씨 부인의 얼굴에 싸늘한 미소가 스쳤다.

"물을 마시러 우물가로 나오셨다가 목을 맨 딸아이를 보셨겠지요. 죽은 딸아이의 발을 잡고 몸부림치셨습니다. 그러나 이미 늦은 일……. 아마 약주가 과하신 탓에 딸아이의 죽음을 보고 순간적으로 심정이 흐트러지셨을 것입니다. 직접 보진 못했지만 저는 그리 생각합니다."

이신은 잠자코 들었다. 김씨 부인은 감정을 주체하지 못하고 갑자기 말을 쏟아냈다. 사람들이 가장 흔히 하는 실수, 자신의 잘못을 은폐하기 위해 말을 덧붙이는 실수를 김씨 부인도 저질렀다. 죽은 딸아이의 발을 잡고 몸부림쳤다……. 김씨 부인은 분명 그 자리에 있었다.

"자진이 아닙니다."

이신이 조용히 말했다.

"자진일 수가 없습니다. 저는 알고 있습니다. 부인, 들으셨는지 모르겠으나 역모로 인해 정국이 몹시 험악합니다. 홍원범 대감의 명예를 지켜드리겠다고 약속드리지요. 그러기 위해선 사실을 알아야 합니다. 말씀해주십시오. 그날 밤 무엇을 보셨습니까?"

김씨 부인의 싸늘한 눈빛이 주렴을 뚫고 이신에게 당도했다. 대담한 여자였다. 김씨 부인은 담담하게 말했다.

"무례하십니다."

"사실이, 진실이 필요합니다."

"무엇을 위해서이지요?"

"벌을 주기 위해서지요. 백성들에게 전쟁의 상처를 남기고, 수많은 여인들로 하여금 목숨을 끊게 만든 죄. 제 아내와 딸아이를 잃어버리게 만든 죄. 왜 아무도 벌을 받지 않습니까? 저는 알아야겠습니다. 그래서 죄 지은 자에게 벌을 주어야겠습니다."

김씨 부인은 고개를 돌리고 꼿꼿이 앉아 다시 침묵했다. 가장 유명하고 세도 높은 반정공신이 역모를 꾸몄다는 사실을 임금이 인정할 수 없는 것처럼, 어쩌면 김씨 부인도 남편이 자신을 죽이려 했다는 진실을 인정할 수 없는 것인지도 모른다. 자진은 모두 것을 덮어주는 방패막이인 셈이다.

"저를 의심하십니까?"

김씨 부인이 다시 입을 열었다.

"……."

"하지만 저는 힘이 너무 약했습니다."

김씨 부인이 한스럽다는 듯 자신의 손을 내려다보았다.

"어쩌면 칙사께는 충분한 힘이 있는지도 모르지요. 맞습니다. 나리는 자진이 아닙니다. 제가 후원을 떠날 때까지 살아 계셨습니다. 분명한 사실입니다. 저는 별당으로 돌아왔지만 마당에 서서 꼼짝할 수 없었지요. 시간이 얼마나 지났을까……. 그때 대감의 목소리가 들렸습니다. 누구냐고 외치는 소리였지요.

"나가보지 않으셨습니까?"

"아니오. 모른 척했습니다."

주렴을 사이에 두고 다시 두 사람은 서로를 응시했다.

"감사합니다, 부인."

이신은 정중히 인사를 올리고 물러 나왔다.

텅 빈 집에 향 냄새만이 가득했다. 입적될 뻔했다던 아이는 상주 옷을 입고 궤연几筵 앞에서 졸고 있었다. 곡비哭婢의 울음소리가 마치 잘못 적힌 글자처럼 어색하게 들려왔다.

◎

한복진의 노비가 이신을 찾아온 것은 그날로부터 나흘이나 지난 후였다.

이신은 그동안 출입을 삼가고 아침저녁으로 후원에 나가 꽃을 보며 시간을 보냈다. 연못가의 보라색 붓꽃은 아침이면 꽃잎을 벌렸다가 저녁이면 다물기를 반복했다. 과하게 붉다 싶은 철쭉도 흐드러지게 피어 벌써 연못 위로 꽃잎이 떨어졌다. 이신이 방으로 들어가고 나면 성실한 늙은 노비는 떨어진 꽃잎을 다 건져내 철쭉 뿌리 근처에 던져두었다. 그 꽃잎들은 쉬 말랐다. 그럼 다시 또 다른 꽃잎이 하롱하롱 물 위로 떨어졌다. 철쭉도 이제 다 시들어가고 있었다.

잠이 오지 않는 밤에는 작업판을 펴들고 딸아이의 꽃신을 붙잡았다. 꽃신은 거의 완성단계였다. 신발 한 켤레를 이토록 오랫동안 정성 들여 만들어보긴 처음이었다. 발 크기를 알 수 없어 돌이에게 딸의 나이 또래 처자들 다섯을 불러와 그 치수를 재어 평균을 내었다. 그래도 딸의 발에 맞지 않으면 다시 만들어줄 생각이었다.

난아, 어디에 있니…….

이신은 목이 메었다. 그날 이웃집 노파가 비슷하게 생긴 여인이 그 집에 살았다고 했을 때 왜 믿지를 못했을까. 김홍진이 죽던 날 안개 속에서 선화를 분명히 보았고, 동네 노파까지 그것을 확인해

주었는데, 단지 그림의 흔적이 없다는 이유로 이신은 확신하지 못했다. 실상 선화는 망가진 맷돌 밑 바위에다 한송이 꽃을 피워놓고 가지 않았는가? 자신의 흔적을 남겨두고 떠난 것이었다. 안개 속에서 선화를 보았을 때, 바로 사람을 보내서 샅샅이 인근을 뒤졌어야 했다. 그 생각에 미치자 이신은 비통함을 참을 수 없었다. 어쩌면 희망과 기대를 품는 것이, 그것이 좌절과 실망으로 바뀌는 것이 두려웠는지 모른다. 헛된 희망은 사람의 눈을 가리지만 연이은 좌절과 실망은 사람의 머리를 굳게 만든다. 이신은 절망과 실망에 내성이 생겨 더는 희망을 갖지 못하는 자신의 굳은 심장을 보았다.

그는 고통을 잊으려고 오직 신발에만 집중했다. 어디선가 파루의 종소리가 들려왔다. 다시 날이 밝은 것이다. 그의 앞에는 완성된 꽃신이 놓여 있었다. 이신은 딸아이의 꽃신을 선화의 당혜 옆에 가지런히 놓고 잠시 누웠다. 눈이 쿡쿡 쑤시면서 어질어질했다. 그의 머릿속은 어수선한 영상으로 가득 찼다.

그때 누군가 방문을 밀고 안으로 들어섰다. 아직 날이 밝지 않은 새벽이라 주위는 어두웠고, 방으로 들어선 자의 얼굴은 보이지 않았다. 그는 손에 들린 긴 칼은 짙은 어둠 속에서도 번득거렸다. 칼끝에서 선연한 핏방울이 뚝뚝 떨어졌다. 놈의 칼이 둔탁한 빛을 발하며 허공으로 올라가는 순간 이신은 몸뚱이를 뒤로 한 바퀴 굴러 구석에 놓인 칼을 쥐었다. 돌이가 시퍼렇게 벼려놓은 아버지의 칼이었다. 그의 행동이 조금만 늦었어도 목숨을 잃었을 것이다. 이신은 칼을 휘둘렀다. 그러나 허공을 베었을 뿐이었다. 놈의 형상은 사라졌다. 꿈이었다.

이신은 칼을 방바닥에 떨어뜨리고, 꽃신 옆에 놓인 자리끼를 벌컥벌컥 들이켰다. 그런데도 심장의 박동이 멈추지 않았다. 이신은 검을 쥐고 마당에 나가 미친 듯이 칼을 휘둘렀다. 마치 꿈속의 검은 그림자와 대련을 하듯이. 온몸에서 땀이 흘렀다. 마치 모든 불순한 찌꺼기가 다 빠져나가는 듯했다.

날이 희미하게 밝아왔다. 마침내 이신은 칼을 떨어뜨리고 지친 숨을 내쉬었다. 이신은 뒤란의 우물가로 달려가 물을 길어올려 머리 위에 퍼부었다. 온몸의 신경들이 깨어나서면서 땀에 젖은 몸이 부르르 떨렸다.

꿈에서 본 자의 얼굴을 또렷이 떠올렸다. 그자는 강화도에서 아낙네들을 자살로 내몬 김홍진도, 패륜아 김진수도 아니었다. 김홍진과 김진수는 허깨비에 불과했다. 이신의 잠자리에 찾아들었던 그자, 이신의 꿈과 잠을 휘저어 그토록 끈질긴 불면을 강요한 자, 김홍진과 김진수의 얼굴을 한 자, 이신은 비로소 그 얼굴을 확인했다. 다름 아닌 임금이었다.

그때 좀처럼 입을 여는 법이 없는 늙은 노비가 다가왔다.

"누가 찾아왔습니다요. 칙사 나리를 꼭 뵈야 한다는데……."

"대체 누구이기에 이 시각에 찾아온다는 말이냐?"

"한복진 대감댁의 노비라 하옵니다."

이신은 서둘러 방으로 돌아가 옷을 갈아입었다. 잠시 후 한복진의 노비가 들어왔다. 그는 아무것도 들고 오지 않았다. 서찰이 있을 거라 생각했던 이신은 실망감과 의문을 동시에 느끼며 자리에 앉았다. 노비는 불안한지 인사를 올리면서도 연신 주변을 살폈다.

"걱정할 것 없네. 이곳은 까치도 피해 다니는 곳이야. 누가 보냈는가?"

"한복진 대감께서 잡혀가시기 전에 반드시 칙사 어른을 직접 뵙고 전하라 하셨습니다. 돌아오셨다는 소문을 이제야 듣고…….”

이신은 고개를 끄덕였다.

“그래, 전할 말은 무엇인가.”

“김포 토끼고개, 그곳 사람들은 줄여서 토곡이라고 한다는데, 아무튼 토끼고개라 하셨습니다.”

“그것뿐이냐?”

“예. 이 말만 전하면 다 아실 것이라 하셨습니다.”

다 알 것이라……. 그곳에 이신이 찾는 중요한 무엇이 있다는 이야기였다. 그렇다면 그것은 병조 관원 소막식이 있는 곳이 분명했다. 한복진도 분명 소막식의 행방이 중요한 일이라 생각하고 몰래 찾고 있었음이 분명했다. 그러다 임금의 음모가 드러나자 그 장소를 이신에게 알려준 것이리라.

“노비들도 죄다 끌려가 문초를 당하는 것으로 알고 있는데 자네는 어떻게 잡혀가지 않았나?”

“저는 나리께서 면천시켜주셔서 이미 양민이옵니다. 하여…….”

이신은 고개를 끄덕였다. 한복진도 그만한 대비는 미리 해두었을 것이다. 하지만 이신은 이자가 이미 임금의 포섭에 넘어가 거짓 정보를 전달하는 것이 아닌가 하는 의심도 들었다. 설령 그렇다 하더라도 알아낼 방법이 없었다.

“자네는 지금 당장 움직이지 말고 오늘 밤까지 여기에 있다 떠나세. 이유는 묻지 말고 내가 시키는 대로 해.”

누군가에게 붙잡히더라도 칙사의 집에 왔었다는 말은 절대로 하지 말라는 당부는 하지 않았다. 그가 감당하기에는 너무 큰 부담이었다. 권력자들의 싸움에 면천된 노비가 목숨을 걸 이유가 무엇이라는 말인가. 설령 정보가 새나가더라도 이신이 시간만 벌 수 있다면 상관없는 일이었다. 이신은 자신의 늙은 노비에게 그를 부탁하고 서둘러 길을 나섰다.

아침 햇살이 나무와 숲과 꽃 위로 반짝였다. 인간의 삶과 무관하게 움직이는 저 모든 것들은, 그 무관함으로 인해 얼마나 아름다운가. 선화가 그토록 꽃을 열심히 그렸던 것도 인간의 고통과는 너무나 동떨어진 그 초연함에 끌려서 아니었을까. 햇빛에 반짝거리는 강물은 마치 저 너머로 건너가면 이 삶과 무관한, 강물처럼 잔잔히 살 수 있는 장소가 있을 것 같은 착각을 불러일으켰다. 어린 시절 병기와 함께 보았던 밤의 한강처럼. 선화와 함께 살았던 평안도 어느 골짜기 온천수가 흐르던 냇물처럼.

어쩌면 그 삶이 다시 한 번 주어질지 모른다는 희망을 이신은 버리지 못했다. 소막식을 잡아 그 배후를 알아낸다면, 그것을 통해 임금과 협상을 매듭짓는다면, 선화를 찾는다면……. 그런 후에는 어디로든 떠날 수 있을 것이다.

임금은 황제에게 표를 보냈다고 했다. 황제가 제후국에서 올라오는 모든 표를 읽는 것은 아니다. 제후국 조선에서 벌어진 역모. 그 정도의 내용은 황제 앞에 올라가지도 않을 것이다. 임금도 그 사실을 알고 있다. 하지만 황제가 보낸 칙사가 그 역모와 관련이 있다면 상황은 달라진다.

만약 황제가 임금의 표를 칙사를 모함하려는 의도로 이해한다면, 그래서 황제를 모욕한다고 생각한다면 임금에게 입조를 명할 것이다. 황제의 입장에서 임금은 죄인이었다. 목숨을 살려주고 임금의 자리를 보장해준 것, 그것은 황제의 충복이 되겠다는 맹세와 지난 과오에 대한 반성의 대가였다. 그런 임금이 황제의 측근인 칙사를 음해한다는 것은 황제에게 복종하지 않는다는 의미였다.

다른 가능성은 황제가 칙사에게 벌을 내리는 것이다. 칙사는 제후국으로 하여금 황제에게 복종하는지만 감시할 뿐, 제후국의 내정이나 자국 문제에 간섭해서는 안 된다. 임금에게 문제가 있다면 황제를 통해서 해결해야지 칙사가 역모를 두둔할 이유가 없다. 황제가 보낸 신하가 제후국에서 문제를 일으켰다는 자체가 황제로서는 불쾌하고 당황스러운 일인 것이다.

결국 모든 것은 황제가 누구를 더 신임하느냐, 누가 더 자신에게 필요한 존재라고 판단하느냐에 달려 있다. 황제가 칙사를 믿고 더 필요한 신하라고 생각한다면 임금에게 벌을 내릴 것이고, 그 역의 경우도 가능했다. 이신이 알고 있는 황제는 몹시 자존심이 강한 사람이어서 스스로 발탁한 신하는 곧 자신의 대리인이라는 의식이 강했다. 실수도 용납하지 않았지만 근거 없는 음해 또한 철저하게 배격했다. 때문에 황제에게 올린 표가 반드시 임금의 의도대로 된다는 보장은 없었다. 동일한 확률로 황제가 이신을 더 신임할 거라는 보장도 없었다. 황제가 표를 읽었을 때의 기분, 그날의 분위기, 아무도 예측할 수 없는 우연이 정반대의 결과를 가져올 수 있다.

이신은 하늘의 뜻이라는 것을 믿지 않았다. 만약 진정으로 하늘에 뜻이 있고, 그 뜻이 이 땅에서 이루어지고, 인간의 마음에 윤리라는 것을 만든다면, 압록강에서 그 끔찍했던 일들, 청에서 직접 겪고 목격해야 했던 그 고통과 굴욕의 대가로 조선의 임금은 죽어 마땅했다. 그를 따르는 사대부들도 동일한 대가를 받아야 했다. 하지만 아무도 벌 받지 않았고, 아무것도 달라지지 않았다. 임금은 여전히 임금이었고, 사대부들은 여전히 백성들을 지배하고 있었다. 하늘이 무엇을 해주었는가. 그때 죽은 여자들과 아이들을 위해서 앞으로 무엇을 해줄 것인가. 아마도 그런 하찮은 것들은 하늘의 심중에도 임금의 심중에도 애초에 존재하지 않을 것이다. 그래서 그자들은 유령이 되어 숲을 떠돌고 그의 꿈속을 헤매는 것이다.

이신은 물 한 모금 마시지 않고 김포까지 내달렸다. 지친 말이 물을 마시며 쉬는 동안에도 이신은 말 위에서 내리지 않았다. 사람들에게 물어 한나절 만에 김포의 토끼고개를 찾았다. 내리막이 너무 가팔라 토끼가 쉬 잡힌다 하여 토끼고개, 토곡이라 이름 붙여졌다는 그 고갯마루에 섰을 때는 해가 중천을 넘어가 햇살이 한결 부드러워져 있었다.

고개 아래에서는 연기가 피어올랐다. 잡초라도 태우는 모양이었다. 눈대중으로 서른 채 정도 됨직한 집들이 올망졸망 모여 있는 작은 마을이었다. 저곳 어딘가에 소막식이 몸을 웅크리고 숨어 있을 것이다. 아마도 일가친척 집이겠지. 그때 풀섶에서 부스럭거리는 소리가 들렸다. 이신은 놀라 말에서 후다닥 내렸다. 아직도 자신을 미행하는 자가 있다는 말인가. 도대체 어디서부터 쫓아온 것인가. 경위야 어찌 되었든 더는 쫓아오지 못하게 막아야 한다.

이신은 칼을 뽑아들었다. 몇 걸음 떼기도 전에 수풀을 헤치고 그림자 하나가 튀어나왔다.

"누구냐!"

"나리!"

돌이였다.

돌이는 영리한 아이였다. 스스로 그 사실을 잘 알았을 뿐 아니라 늘 칙사에게 자신의 영리함을 드러내고 싶어 했다. 주인의 인정을 받으면 청으로 간다고 믿었다. 노비도 황제의 측근이 될 수 있는 곳. 돌이에게 청나라는 오직 그 하나의 의미였다. 가끔 영리함보다 욕망이 더 반짝이는 것이 애처로웠지만, 또 막상 청나라에 간다 해도 실상은 그렇지 못하다는 것을 알아듣게 말해줄 재주가 없었다. 삶의 어떤 부분은 말로는 전달되지 않는다. 직접 겪어보아야 하는 것이다.

어쨌거나 돌이가 영리하다는 것만은 사실이었고, 이신을 종종 놀라게 했지만 오늘 같은 일은 처음이었다. 돌이는 다 찢어진 패랭이에 장돌뱅이나 가지고 다님직한 봇짐까지 메고 있었다.

"네가 여기 웬일이냐?"

"병조 관원 끝동이를 찾으러 왔습지요. 나리는 어쩐 일이십니까? 혹 소막식을 찾으러 오셨습니까?"

"그렇다. 그런데 끝동이도 여기 있다는 말이냐?"

"나리, 끝동이와 막식이는 다른 사람이 아니옵니다. 둘은 같은 사람이옵니다."

"뭐라?"

"제가 알고 지내는 거지 패거리들을 동원하여 과천 근방을 다 뒤졌지만 끝동이라는 병조 관원은 찾지 못했습니다. 그래서 과천이나 그 주변에 사는 병조 관원 중에서 나리의 여동생과 비슷한 사람이 찾아왔거나 같이 살고 있는 사람을 수소문해보았지요. 제 생각에 아무래도 그자가 나리의 여동생과 관련된 인물 같기에……."

"그래서?"

"그랬더니 며칠 전부터 집을 비운 자가 있는데 그 집에 얼마 전 처가의 친척이 찾아왔다고 하지 않겠습니까? 그 인상 착의가 꼭 나리의 여동생 같기에 자세히 알아보았지요. 그랬더니 집주인의 이름이 김홍진의 죽음에 연루된 소막식이 아니겠습니까? 끝동이가 곧 막식인 것이지요."

유병기는 집안의 노비에게 수화를 보냈다고 했다. 그날 아침에 노비 문서를 태워 서둘러 면천을 시켰는지, 아니면 그후로 전쟁이 두 번이나 있었으니 전쟁에서 공을 세워 면천되었는지 알 길은 없으나 그가 병조 관원이 되었다 해도 놀랄 일은 아니었다. 서얼 이신은 전쟁을 겪으며 황제의 칙사까지 되지 않았는가.

중요한 것은 그간의 경위가 아니었다. 그보다는 저 아래 보이는 마을에 선화가 있다는 사실이었다. 이신이 찾던 소막식이 다름 아닌 수화의 남편 끝동이라면 그토록 찾아 헤매던 선화가 바로 저곳에 있을 것이다. 난데없이 닥쳐온 우연에 어리둥절할 새도 없이 이신은 창자 어디쯤에서 시작된 통증이 속을 휘감는 것을 느꼈다.

선화야, 이제야 내가 너를 만나는구나. 그토록 찾으려 해도 찾지 못했던 너를, 엉뚱한 사람을 찾으러 와서 이제야……

아랫마을을 내려다보는 이신의 눈에 뿌연 물기가 차올랐다. 그 사이로 보이는 한가한 연기 또한 뿌옜다.

"나리 괜찮으십니까요?"

"계속해라."

"이웃들에게 전해들은 말로는 소막식은 얼마 전부터 아예 집에 돌아오지 않고 있다 하는데, 처와 자식들, 그리고 처가 식구까지 한꺼번에 사라졌다는 겁니다요."

"이곳으로 왔다는 건 어떻게 알았느냐?"

돌이의 입가가 뾰족하게 올라갔다.

"소막식을 조사하러 나온 관원들은 주로 주변 어른들에게 물어보았으니 듣지 못하였지요. 몰래 달아나면서 가는 곳을 말할 사람이 어디 있겠습니까? 하지만 아이들은 다르지요. 부근에 사는 열살 남짓한 아이들을 살살 구슬렸더니 소막식네 아이가 김포 토끼고개에 할머니가 사는데 그곳 이야기를 자주 했다지 않겠습니까."

"너의 재주가 아깝구나."

주인에게서 칭찬을 들은 돌이의 표정이 환하게 변했다.

"그런데 나리께서는 끝동이가 소막식이라는 것을 아셨습니까?"

"너에게서 처음 들었다. 집은 확인하였느냐?"

"물론입지요. 장돌뱅이로 가장해 소막식이 사는 마을 사정까지 꼼꼼히 살폈습니다. 이제 나리께 말을 전하러 돌아가려던 참이었습니다요."

"그럼 서둘러라!"

"예, 나리."

돌이는 봇짐을 벗어 던져 버렸다.

이신은 한달음에 고개를 내려갔다. 마을 어귀에서부터는 돌이가 앞장섰다.

한 발 한 발 옮겨 딛는 걸음이 자신의 것 같지 않았다. 마치 허공을 걷는 듯했다. 이 길이 정말 선화와 이어져 있고, 정말로 선화를 만나는가. 전혀 실감나지 않았다. 실감나지 않는데도 가슴은 끝없이 방망이질 쳤다.

지난 번 선화의 집을 찾아갔을 때 세간이 형편없어 보였는데, 많이 힘들지는 않았을까. 다시 선화를 만난다면 이토록 늦게 찾아온 자신을 용서해달라고 말할 것이다. 하지만 선화에게는 남편이 있다고 했다. 그는 어떤 남자일까. 선화에게 잘 대해주었을까. 난이에게는 좋은 아비였을까. 선화와 난이를 돌보아준 남편에게 감사의 인사를 할 것이다. 사례도 얼마든지 할 것이다. 그리고 무릎을 꿇고 빌어서라도 선화를 되찾을 것이다.

그리하여 난이를 데리고 오래전 선화와 함께 살던 평안도 골짜기로 돌아갈 것이다. 그곳에는 언제나 온천수가 흘러 겨울에도 복사꽃이 핀다. 선화는 그 물에 빨래를 하고는 바위 위에 널어둔 옷이 마르는 동안 그림을 그렸다. 그곳으로 다시 돌아가야 한다. 이신은 중얼거렸다. 그곳으로 돌아가면 그와 선화는 다시 예전처럼 살게 될 것이다. 예전처럼 살게 될 것이다. 예전처럼……

그럴 수 있을까. 자신을 피해 달아난 선화였다. 왜 그랬을까. 대체 왜?

바람이 불어왔다. 뽀얀 흙먼지가 사정없이 날려 눈앞을 가렸다. 이신은 눈을 감았다.

"저 집입니다요."

이신은 눈을 가늘게 뜨고 돌이가 가리킨 집을 바라보았다. 동네에서 조금 떨어져 언덕바지로 올라가는 고샅의 첫 집이었다. 새로 얹은 지붕이 깨끗했다. 얼핏 아이들의 목소리도 들리는 듯했다.

"원래는 자식을 노비로 보낼 만큼 가난한 집이라 했는데 지금은 먹고살 만한가 봅니다. 소막식이가 출세했다는 소문이 파다한 걸로 봐서 뒷돈을 좀 만졌겠지요."

"넌 돌아가라. 마을 어귀에서 나를 기다려라."

돌이는 더 말을 붙이지 않고 돌아갔다. 이신은 천천히 소막식의 집이자 수화의 집, 그리고 선화가 있을 집으로 다가갔다. 집 마당에는 아이들 둘이 놀고 있었다. 예닐곱 살 쯤 된 여자아이 하나가 자기보다 어린 여자아이를 돌보고 있었다. 이신의 심장이 격렬하게 뛰었다.

"난아!"

이신은 놀라 고개를 돌렸다. 난이 또래의 사내아이가 난이를 불렀다. 사내아이는 허물어진 담 너머로 걸어 들어와 여자아이에게 옥수수를 내밀었다. 여자아이는 그것을 받아들고 여동생처럼 보이는 아이와 나눠 먹었다. 이신은 멍하니 서서 그 아이를 보았다. 난이가 분명했다. 강보에 싸였을 때 헤어진 그의 딸, 난이…….

집 안에 다른 어른들은 없는 것 같았다. 지나가던 사람이 이신을 이상하다는 듯 보았다. 옷차림으로 보아 이런 곳에 올 사람이 아닌데, 뭐하러 왔을까 궁금해하는 표정이었다.

선화와 수화는 어디에 있을까. 밭으로 일을 하러 갔을까. 이신은 아이들에게 선화의 행방을 묻기 위해 한 걸음 마당으로 발을 옮겼다. 그때 누군가 뒷간에서 허리춤을 추스르며 걸어 나오다 이신을 보고는 후다닥 달아나는 모습이 보였다. 소막식이었다.

이신은 몸을 날려 소막식을 뒤쫓았다. 소막식은 뒷담을 너머 산과 이어진 언덕길을 달려갔다. 몸놀림이 날다람쥐처럼 날랬지만 이신처럼 훈련받은 자를 당해낼 수는 없었다. 소막식은 몇 걸음 달아나지 못해 잡혔다. 이신은 칼을 그의 목에 들이댔다. 소막식은 무릎을 꿇고 빌기부터 했다.

"사, 살려 주십시오, 나으리. 저는 아무 잘못도 없습니다요."

"너는 내가 누군지 아느냐?"

"내, 내금위장 나리께서 보내신 분…… 아니십니까요?"

"내금위장이 한 명이더냐? 누구를 말함이냐?"

"김창렬 나리……."

"그동안 그의 명대로 했으렷다?"

"무엇을 말씀하시는 것이옵니까?"

"네가 검시 의관을 죽이지 않았느냐? 너와 친했던 내의원 출신의 의원 말이다. 누가 시켰느냐?"

"아이고, 살려주십시오. 제가 죽이려 해서 그리 된 것이 아니라……."

소막식은 울음을 터트리며 두 손을 싹싹 비비기 시작했다.

"저는 칼로 슬쩍 찔렀을 뿐이옵니다. 그렇게만 하라기에…… 난자당해 죽었다는 말을 듣고 얼마나 놀랐는지, 정말로 제가 그런 것이 아니옵니다요."

그러나 소막식이 전하는 내막을 다 듣기에는 이신의 마음이 너무 다급했다. 이미 이신에게는 중요하지도 않은 일이었다.

"너에게 시킨 자가 누구냐?"

"그, 그것은……."

"너를 잡으러 온 것이 아니다. 나는 너를 구해주러 왔다."

그 말에 소막식은 고개를 들어 이신을 보았다. 그간 힘들게 살아온 탓에 눈치가 빨라 이신의 말을 곧이곧대로 믿지 않는 듯했다.

"네가 유성목의 집 노비로 있던 끝동이, 맞으렷다."

"예, 그렇긴 합니다만, 저는 정묘호란 때 적의 목을 벤 공으로 면천되어 이미 양민이옵니다."

"그럼 네 집에 지금……."

이신은 말을 잇지 못하고 삼켰다. 따지고 보면 이자가 어떤 경위로 의관을 죽였던 간에 그와 이신은 동서지간이었다. 동시에 임금이 모든 음모를 꾸몄다는 것을 증명할 유일한 증거였다.

이신은 그를 바라보았다. 끝동이, 아니 막식이는 아무런 영문을 모른 채 자신이 살지, 죽을지를 열심히 가늠해보는 눈치였다. 이신은 막식이를 죽일 수 없었다. 그를 끌고 갈 수도 없었다. 그는 수화의 남편이었고, 선화를 보살피고 있는 자였다. 이신은 칼을 집어넣었다.

"나는 청나라 황제의 칙사 이신이다."

"예에?"

소막식이 의외의 이름을 듣고 놀라 입을 딱 벌렸다. 이어 땅바닥에 코를 처박고는 벌벌 떨며 말을 이었다.

"사, 살려주십시오. 뭐든 시, 시키시는 대로 하겠나이다……."

"김창렬이 너를 죽이러 올 것이다."

"예? 저, 저를요?"

한복진이 이미 찾았고, 돌이도 이자가 숨어 있는 것을 찾았다면 김창렬의 수하들이 이자를 찾는 것은 시간 문제이다. 김창렬이 소막식을 찾아낸다면 수화는 물론이고 식솔을 모두 죽일 것이 자명했다.

"식솔을 거느리고 이곳을 떠라. 아주 멀리 가서 아예 돌아오지 말아야 한다. 아주 숨어서 살아야 해. 그럴 수 있겠느냐?"

"살려만 주시면……."

이신은 가지고 있던 돈을 모두 꺼내 소막식의 앞에 던졌다. 소막식은 눈이 둥그레졌다.

"당장 식솔을 챙겨 떠나라. 네가 사람들 눈에 띄는 날이 바로 초상날일 것이다. 특히 김창렬의 눈에 띄면 안 된다. 알겠느냐?"

"예, 예. 염려 마십시오. 두 번의 전쟁에서도 살아난 저이옵니다."

"식솔을 잘 거두어라."

"예, 예."

이신은 돌아서 산을 내려왔다.

아이들은 여전히 마당에 서서 무슨 일인지를 살피고 있었다. 이신은 난이를 찾았다. 그 아이의 모습은 보이지 않았다. 이신은 사내아이에게 다가갔다. 그러나 사내아이는 좀 전의 소동을 보고 겁을 먹고 집으로 들어가 버렸다. 그때 뒤에서 누군가 이신을 불렀다.

"나리, 누구신지요?"

이신이 뒤를 돌아보았다. 나이 들어 보이는 아낙이 함지를 머리에 이고 서 있었다. 서쪽 햇빛이 아낙의 등 뒤에 비춰 눈이 부셨다. 이신은 손으로 햇빛을 가리며 해를 등지고 선 아낙이 선화인지 확인하려고 애를 썼다.

"난이 엄마……?"

이신은 겨우 입을 열어 작은 소리로 말했다. 아낙은 함지를 내려놓으며 물었다.

"언니는 무슨 일로……."

수화였다. 그녀는 대뜸 겁부터 냈다. 이신은 한 걸음 다가가 수화의 얼굴을 살폈다. 어린 시절 얼핏 스치기만 했을 뿐 자세히 얼굴을 볼 기회는 없었지만 그렇다 해도 지난 세월 동안 수화는 너무나 변해 있었다.

"누구신지?"

그러나 그 물음에는 의문이 없었다. 이미 이신이 누구인지 대략 짐작하는 듯했다. 선화가 동생에게 이신의 이야기를 털어놓은 것이다.

"난이 엄마는 어디에 있소?"

"그게 저……."

수화가 함지를 머리에 이고 우물쭈물하며 말을 못하는 동안 이신은 등 뒤로 다가오는 발소리를 들었다. 이신은 몸을 돌렸다. 함지를 옆구리에 낀 여인네가 다가오고 있었다. 선화였다.

선화는 아직 이신을 발견하지 못한 채 발아래를 내려다보며 걸어왔다. 이신은 멍하니 그 얼굴을 응시했다. 손가락 하나 꿈쩍할 수 없었다. 선화가 살아서, 꿈이 아니라 현실의 모습으로 천천히 다가왔다. 느리지도, 빠르지도 않은 걸음으로, 한 발자국씩 선화가 다가왔다.

수화가 후다닥 뛰어가 선화가 옆구리에 차고 있던 함지를 받아 들었다. 수화가 귓속말을 하자 선화가 놀라 고개를 들었다. 선화의 눈이 이신을 향했다.

"······."

이신은 아무 말도 하지 못하고 선화를 바라보며 서 있기만 했다. 수화는 함지를 들고 집 안으로 들어갔다.

"난이 이리 들어와, 어서."

이신은 여전히 꿈쩍하지 못했다. 선화도 마찬가지였다.

흙바람이 둘 사이를 가르고 지나갔다. 여기까지라고 바람이 그들 사이에 선을 그어주는 듯했다.

이윽고 먼저 입을 연 것은 선화였다.

"어떻게 여기까지······."

그때 방에서 예닐곱 살 된 여자아이가 뛰어나와 선화의 다리에 가서 안겼다.

"난아, 어서 이리 와!"

수화가 방 안에서 소리쳤다. 난이는 이상하다는 듯 이신을 힐끔 보더니 선화에게 말했다.

"엄마, 오라비가 준 옥수수 먹었어."

"난이, 들어가. 어서."

난이는 이신을 힐끔거리며 방으로 들어갔다. 이신은 난이에게서 눈을 떼지 못했다. 선화가 다가왔다.

"저 아이는 난이가 아니에요."

이신은 선화를 보았다. 세월은 그녀의 얼굴 위에 차곡차곡 흔적을 만들어놓았다. 압록강에서 딸아이 하나를 안고 화살까지 맞은 몸으로 한양으로 내려왔던 고단함의 흔적은 이마의 가로 패인 고랑으로 남았다. 그후 다른 남자의 아내가 되어 두 아이를 낳고 살았던 시간은 눈가의 검은 그늘과 자잘한 주름이 되어 있었다. 뽀얗던 피부 대신 햇볕에 그을린 자국이 선연했다. 그것은 그동안 살아온 고된 세월의 피로를 말해주었다. 그러나 이신의 얼굴을 비추는 눈동자만은 오래전 서당의 후원에서 꽃을 그리던 그때와 똑같았다. 단지 세월이, 그가 보살펴주지 못했던 세월이 남아 있을 뿐이었다. 선화도 이신의 얼굴에서 세월을 읽었을까. 그녀도 이신의 얼굴에서 눈을 떼지 않고 말했다.

"우리 난이는 죽었어요. 정묘년 가을에. 저 아이는 제가 조선에 와서 다시 낳은 아이예요."

그랬다. 난이가 살아 있다면 지금쯤 열 살이 훌쩍 넘었어야 했다. 난이라는 그 이름에 이신은 나이도 따져보지 못했던 것이다. 이신은 쏟아지는 눈물을 억지로 밀어넣었다. 선화가 다시 입을 열었다.

"저 아이 말고도 다른 아이도 있어요. 이제 곧 애들 아비가 올 거예요."

애들의 아비. 어쩌면 자신을 부르는 이름이 될 수 있었던 그 단어를 속으로 조용히 읊조려보았다. 애들의 아비. 선화의 지아비.

"수화가 잘해줘요, 우리한테. 저처럼 천한 여자를 잊지 않고 여기까지 찾아와줘서 고맙긴 하지만……. 하지만 이제 그만 돌아가세요. 애들 아비가……."

선화는 걱정이 되는 듯 뒤를 돌아보았다. 이신은 다시 선화의 얼굴을 보았다. 분명 선화가 맞았지만 선화가 아닌 낯선 얼굴이 그를 보고 있었다. 이신의 머릿속에서는 많은 말들이 오갔다. 선화뿐만이 아니라 원하기만 한다면 수화도, 수화의 가족까지 모두 데리고 청나라로 갈 수 있다고, 모두 아무 고생 없이 청나라로 가서 살 수 있다고, 아니 이신과 함께 살던 평안도로 가서 살아도 된다고, 이제 행복하게 해주겠다고, 그렇게 말하고 싶었다.

그러나 아무 말도 나오지 않았다. 이신은 꿈쩍도 하지 않았다. 선화는 이미 그가 하려는 모든 말을 알았고 또 눈빛으로 표정으로 그 말을 거절하고 있었다.

"이제는 살 만해요. 그러니……. 가세요. 난이 아버지는 좋은 사람이에요."

선화의 그 말이 꿈결처럼 아득하게 들렸다. 한 번도 상상해본 적 없는 말이었다. 믿을 수 없었지만 또 믿어졌다. 선화는 이신을 버렸다. 변하고 싶지 않은 것이다. 다시 변하기에는 너무 많은 변화를 이미 겪었다. 더 나은 무엇을 기대하기엔 너무 힘겹게 살았다.

마당에서 아이들이 종알거리는 소리가 들렸다. 이신은 그 아이들을 돌아보았다. 난이도 이신을 멀뚱멀뚱 보았다. 저 아이의 아버지는 자신이 아니었다. 선화가 불안한 듯 뒤를 돌아보았다. 남편이 나타날까 봐 초조한 모습이었다.

이신은 가장 힘든 결심을 했다. 망설이고 또 망설였으나 그가 할 수 있는 것은 단 한 가지. 선화를 떠나는 일이었다. 그는 한 번도 뒤돌아보지 않고 동네를 걸어나왔다. 흙먼지가 날렸다. 한 걸음 옮길 때마다 온몸이 무너져내리는 느낌이었다. 동네를 빠져나오고서야 이신은 자신이 선화에게 한마디 말도 하지 못했다는 것을 알았다. 그러나 되돌아갈 수는 없었다.

十一
나쁜 왕은 죽여야 한다

돌이는 고삐를 쥐고 가파른 고개를 넘어섰다. 주인은 벌써 저만치 앞서 걸어가고 있었다.

조금 전 마을 입구에 주인이 모습을 드러냈을 때 그의 얼굴은 금방 쓰러질 것처럼 창백했고, 아무런 표정 없이 텅 비어 있었다. 마을에서 무슨 일이 있었던 건지는 알 수 없으나 주인의 눈동자는 공허함 그 자체였다. 칙사는 돌이에게 아무 말 없이, 눈길 한 번 던지지 않은 채 그의 옆을 스쳐가버렸다. 돌이는 말을 끌고 칙사의 뒤를 따랐다.

생각해보면 이런 결과를 전혀 예상하지 못한 것은 아니었다. 끝동이를 찾는 과정에서 칙사가 찾는 여동생, 아니 칙사의 아내가 그와 함께 있을 거란 판단을 내렸지만 그럼에도 돌이는 반신반의했다. 그렇게 험한 시골에 칙사의 아내가 살다니……. 아무리 전쟁으로 남편을 잃고 신세가 쪼그라들었다 해도, 마포에서 살던 집도 형편없기는 매한가지였지만, 그래도 설마 하는 마음이었다. 그래서 사태를 확실히 한 뒤 칙사에게 소식을 전하리라 마음먹고, 어제 그곳에 도착해 소금 파는 장돌뱅이 행세를 하며 마을을 돌아다녔다.

마을에서 소막식은 금방 찾을 수 있었다. 그의 집에 소막식의 처와 처형 가족이 함께 있다는 사실도 확인했다. 돌이는 소금을 파는 척하며 집 안으로 들어갔다. 말만 잘하면 공짜로도 줄 수 있다는 둥, 돌아가야 할 시간이어서 마구 싸게 판다는 둥 흰소리를 늘어놓으며 돌이는 아예 소막식의 집 마당에 퍼질고 앉았다. 마당에는 염소 한 마리가 묶여 있었다. 칙사의 아내로 짐작되는 여자가 염소에게 풀을 가져다주고 돌아가며 돌이를 향해 말했다.

"우리는 필요 없어요. 다른 집에 가보세요."

돌이는 냉큼 여자에게 다가갔다. 이곳 사람인지, 언제부터 여기 살았는지 따위를 물어보려고 했다. 한 마디만 트면 그걸 빌미로 물고 늘어져 입을 열게 할 자신이 있었다. 여자는 돌이가 다가오는 기척을 듣고 돌아보았다. 돌이는 자신도 모르게 걸음을 멈추었다. 여자의 시선에는 악의도 생기도 없었다. 우물처럼 깊게 가라앉은 검은 빛뿐이었다.

'당신이 신을 당혜가 주인님의 방에 있어요. 주인이 당신의 당혜를 만들어놨다고요.' 돌이는 하마터면 그 말을 할 뻔했다. 그러나 여자는 말없이 부엌으로 들어가버렸고 돌이는 돌아서 나올 수밖에 없었다. 아궁이 앞에 쪼그리고 앉은 여자의 어깨가 돌이의 주먹만큼 작았다. 그 어깨를 보는 순간 돌이는 주인이 아내를 찾을 수 없을 것 같다고 생각했다. 돌이의 기억으로 칙사는 단 하루도 아내와 딸의 꽃신에서 손을 놓은 적이 없었으나 그 신의 주인은 이미 죽었다. 그렇다. 저 여자는 죽었던 사람이다. 숨을 쉬고 걸어다니기는 하나, 이미 살아 있지 않다. 불행하다고 해서, 고난을 겪는다고 해서 다 죽지는 않는다. 칙사 같은 사람은 끈질기게 다시 살아남았다. 포기하지 않고 아내를 찾아다녔다는 사실이 그것을 증명한다. 그러나 어떤 사람은 어느 한순간에 살아갈 의지와 희망, 모든 기대를 잃어버리고 만다. 같은 얼굴, 같은 몸, 같은 목소리지만 그 사람은 어제의 그가 아니다. 그를 그답게 만들었던 모든 것이 사라지고 없는, 몸만 살아있는 귀신에 불과하다. 아무리 칙사라 해도 죽은 사람을 어떻게 되찾을 것인가.

칙사는 돌아보지도 않고 계속 앞서 걸었다. 돌이는 그의 그림자를 따르며 묵묵히 같이 걸었다.

고갯길을 넘어와 읍내로 접어들었을 때는 이미 해가 기울고 있었다. 칙사는 주막을 찾았다.

"오늘은 여기에서 묵고 가자."

돌이는 서둘러 방을 빌리고, 말을 주막 뒷마당에 묶었다.

"시골 주막에 웬 말이야!"

말을 본 주막 주인이 불평하듯 말했다.

"그것도 그냥 말이 아니잖아. 호마 같은데."

귀하신 분의 말이니까 조심하라는 말을 하려다가 돌이는 꾹 참았다. 대신에 웃돈을 더 얹어주고 귀리를 가져와 말에게 먹였다. 내일이면 다시 먼 길을 가야할 말이었다. 그러나 웃돈을 얹어준다고 해도 칙사의 밥상에 올라갈 반찬은 바꿀 게 없었다. 시래기만 가득 든 국밥이 주막에서 내놓을 수 있는 유일한 음식이었다. 돌이가 한숨을 쉬며 밥상을 들고 가자 칙사는 보지도 않고 물렸다.

"그래도 뭘 좀 드셔야 합니다."

"내일 새벽에 너는 다시 소막식의 집으로 가서 그자가 식솔을 데리고 떠났는지 확인해라. 식구가 많으니 오늘 밤 당장 움직이기는 힘들 것이다. 내 말을 가져가라. 김포를 벗어나는 것을 확인하고 돌아와야 한다."

"예."

칙사에게 다른 말을 더 들을 수는 없었다. 칙사의 방에는 불이 일찍 꺼졌고 아무런 기척도 없었다. 돌이는 칙사가 다시 잠을 이루지 못한다는 것을 알았다. 돌이는 한숨을 쉬면서 뒷마당으로 왔다. 누가 말을 훔쳐 갈까 걱정이 되었다. 돌이는 거적때기를 얻어와 뒷마당에 깔고 눈을 붙였다. 주인이 잠을 이루지 못해도 종놈은 자두어야 한다. 종놈의 밤은 주인의 그것과는 다른 법이다. 돌이는 눈을 붙이자마자 깊은 잠으로 골아 떨어졌다.

말의 울음소리에 눈을 떴을 때는 아직 어두운 밤이었다.

"누구냐!"

돌이는 말에 묶어둔 줄을 푸는 검은 그림자를 보고 벌떡 몸을 일으키며 소리쳤다.

"나다."

칙사의 목소리였다.

"무슨 일이십니까요?"

"토끼고개에 불이 났단다."

"예?"

"지나가던 이가 말하는 것을 들었다."

돌이는 주인이 먼 곳에서 나는 소리도 귀신 같이 알아듣는다는 것을 눈치 채고 있었다. 돌이는 번쩍 정신이 들었다. 칙사는 말을 끌고 주막을 나서자마자 돌이를 말에 태우고는 곧장 토끼고개로 달렸다. 아직 모두가 잠들어 있는 신새벽이었다. 말발굽 소리만 요란하게 세상을 울렸다.

읍에서 토끼고개까지는 어림잡아 30리 길. 토끼고개에 다가가

자 날이 밝는 듯했지만 아니었다. 어둠은 아직 땅 위에 머물러 있었다. 불길 때문에 날이 훤한 것처럼 보일 뿐이었다. 칙사와 돌이를 태운 말은 한달음에 고개를 내려갔다.

온 동네가 불을 끄느라 북새통이었다. 아이들의 울음소리가 집집마다 낭자했지만 아이를 달랠 새조차 없이 모든 어른들이 뛰쳐나와 불길을 잡고 있었다. 칙사는 곧장 소막식의 집으로 올라갔다. 불길이 그곳에서 시작된 듯했다.

사람들이 칙사를 보고는 옆으로 슬금슬금 피했다. 두려움과 불만을 동시에 품은 얼굴들이었다. 칙사는 아무도 보지 않은 채 소막식의 집으로 직행했다. 집 앞에 도착하자 두 사람은 누가 먼저랄 것도 없이 걸음을 멈췄다. 소막식의 집은 탈대로 다 타고 잔불만 남아 있는 상태였다. 지붕이 내려앉은 집채에서는 연기가 자욱했다.

마당에 두 구의 시체가 쓰러져 있었다. 돌이가 다가가 보니 어린 여자아이였다. 다른 하나는 사람이 아니라 염소였다.

"난이야……."

칙사가 이름을 중얼거리고는 방으로 다가갔다. 지붕이 내려앉은 방 안으로는 들어갈 수도 없었지만 칙사는 아직 걸려 있는 방문을 발로 걷어차고 그 안으로 머리를 집어넣었다.

"나리, 위험합니다요."

돌이가 이신의 뒤를 따르면서 만류했지만 칙사는 아랑곳 않고 문짝을 뜯어내 방 안의 시체들을 끌어냈다. 소막식의 시체가 먼저 나왔다. 사내아이처럼 보이는 어린 주검도 찾아냈다.

소막식의 집은 부엌 하나에 방 두 개가 이어져 있는, 어디서나 볼 수 있는 초가삼간이었다. 마루 끝에 솥이며 괭이 따위가 새끼

줄로 묶여 있는 걸로 봐서 소막식의 식솔은 새벽 일찍 떠날 차비를 해두고 있었다. 하룻밤을 넘기지 못하고 변을 당한 것이다.

옆방은 불에 덜 탄 지붕이 반쯤 벽에 걸쳐 있었다. 방문에 아직 어린 아이가 엎어진 게 보였다. 칙사는 아이를 마당으로 끄집어낸 후 안으로 들어갔다.

두 구의 시체가 방 안에 있었다. 불길에 탔지만 돌이는 시체의 얼굴을 알아볼 수 있었다. 그제 낮에 소금을 팔러 왔다가 마주친 칙사의 여동생, 아니 아내였다. 그 옆에는 왜소한 몸집의 남자가 쓰러져 있었다. 두 사람 모두 명치끝에 칼을 맞은 채였다. 단숨에 급소를 찌른 깔끔하고 망설임 없는 솜씨. 그랬기에 불이 났는데도 빠져나가지 못한 것이다. 아이는 칼에 찔리기 전에 눈을 뜨고 달아나려 했던 모양이다. 언제쯤이었을까. 지금을 대략 인시寅時라 보면, 집이 불에 다 탈 정도로 시간이 흘렀으니 아마 자시子時 이전일 것이다. 그렇다면 이런 짓을 저지른 자들은 이미 이 지역을 완전히 벗어나 찾을 수도 없을 터였다.

칙사는 두 구의 시체 앞에 쭈그리고 앉았다. 칙사의 얼굴에는 눈물도 흐르지 않았다. 표정도 없었다. 그의 눈은 나란히 쓰러져 있는 두 구의 시체에 못 박혔다. 남자의 여위고 앙상한, 험하게 산 탓에 온통 찢어지고 긁힌 상처투성이 손이 여자의 손목을 꽉 잡고 있었다. 마지막 순간에 남자는 여자를 구하려 했던 모양이다. 칙사는 꽉 움켜쥔 그 손을 멍하니 보고만 있었다.

돌이는 칙사를 일으켜 밖으로 밀어냈다. 칙사는 순순히 밖으로 나왔다. 아무 생각도, 의지도 없어 보였다.

그때 빗방울이 톡톡 떨어졌다. 마을 사람들에게는 다행스러운 일이었다. 동시에 동녘이 밝아왔다. 칙사는 마치 처음 보는 태양인 양 망부석처럼 서 있었다. 그는 살아 있는 사람 같지가 않았다. 그대로 서서 죽는다 해도 놀랍지 않을 듯했다. 아무리 끈질기게 살아남았다 하더라도 죽는 것은 순간인 법이다.

◎

"적당들의 대갈통이 걸린다!"

아이들의 목소리가 거리를 울렸다. 주막에서 밥을 먹거나 장거리에서 물건을 고르던 사람들이 모두 매달린 머리를 구경하기 위해 달려갔다.

"아이고, 저놈들이 역모를 하려고 포탄까지 만들고, 종로에 불까지 질렀다지 뭐야."

"김홍진과 김진수도 저놈들이 죽였대요."

"그건 잘한 일이구먼."

"잘했지, 잘했어."

"김홍진, 김진수 그놈들이 살았다면 부모형제가 청나라에 끌려간 사람들은 억울해 어떻게 살겠어."

"맞아. 김진수가 살아 있다고 생각해봐. 누가 어미나 늙은 할미를 모시겠어."

모두들 한마디씩 던졌다. 김홍진과 김진수를 죽인 임금의 의도는 적중했다. 백성은 그들을 욕하고, 그들이 천벌을 받았음을 기뻐하느라 임금 역시 그들과 하나였다는 사실을 잊었다.

"그렇다고 역도들이 잘한 게 뭐 있어? 분명히 청나라와 내통을 했을 것이구먼."

입 달린 사람들은 죄다 한 마디씩 주장이나 추측을 내뱉으며 어서 목이 내걸리기를 기다렸다. 이윽고 적당들의 머리가 장대 끝에 매달려 허공으로 솟았다. 아이들은 내걸린 머리를 향해 돌을 던지며 욕설을 퍼부었다.

"청나라 앞잡이 놈들!"

"청나라 가서 변발하고 살아라!"

역모의 배후가 청이라는 근거가 전혀 없었음에도 불구하고 사람들은 쉽게 그렇게 단정하고 믿었다. 믿음이란 한 잔의 술과 비슷해 사람들을 뜨겁게 만든다. 마음을 끓어오르게 하고, 끓어오르는 마음속에서 편안함을 느낀다. 사람들은 자기가 원하는 대로 무턱대고 풍문을 믿었다. 누군가 적당들이 청나라와 관계 있다는 것을 어떻게 아느냐고 묻자 화난 군중들은 전쟁 때 청나라가 벌인 모든 악행을 들먹이며 청나라 편을 들고 싶냐고 쏘아붙였다. 모든 나쁜 짓을 청나라의 것으로 돌림으로써 위안을 얻는 것이었다.

"적당들이 또 잡혀온다!"

다시 어떤 아이가 외쳤다. 토벌대가 잡은 적당들이 오랏줄에 묶여 의금부로 끌려가고 있었다.

"저놈들을 죽여라!"

누구랄 것도 없이 다들 고함을 쳤다. 그러자 장대에 매달린 머리를 향해 돌팔매질을 하던 아이들이 이번에는 맨발로 끌려오는 역도들에게 돌을 던졌다. 큰 돌 하나가 역도의 이마를 때렸다. 역도의 머리가 터져 피를 흘렸다. 역도는 길거리에 쓰러졌고, 아이들은 신이 나서 솜씨를 뽐내듯 연이어 돌멩이를 던졌다. 굴비 엮듯 같은 오랏줄에 묶인 다른 죄인들도 한 사람이 쓰러지자 앞으로 나갈 수 없어 그 자리에서 꼼짝없이 돌팔매를 맞았다. 군졸들은 아무도 말리지 않았다. 오히려 사람들에게 실컷 돌팔매질을 하라고 기다려주듯 여유 있게 서서 구경만 했다. 한참 후에야 우두머리로 보이는 관원 하나가 앞으로 나서 칼을 뽑았다. 그는 칼로 쓰러진 역도의 오랏줄을 끊고는 나머지 역도들을 끌고 의금부를 향했다. 쓰러진 역도는 목숨이 끊긴 모양이었다. 차라리 여기서 돌팔매를 맞고 죽는 것이 추국장으로 끌려가는 것보다 더 자비로웠다. 아이들은 죽은 자를 향해 돌을 날렸다. 분노가 적의로, 적의가 잔인한 쾌감으로 변하는 시간은 아주 짧았다.

그사이 도성은 또 다른 세상으로 변해 있었다. 잔칫집에서 푸짐한 상을 앞에 두고 술사발을 돌리듯 흥분이 넘쳤다. 죽음이 몰고 온 감정의 과잉 상태였다. 잇단 전쟁으로 인해 겪었던 공포와 굴욕이 꽉꽉 다져져 증오가 되어 터졌다. 갇혀 있던 것이 풀릴 때는 흥분을 동반하는 법이다. 다들 벌겋게 열이 오른 얼굴로 노래 부르듯 죽음을 외치고 있었다.

이신은 집을 향해 천천히 말을 몰면서 임금을 생각했다. 임금은 지금쯤 권좌에 앉아 스스로 권력에 도취되어 있을 것이다. 김홍진의 죽음에 관한 의문을 풀 수 있는 열쇠를 쥔 유일한 증인, 소막식을 자기 뜻대로 처치했으니 임금의 범행은 세상에 존재하지 않게 됐다. 증인도 증거도 사라졌으니 지존의 입이 곧 증거이자 증인인 셈이다. 임금이 지명하는 자가 김홍진을 죽인 범인이 되는 것이다.

임금의 권위를 넘보던 자들은 모두 역도로 몰려 추국장으로 끌려갔고 그 바람에 훈신들조차 임금에게 절대적인 충성을 증명해야 했다. 추국장에서 역모의 배후가 홍원범이라는 진술이 나왔음에도 임금이 그 사실을 무시한 것은 바로 훈신들을 보호하겠다는 분명한 암시였다. 이제 임금은 어제처럼 힘없는 존재가 아니었고,

마치 자석을 향해 쇳가루가 몰려들 듯 훈신들도 권력을 향해 달려
들었다.

뿐만 아니라 김흥진과 김진수의 죽음은 백성들의 분노를 누그
러뜨렸다. 강상죄를 범한 그들은 백성들에게 악의 상징이었다. 그
들의 비참한 죽음은 이 세상에 의와 도가 살아 있음을 보여주는
역할을 했다. 누가 죽였든 그것은 백성들에게는 아무런 상관이 없
었다. 백성들에게 선과 악의 기준은 대단히 분명했고 분명한 만큼
편리했다. 악인은 죽고 선은 승리하는 것인데, 지금 승리하고 있
는 자는 임금이었다.

진실, 그것은 아무것도 아니다. 그것은 만화경처럼 눈에 비춰질
뿐, 무엇이 비춰지게 할 것인가를 정하는 것은 바로 권력이었다.
중요한 것은 백성들에게 그들이 진실을 알고 있다고 믿게끔 만드
는 것이다. 임금은 그 일을 아주 능숙하게 해내고 있었다.

이신이 집에 도착하자 예조참의 최현수 집 노복이 그를 기다리
고 있었다. 칙사의 집에 여러 번 심부름을 온 적이 있어 얼굴이 낯
에 익었다. 그의 황망한 얼굴에서 심각한 일이 났음을 이신은 직
감했다.

"무슨 일이냐?"

"참의 나리와 참의 나리를 따르던 당하관들이 죄다 잡혀갔습니
다요."

"최현수와 당하관들이 왜? 어디로?"

"의금부로 끌고 갔습니다. 참의 나리와 함께 역모에 가담했다고
말했사옵니다. 나리, 주인을 살려주십시오. 참의 어른이 역모라
니……"

이신은 마당에 발을 디딜 새도 없이 그 길로 말을 몰아 의금부로 향했다. 칙사의 분신과 같은 관원들을 역모로 엮었던 것은 곧 칙사를 겨냥한다는 말과 같았다. 올 것이 왔다.

의금부 마당은 여전히 북새통이었다. 토벌대에게 잡혀온 역도들이 관원보다 더 많았다. 왜 잡혀왔는지도 모르는 몇몇 무고한 백성들이 살려달라고 우는 목소리가 의금부 마당에 가득했다.

이신이 옥사 앞마당에 도착하자 관원들이 칙사를 알아보고는 머리를 조아렸다. 옥사에서 걸어 나오던 내금위장 김창렬은 이신을 보자 걸음을 멈추며 공손하게 인사를 올렸다.

"어쩐 일이오?"

"주상 전하께서 추국 현황을 알아오라 명하셔서 다녀가는 길입니다."

"예조참의 최현수는 어디로 끌고갔소?"

"그것은 의금부의 일이라 소인도 아는 바가 없사옵니다."

김창렬은 입이 무거운 자였다. 그러니 그가 말을 하지 않기로 마음먹었다면 어떤 말도 들을 수 없을 터였다.

"나리, 곧 황제의 윤발이 당도할 것입니다. 사신이 어제 아침에 평양에서 출발했다는 파발이 왔사옵니다."

"황제의 윤발에 대해 나보다 자네가 더 관심이 많은 모양이군."

"주상 전하께서 몹시 궁금해하고 계시옵니다."

이신은 말을 더 하려다가 입을 다물었다. 김창렬은 공손히 다시 인사를 올리고 옥사 마당을 빠져나갔다.

옥사 안은 그야말로 발 디딜 틈이 없었다. 옥사 뒤편에도 죄인들이 끌려와 있는 형편이니 더 말할 것도 없었다. 의금부 도사들이 총동원되어 온갖 고신 도구들로 죄인들을 문초했다. 인두는 바

쁘게 살을 태웠고, 쇠사슬은 뼈를 부스러뜨렸다. 누구의 이름이라
도 대야만 풀려날 수 있었다. 고문 중인 의금부 도사 앞에 최현수
를 따르던 좌랑의 모습이 보였다. 그는 이미 초죽음 상태였다. 의
금부 도사는 이신이 다가오자 놀라 고개부터 숙였다.

"예조 좌랑이 왜 여기 와 있느냐?"

"역도들이 저놈과 내통하였다는 증언이 있었기로……."

"그 증거가 무엇인가?"

"그게, 저 영의정 영감께서……."

이신은 정랑 곁으로 다가갔다. 그사이 얼마나 매질을 감당했는
지 온몸이 피로 얼룩진 채 혼절해 있었다. 입술이 이미 새파랗게
변한 것이 심상치 않았다. 이신은 더는 튀어나올 게 없을 것 같던
분노가 다시 뱃속에서 꿈틀거리는 것을 느끼며 겨우 말을 이었다.

"당장 좌랑을 풀어라. 내가 데리고 가겠다."

"아니 되옵니다. 역모와 연루된 자이옵니다. 영의정 대감께서
단단히 배후를 캐라고 지시하셨사옵니다."

이신은 금부도사를 노려보았다. 지금까지 이렇게 노골적으로
칙사의 말을 거부한 관리는 없었다. 정승들조차도 칙사의 명에 일
단은 수긍의 의사를 보였다. 그때 어디에 있었는지 갑자기 정명수
가 나타났다.

"네 이놈! 감히 황제의 칙사에게 말대답이라니! 당장 풀지 못하
겠느냐!"

그제서야 도사는 아랫것들을 시켜 좌랑을 들것에 싣게 했다. 이
신은 기가 막혔다. 칙사보다 동지사의 말이 더 무섭다는 것인가.
정명수가 만면에 웃음을 띠고 이신에게 다가왔다.

"나리, 나리께서 아끼는 관리들이 죄다 끌려갔다는 말을 듣고

놀라 황급히 찾아온 길입니다."

"……."

정명수는 긴한 말이 있다며 이신을 데리고 옥사 바깥으로 나갔다. 좌랑을 실은 들것이 밖으로 나가고 있었다. 아마 바깥에서 가족이 기다리고 있을 터였다.

"나리, 큰일 났습니다. 최현수가 고신을 당했는데 그자가 나리에 관해 함부로 지껄이는 바람에……."

"함부로 지껄이다니?"

"칙사 나리께서 적당의 두령 유병기가 무사하도록 부탁했다는 것입니다. 유병기가 죽지 않도록 잘 보살펴달라고 했다는데, 그놈이 잘못 들은 것이긴 하겠으나 지금 같은 때에 오해를 사기 딱 좋은 말 아니겠습니까?"

"누가 칙사를 오해한다는 말이냐?"

"지금이 어디 정상적인 정국이어야 말이지요. 저는 칙사 나리를 믿습니다. 허나……."

이신이 정명수를 뚫어져라 보았다.

"왜 그러시는지……?"

"자네는 역관이니 칙사인 나를 믿고 말고 할 권한이 없네. 내 명에 따르기만 하면 될 일이야."

정명수의 볼이 씰룩거렸다.

"거야 그렇지요."

"최현수는 지금 어디 있나?"

"고신 도중에 유명을 달리했습니다."

다음 날, 황제의 윤발이 도착했다. 사신은 정식 사절단으로서

온 것이 아니라 황제의 개인적인 서찰을 전하러 온 것이기에 모화관에 머무르지도 않고 곧장 이신의 집으로 향했다. 이신은 의관을 정제하고 마당으로 나갔다. 그는 우선 심양의 황궁 쪽으로 몸을 돌려 배례를 하고 사신들로부터 윤발을 받들었다. 사신들은 칙사와 절을 나눈 뒤 제후를 알현하기 위해 궁으로 떠났다. 이신은 윤발을 들고 자신의 방에 앉았다.

전날, 최현수를 따랐던 당하관들 중 의금부 관아에 잡혀온 자들을 모두 풀어주고 돌아와, 다시 머리를 밀었다. 머리털을 밀 때마다 낯선 느낌에 시달렸고, 때로는 자괴감마저 들던 그였으나 어젯밤은 달랐다. 그는 꼼꼼하게 머리를 밀고 물로 닦아냈다. 그것은 황제에 대한 충성이 아니라 그동안 자신을 믿고 돌봐준 자에 대한 마지막 예의였다. 이신은 황제에게 특별한 은혜를 입었다.

황제의 윤발이 이신의 옆에 있었다. 하지만 그는 읽을 생각이 없었다. 설령 윤발에, 칙사는 제후를 데리고 심양으로 들어오라고 적혀 있다 할지라도 이신은 황제의 명을 따를 마음이 없었다.

'내가 졌다.'

윤발의 내용이 무엇이든지 임금이 이겼다. 그러니 칙을 읽어 무엇을 할 것인가.

임금은, 자신의 분신과 같던 훈신들을 죽이고, 역모를 방조하여 그 안에 칙사를 옭아넣고, 칙사의 수족을 역모로 엮어 고신을 해 죽게 만들었다. 음모는 치밀했고, 실행 또한 더할 나위 없이 꼼꼼했다.

하지만 임금의 죄가 어디 그뿐이던가. 역모 이전에, 모함 이전에, 압록강에서 죽어간 수많은 여인들이 있었다. 강화도 나루터에서 몸을 던진 여인들, 청으로 끌려가 모진 매질과 고신에 죽어간 사람들, 가족과 모든 것을 잃고 어두운 골짜기에서 죽어간 수많은 백성들이 있었다. 그들의 원한을 아무도 갚아주지 않았다. 백성들에게 그토록 엄청난 고통을 준 임금은 여전히 임금이고, 사대부는 여전히 사대부였다. 백성들조차 잘못된 임금의 처사로 인해 겪을 만큼 고통을 겪고서도 쉽게 임금의 술수에 넘어가 다시 그를 옹호하기 시작했다. 황제가 윤발을 통해 입조를 명하면 임금은 이런저런 핑계를 대면서 칙을 피하려 할 것이다. 겁 많은 임금은 입조를 곧 죽음으로 여기고 있었다. 하지만 이신은 임금이 황제에게 벌을 받는 것을 원치 않았다. 그것은 조선 백성의 몫이었다.

이대로라면 임금은 수십 년을 더 살면서 실록에 이름을 올리고 역사 속의 군주로 남을 것이다. 안 된다. 용납할 수 없다. 백성들을 그토록 큰 고통의 나락으로 빠트린 군주를 벌하지 못한다면 하늘은 무엇이며, 천리란 또 무엇이라는 말인가. 역사는 무엇을 기록한다는 것인가. 천리를 실행해야 할 하늘이 의를 이룰 뜻이 없다면 인간은 무엇을 두려워하며 살아가야 하는가.

이신은 칼을 들고 후원으로 달려가 한가하게 피어 있는 꽃들을 모두 베어버렸다. 분노로 손이 덜덜 떨렸다. 하늘, 상제, 순리, 이치, 천리……. 이제 그는 이 모든 것을 믿지 않는다. 이것이 하늘이 정한 이치라면 하늘이 존재하지 않는 편이 더 나을 것이다. 그렇다면 남는 것은 인간의 의지뿐이다. 그것만이 천명이다.

나쁜 왕은 죽여야 한다…….

이신은 중얼거렸다. 오랫동안 품고 있던 진심이었다. 입 밖에 내고 보니 그가 정말로 원했던 것은 바로 그것이라는 확신이 들었다. 왕을 죽여야 한다.

어둠이 내려앉는다. 내내 후원에 앉아 있던 이신은 방으로 돌아왔다. 그동안 자신의 밥을 짓던 계집종을 불러 딸아이와 선화를 위해 만들었던 꽃신을 싸서 건넸다. 계집종은 울면서 주인이 애지중지 만든 꽃신을 받아 들었다.

"가지고 가거라. 이제 나에겐 소용없는 물건이다. 이제 너는 자유다. 양민으로 살아라."

계집종은 눈물을 거두고 서둘러 집을 나섰다. 다른 노복들은 이미 낮에 내보냈다. 돌이는 계집종을 배웅한 후 대문을 잠그고 이신의 방으로 들어왔다. 이신이 그에게 서찰을 내밀었다.

"이것을 가지고 지금 청으로 떠나라."

"예?"

"왜 그리 놀라느냐? 너는 언제나 청으로 가길 원하지 않았느냐. 이것은 황궁의 수라간 책임자 껵쇠라는 자에게 보내는 서찰이다. 그는 조선인이다. 심양에 가서 그를 찾아 서찰을 보이면 너를 도와줄 것이다. 압록강을 건널 때 쓸 통행증, 패牌와 노자로 쓸 어음도 안에 같이 있느니라."

"나리, 소인은 나리 곁에 있겠습니다. 끝까지 나리를 모시겠습니다요."

"내일이면 의금부에서 너를 잡으러 올 것이다. 고신을 당하면 너 역시 결국 나를 배신할 수밖에 없다."

"소인에게 그런 상황이 닥친다면 차라리 죽겠습니다요."

"그리고 나는 고신당하는 너를 구하기 위해 임금의 요구를 들어줘야 할지 모른다. 그러기를 바라느냐?"

"나리……."

"가라, 심양으로. 가서 네 운을 시험해보아라."

돌이는 울음을 터뜨렸다. 한참을 울던 그가 자리에서 일어나 이신을 향해 절을 올렸다.

"그곳에서 네 길을 찾도록 해라. 조선에 돌아올 것 없다."

"명심하겠습니다. 나리."

돌이는 절을 마치고 짐을 챙겨 문을 나섰다. 그의 발소리가 차츰 멀어졌다.

이윽고 정적만이 남았다. 이신은 벽장 속에서 나무 상자를 꺼냈다. 그것은 황제가 이신에게 하사품으로 내린 칼을 담았던 상자였다. 흑단으로 만든 상자에는 황제를 상징하는 용이 장미나무와 은으로 상감되어 있었다. 이신은 상자 안에 아버지의 칼을 집어넣었다.

모든 준비는 끝이 났다. 너무나 간단했다. 빠트릴 것조차 없었다. 이신은 마당으로 나가 펼쳐보지도 않은 황제의 윤발에 불을 붙였다. 불꽃이 날름거리며 단숨에 윤발을 삼켜버렸다.

이신은 방으로 돌아와 잠시 눈을 붙였다. 잠을 이루지 못할 줄 알았지만 뜻밖에 금방 깊은 잠으로 골아떨어졌다. 그리고 꿈을 꾸었다. 언제나처럼 반복되는 꿈. 흩날리는 눈, 그사이로 떨어지는 꽃잎, 온천수가 흐르는 냇물 위로 아지랑이 같은 뽀얀 김. 이신은 뽀드득 뽀드득 눈을 밟으며 걸어갔다.

"선화……"

눈밭 곳곳에 아내가 그린 꽃나무가 흩어져 있다. 이신은 꽃나무 가지를 따라 하염없이 걸었다. 저만치 눈밭 끝에 한 여자가 서 있었다. 선화였다. 추운 듯 작은 어깨를 잔뜩 움츠리고 있었다. 이신이 다가오는 소리를 들었는지 선화가 돌아보았다. 햇볕에 검게 그을리고, 주름이 미로처럼 가득한 그 얼굴 위로 머리카락이 바람에 흩날렸다.

"선화……."

"그만 돌아가세요."

"아니, 난 돌아가지 않아. 나는 당신과 함께 갈 거야."

선화가 그건 안 된다는 듯 대답 대신 작은 손으로 얼굴 위에 흐트러진 머리카락을 쓸어 넘겼다.

"이곳은 너무 추워요."

"그럼 내가 따뜻한 곳으로 데리고 가줄게."

"저한테는 가족이 있어요. 아이들과……."

"가족도 모두 데리고 가. 당신이 원한다면 얼마든지 가족과 함께 살아도 좋아."

"그럼 당신은요?"

"나는 당신을 보기만 할 거야."

눈발이 조금 더 거세졌다. 바람을 막아주리라. 이신은 아내에게 다가갔다. 가까이 다가가니 오래전 얼굴이 보였다. 주름은 사라지고 작고 하얀 얼굴 위로 희미한 미소가 입가에 수줍은 듯 걸려 있었다. 평안도에서 이신의 아내로 살 때의 얼굴이었다. 이신은 손을 뻗어 선화의 얼굴에 갖다 댔다. 따뜻한 체온이 그의 손끝으로 전해졌다.

"돌아가라고 하지 마. 나는 갈 데가 없어. 당신과 헤어진 후로 그렇게 많은 날들이 늘 똑같았지. 당신과 함께 있던 곳으로 늘 돌아가고 싶다고, 돌아가겠다고 생각했지만, 나한테는 돌아갈 길이 없었어. 나한테는 당신뿐이고, 지금뿐이야. 그러니 가라고 하지 마."

선화의 얼굴이 이신의 어깨에 와 닿았다. 선화의 어깨가 추운 듯 떨렸다. 그러나 떠는 것은 선화가 아니라 그였다. 이신은 선화의 어깨를 안고 울었다. 하고 싶은 말은 지나간 시간만큼 쌓이고 쌓였지만 더는 입 밖으로 나오지 않았다. 선화가 달래듯 그의 등을 쓰다듬었다. 선화의 손끝은 다정했지만 이신은 그 다정함이 두려웠다. 선화는 끝끝내 그와 함께 있을 수 없다는 말인가. 이제 무슨 말로 그녀를 설득할 것인가. 말을 찾으려 하면 할수록 눈물만 쏟아질 뿐 말이 떠오르지 않았다. 끝내 선화가 자신의 곁에 있을 수 없다면 그는 다시 돌아서 가야 하리라. 그러나 그렇게는 할 수 없는데……. 이신은 선화를 안고 목 놓아 울었다. 감추려고 하는 게 아닌데도 겉으로 드러낼 수 없고, 포기하려는 게 아닌데도 이제 그만하라고 외치는 이 마음은 대체 무엇인가. 차라리 사라져버려라, 이 마음 따위.

하늘에서는 꽃송이 같은 눈이 계속 내려왔다. 이신은 선화를 안고 눈밭 위에 드러누웠다. 더 없이 포근하고 따뜻했다. 따뜻함 때문인지, 아이처럼 울었기 때문인지 졸음이 몰려왔다.

"주무세요."

선화가 이신의 마음을 읽었는지 귀에 대고 속삭였다. 하지만 잠이 깨고 나면 선화가 사라져버리고 없을 것 같아 불안했다.

"자고 나면 당신이 사라질 것 같아."

"나는 여기에 항상 있어요. 다시 찾아오면 되잖아요. 어서 주무세요."

이신은 눈을 감았다. 눈을 감았는데도 흩날리는 눈이 보였다. 선화의 팔이 이신의 얼굴을 따뜻하게 감쌌다. 그것으로 충분했다. 선화는 그의 옆에 있었고, 눈이 내리고, 이곳은 겨울에도 꽃이 피는 평안도 골짜기. 바람조차 따뜻했고, 이신은 잠이 들었다.

그가 눈을 떴을 때는 이미 어두워진 후였다. 방 안에는 아무것도 없었다. 이신은 어둠 속에 다소곳이 앉아 있는 병풍을 보았다. 흐드러진 꽃, 밤을 가로지르는 강물. 꿈에서 본 선화의 얼굴이 떠올랐다. 다시 찾아오면 되잖아요. 선화의 목소리가 들리는 것 같았다. 지체할 시간이 없다.

이신은 일어나 의관을 갖추고 황제의 상자가 든 보자기를 안고 방을 나섰다. 그는 마당을 가로질러 밖으로 나가 말에 올라 궁궐을 향해 달렸다.

오늘 따라 궁궐 주변은 유난히 괴괴했다. 양화천 쪽에서 불어오는 바람 속에는 정체 모를 불안과 긴장이 배어 있었다. 이신은 귀를 기울여보았으나 여느 때와 다른 소리는 들리지 않았다. 자신도 모르게 날카로워진 탓이라 여기며 이신은 수문장에게 다가갔다.

어둠이 내리면 입궁 절차는 한층 더 까다로워지나 칙사인 이신은 아무런 제지도 받지 않고 임금이 머무는 침전으로 갈 수 있었다. 내관들도 그를 조용히 안내했다. 임금은 전에도 야심한 시각에 술자리를 마련해놓고 그를 침전으로 부르곤 했다.

이신의 예상대로 임금은 그를 기다리고 있었다. 사신들은 윤발의 내용을 알 수도 없었고, 안다 해도 말할 수 없다. 이신은 임금에게 절을 했다. 임금은 가까이 다가오기를 청하더니 이신에게 술을 부어주었다. 오늘 임금의 표정은 황제의 그것처럼 여유로웠다. 이신은 임금의 패를 알고 있었고, 임금 또한 이신이 모든 것을 다 안다는 것을 파악한 터였다. 익숙한 연극, 진부한 대사들이 임금과 그 사이에 오갔다.

"황제의 윤발을 받았는가?"

"그러하옵니다."

임금은 서둘러 내용을 묻지 않았다.

"그 전에 과인이 할 말이 있노라. 과인은 칙사를 믿고 있네. 하지만 영의정과 신료들은 자네가 김홍진과 김진수에게 사감이 있다고 말하고 있어. 허나 사감이 없는 자가 어디에 있겠는가. 유병기의 일도 그렇지. 어린 시절의 친구라지? 이해 못할 일도 아니지 않나."

"……."

"자, 말해보라. 황제는 칙에 뭐라고 했던가?"

이신을 보는 용안에 알 수 없는 미소가 돌았다. 저런 얼굴은 처음이었다. 항상 눈동자 속에 감추고 있던 불안과 초조, 두려움과 공포를 오늘은 찾을 수 없었다. 임금은 위기에 몰린 이신이 자신의 목숨을 걸고 거래를 하러 왔다고 생각하고 있었다. 어떻게든 입조를 무마할 테니 자신의 안전을 보장하라는 말을 임금은 기대하고 있었다.

"전하, 은밀히 드려야 할 말씀이오니 주변을 물려주십시오."

임금은 다 알고 있다는 표정으로 고개를 끄덕이더니 시중들던 상궁과 나인들에게 눈짓을 했다. 그들은 소리도 없이 방을 나갔다. 이신은 뒤를 돌아보았다. 구석에서 내관만이 방문을 지키고 있었다.

"내관들도 물러가라."

내관들이 잠시 주저하였으나 이내 밖으로 나가 문을 닫았다. 침전에는 가구는 물론 병풍도 없어 그야말로 이신과 임금, 둘만이 남았다.

"가져온 것은 무엇인가."

"황제께서 내리신 것이옵니다."

"황제가 절차도 없이 과인에게 하사품을 내렸다는 것인가?"

이신은 잠자코 보자기를 풀고 상자를 열었다.

"그게 무엇인가. 칼 아닌가."

임금은 예상 밖인 듯 얼굴을 찌푸리며 물었다.

"그렇지요. 칼이옵니다."

"과인의 침전에 칼을 들고 들어오다니!"

"닥쳐라!"

이신은 칼을 뽑아들고 곧바로 임금의 심장을 겨누었다. 충격을 받아 일그러지는 임금의 얼굴을 마주한 순간, 한쪽 벽면을 이루고 있던 문짝들이 일제히 무너지며 무사 둘이 튀어나왔다. 임금을 과소평가했다. 두려움과 불안, 강박증에 사로잡힌 임금이 아무런 대비도 없이 이신을 맞을 리가 없었다. 이신은 자신을 향해 달려드는 무사의 목을 향해 가차 없이 칼을 휘둘렀다. 방바닥에 피가 뿌려졌다. 또 다른 무사가 임금을 끌고 밖으로 내달렸다. 이신의 칼이 무사의 등을 갈랐다. 그와 동시에 내관이 방문을 열고 뛰어들었다.

"전하!"

내관은 몸으로 임금을 막았다. 이신의 칼이 그의 목을 베자 피가 이신의 얼굴로 튀었다. 임금은 마루로 달려나갔다. 궁녀와 상궁들이 비명을 지르며 임금의 뒤를 막아섰다.

"비켜라!"

이신의 칼에 상궁과 나인들이 바닥으로 쓰러졌다. 이신은 칼을 들고 달려가며 임금의 등을 노렸으나 허공만을 베었다. 임금이 자신의 옷자락에 걸려 마룻바닥에 엎어져버린 것이다.

"이, 이게 무슨 짓이냐! 네 이놈!"

임금이 이신을 향해 호통을 쳤다.

"이종! 너는 무슨 짓을 했느냐!"

그때 마당에 서있던 내금위 병사들이 우르르 뛰어 들어왔다.

"당장 저놈을 잡아라!"

임금이 소리를 질렀다.

이신은 내금위 병사들의 창을 피하며 칼을 휘둘렀다. 궁으로 달려오며 이신은 머릿속으로 침전 앞의 모습을 그려보았다. 구조상 내금위 병사들이 출동한다 하더라도 이신을 에워쌀 수는 없다. 이신이 침전을 등지고 싸운다면 아무리 많은 군사들이 온다 하더라도 일대일 싸움이 될 수밖에 없었다. 문제는 시간이었다. 임금이 침전 밖 넓은 곳으로 나가기 전에 끝을 내야했다.

이신은 병사들의 목만 겨냥하며 칼을 휘둘렀다. 아버지의 칼은 무거웠다. 무거운 만큼 깊게 벨 수 있었다. 오래전 아버지는 이 칼을 들고 광해를 잡으러 온 병사들과 단신으로 싸웠다. 아버지는 임금을 살리기 위해서 싸웠으나 이신은 임금을 죽이기 위해서 칼을 들었다. 생각해보면 아버지는 때를 알고 임무도 알고 책임도 알아 홀로 당신의 길을 간 셈이다.

하지만 이신에게는 길이 존재하지 않았다. 길을 만들기 위해 싸운 것도 아니었다. 내디딜 수 있는 곳을 향해 발을 옮겼을 뿐이었다. 한 발 한 발 움직이다 보면 그 끝에 길이 나타나기를 원하였으나 이신이 서 있는 곳은 좁은 마루 끝일 뿐이다. 벽에 기댄 등은 차갑고, 칼끝에 걸려 죽어가는 목숨의 무게는 더없이 무거웠다.

어서 끝내야 한다. 시간이 없다.

"이종! 칼을 받아라! 너는 왕이 아니다!"

이신은 소리를 지르며 임금을 업고 달아나려는 병사의 배를 찔렀다. 임금이 병사의 등에서 굴러떨어졌다. 그의 예민한 귀에, 침전에 자객이 들었다는 소식을 듣고 달려오는 내금위 관원들의 다급한 발소리가 들렸다. 그렇다면 아직 임금의 목을 벨 시간은 충분했다.

　임금은 바닥에 주저앉아 뒷걸음치며 공포에 질린 눈으로 애원했다.

　"이보게, 칙사. 무슨 오해가 있는 듯하네……."

　"나는 칙사로서 여기 온 것이 아니다. 내가 사사로이 너를 죽이려는 것도 아니다."

　"무, 무슨 말이냐……."

　"너는 임금이 아니다. 그토록 많은 백성이 죽고, 능멸당할 때 너는 무엇을 했느냐."

　"왜 과인에게 책임을 묻는 것이냐. 모든 것은 훈신들의 잘못이야! 김흥진, 김진수! 장신! 그런 자들이 과인을 능멸한 것이다! 과인은 오히려 피해자일 뿐이다!"

　"너는 그자들의 우두머리가 아니냐!"

　"나는 왕통을 이어받은 임금이다. 임금과 사대부는 엄연히 다른 것이야!"

　"임금이 무엇이냐. 백성에게 그토록 큰 고통과 시련을 준 자가 과연 임금이냐?"

　"시절이, 시절이 너무 나빴다…… 내 탓이 아니야!"

　"닥쳐라! 임금답게 살지 못했다면 죽을 때만이라도 임금답게 죽어야 할 일!"

　그때 군사들의 고함소리와 발소리가 요란하게 궁궐을 울림과 동시에 포탄이 터지는 소리가 들렸다. 두 사람이 동시에 놀랐다.

"적당들이 서문으로 들어온다! 막아라!"

궁궐 전체가 아수라장이었다.

"전하!"

내금위장 김창렬이 달려와 이신을 가리키며 소리쳤다.

"저자가 역도들의 우두머리다. 당장 포박하라!"

이신은 대답도 없이 김창렬에게 달려들었다.

"전하를 뫼셔라!"

김창렬은 내금위 무사들에게 그렇게 외치면서 칼을 바로잡았다. 김창렬의 눈에서 분노와 적의가 불길처럼 타올랐다. 허공을 가르는 소리가 울렸다. 김창렬이 칼을 한 바퀴 휘두르며 이신에게로 다가왔다. 김창렬은 이신의 가슴을 노릴 것이 분명했다. 저자의 수하들은 하나같이 명치를 찔러 사람의 목숨을 끊었다. 이신은 한 손으로 칼을 든 채 가슴을 열고 김창렬을 향해 달려갔다. 김창렬은 이신의 빈틈을 놓치지 않았다. 김창렬의 칼이 수직으로 치솟았다가 허공을 가르며 내려오는 순간, 이신은 칼을 쥐지 않은 팔로 옆구리에 꽂았던 단검을 뽑아 김창렬의 목을 향해 던졌다. 의외의 습격에 김창렬은 털썩 무릎을 꿇었다. 그의 눈동자엔 죽음의 공포보다 왕을 지키지 못했다는 안타까움이 서렸다. 이신은 김창렬의 칼을 빼앗아 임금을 호위해 도망치는 무사의 등을 향해 던졌다. 김창렬도 내금위 무사도 모두 마룻바닥에 쓰러지고 말았다.

총소리가 요란하게 들렸다. 이신은 성큼성큼 왕에게 다가갔다. 남아 있는 또 다른 무사는 이신의 상대가 되지 못했다. 그의 얼굴은 임금보다 더한 공포로 질려 있었다. 이신은 그의 공포를 단숨에 사라지게 해주었다. 무사의 목이 임금의 발아래로 데굴데굴 굴렀다. 이신의 칼끝에서는 엉뚱한 자의 피가 뚝뚝 떨어졌다.

"사, 살려주게……."

임금이 털썩 무릎을 꿇으며 말했다.

"자네 말대로 과인은 임금이 아니었다. 적통이 아니니 임금이 될 자격도 없었어."

"너는 사대부도 아니었다."

"그, 그렇지. 나는 범부, 필부에 지나지 않아. 그러니 나를 살려주게……."

임금은 땅바닥에 머리를 조아리고 이신에게 빌었다. 망설임 없이 두 손을 모으는 그 몸짓이 오히려 허망했다. 왜 너는 단 한 번도 죽음을 선택하지 못하느냐, 왜 단 한 번도 나를 죽이라고 소리치지 못하느냐! 이신은 그렇게 외치고 싶었다. 그러나 지금 무릎을 꿇은 자의 얼굴에는 죽음에 대한 공포, 살고 싶다는 욕망만이 가득할 뿐이었다. 어떤 인간은 죽음을 선택할 수 없다고 한 범문정의 말이 떠올랐다. 그런 자들은 스스로 죽음을 선택하는 자, 스스로 죽을 수 있는 자들을 결코 이해할 수 없다고도 했다.

포탄이 터지는 소리가 점점 더 가까워졌다. 저 역도들이 반정에 성공하여 임금에게 책임을 물을 수 있을까. 알 수 없었다. 지금 임금을 죽인다면 아마도 임금은 역도의 손에 죽은 것으로 기록될 것이며, 그 역시 이신이 바라는 바는 아니었다. 한 가지 분명한 것은, 죽음보다 길고 긴 굴욕의 시간을 그로서는 더 참을 수 없다는 것이다. 그러나 임금은 그와는 다른 인간이었다.

"짖어라."

이신의 목소리에 임금이 고개를 들었다.

"이 땅의 필부들은 살아남기 위해 개가 되어야 했지. 네가 필부라면 증명해봐. 짖어보라고! 어서!"

이신은 칼을 높이 치켜들었다.

"멍멍!"

임금은 목청을 높여 개 짖는 소리를 냈다.

"멍멍, 멍멍!"

"전하, 적당들이 침입했사옵니다! 어서 피하시옵소서!"

나인들과 내관들이 달려오다 무릎을 꿇고 개처럼 짖고 있는 임
금을 보고는 멈칫 섰다. 임금은 계속 짖는 시늉을 했다. 임금의 눈
가에 눈물이 어른거렸다. 입가로는 침도 흘러내렸다. 킬킬킬. 임
금은 기괴한 웃음 소리를 냈다. 임금은 오히려 즐거운 듯 더욱 목
청 높여 개 짖는 소리를 내질렀다.

"전하!"

"멍멍, 멍멍!"

이신은 스르르 칼을 내렸다. 그는 임금의 목을 베고 싶었으나
어디에도 임금은 없었다. 사대부 이종도 보이지 않았다. 죽을 수
없는 자의 비애만이 가득했다. 이신은 그 비애를 임금과 함께 남
겨두고 돌아섰다. 앞으로 임금은 남은 삶 내내 오늘 밤과 마주해
야 할 터이다. 죽음을 피한 죄로 매일 밤 죽음 앞에 서는 고통과
굴욕을 느끼겠지.

이신은 창경궁의 마당을 걸어나왔다. 궁을 향해 비격진천뢰를
던지라는 유병기의 외침이 들렸다. 군사들이 몰려가는 소리, 내관
들이 움직이는 소리, 총 소리와 포탄 소리, 온갖 소리가 이신의 귀
를 파고들었다. 세상은, 듣고 싶지 않았으나 그의 귀를 집요하게
파고드는 소리의 합이었다.

날이 밝으려면 얼마나 더 지나야 할까.

그의 생을 하루로 친다면, 아마 아침에서 낮밥 무렵으로 옮겨가는 그 짧은 동안 행복했다고 말할 수 있을 것이다. 그러나 그 뒤로는 모든 시간이 핏빛이었다. 아마 그에게 얼마의 시간이 더 남아 있을 것이다. 그러나 지금은 해뜨기 직전. 이제 그에게는 할 일이 없다.

"상암 어른! 대궐에 군사들이 움직이고 있습니다!"

담 너머에서 적당들이 외치는 소리가 들렸다. 이신은 아버지의 칼을 궁궐 마당으로 던졌다. 그러고는 담장을 향해 날아올랐다. 그 순간 앞쪽에서 불꽃 하나가 피어올랐다. 비격진천뢰다. 생각과 동시에 화염이 그를 덮쳤다.

이신은 폭탄이 남긴 불꽃을 바라보았다. 흩날리는 눈송이에 섞여 분분히 떨어지던 꽃잎처럼 불꽃이 그를 향해 날아왔다. 이신은 그 꽃잎을 향해 손을 뻗으며 눈을 감았다. 눈앞에는 흰 눈밭이 펼쳐졌다. 눈밭 위에는 불빛 핏방울이 점점이 낭자했다. 그러나 아니었다. 그것은 눈밭 위에 흩어진 꽃잎들이었다. 붉은 복사꽃 이파리. 이신은 멀리 눈밭 끝을 바라보았다. 선화의 작고 검은 그림자가 그 끝에서 어른거렸다.

처음 병자호란 자료를 접했을 때의 당혹스러움이 아직도 생생
하다.

우선 놀라웠던 것은 청 태종의 천재적인 지략이었고, 그보다 더
욱 놀라운 사실은 인조와 서인 세력의 대응이었다. 전쟁이 일어난
전후의 상황은 소설에 전부 담을 수도 없을 정도로 어처구니없는
일의 연속이었다.

병자년(1636년) 호란이 일어나기 전, 청나라 사신들이 한양에
왔을 때의 일이다. 조정 신료들은 그들을 모욕했고, 백성들은 돌
팔매질을 해서 돌려보냈다. 감히 오랑캐가 무례하게 스스로 황제
라 칭했다는 이유 때문이었다. 그들은 인열왕후의 상에 조문을 하
려고 제문을 준비해온 문상객이기도 했다. 그리고 당시 청 태종은
주변 나라를 평정하고 명나라를 위협하는 대륙의 새로운 강자였
다. 그럼에도 인조는 청의 의도나 군사력을 전혀 파악하지 못한
상황에서 척화파들의 주장을 받아들여 정묘호란(1627년) 때 맺은
강화는 잘못된 것이니 화친을 끊고 오랑캐의 침략을 대비하라는
교서를 내렸다. 그렇다고 인조와 서인 세력이 청나라와 맞서 싸울

의지나 군대가 있었던 것도 아니었다.

청나라는 홍이포를 앞세워 이웃나라를 짓밟을 계획이었으나 조선은 종이와 말로 그들의 침략을 막으려 하고 있었다. '야만'에 대한 문명국의 대처였다. 그러나 문文으로 나라를 다스리는 조정 신료들은 '야만'을 어떻게 다루어야 하는지 전혀 모르고 있었다. 그들이 읽은 책에는 야만에 대한 언급이 없었던 것이다. 척화파들의 수많은 간언과 상소가 있었고 피를 토하는 사자후가 있었지만 야만인을 달랠 계책은 없었다. 그들이 문명이라고 하는 것은 고작 망해가는 명나라에 대한 군부君父의 예를 지키는 것뿐이었다. 싸우는 것만이 상책이 아니라며 화의를 주장한 주화파도 방법이 없기는 마찬가지였다. 사실 두 세력은 똑같이 명나라를 천조로 섬기는 사대부들이었다. 그들의 비책은 단 하나였다. 북쪽의 야만인들이 물을 무서워하니 백성을 버리고 강화도로 들어가자는 것. 인조와 서인 세력은 그 대책이 가져올 파장까지는 생각하지 않았다. 왜란 때 선조가 백성을 버리고 북쪽으로 피란한 선례가 있어 죄의식마저 없었다.

결국, 인조와 서인 세력은 문명국의 자존심을 지키기 위해 오랑캐를 조선으로 불러들인 꼴이 되었다. 이것이 내가 파악한 병자년 조선의 풍경이다. 그런데 오랑캐는 무지한 백성들만을 괴롭힌 것은 아니었다. 사대부들 또한 차마 입에 담을 수 없는 고통을 겪어야 했다. 문제는 그 다음이었다. 그토록 참혹한 비극이 있었다면 전쟁을 부른 당사자들에 대한 책임을 물어야 함에도 그런 일은 흐지부지 끝나버렸다.

이것이 소설 《이신》의 출발이었다. 하지만 이야기를 어떻게 풀어가야 할지 막막했다. 무엇보다도 조선이 겪은 이토록 당혹스러운 역사를 독자들이 너그럽게 받아들일 수 있을까 걱정이 앞섰다. 그동안 창작되었던 역사소설들이 대부분 의롭고 곧게 살다간 성군이나 영웅들의 이야기였으니 말이다. 그들의 얘기에 허구를 덧씌울수록 성군과 영웅은 더더욱 고귀한 존재로 재탄생되었다. 하지만 나는 병자호란을 전후로 한 인조와 서인 세력의 무능을, 그 전쟁의 후유증을 독자들에게 신랄하게 전하고 싶었다. 과오는 있으나 책임이 없는 그 '문명인'들의 모습을 독자들이 알아야 할 것 같았다. 이 같은 역사는 비록 받아들이기 힘든 진실이지만 꼭 짚고 넘어가야 할 우리 시대의 모습이기도 하다.

'이신'이라는 주인공은 이러한 작가의 생각을 전달하기 위해 탄생했다. 작가로서 중요한 것은 역사적인 사실이 아니라 역사의 진실이었다. 그래서 새로운 인물이 필요했다. 주인공 이신의 내면 풍경 역시 사대부들과 다르게 묘사할 필요를 느꼈다. 그는 칙사라는 높은 지위까지 올랐으나 여전히 서얼이고, 사랑의 열병을 앓는 사내이며, 칼잡이이고, 잃어버린 아내와 딸의 꽃신을 만드는 갓바치였다. 서얼은 조선 사회가 '버린 자식'이다. 사랑 역시 대의나 관념을 최고의 미덕으로 삼는 사대부들에게는 그저 비루한 것이었다. 작가는 이신이라는 '평범한 남자'를 통해 17세기 조선의 사대부를 단죄하고 싶었으나 그것 또한 너무나 보잘것없는 일인지도 모른다. 이런 잔인한 현실 앞에 고작 상상의 글이라니. 글을 쓰는 동안 나는 무력감을 느꼈지만 이렇게라도 목소리를 낼 수 있다는 사실에 대해 약간의 자긍심을 느끼기도 했다.

작품 속 인물 중에는 실제로 존재했던 사람들도 많다. 그중 몇몇은 후손들의 명예를 생각해 이름을 바꾸었다. 하지만 그들이 보여준 행동들은 역사적 사실과 완전히 일치하거나 비슷하다.

지난 역사가 한 권의 소설로 완성되기까지 많은 학자들의 도움을 받았다. 특히 병자호란에 관한 권위자이신 한명기 교수의 저술에 힘입은 바가 크다. 그 외에도 많은 저자들의 연구 성과들이 큰 도움이 되었는데, 참고문헌에 밝힘으로써 감사함을 대신하려 한다. 이 소설에 대한 여러 가지 구체적인 조언을 해 주신 문우 김서진, 허운용, 김우재 감독과 책을 읽어준 서정환 형, 김진섭 내외, 이성훈 후배, 나의 괴벽을 잘 참아준 가족에게도 고마움을 전한다. 출판을 결정해 주신 박은주 대표님과 비채 편집부, 그리고 졸고를 기꺼이 읽어주시고 해설을 써주신 역사학자 이이화 선생님과 작품 평을 해주신 마광수 선생님께 진심으로 감사드린다.

2014년 잔인한 늦봄에,
강희진

조청전쟁-
나라의 치욕과 처절했던 민중의 고통

이이화(역사학자)

조선시대에 벌어진 전쟁 중에서 조청전쟁(병자호란)은 조일전쟁
(임진왜란)과 함께 2대 전란으로 꼽힌다. 조청전쟁은 두 차례 벌어
졌다. 1627년 벌어진 1차 전쟁을 정묘호란, 1636년 벌어진 2차 전
쟁을 병자호란이라 부른다.

강희진 작가의 신작 《이신》은 조청전쟁이 종결된 뒤 조선의 풍
경을 담았다. 평범한 삶을 살았으나 전쟁통에 아내와 딸을 잃은
이신이 칙사가 되어 조선으로 돌아오면서 이야기가 시작된다. 이
이야기는 모든 걸 잃은 한 남자의 복수극이자, 착하게 살았고 착
하게 살았기 때문에 죽어간 백성들의 한풀이 같다는 느낌을 받았
다. 전쟁 뒤 백성들은 전쟁의 책임을 묻기 시작하지만 사실 책임
지는 이는 아무도 없다. 무책임한 지배세력의 자세도 통탄스럽지
만 400여년이 지나도 달라진 게 없는 현실이 또한 통탄스럽다.

다시 조선의 풍경으로 돌아가보자. 조일전쟁이 끝난 뒤 우리 사
회가 안정을 찾아가던 무렵이다. 만주 땅에서 여진족의 우두머리
인 누르하치가 일어나 여러 부족을 통일하고 국호를 처음에는 대
금大金, 뒤에는 대청大淸이라 부르면서 명나라에 맞섰다. 명나라는

말기 조짐을 보여 부정부패가 만연하고 도둑떼가 곳곳에 일어나고 농민세력이 반란을 일으켰으나 수습할 힘이 모자랐다. 대금은 명나라와 전쟁을 벌이면서 옆구리에 붙어 있는 조선을 굴복시켜 후환을 없앤다는 전략을 세웠다.

한편 명나라는 대금 정벌을 벌이면서 조선에 지원병을 요청했다. 광해군은 마지못해 군사 1만 3천 명을 보내면서, 도원수 강홍립에게 관형향배觀形向背하라고 일렀다. 곧 명군이 밀리면 대금군에 붙고 명군이 우세하면 명군에 붙으라는 것이다. 강홍립은 만주 땅 사르후에서 벌어진 전투에서 명군이 밀리자 대금에 항복하였다.

광해군은 친명파에 쫓겨나고 인조가 왕위에 올랐다. 이때부터 조선은 여진과는 타협하지 않았다. 누르하치는 명나라 심장인 북경을 점령하지 못하고 죽었다. 그의 아들 홍타이지(청 태종)가 칸(제위)에 올라 강력한 제국의 체제를 다졌다. 조선은 이런 정세를 외면하고 연달아 대금에 적대감을 보였다. 홍타이지는 북경을 점령하기에 앞서 등 뒤에서 비수를 들이대는 조선을 먼저 굴복시켜야 한다는 전략을 세웠다.

홍타이지는 조선 출병의 구실로, 대금과 조선은 원수진 일이 없는데 늘 명나라를 돕고 우리를 공격한다는 것, 누르하치가 죽고 홍타이지가 황제가 되었을 때 명나라도 조문하거나 축하를 했는데 조선만이 오지 않았다고 했다. 1627년 1월 13일 새벽 침략군의 선발대가 압록강의 얼음을 타고 넘어왔다. 여기에 강홍립과 조선인 통역들도 끼어 있었다.

침략군은 세 길로 내려오면서 주민들에게 "오늘의 일은 옛 임금(광해군)을 위해 복수하려는 것이다. 우리가 이기면 10년 동안 조세와 부역을 면제해 주겠노라"라고 외쳤다. 낙타에 짐을 싣고 오는 느린 걸음인데도 거침없이 내려왔고 장만이 이끄는 조선군이 중간에서 저항했으나 청천강과 평양이 거의 무혈점령 당했다. 인조는 1월 27일 강화도로 도망쳤다.

이때 서울의 백성들은 덩달아 엎어지고 자빠지면서 서울을 벗어나 피난을 갔고 남은 백성들은 양반집 개와 닭을 마구 먹었고 빈 집을 털어 보물을 챙겼으며 칼을 빼들고 양반과 벼슬아치를 죽이려는 행동을 보였다. 강화도의 행재소는 꼴이 말이 아니었고 비빈과 궁녀들은 갈팡질팡, 대신들은 허둥지둥 댔다. 이럴 때 대금군 사령관인 아민이 보낸 사자가 국서를 들고 강화도의 나루인 갑곶에 와서 전달했다. 그 글의 내용을 요약하면 이러하다.

귀국이 진심으로 화친을 바란다면 그대로 명을 섬길 필요가 없으며 그들과 관계를 끊어버리고 우리나라는 형이 되고 귀국은 아우가 돼야 할 것입니다. 만일 명이 노여워한다 해도 이웃 나라인 우리가 가까이 있는데 무엇을 두려워하겠습니까? 참으로 이 의견에 동의한다면 우리 두 나라가 하늘에 맹세한 다음 길이 형제의 나라로서 다 같이 태평성대를 누릴 것입니다. (인조실록)

아주 부드러운 언사를 구사했다고 볼 수 있을 것이다. 그러나 성균관 유생을 중심으로 화의에 대한 반대여론이 드셌다. 회답 국서를 보내면서 끝에 관례대로 명나라 연호를 써서 대금의 심기를 자극했다. 이럴 때 대금 사신인 유해는 다시 강홍립과 박난영을 데리고 와서 항복을 권유했다. 그들은 자기네 말을 듣지 않으면 서울을 분탕질 치겠다고 위협했다.

끝내 화의가 성립되었는데 형제의 나라가 될 것을 맹세하고, 임금의 동생을 인질로 보낼 것, 명과 대금 연호를 모두 쓰지 않고 요구한 물품을 보낸다는 조건이었다. 그리해 가짜 왕제를 보냈고 요구한 물품은 줄여 무명 1만 5천필, 명주와 모시 4백 50필, 호피와 녹비 100장 등을 보내기로 했다. 인조는 1627년 3월 3일 밤, 맹세의 의식을 치렀다. 대금군이 침입한 지 한 달 20일 만에 전쟁은 끝났다. 대금군은 후퇴하면서 포로 2천여 명을 돌려보냈고 예물도 받지 않고 돌아갔다. 회유전략이었지만 참으로 다행이었다. 이것을 정묘호란이라 부른다. 소설의 주인공인 이신이 아내와 딸을 잃은 것도 이 무렵이다.

하지만 황해도를 중심으로 약탈과 방화와 살상과 강간이 이루어졌고 조선 군사들 사이에는 전염병이 만연했다. 그들은 명군을 돕는 지방 군사들이 반항한다는 구실을 붙여 평양일대에 주둔하기도 했다. 이런 과정에서 평안도 황해도 주민의 40퍼센트가 죽거나 도망가거나 포로로 잡혔다. 또 그들은 포로를 돌려주면서 쌀과 포목을 받아 챙겼다. 포로 장사를 한 것이다.

그런데 조선에서는 약속을 지키지 않고 가도 등지에 주둔한 모문룡의 명군을 도왔으며 약속한 대로 대금과 중강에 무역시장을 열었으나 과도하게 요구하는 예물을 보내주지 않았다. 이 과정에서 화친이냐, 항복이냐를 두고 주화파와가 척화파가 갈라졌다. 인조는 마침내 대금과 철저 항전한다는 척화정책을 공포했다. 선전포고나 다름이 없었다.

대금은 조선에 국서를 보내 더욱 오만한 용어를 쓰면서 꾸짖었다. 소설 속에서도 잘 표현되어 있지만 명나라와 같은 '천자의 나라'를 표방하면서 조선을 속국처럼 대한 것이다. 이에 이른바 홍익한 등 삼학사 등이 가장 열렬하게 국서를 불에 태우고 사신 용골대의 머리를 베라고도 했으며 끝까지 싸우다가 죽겠다고 했다. 인조는 그래도 대금의 사신을 맞이했지만 용골대는 냉대를 알고 성문을 나가버렸으며 최명길은 적절하게 대처해야 한다는 주장을 폈다.

용골대는 홍타이의 황제 즉위식에 조선 사신을 초청하려 했는데, 말도 꺼내지 않고 돌아갔다. 그런 뒤 다시 정식으로 초청했다. 홍타이지는 대금을 대청으로 바꾸고 연호를 숭덕으로 내걸고 1636년 즉위식을 가졌다. 이 자리에 마지못해 참석한 조선 사신은 미리 짠 대로 국궁배례鞠躬拜禮를 하지 않고 버텼다. 대청에서는 이들을 죽이려 했으나 홍타이지의 지시에 따라 풀려났다.

그런 뒤 김상헌 등 척화파는 철저 항전을 주장했고 최명길 등 주화파는 타협을 주장하다가 인조의 마음을 돌리지 못하고 조정에서 물러났다. 국경지대에서는 청군이 조선으로 몰려올 것이란 보고를 보냈으나 조정에서는 척화정책을 바꿀 아무런 대책도 세우지 않았다. 그러면서 군사를 정비하고 강화의 방비대책을 세웠다. 청 태종은 조선의 사신이 오기를 기다렸다.

마침내 1636년 12월 8일 청군이 압록강을 넘어왔고 청 태종이 이끈 군사들은 한 달음에 서울까지 진격해 왔다. 그러자 인조는 강화도의 길이 벌써 막혔다는 전갈을 받고 발길을 돌려 남한산성으로 들어갔다. 청군은 서울을 무혈점령했고 용골대가 이끄는 군사가 남한산성을 포위했다. 최명길이 불려와 화의를 모색했으나 김상헌은 국서를 찢으면서 결연하게 맞섰다. 이때 남쪽에서는 의병이 일어나 서울로 방향을 잡았으나 쉽게 접근하지 못했다.

그 무렵 무척 추워 아군이나 적군을 가릴 것 없이 동상에 걸려 고통을 받았다. 용골대는 야영을 하면서 지구전을 펼칠 수 없었고 남한산성 안의 주둔 인력 3만 4천여 명은 먹을거리도 턱없이 모자라 더 버틸 수가 없었다. 용골대는 항복하라는 요구를 연달아 보냈다. 청군은 고지에 올라 연달아 공격을 퍼부어 홍이포 포탄이 행궁 건물에 떨어졌다. 아군은 평지에 내려가 각개 전투를 벌였고 의병들도 몰려왔으나 실패만을 거듭했다.

한편 청 태종은 뒤따라 4만여 명의 군사를 이끌고 12월 29일 서울에 이르렀다. 그러자 청군은 더욱 전세를 가다듬어 남한산성의 삼면을 완전 포위했다. 섣달 그믐날 눈이 펄펄 날리는 속에서 항복을 결정했다. 최명길이 항복 문서를 쓰자 김상헌이 찢어버렸다. 그래도 항복문서를 써서 보내면서 황제라는 용어를 사용했고 늦게야 형제의 우의를 강조했다. 어쩐지 청군은 일부러 이를 받아들이지 않다가 열흘 뒤에야 받아들였지만, 항복을 놓고 논란은 그치지 않았다.

1월 25일, 청군은 홍이포를 성안에 퍼부어대고 나서 임금이 성에서 나와 항복하라는 최후의 통첩을 보냈다. 인조는 강화도가 점령당하고 봉림대군이 사로잡혔다는 소식과 함께 봉림대군이 화의를 건의하는 편지를 받은 뒤에야 정신이 돌아 왔는지 몸소 나가 항복하기로 결정했다. 항복의 대가는 명나라와 관계를 끊고 청의 연호를 쓸 것, 세자와 왕자, 대신의 아들을 볼모로 보낼 것, 명나라 정벌에 원병을 보낼 것, 황금 100냥, 은 1천냥, 베 1만 필, 쌀 1만 포대 그리고 여러 특산물을 바칠 것 따위였다.

항복장소는 한강의 샛강에 있는 삼전나루였다. 1637년 1월 30일 아침, 인조는 곤룡포 대신 남색 옷을 입고 거적에 앉아 있다가 가설한 장막 안으로 들어갔다. 인조는 태종 앞에 세 번 절을 하고 아홉 번 머리를 조아리는 의식三拜九叩頭을 치렀다. 인조는 술 석 잔을 얻어마시고 옥새를 바치는 대가로 백마와 갑옷을 선물로 받았다. 이를 병자호란이라 불렀는데 우리 역사에서 가장 치욕스런 항복을 한 사례가 되었다.

인조는 남한산성으로 도망친 지 꼭 46일 만에 창덕궁으로 돌아왔다. 뒤를 이어 소현세자와 봉림대군 부부, 김상현 최명길 그리고 홍익한 등 삼학사 등이 줄줄이 심양으로 끌려가서 유폐되거나 감옥에 갇히거나 사형에 처해졌다. 더욱이 서울에 남아 있는 몽골 군사들은 약탈과 강간을 일삼아 아비규환으로 만들었다.

치욕은 이어졌다. 태종은 항복식을 한 삼전도 나루에 청나라 황제의 덕을 칭송하는 공덕비를 세우라고 강요했다. 벼슬아치와 문사들은 그 비문을 서로 짓지 않으려고 발버둥 쳤으나 마침내 이경석이 맡았는데 "우뚝한 돌비석이 큰 강의 머리에 섰도다, 삼한에는 만세토록 황제의 덕이 남으리라"고 했다. 비문의 문자는 여진문자와 한문으로 쓰였다.

하지만 이것으로 끝난 게 아니었다. 조선은 겉으로는 청나라 연호를 썼지만 속으로는 없어진 명나라 연호를 썼으며 명나라 마지막 황제인 신종을 받드는 대보단을 만들기도 했고 명나라 망명인사를 보호하기도 했다. 이렇게 존명배청尊明排淸 의식이 조선 말기까지 이어졌다. 또 척화파는 주화파가 나라를 팔아먹은 역적이라고 매도했고 주화파는 나라와 백성을 위한 일이었다고 변명하기에 급급했다. 척화파는 노론, 주화파는 소론으로 갈라져 조선 후기에 정치투쟁을 벌였다.

얘기 하나 더 남아있다. 수많은 여인들이 호로자(胡虜子, 오랑케를 이르는 말)들에게 끌려가서 벼슬아치들의 첩이나 심양의 인육시장에 내몰렸으며, 일부는. 돈을 주고 데려오거나 도망쳐 나왔지만 사람들은 화냥년(還鄕女가 변한 말)라고 부르면서 손가락질을 해댔다. 사실, 이 여인들이야말로 일본군에 끌려간 종군위안부보다 더 큰 고통을 겪었다.

조청전쟁은 조일전쟁보다 전쟁기간은 짧았지만 치욕은 더 컸다. 분명 허울뿐인 사대 명분론이 유발한 전쟁이었지만 그 고통은 고스란히 백성들이 뒤집어썼다. 권력자의 소설이 아닌 백성의 소설《이신》은 이런 현실을 가장 리얼하게 그리고 있다.

참고문헌

계승범, 《우리가 아는 선비는 없다》 (역사의 아침, 2011)

계승범, 《조선시대 해외파병과 한중관계》 (푸른역사, 2009)

고제건, 《직신》 (리드잇, 2012)

구자청, 《상소문을 읽으면 조선이 보인다》 (역사공간, 2013)

국방부, 《병자호란사》 (국방부전사편찬위원회, 1986)

김영호, 《조선시대 논어해석 연구》 (심산, 2011)

김희보, 《중국의 명시》 (가람기획, 2001)

박재광, 《화염 조선》 (글항아리, 2009)

소현세자, 《문학사상》 (문학사상사, 1973. 3)

심재우 외, 《조선의 왕으로 살아가기》 (돌베개, 2011)

이덕일, 《송시열과 그들의 나라》 (김영사, 2012)

이상각, 《조선 역관 열전》 (서해문집, 2011)

주돈식, 《조선인 60만 노예가 되다》 (학고재, 2007)

지두환, 《인조대왕과 친인척》 (역사문화, 2000)

최형국, 《조선무사》 (인물과 사상사, 2009)

한명기, 《임진왜란과 한중관계》 (역사비평사, 1999)

한명기, 《정묘 병자호란과 동아시아》 (푸른역사, 2010)

허선도, 《조선시대 화약병기사 연구》 (일조각, 1994)

작자미상, 《산성일기》 (서해문집, 2004)

《四書三經 : 解說版》 (동신출판사 편집부 편, 1989)

〈승정원일기 인조57집〉

〈조선왕조실록〉 인조대왕실록

한국민족문화대백과